GAROTAS BRILHANTES

CB058343

JESSICA KNOLL

GAROTAS BRILHANTES

Tradução de Karine Ribeiro

Rocco

Título original
BRIGHT YOUNG WOMEN

Copyright © 2023 *by* Jessica Knoll

Todos os direitos reservados.
Nenhuma parte desta obra pode ser reproduzida ou transmitida
por meio eletrônico, mecânico, fotocópia ou sob
qualquer outra forma sem a prévia autorização do editor.

Edição brasileira publicada mediante acordo com o editor original,
Marysue Rucci Books, um selo da Simon & Schuster, LLC.

Copyright edição brasileira © 2024 *by* Editora Rocco Ltda.

Direitos para a língua portuguesa reservados
com exclusividade para o Brasil à
EDITORA ROCCO LTDA.
Rua Evaristo da Veiga, 65 – 11º andar
Passeio Corporate – Torre 1
20031-040 – Rio de Janeiro – RJ
Tel.: (21) 3525-2000 – Fax: (21) 3525-2001
rocco@rocco.com.br|www.rocco.com.br

Printed in Brazil/Impresso no Brasil

Preparação de originais
MANU VELOSO

CIP-BRASIL. CATALOGAÇÃO NA PUBLICAÇÃO
SINDICATO NACIONAL DOS EDITORES DE LIVROS, RJ

K78g

Knoll, Jessica
    Garotas brilhantes / Jessica Knoll ; tradução Karine Ribeiro. - 1. ed. - Rio de Janeiro : Rocco, 2024.

    Tradução de: Bright young women
    ISBN 978-65-5532-476-1
    ISBN 978-65-5595-298-8 (recurso eletrônico)

    1. Ficção americana. I. Ribeiro, Karine. II. Título.

24-92725	CDD: 813
	CDU: 82-3(73)

Gabriela Faray Ferreira Lopes - Bibliotecária - CRB-7/6643

Como acontece em muitos livros de ficção, este livro foi inspirado em acontecimentos que apareceram nas notícias. No entanto, todas as ações deste livro, bem como todos os personagens e diálogos, são produtos exclusivamente da imaginação da autora.

Para C — eu não poderia ter escrito a última frase sem você.

PAMELA

Montclair, Nova Jersey
Dia 15.825

Talvez você não se lembre de mim, mas eu nunca me esqueci de você, começa a carta escrita naquele tipo de letra cursiva que não é mais ensinado nas escolas. Leio a frase duas vezes em um assombro dolorido. Faz quarenta e três anos desde meu encontro com o homem que até os jornais mais respeitados chamavam de Assassino Sexual Americano, e há tempos meu nome se tornou apenas um rodapé na história.

Dei só uma olhada rápida no remetente antes de deslizar uma unha sob a aba selada do envelope, mas agora eu o seguro longe do meu corpo e digo o nome do remetente em voz alta, com ênfase, como se estivesse repetindo a pergunta para alguém que decerto me ouviu da primeira vez. A autora da carta está errada. Nunca me esqueci dela tampouco, embora ela esteja atrelada a uma memória que por vezes eu desejo poder esquecer.

— Você disse algo, querida? — Minha secretária deslizou a cadeira de rodinhas para longe da mesa e agora está sentada e emoldurada pela porta aberta do meu escritório, com um inclinar de cabeça solícito. Janet me chama de *querida* e às vezes de *menina*, mesmo que seja apenas sete anos mais velha que eu. Se alguém se refere a ela como minha assistente administrativa, ela aperta os lábios até ficarem brancos. Esse é o tipo de pretensão da situação atual com a qual Janet não se importa.

Janet me observa mexer no bloco de notas de moldura azul-escura, abrindo e fechando, abrindo e fechando, gerando um ventinho que ergue minha franja da testa. Deve parecer que estou me abanando, prestes a desmaiar, porque ela se apressa e eu sinto sua mão roçando no meio das minhas costas. Ela remexe os óculos pendurados no pescoço em uma corrente cheia de pedrinhas, então inclina o queixo pronunciado por cima do meu ombro para ler a intimação.

— A data é de quase três meses atrás — digo com uma onda de raiva. O fato de as mulheres que deveriam ser as primeiras a saber serem sempre as últimas foi o motivo pelo qual meu médico me fez cortar o sal por grande parte dos anos 1980. — Por que só estou vendo isso agora?

E se eu estiver atrasada demais?

Janet olha feio para a data: 12 de fevereiro de 2021.

— Talvez a segurança tenha marcado ela. — Ela vai até a minha mesa e localiza o envelope sobre meu apoio de mesa que parece couro, mas foi barato demais para ser de verdade. — Ah, não. — Ela sublinha o endereço de devolução no canto superior esquerdo com uma unha quadrada. — É porque veio de Tallahassee. Eles a marcaram com certeza.

— Merda — falo baixinho. Estou de pé quando, igualzinho àquela noite, meu corpo começa a se mexer sem qualquer consentimento consciente da minha mente. Estou guardando minhas coisas, embora seja pouco depois do almoço e eu tenha meditação às quatro. — *Merda* — repito, porque essa parte tirânica minha decidiu que eu não apenas vou cancelar minha tarde, mas também pagarei a taxa por não aparecer na minha aula de spin amanhã às seis da manhã.

— O que posso fazer por você? — Janet me observa com uma combinação de preocupação e resignação que faz tempos que não vejo. Aquele olhar que as pessoas nos dão quando a pior coisa possível aconteceu e não há nada que ninguém possa fazer por você, por nenhum de nós, porque alguns morrem cedo e de maneira inconveniente e não há como prever se você será o próximo e, antes que você perceba, enlutado e confortador estão encarando o abismo com o olhar desfocado. A rotina vem até mim visceralmente, embora desde então oito presidentes tenham governado. Três impeachments. Uma pandemia. As torres caindo. Facebook. Tamagotchi. Boneco do Elmo que dá risada. Chá gelado da Snapple. Elas nunca provaram chá gelado da Snapple. Mas também não aconteceu em uma era distante. Se elas tivessem vivido, teriam a mesma idade que a Michelle Pfeiffer.

— Acho que vou a Tallahassee — digo, incrédula.

Tallahassee, Flórida
14 de janeiro de 1978
Sete horas antes

Nas noites de sábado, mantínhamos nossas portas abertas enquanto nos aprontávamos. Garotas entravam no quarto usando uma coisa e saíam usando algo mais curto. Os corredores eram tão apertados e restritos quanto os de um navio da Marinha, cheio de burburinhos sobre quem estava fazendo o quê, indo aonde e com quem. Spray de cabelo e esmalte exalavam nossa própria camada de ozônio, o calor dos secadores de cabelo erguendo o mercúrio quatro, às vezes cinco, graus no termômetro analógico na parede. Nós abríamos uma fresta das janelas para o ar fresco entrar e zoávamos a música vinda do bar ao lado; sábado era noite de disco, que era para gente velha. Era estatisticamente impossível que algo ruim acontecesse quando Barry Gibb estava gorjeando seu alto falsete e todas nós viveríamos para ver o próximo dia, mas somos o que os modelos matemáticos se referem como ponto fora da curva.

Uma voz tímida acompanhou o padrão das minhas batidas na porta.

— Acho que pode nevar.

Ergui o olhar dos horários de voluntários ocupando minha mesa de secretária de segunda mão e vi Denise Andora de pé na soleira, as mãos apertadas uma na outra de forma infantil na altura da pélvis.

— Boa tentativa. — Eu ri. Denise estava tentando pegar emprestado meu casaco de pele de carneiro. Embora o inverno de 1978 tivesse trazido um frio tão intenso a Panhandle que matou as azáleas ao longo da fronteira da Geórgia, nunca ficava frio o bastante para nevar.

— *Por favor*, Pamela! — Ela juntou as mãos como se fosse orar, repetindo o apelo por cima das pontas vermelhas dos dedos com uma urgência cada vez maior. — Por favor. Por favor. *Por favor*. Eu não tenho nada que sirva.

Ela deu uma voltinha para ilustrar. Só sei os detalhes do que ela estava vestindo naquela noite porque havia uma descrição das roupas dela no papel: blusa gola alta fina enfiada dentro de jeans abotoados na frente, cinto e botas de suede do mesmo tom de castanho, brincos de opala e um adorável bracelete cinza com pingentes. Minha melhor amiga era extremamente alta e pesava menos que eu quando criança, mas no último ano eu já havia aprendido a lidar com minha inveja como se fosse uma dor de cabeça leve. O que despertava a dor lancinante era estar perto demais de Denise quando ela decidia que precisava de atenção masculina.

— Não me faça implorar. — Ela bateu o pé no chão um pouquinho. — Roger perguntou a algumas meninas se eu ia hoje à noite.

Larguei meu lápis.

— Denise — adverti.

Fazia tempos que eu perdera as contas de quantas vezes Denise e Roger terminaram tudo apenas para se encontrar à noite, não importando quantas cervejas quentes e olhares apaixonados tivessem sido necessários para que perdoassem as coisas horríveis que diziam para e sobre um ao outro, mas a separação mais recente não parecia muito uma separação, e sim mais um corte com uma faca suja de cozinha, literalmente infectando Denise, que vomitou tudo o que comeu por quase uma semana e teve que ser internada por uns dias por conta da desidratação. Quando eu a busquei na porta do hospital, ela jurou que Roger estava fora de seu sistema de vez. *Dei descarga duas vezes, para garantir*, dissera ela, rindo baixinho enquanto eu a ajudava a sair da cadeira de rodas do hospital e se sentar no assento do passageiro do carro.

Agora, Denise dava de ombros com súbita e suspeita indiferença, saltitando até a minha janela.

— Fica só a alguns quarteirões da Casa Turq. Na noite em que estão dizendo que vai ter oito centímetros de neve. Vai estar um pouco frio, mas... — Ela virou a tranca e apoiou as mãos no vidro, deixando marcas que logo não teriam comparativo vivo — ... talvez Roger se ofereça para me aquecer. — Ela me encarou, os ombros para trás na sala gelada. A não ser que os pais dela viessem visitar no final de semana, o sutiã de Denise ficava pegando poeira na gaveta de cima.

Senti minha força de vontade sumindo.

— Você *promete* lavá-lo a seco depois?

— Sim, senhora, Pam Perfeita, senhora.

Denise estalou seus saltos com uma batida militar. *Pam Perfeita* era o apelido dela não-totalmente-afetuoso para mim, nascido dos comerciais populares do horário nobre que mostravam a mulher com franjas emplumadas, falando do spray para cozinhar que economiza tempo, dinheiro *e* calorias. *Com PAM*, anuncia ela enquanto desliza um peixe de escamas prateadas da frigideira ao prato, *o jantar sempre fica PAM perfeito*.

Denise foi a primeira amiga que fiz na Universidade Estadual da Flórida, mas nos últimos tempos estávamos em um impasse. A podridão no centro da liderança Pan-helênica sempre foi o favoritismo, com ex-presidentes seguindo as regras à risca para algumas das irmãs enquanto permitiam que suas amigas se safassem quando aprontavam. Quando concorri para a posição e ganhei, eu sabia que Denise havia esperado leniência com meu nome no topo do quadro executivo. Em vez disso, eu estava tão determinada a fazer um trabalho melhor do que aqueles que vieram antes de mim, a ser lembrada como uma líder justa e imparcial, que Denise tinha mais faltas que qualquer outra irmã daquele lugar. Toda vez que ela faltava na reunião de segunda-feira ou adiava uma viagem de serviço, era como se me desafiasse a expulsá-la. As outras garotas nos observavam como dois cervos que tinham abaixado as cabeças e enganchado os chifres. Nossa tesoureira, uma finalista do Miss Flórida de cabelos ruivos que crescera caçando no condado de Franklin, sempre dizia que era melhor uma de nós ceder antes que ficássemos presas e tivéssemos que ser separadas com uma serra. Ela já vira acontecer na selva.

— Você pode usar o casaco — cedi.

Denise saltou até o meu armário com uma alegria infantil que me fez sentir como uma bruxa terrível. Ela fechou os olhos enquanto deslizava os braços nas mangas do casaco forrado de seda. Eu tinha lindas roupas que se encaixavam como uma segunda e macia pele, graças a uma mãe que dedicou a vida a cuidar de coisas assim. Talvez eu também me importasse se usasse metade do meu guarda-roupa tão bem quanto Denise. Do jeito que as coisas eram, eu tinha um redondo rosto irlandês que contradizia minha figura. Era o que eu tinha — não um corpo, mas uma figura. A desconexão entre minhas maçãs do rosto sardentas e proporções de pinup era extrema o suficiente para eu sentir, por vezes, a necessidade de me desculpar por isso. Eu poderia ser mais ou menos bonita, dependendo de quem olhava e onde.

— Pode fechar minha janela antes de ir? — Bati na minha mesa com as palmas das mãos abertas quando um sopro do vento entrou na sala, ameaçando espalhar minhas páginas de calendário organizadas por cor.

Denise foi até a janela e fez um teatro exagerado, pressionando o trilho para baixo e grunhindo como se usasse toda a força.

— Está preso — disse ela. — É melhor você vir comigo para não morrer congelada planejando a trigésima terceira doação de sangue. Que jeito péssimo de morrer.

Suspirei, não porque eu desejava ir à barulhenta festa de fraternidade e não podia porque tinha mesmo que organizar a trigésima terceira doação de sangue; meu suspiro era porque eu não sabia como fazer Denise entender que eu não *queria* ir, que eu nunca ficava mais satisfeita do que sentada na minha mesa riscada de lápis em um sábado à noite, minha porta aberta para o som alto e o drama de trinta e oito garotas se arrumando para sair, sentindo que eu fizera o trabalho que fui eleita para fazer se, no fim de semana, todas pudessem colocar música alta e rímel e provocar umas às outras do outro lado do corredor. As coisas que eu ouvia do meu quarto. O inferno absoluto que provocávamos uma à outra. Quem precisava depilar os dedões e quem jamais deveria dançar em público se tivesse qualquer desejo de procriar um dia.

— Você vai se divertir mais sem mim — objetei, sem muita animação.

— Sabe, um dia — disse Denise, se virando a fim de fechar a janela para valer agora, seu longo cabelo escuro batendo nas costas como a capa de um herói —, essas suas latas estarão em seu colo, e você vai olhar para trás e desejar…

Denise deu um grito que meu sistema nervoso mal registrou. Éramos garotas de irmandade de vinte e um anos; gritávamos não porque algo estivesse abominável e improvavelmente errado, mas porque as noites de sábado nos deixavam animadas e irresponsáveis. Desde então, passei a odiar o dia que a maioria das pessoas espera com ansiedade a semana toda, sua falsa sensação de segurança, sua promessa insincera de liberdade e diversão.

Lá fora, no gramado da frente, duas das nossas irmãs da irmandade bufavam e arrastavam uma caixa enrolada em lençol que tinha mais ou menos as dimensões de um pôster de filme, as bochechas pintadas de rosa pelo frio e pelo esforço, as pupilas dilatadas como se estivessem amedrontadas e com o coração acelerado.

— Nos ajudem. — Elas estavam meio rindo, meio arfando quando Denise e eu as encontramos no nosso curto gramado, ladeado com arbustos de grama rosa ornamental para dissuadir clientes do bar ao lado de estacionarem em nossa propriedade quando o estacionamento ficava cheio. Era um truque tão bem-sucedido de paisagismo que nenhum dos estudantes passando pela calçada, em busca de alguma coisinha para comer no Pop Stop antes que fechasse, havia aparecido para ajudar.

Me posicionei no meio, me agachando e erguendo a base em um toque por baixo, mas Denise apenas curvou os dedos e assobiou tão alto que fez dois caras pararem antes de cortar caminho pelo beco. Paisagismo algum podia impedir as pessoas de usarem nosso atalho, e eu não podia culpá-las. Os quarteirões de Tallahassee eram tão longos quanto as avenidas da cidade de Nova York, e Denise amava que eu soubesse disso.

— Podíamos usar uma mãozinha. — Denise lançou o cabelo escuro que havia passado horas persuadindo à submissão acetinada e inclinou o quadril, a fantasia caroneira de todo homem.

Eu vi unhas masculinas mordidas segurarem a base de nossa entrega ilícita, a centímetros das minhas, e fui aliviada do peso imediatamente. Passei a ser a líder da operação para instruir os caras pelos três degraus da frente e então — *cuidado, um pouquinho para a esquerda, não, a outra esquerda!* — pelas portas duplas da frente. Tínhamos acabado de repintá-las de azul-centáureo para combinar com as ondas no papel de parede na entrada, onde, naquele momento, todos se reuniam — as garotas na cozinha fazendo pipoca, as garotas que haviam se juntado no sofá da sala de recreação para assistirem aos episódios da semana de *As the World Turns*, as garotas que iam sair, rolinhos nas franjas e abanando as unhas para secar o esmalte. Todas queriam saber do que se tratava a comoção tanto quanto queriam maliciosamente avaliar nossos ajudantes da rua, mais velhos que nós pelo menos oito anos, mas não mais velhos que nossos professores que sempre nos convidavam para jantar.

Houve certa discussão sobre o que fazer a seguir. Denise insistia que os caras seguissem escada acima, mas os únicos homens permitidos no segundo andar eram membros da família no dia da mudança e o faz-tudo quando algo precisava ser consertado.

— Não faça assim, Pamela — implorou Denise. — Você sabe que, se deixarmos aqui, vão roubá-lo de volta antes que possamos negociar.

Embora a carga estivesse enrolada em um lençol, todas sabíamos que era um quadro emoldurado com fotografias da nossa querida fraternidade, cada membro ativo sério em terno e gravata, seu brasão de cascavel e espada dupla no centro. Estávamos nessa havia meses, cada casa roubando quadros uma da outra e deixando para trás um quadrado preto que nem mesmo uma solução forte de amônia conseguia limpar.

Denise me encarava com olhos brilhantes e delineados de preto que diziam *te peguei!* Mais de uma década mais tarde, quando, enfim, me tornei mãe, eu reconheceria esse truque, esse pedir por algo que você sabe que não pode ter diante de uma sala cheia de pessoas que queriam que você tivesse. Não havia como negar, a não ser que você não se importasse que todos pensassem que você era uma bruxa velha e má.

Bufei, baixo. Como ela sequer ousava pedir isso?

Denise entreabriu os lábios, sua expressão ficando frouxa de decepção. Eu também conhecia essa cara. Era a cara que Denise fazia toda vez que ela me encontrava como presidente depois de me conhecer há tanto tempo como sua amiga.

— "Man on the floor!" — gritei, e Denise me agarrou pelos ombros, me sacudindo com uma expressão divertida.

Eu *quase* a pegara. Então fomos levadas pelas outras garotas que se moviam como um cardume, um corpo vibrante estreitado pela escadaria e remodelado no patamar, e afinado outra vez pelos nossos corredores afunilados. O tempo todo, cantávamos *Man on the floor*, não em uníssono, mas vozes únicas em uma séria competição. Havia aquela canção do Paul McCartney — *Band on the Run* — que, para uma das minhas irmãs, ninguém conseguia se lembrar qual, sempre soara como "*Man* on the Run", e com mais uma modificação nasceu a piada d'A Casa. Era tão chiclete que, na manhã seguinte, sentada na sala de jantar em conformidade atordoada, ouvi o zumbido do refrão. Havia um monte de homens no chão àquela altura, alguns de azul, outros em jalecos brancos de laboratório, os que estavam no comando usavam roupas comuns, e eles estavam cortando pedaços ensanguentados dos nossos carpetes e catando com pinças molares do chão. E então alguém cantou a plenos pulmões — "man on the floor, maaaan on the floor!" — e começamos a rir, risadas de fazer a barriga doer que fizeram alguns dos nossos convidados de uniforme hesitarem na escada e olharem para nós, apenas traços de preocupação em seus rostos carrancudos e reprovadores.

O quadro foi entregue no quarto quatro, no qual as garotas que haviam organizado o roubo viviam. Nossos carregadores observaram o espaço limitado ceticamente antes de fechar a porta com os calcanhares e apoiarem a preciosa peça contra os pés de um dos beliches. Se você quisesse entrar naquele quarto, tinha que ser de lado, e, mesmo assim, acho que eu não conseguiria entrar, não com a minha *figura*.

— Vocês não têm um sótão ou algo assim? — perguntou um dos caras.

Tínhamos, mas ficar com o quadro em um dos quartos era como pendurar um par de chifres de veado na parede, Denise explicou para eles. Algumas das garotas de peito mais achatado já estavam se apertando pela porta entreaberta com as câmeras prontas para tirar fotos das heroínas locais no quarto quatro, que posavam junto à caça sorrindo, com as mãos empunhando "arminhas" e os cabelos compridos soltos como As Panteras. Em algumas horas, ele tentaria entrar nesse quarto, mas encontraria muita resistência devido ao quadro da classe de 1948 — ainda lembro que aquele foi o ano em que as garotas afanaram, ainda consigo ver seus cabelos oleosos e óculos com armação de plástico. Hoje, Sharon Selva é uma cirurgiã dentista em Austin e Jackie Clurry professora titular no departamento de história da mesma universidade tomada pelo terror naquele inverno de 1978, tudo por conta de um trote de faculdade idiota.

Denise foi toda determinada para o pequeno abajur de corpo âmbar que as meninas mantinham em cima de uma pilha de velhas revistas, tirando a cúpula e esticando o cabo o máximo possível para que pudesse se agachar diante da imagem e analisar sua superfície com a lâmpada nua, bem parecida com uma pessoa na praia usando um detector de metais. Ela balançou a cabeça, fascinada.

— Até os quadros de alunos da década de 1940 tinham qualidade de museu! — ela exclamou com uma indignação profundamente sentida.

Por dois anos, nós havíamos permitido que os caras da Casa Turq — abreviação para a cor de suas persianas e portas — pensassem que estavam fazendo parte do clássico e amigável roubo que acontecia entre irmandades e fraternidades amigas havia gerações. O que eles não sabiam era que estávamos trocando o vidro de alta qualidade de seus quadros pelo acrílico dos nossos antes de oferecer a troca. Foi Denise que viu a discrepância, quando estávamos no segundo ano.

Este vidro é lindo, arfara ela, e as garotas mais velhas riram, porque Robert Redford era lindo, mas vidro? A pequena Denise segundanista nos escoltara para a parede com os retratos e apontara as diferenças — viram como nossas fotografias tinham ficado desbotadas? A Casa Turq estava usando vidro, vidro caro de museu que protegia as fotografias deles dos elementos que podiam prejudicá-las, como o sol e a poeira. Denise estava estudando para ter um diploma duplo de artes visuais e línguas modernas — a concentração no primeiro sempre fora o plano, o segundo fora adicionado naquele verão, depois que ela lera no *Tallahassee Democrat* sobre a construção de um museu do Salvador Dalí de última ponta em St. Petersburg, Flórida. Denise havia imediatamente mudado para declarar uma graduação dupla em línguas modernas, ênfase em Espanhol, passando o verão depois de seu aniversário de vinte anos no campus, ganhando dois anos de crédito. O próprio Dalí viria para entrevistar os futuros funcionários, e Denise planejava encantá-lo na língua nativa dele. Não é surpreendente, mas, quando eles por fim se conheceram, ele ficou completamente fascinado por ela, contratando-a como galerista assistente a começar na segunda-feira após a graduação.

— Duvido que eles sequer vão perceber... — A Denise do segundo ano deixou as palavras no ar, esperta o suficiente para saber que, enquanto candidata, não podia ser quem ia sugerir.

Existiam e continuam a existir várias disparidades entre a vida em uma fraternidade e em uma irmandade, mas a maior era que o presidente da divisão na época estava sempre se gabando de como os ex-alunos contribuíam para suas organizações. Homens de fraternidade tinham, por gerações, se tornado mais economicamente estáveis que mulheres de irmandade, e, de um modo geral, suas casas exibem móveis mais novos, ar-condicionado top de linha, e "Como nossa irmã de olhos de águia Denise Andora recentemente destacou", disse ela no começo da reunião seguinte, "até vidros *mais nítidos* que os nossos".

A estratégia foi montada naquela noite, e ouvi rumores de que as garotas a mantêm até hoje.

Denise tamborilou suas longas unhas no vidro durável de reflexo controlado e gemeu quase sexualmente.

— Cara, isto aqui é coisa boa — disse ela.

— Você quer que a gente te deixe a sós com o vidro, Denise? — perguntou Sharon, sem rodeios.

— O Roger que se dane. — Denise plantou um beijo molhado na superfície límpida. — Este vidro e eu vamos viver uma vida muito longa e feliz juntos.

Às vezes, quando recebo um resultado indesejado no tribunal, quando começo a pensar que a justiça, no fim das contas, deve ser falácia, lembro que Salvador Dalí morreu seis horas antes do assassino de Denise ser colocado na cadeira elétrica. Vinte e três de janeiro de 1989: pesquise. O falecimento de um dos mais celebrados e excêntricos artistas garantiu que a execução de um lixo na região central da Flórida não fosse a principal notícia do dia, e ele teria caminhado desolado como um homem morto até a câmara de execução por causa disso. Mais que sua própria liberdade, mais do que a chance de me fazer me sentir mal pelo que fiz com ele, o que ele queria era um espetáculo. Nesses dias ruins, gosto de pensar que Denise está lá em cima, seja lá para onde mulheres realmente incríveis vão quando morrem, e que ela conseguiu mexer alguns pauzinhos. Ofuscou a morte dele da mesma forma que ele fez com o tempo breve dela nesta terra. Vingança é um prato que se come frio. As bruxas de *As the World Turns* nos ensinaram isso.

"O futuro… ela estava muito ansiosa por ele."

— TIA DE UMA DAS VÍTIMAS DA UNIVERSIDADE ESTADUAL DA FLÓRIDA, 1978

15 de janeiro de 1978
Cinco minutos antes

O que me acordou deve ter sido mais que a fome, mas tudo o que eu queria era ir lá para baixo fazer um sanduíche de pasta de amendoim e voltar a dormir imediatamente.

Rolei para fora da cama, grunhindo quando me vi no pequeno espelho oval grosseiramente colado à parede. Eu havia adormecido completamente vestida, usando meu livro como travesseiro. Depois que coloquei os horários dos voluntários no quadro de aviso do lado de fora dos banheiros, fui ler para a aula de pensamento político da segunda-feira de manhã, e agora minha bochecha tinha a marca fraca da Emenda da Igualdade de Direitos. Eu a esfreguei com força com a palma da mão, mas o máximo que consegui foi borrar as palavras de Alice Paul.

As vantagens da presidência da irmandade começavam com morar sozinha no grande quarto com varanda diante da escadaria, e terminavam aí. A janela saliente, a *privacidade*, enganava algumas garotas e as fazia pensar que queriam concorrer para a posição, até que elas paravam para pensar quanto trabalho não valorizado era adicionado ao tempo de estudos regular. Era o inverso para mim. As reuniões, o orçamento e a gerência, o litígio dos delitos pequenos e menores — essa era a graça. Eu me deprimia quando tinha tempo livre demais, e odiava sair, namorar, caras, a coisa toda. Minha figura me ajudara a ter um namorado respeitável no primeiro ano e, por mais que beijá-lo não me animasse, eu o mantinha em nome da conveniência.

O lustre no saguão de entrada tinha um timer, que desligava automaticamente às nove. Mas, quando saí do meu quarto alguns minutos depois das três da manhã, a entrada estava banhada pela luz prateada. Eles ainda não sabem como isso aconteceu, mas aquele lustre salvou minha vida. Se eu tivesse virado à direita saindo do meu quarto, descido pelo corredor estreito até a escada dos fundos feita para ser usada tarde da noite, jamais teria voltado.

Desci a escadaria da frente, as mãos roçando no corrimão de ferro forjado, uma das partes mais antigas e mais bonitas d'A Casa. Na entrada, passei um minuto ou dois cutucando o interruptor na parede, em vão. Adicionei isso à lista sempre crescente de tarefas da manhã: ligar para o faz-tudo primeiro, antes que as alunas chegassem para…

Não fique parado aí, exclamou uma mulher. *Faça alguma coisa. Faça alguma coisa!*

Um vidro se estilhaçou em algum ponto nos fundos d'A Casa. E então mais outro. E outro.

Olhei para os meus pés, calçados nos chinelos de veludo que eu usaria pela última vez, e vi que de alguma forma estavam indo em direção à confusão vinda da saída d'A Casa para a Jefferson Street. Mesmo quando eu dobrava a esquina para a sala de recreação e via que era apenas a televisão, deixada ligada por uma das minhas irmãs em um antigo episódio de *I Love Lucy*, aquele em que Lucy fica oferecendo a Ricky objetos para esmagar em vez de seu rosto, eu sabia que havia algo errado.

Mesmo assim, virei a esquina, desligando todos os abajures que haviam sido deixados ligados na sala, pegando os pratos que entulhavam a mesa de café, pegajosos com o resíduo de bolo de chocolate. Meus olhos queimavam com lágrimas porque eu era o tipo de pessoa que só chorava de raiva. O Chá & Tour das ex-alunas começava às nove da manhã em ponto, e era *assim* que as garotas deixavam o lugar?

Meu rabo de cavalo havia afrouxado durante o sono, e eu ficava tendo que mover a cabeça para tirar o cabelo olhos. A certa altura, percebi que era porque havia uma brisa gelada entrando na sala. Dei meia-volta e semicerrei os olhos pela soleira para ver que a porta dos fundos tinha sido deixada aberta também. *Crianças de merda*, pensei, porque isso era o que eu geralmente pensaria se parte de mim também não suspeitasse que algo inenarrável estava acontecendo, naquele momento, logo acima da minha cabeça. *Crianças bêbadas de merda*, pensei de novo, interpretando para mim mesma, me agarrando aos últimos segundos de normalidade antes que…

Uma batida. *A* batida.

Parei. Parei de me mexer. De respirar. De pensar. Todas as funções pareceram parar para desviar os recursos para os meus ouvidos. Acima da minha cabeça, um agitar de passos. Alguém no segundo andar estava correndo em uma velocidade nauseante e sobrenatural.

Foi como se um imã estivesse preso às solas daqueles pés, e a moedinha no meu couro cabeludo me arrastava junto — além da parede dos nossos quadros de retratos, sob a rachadura mal preenchida do teto e, por fim, até o lugar entre o armário de casacos e as portas com persiana da cozinha onde os passos pararam e eu também. Eu estava na sombra da escadaria principal, diante das portas duplas a aproximadamente quarenta centímetros de mim. Eu chutara que eram quarenta e cinco centímetros, mas quando o detetive mediu, não mais que uma hora depois, descobri que havia superestimado um pouco a distância entre nós.

O lustre de cristal ondulava, perturbado, mas, ainda assim, irritantemente brilhante. Quando o homem desceu a escada e correu pela entrada, ele devia ter sido bem difícil de ver. Em vez disso, o lustre agiu como meu arquivista, alojando uma imagem nítida e integral dele enquanto hesitava, agachava baixo, uma das mãos na maçaneta. Na outra mão, ele tinha o que parecia um taco de baseball infantil de madeira, a ponta enrolada em um tecido escuro que parecia se curvar e retorcer. Sangue, meu cérebro ainda não permitia que eu reconhecesse. Ele usava uma touca de tricô, puxada até abaixo das sobrancelhas. O nariz era aquilino e reto, os lábios finos. Ele era jovem, elegante e bonito. Não estou aqui para contestar os fatos, nem aqueles que me irritam.

Por um breve e alegre momento, pude ficar com raiva. Eu reconheci o homem na porta. Era Roger Yul, o namorado com quem Denise ficava terminando e voltando. Eu não conseguia *acreditar* que ela o levara lá para cima. Essa era uma violação de nível laranja do código de conduta. Suficiente para uma expulsão.

Mas então vi quando cada músculo do corpo do homem ficou tenso, como se ele sentisse que estava sendo observado. Com um breve giro de cabeça, ele focou como uma ave de rapina um ponto logo além do meu ombro. Eu estava paralisada por um pavor congelante que ainda aparece nos meus pesadelos, travando minha coluna e vaporizando meu grito nas paredes arranhadas da minha garganta. Nós dois ficamos ali, alertas e imóveis, e percebi com um alívio que parecia uma bola de demolição que ele não poderia me ver na sombra da escadaria, que, enquanto ele estava visível para mim, eu permanecia não vista.

Ele não era Roger.

O homem abriu a porta e partiu. Da próxima vez que eu o visse, ele estaria usando blazer e gravata, teria groupies e o *New York Times* ao seu lado, e, quando ele me perguntasse onde eu estava morando, legalmente eu não teria escolha a não ser dar meu endereço para um homem que assassinara trinta e cinco mulheres e escapara duas vezes da prisão.

Eu me vi indo para o quarto de Denise, planejando ler para ela o *riot act*. Jamais conseguiria explicar isso de maneira adequada para os policiais, para a corte, para os pais de Denise nem para mim mesma. Que, por mais que eu soubesse que não era Roger quem eu vira na porta da frente, eu não havia pegado o telefone e chamado a polícia, mas sim ido lá para cima brigar com Denise.

A meio caminho no corredor, a porta do quarto seis abriu, e uma aluna do segundo ano chamada Jill Hoffman saiu cambaleando, curvada, e foi para o banheiro adiante no corredor. Ela estava bêbada e correndo até o vaso para vomitar.

Chamei o nome dela e Jill se virou amedrontada, como se pensasse que eu pudesse estar com raiva do talho no lado direito de seu rosto, puxado para revelar os próprios ossos que as revistas de moda nos disseram para destacar com iluminador. Ela estava tentando falar, mas sua língua ficava sendo empurrada sob grossas ondas de sangue.

Segui pelo corredor, balançando meus braços estranhamente e gritando para que todas se levantassem. Uma das garotas abriu a porta e perguntou com sono se A Casa estava pegando fogo. Eu guiei Jill para os braços da garota e, em um momento de persuasão, a instruí a fechar e trancar a porta atrás de si. Com minha visão periférica, vi outra pessoa entrar no quarto de Jill e gritar que precisávamos de um balde. Pensei que precisávamos começar a limpar as manchas de sangue que Jill deixara no carpete antes que secassem, e isso fez total sentido para mim na hora.

Fui para o quarto doze do lado direito do corredor e gritei para que as garotas lá chamassem a polícia. Quando elas perguntaram por quê, precisei parar e pensar por um momento. Eu não me lembro de dizer isso, mas o autor de um dos livros de *true crime* mais éticos escreveu que eu disse.

— Jill Hoffman foi meio que mutilada — alegam que eu disse, com calma, e então caminhei tranquila para o banheiro, peguei um balde debaixo da pia e fui para o quarto de Jill, pensando que ia limpar uma mancha no carpete.

O quarto de Jill estava molhado, seus lençóis submersos em uma coisa escura e oleosa, as cortinas amarelas atingidas por tanto sangue que pingava até nos ganchos, mais pesados do que estiveram dezessete minutos antes. A colega de quarto dela, Eileen, estava sentada na cama, segurando o rosto esmagado nas mãos e gemendo *mamãe* em seu sotaque baixo do interior. Eileen era uma leal ouvinte do programa de rádio do pastor Charles Swindoll, e, embora eu não fosse nem um pouco religiosa, ela me fizera viciar também. Ele sempre dizia que a vida é dez por cento o que acontece com você e noventa por cento a forma como você reage a isso.

Enfiei o balde debaixo da mandíbula de Eileen e tirei suas mãos do rosto. Sangue e saliva bateram com força na base de metal, de fato soando bem mais grossos que água.

— Pegue isto — falei para uma garota do primeiro ano que havia me seguido até o quarto. Ela afastou o rosto, fazendo som de vômito, mas segurou aquele balde para Eileen até que a ambulância chegasse. — Não deixe que ela cubra o rosto ou vai sufocar.

Saí do quarto de Jill e Eileen e fui para a esquerda, para o meu quarto. Era o mesmo que fazer rondas na divisão nas noites de segunda. A contagem começava na parte da frente.

A maioria das garotas acordaram assustadas quando abri suas portas e acendi as luzes, levando as mãos fechadas aos olhos, a baba seca nos cantinhos das bocas. Embora seus rostos estivessem contorcidos e irritados, pelo menos estavam inteiras. De um jeito insano, comecei a pensar se Jill e Eileen tinham brigado, se as coisas tinham saído do controle. Mas então entrei no quarto oito. Uma garota chamada Roberta Shepherd morava no quarto oito. A colega de quarto dela estava em uma estação de ski naquele final de semana, e, diferentemente das outras, Robbie não gemeu nem grunhiu quando eu mandei que acordasse e acendi as luzes.

— Robbie — repeti na voz de professora pela qual todas me zoavam pelas costas. — Desculpe, mas você precisa acordar.

Eu estava entrando no quarto, minha adrenalina ativando a função da coragem. Mas, no fim das contas, não havia motivo para ser corajosa. Robbie dormia com as cobertas puxadas até o queixo. Entrei, toquei o ombro dela e disse que Jill e Eileen tinham tido um acidente e que a polícia chegaria a qualquer momento.

Uma vez que ela ainda se recusava a responder, eu a virei de costas, e foi quando vi o rabisco vermelho no travesseiro. Sangramento nasal. Dei batidinhas no ombro dela, reconfortando, dizendo a ela que eu também tinha isso quando ficava nervosa.

Do nada, havia um homem de uniforme do meu lado, gritando e rugindo para mim. *O médico! Chame o médico!* Saí para o corredor, me sentindo primeiro magoada e, em seguida, furiosa. Quem era ele para gritar comigo dentro da minha própria casa?

O corredor parecia ter se transformado no breve tempo que passei dentro do quarto de Robbie, agora um espaço estreito de surrealismo, estalando com os rádios dos oficiais insignificantes do campus, não muito mais velhos do que nós. Garotas perambulavam pelos corredores usando casacos de inverno por cima das camisolas. Alguém disse com total confiança que os iranianos haviam nos bombardeado.

— Tem um cheiro estranho vindo do quarto de Denise — disse Bernadette, nossa Miss Flórida e, como tesoureira, a segunda no comando. Juntas, fizemos a curva do corredor, passando por dois oficiais inúteis de boca aberta. Me perguntei se talvez Denise tivesse se esquecido de guardar sua paleta de tintas antes de sair. Às vezes ela fazia isso, e a paleta emitia um odor parecido com vazamento de gás.

Denise era alguém que odiava receber ordens. Ela era cabeça dura e talentosa, orgulhosa e sensível. Nossa amizade não havia sobrevivido ao papel que aceitei de bom grado, um no qual era minha função garantir que todas seguissem as regras, não importava quão inúteis e arcaicas Denise pensasse que eram. Mas eu ainda a amava. Ainda queria que ela tivesse a vida importante e ilustre que estava destinada a ter, embora eu houvesse aceitado que esta provavelmente não me envolveria.

Assim que entrei no quarto dela, eu soube. Eu *soube*. Eu só a havia perdido antes de estar pronta. Denise estava dormindo de lado, com as cobertas cobrindo os ombros. Devia estar fazendo mais ou menos vinte e seis graus no quarto, e o ar estava nojento com o cheiro fétido do banheiro.

Bernadette me segurava fisicamente, me dizendo para esperar pelo médico, mas me livrei do toque dela.

— Ela tem o sono pesado — insisti em uma voz entrecortada e furiosa. Fosse lá o que Bernadette estivesse insinuando, fosse lá o que estivesse pensando — ela estava *errada*.

— Eu já volto — disse Bernadette, e então bateu o cotovelo dolorosamente na soleira da porta quando se virou para correr pelo corredor.

Como se esperasse que estivéssemos sozinhas, a mão de Denise disparou no ar, um cumprimento de braço duro.

— Denise! — Minha risada soava louca até para os meus ouvidos. — Você tem que se vestir — falei. — É Código Bra. A polícia está por toda a parte.

Fui até ela e, embora eu continuasse convencida de que ela estava apenas sonhando, entendi o suficiente para segurá-la nos braços. O cabelo escuro estava cheio de pedacinhos de casca, mas, diferentemente do de Jill e Eileen, estava seco e macio quando eu o acariciei e repeti que ela precisava se vestir. Não havia nenhum arranhão no rosto dela. Teria importado para Denise que ela deixasse este mundo intacta.

Afastei as cobertas dela — ela tinha que estar quente — e descobri que, embora ela usasse sua camisola favorita, a roupa íntima estava amassada em uma bola no chão, ao lado de um frasco derrubado de umidificador de cabelo Clairol. Eu não entendi como aquilo era possível, mas o bico estava pegajoso com uma substância escura e um bolo de cabelo escuro e crespo, o tipo de cabelo que fica preso na lâmina quando você se depila antes de ir à praia.

Senti uma mão no meu ombro, me tirando do caminho, e aquele homem estava ao meu lado outra vez, o que gritara comigo. Ele arrastou Denise para fora da cama, para o chão. Disse a ele o nome dela e que ela tinha alergia a látex. Por causa disso, ela precisava tomar cuidado com o tipo de tinta que guardava no quarto.

— Bom saber — disse ele, e eu o perdoei então, porque ele foi muito gentil com Denise enquanto lhe tapava o nariz e aproximava o rosto do dela.

Ela havia adormecido de novo, mas, quando tornasse a acordar, eu diria a ela que o homem que a salvara era bonito e não usava aliança. Um médico era o mesmo que um doutor? Denise era o tipo que terminaria com um doutor. Talvez essa fosse a história de como ela conheceu o marido, e um dia, em breve, eu a contaria em seu aniversário.

15 de janeiro de 1978
3:39 da manhã

O policial lá em cima nos disse para descer, e o policial lá embaixo nos disse para voltar para cima. Encontramos um policial diferente no segundo andar, e esse nos disse em voz exasperada que precisava muito que ficássemos em um lugar só e não mexêssemos em nada, então fui eu quem decidiu. Ficaríamos confinadas no meu palácio presidencial.

Meu quarto tinha janelas duplas do chão ao teto, diretamente acima do gradil branco com as letras gregas. Com as cortinas puxadas, as janelas davam para um caminho de tijolos brancos onde Denise desenhara nossa espiralada fonte grega em giz industrial no começo do semestre.

Alguém puxou as cortinas, e o azul e o vermelho fulminaram o quarto.

— Tem outra ambulância aqui. — Ela não precisava anunciar isso.

Algumas outras garotas foram para a janela para ver com os próprios olhos. Devia haver mais ou menos trinta de nós naquele quarto, e o cheiro — de creme noturno e hálito de cerveja — permanece incrustado em algum nervo olfativo primordial meu.

— *Três* ambulâncias.

— Sete viaturas.

— Contei seis.

— Seis. Me sinto bem melhor agora.

Bernadette e eu percorremos o cômodo cobrindo o quarto nos sentidos horário e anti-horário, reunindo o máximo de informação possível. Quem tinha visto algo. Ouvido algo. Uma das nossas candidatas me disse que era um ladrão e que devíamos ver se a TV desaparecera. Outra insistiu que tínhamos sido atacadas pelos soviéticos, que o país ia entrar em guerra.

— Não acho que é isso o que está acontecendo — comentei, dando uma apertadinha no joelho dela.

Bernadette e eu nos reunimos para comparar anotações. Mesmo de manhã, usando o roupão de banho e um único rolinho de cabelo, ela cuidadosamente contornara os lábios com batom brilhante cor de cereja. A boca pálida estava começando a aparecer, e eu sabia que ela ficava nervosa sem sua cor de sempre. Ela ficava mordiscando o lábio inferior, fazendo-o corar por um instante com sangue vibrante. Ela ainda usava a blusa com contas que usara no começo da noite. Isso acabou sendo um detalhe crucial.

— Não consegui soltar — disse Bernadette, indicando o botão em sua blusa. Me inclinei à frente, segurando o tecido entre meu polegar e o indicador. A aplicação de cristal havia se enrolado na casinha do botão. — Bati na porta de Robbie para pedir ajuda. Ela tem aquelas tesouras de tecido. — Robbie estudava marketing da moda. — Lembro que ela resmungou que eram três da manhã. E olhei para o relógio dela porque sabia que estava exagerando. E eu falei, são duas e trinta e cinco, Robbie. E ela disse, quer minha ajuda ou não? — Bernadette suspirou, incrédula. — Quando isso aconteceu? Como foi que não ouvi nada? Ela estava bem. Quando fui embora, ela estava *bem*.

— Nós vamos vê-la no hospital assim que nos deixarem sair daqui — prometi a ela. Tudo o que eu prometera naquela manhã parecia possível agora que eu tinha a chance de conduzir a missão de reconhecimento. Um estranho entrara n'A Casa, provavelmente para nos roubar, encontrara algumas das garotas e entrara em pânico. Invasões a casas não eram um evento incomum. Ninguém tivera a intenção de nos machucar, e, embora Jill e Eileen estivessem feridas e ensanguentadas, era uma daquelas coisas que pareciam piores do que eram. Tipo quando você bate o tornozelo no chuveiro e o sangue espirra com a força de uma artéria principal. Tinha que ser assim; do contrário, como Bernadette acabara de destacar, teríamos *ouvido* algo. Sequei minhas mãos nas coxas, minhas preocupações aliviadas por enquanto.

A impressão foi de que ficamos naquele quarto por horas, mas não pode ter sido por mais de vinte ou trinta minutos porque os pássaros ainda não haviam começado a cantar quando um novo policial abriu a porta. Havíamos caído em um estupor apático, mas, assim que o forasteiro entrou no quarto, todas nós limpamos o rosto e nos endireitamos, atentas. Estávamos acostumadas a nos reunir para anúncios e reuniões, e o policial pareceu despreparado para ter o palco tão unanimemente cedido. Ele ficou parado por um longo momento, com algo como medo de falar em público.

— Você tem notícias? — perguntei.

Ele assentiu para mim, grato pelo lembrete do que estava fazendo ali. Ele tinha o peito largo e era barrigudo, um garoto local com um distintivo, mas a voz dele não se propagava. Tínhamos que nos inclinar à frente para ouvir o que dizia.

— Há muitas pessoas no segundo andar agora, e elas ficarão aqui por um tempo. Vocês precisam ir lá para baixo.

Ergui minha mão, não para ser chamada, mas para anunciar que ia falar. É assim que funcionava na organização também. Se você tinha algo a dizer, sinalizava, mas ninguém te chamava. Aquilo não era uma aula e nós não éramos alunas ali. Eu estava dizendo que éramos associadas conduzindo os assuntos d'A Casa.

— O que está acontecendo com as outras garotas? — perguntei. — Como elas estão?

— As garotas estão no Tallahassee Memorial.

— Todas?

Ele assentiu, o rosto brilhante e sincero.

O alívio foi estabilizador, não apenas porque era a resposta que eu queria, mas porque era uma *resposta*. No mês de incerteza que se seguiria, o que eu queria, o que todas nós queríamos, era clareza. O que acontecera? Quem fizera isso? O que faríamos agora?

— Quando podemos ligar para nossos pais para contar o que está acontecendo? — perguntei.

O policial franziu a boca de lado, pensando.

— Talvez em uma hora? É o tempo que vai levar para colher as digitais de um grupo deste tamanho.

As garotas se dispersaram então, suas questões e objeções desordenadas, mas razoáveis. Eu permiti, pensando que todas haviam ganhado alguns momentos de desordem. Eu me levantei e fui para o centro do círculo, e todas calaram umas às outras.

— Vão tirar nossas digitais? — perguntei em uma voz calma, mas preocupada, de porta-voz. — Por quê?

— Sempre tiram as digitais de todos.

— Quem são todos? — perguntei, perdendo a paciência.

— Qualquer um na cena do crime. Não só os agressores.

— Agressores? Quer dizer que foi mais de um?

— O quê? Não. Talvez. Não sabemos.

— Então vocês não pegaram a pessoa que fez isso?

— Temos muita gente procurando.

Frustrada, apertei meu nariz.

— Podemos pelo menos voltar aos quartos para nos trocarmos antes de descer?

— Não — respondeu ele. E então, em resposta ao coro de reclamações sobre andar sem calças diante de todos aqueles homens, o policial se encolheu, recuando, e nos disse que nos daria cinco minutos para nos aprontarmos.

— Vocês podem pegar emprestado o que quiserem de mim — falei. Comecei a ir para o meu armário, seu conteúdo tão desejado pela pessoa que não estava no quarto conosco, mas parei quando soou uma batida na porta.

Um policial diferente apareceu desta vez.

— Qual de vocês viu ele?

Me virei.

— Eu vi.

— Preciso que você venha comigo imediatamente — disse o novo policial.

— Pode ficar no comando enquanto isso? — perguntei a Bernadette. Ela assentiu, seus lábios nus apertados e resolutos.

Me apressei para fora, ansiosa para ajudar, para resolver tudo a fim de que eu pudesse ir ver Denise no hospital e voltar às pressas para A Casa e arrumar tudo antes que as ex-alunas chegassem. Eu podia chamar meu namorado! Brian agarrava qualquer oportunidade de colocar seus calouros candidatos para trabalhar, e eles arrumariam A Casa enquanto as garotas tomavam banho e se vestiam. As ex-alunas sem dúvida ficariam abaladas quando eu explicasse que tivemos um acidente naquela noite — uma tentativa de roubo, ao que parecia —, mas impressionadas com o fato de a tour ainda acontecer tranquilamente. Eu as imaginei contando ao conselho governante que as mulheres da divisão da UEF demonstraram uma postura extraordinária diante de um suplício angustiante. Segui o policial escada acima, tomada de esperança.

Quatro da manhã

O nariz dele. Sério, tudo acabou tendo a ver com o nariz. Era a característica mais distinta e mais fácil de descrever para a estudante de arte que se voluntariou para tentar fazer o primeiro retrato forense. Reto e aquilino, como o bico de um pássaro pré-histórico assassino. Lábios finos. Homem pequeno. Em dezessete meses, eu teria a satisfação de repetir a descrição no tribunal. Eu já me fartara de ouvir quão bonito ele era, e homem nenhum gosta de ser chamado de pequeno.

A touca que ele usava cobria suas orelhas e sobrancelhas. A estudante de arte, uma secundarista chamada Cindy Young, teve dificuldades com a touca, passando a borracha cinza à página duas vezes. A primeira tentativa o fez parecer estar usando uma touca de banho; a segunda, um capacete.

— Geralmente sou melhor que isso — disse ela, com a testa franzida e suada. Como eu, como todas sob aquele teto, ela era uma perfeccionista cuja mão estava trêmula demais para se igualar às suas próprias expectativas.

— Deixa eu ver — murmurou o xerife Cruso, sentado no sofá da sala de estar formal e se inclinando sobre o rascunho de Cindy. Eu estava no chão ao lado dela para dar apoio, minhas pernas esticadas sob a mesinha de café e minhas costas contra a base cheia de babados do sofá. O joelho do xerife Cruso estava bem ao lado do meu rosto, e era inapropriado o quanto me senti excitada por estarmos sentados assim. Eu nem sequer gostava de sexo. Denise dizia que não era um problema "meu", mas sim de Brian.

O xerife Cruso passou o rascunho para o detetive "pronuncia-se como DIU" Pickell, de pé atrás do sofá.

— Dá uma olhada, Pickell — disse ele.

Pickell e Cruso pareciam ter mais ou menos a mesma idade — mais jovens do que o que eu pensava que um detetive e um xerife deveriam ser — e, mesmo Cruso sendo negro, claramente ele estava no comando. Isso era muito incomum nos anos 1970, não apenas em Panhadle, mas por toda a parte. Por gerações, os xerifes sulistas eram brancos, de meia-idade e com pouca educação, defensores do status quo. Mas, conforme o crime aumentava nas áreas rurais e as atitudes raciais mudavam, os eleitores tendiam aos candidatos mais jovens e mais educados. Cruso tinha seu diploma de criminologia da Florida A&M e era o primeiro xerife negro do condado de Leon, um marco que a cidade de Nova York não atingiria até 1995.

O detetive Pickell segurou o desenho sob um dos abajures da mesa para enxergar melhor.

— Está bom, Cindy.

— Posso lavar minhas mãos agora? — perguntou Cindy. Ela estava sentada com as mãos enegrecidas pelo papel-carbono viradas para cima no canto da mesa, para que não manchassem os móveis cor de creme da sala formal. Ainda estávamos preocupadas com o bom sofá na boa sala quando, lá em cima, o sangue de Jill serpenteara pelo colchão e, cedo ou tarde, enferrujaria as molas.

— Vá em frente. — Cruso abaixou a cabeça. Então, por cima do ombro para Pickell: — Você pode conferir se a srta. Schumacher aqui pode nos guiar pela casa?

Pickell foi para a entrada, passando longe das garotas que faziam fila para usar o banheiro do andar de baixo depois de tirarem as digitais na sala de jantar. Elas cobriam o rosto para que os policiais não as vissem chorando, arruinando os braços dos meus suéteres. A imprensa escreveria que dava para ouvir nossos gritos do lado de fora; não era a mentira mais ofensiva, mas me ressenti mesmo assim. Nos conduzíamos com um horror contido do qual tive orgulho na época. Pensei que, se isso tinha que acontecer com a gente, pelo menos todos se lembrariam de que éramos fortes e corajosas. Na época, você era forte e corajosa se não ficava falando do assunto. Mas as pessoas escreveram o que queriam sobre nós, sem nenhum respeito pela verdade. Pensando agora, eu deveria ter deixado todas gritarem.

O xerife Cruso olhou para mim e me deu um sorriso acessível. Agora, *ele* era bonito de verdade, diferentemente do Réu, que só era bonito por ter feito as coisas vis que fez. O xerife Cruso tinha bem mais que um metro e oitenta, uma mandíbula definida e masculina, mas bochechas de querubim. Logo eu descobriria que ele usava botas de caubói com tudo.

— Então, esse tal de Roger Yul. Como ele é?

Eu havia contado a verdade ao xerife Cruso e ao detetive Pickell. Como, no começo, fiquei tão embasbacada de ver um homem na porta da frente no meio da noite que pensei ser o ex-namorado de Denise, Roger. Eu estudava para ser advogada, era filha de um dos advogados coorporativos mais importantes da cidade de Nova York, e em algum ponto eu aprendera uma coisa ou outra sobre o processo de investigação criminal. Eu sabia que os policiais eram treinados para se fixarem naquela primeira impressão da intuição, mas presumi, erroneamente, que eles possuíssem um apreço pelas nuances da mente, pela pilha de neurônios e mensagens de elementos químicos que ocorre no momento em que seu mundo sai do eixo.

— Roger é um daqueles caras que não consegue se decidir — respondi tão pacientemente quanto pude. — Mas quem eu vi na porta não era Roger.

— O que você quer dizer com isso? — perguntou o xerife Cruso, ignorando completamente a segunda parte da minha resposta. — Com "não consegue se decidir", quero dizer.

Eu queria suspirar. Agitar minhas pernas como uma criança que está fazendo uma pirraça terrível. *Você está desperdiçando meu tempo, seu tempo, o tempo de todo mundo! Vá lá encontrar esse cara de nariz pontudo e casaco bonito!*

Mas mantive minha compostura.

— Às vezes ele quer ficar com Denise, e às vezes quer ser solteiro. Mas, de novo, quem eu vi na porta não era Roger.

— E agora? — persistiu o xerife Cruso. — Ele quer ficar com ou sem Denise? — Ele sorriu para mim como se dissesse *faça-minha-vontade*, e não aceitei isso nem um pouco. A maioria dos homens não me suportava.

— Ela terminou com ele antes das férias de Natal, e agora está bem óbvio que ele quer voltar com ela. Mas não conte para a Denise que eu te disse isso. Ela já tem problemas demais. — Revirei meus olhos de uma forma que esperava que fizesse o xerife Cruso ver que eu não estava tentando dar trabalho para ele. As pessoas sempre sentiam que eu estava tentando ser difícil, e sei lá, talvez eu estivesse. Mas o xerife Cruso não riu. Ele fez essa coisa quando mencionei Denise. Um tipo de piscada e olhar de surpresa ao mesmo tempo.

O detetive Pickell voltou para a sala.

— Podemos ver a casa agora. Mas primeiro, Pamela, preciso que você tire seus chinelos para que possamos distinguir suas pegadas daquelas do intruso.

Puxei meu pé para o colo e observei a sola de borracha manchada de sangue com a curiosidade de um arqueólogo. Eu não fazia ideia de que os arcos dos meus pés eram tão altos até aquele momento.

Refiz meus passos até eles, começando pela porta dos fundos. Onde eu ouvira a batida acima da minha cabeça, Pickell pegara um pedaço de fita preta e marcara o carpete no corredor. Ele fez isso de novo na extremidade da entrada onde eu vira o intruso descer a escadaria e parar na porta da frente. Nos disseram para não tocar nas fitas até que nos autorizassem, mas depois ninguém autorizou nem se deram ao trabalho de retornar nossas ligações. Pouco antes de todas irem para casa nas férias de verão, eu mesma as arranquei com uma raiva silenciosa e gigantesca.

Pickell me disse para ficar no exato ponto onde eu vira o intruso e segurar a ponta da fita métrica com meu dedão. Na porta da frente, ele olhou para a outra ponta em sua mão e anunciou:

— Quarenta centímetros.

O xerife Cruso assentiu, satisfeito, como se algo inevitável tivesse sido confirmado.

— Isso é bem distante no escuro.

— Mas não estava escuro. — Apontei para o lustre, meu grande olho de vidro.

— Não é a melhor iluminação no meio da noite — disse o xerife Cruso, que, embora objetivo, estava errado. Estávamos ambos semicerrando os olhos, olhando para o lustre. — E não quero dispensar tão rapidamente seu instinto inicial.

É um prazer secreto ser persuasivo quando você está errado. Era o que meu pai sempre dizia, como aviso, na verdade. Uma vez que tem as ferramentas para vencer uma discussão, um bom advogado deve usá-las não apenas de maneira sábia, mas eticamente.

E mesmo assim, adicionava ele com uma piscadela, *ótimos advogados sempre sabem quando se comprometer.*

— Xerife Cruso — falei devagar, como se estivesse me dando conta de algo. — Uma das minhas irmãs, o nome dela é Bernadette Daly, ela é nossa tesoureira, na verdade. Segunda no comando. — Eu queria que ele soubesse que ela era uma fonte confiável. — Ela foi ao quarto da Robbie às duas e trinta e cinco da manhã e lá permaneceu por alguns minutos. Ela disse que Robbie estava bem. Quando eu desci aqui, a TV estava ligada. Passando um episódio de *I Love Lucy*. E, quando eu a desliguei, os créditos estavam rolando na tela. São episódios de meia hora. Então, deviam ser três da manhã. Não mais que um minuto depois, eu ouvi a batida.

Pickell estava devolvendo a lâmina da fita métrica, vencendo a distância entre a porta da frente onde eu estava, e seus olhos estavam fixos em seu superior, como se quisesse ver se o xerife Cruso concordava que o que eu dizia era importante.

— Significa que tudo aconteceu em mais ou menos vinte minutos. — Eram dezessete minutos, de acordo com o relatório original do crime, oxidando em algum lugar no Florida Museum of Archives. — Como um homem conseguiu fazer o que ele fez com quatro garotas em apenas vinte minutos? E se fossem dois? Roger e esse outro cara? — Prendi minha respiração. Eu não acreditava nem um pouco no que eu estava dizendo, e não fazia ideia do dano feito naquele momento, estava apenas tentando fazê-los me ouvirem.

— Interessante — disse Pickell por fim, porque Cruso não estava acreditando. — Pode repetir o nome da sua irmã que falou com Robbie Shepherd?

— Bernadette Daly — falei devagar, e soletrei também. Ele anotou, então se aproximou de Cruso e sussurrou algo em seu ouvido, o rosto virado para que eu não pudesse ler seus lábios.

O xerife Cruso assentiu sombriamente para seja lá o que Pickell sussurrou, e então disse para mim:

— Obrigado, Pamela. Por enquanto é só. Você pode ir ligar para os seus pais, se quiser. — Ele começou a subir a escadaria.

— Por favor, use o telefone da cozinha — acrescentou o detetive Pickell, seguindo-o.

Era óbvio que eu estava sendo dispensada, e nenhum dos homens me daria mais informações sobre como as garotas feridas estavam. Eu teria que perguntar. Dei um passo para trás a fim de manter o xerife Cruso e o detetive Pickell na minha linha de visão enquanto eles subiam a escadaria.

— Vou precisar ligar para os pais das garotas que foram para o hospital — falei. — Informá-los sobre o que aconteceu e como elas estão. É uma das obrigações da guardiã sob juramento quando nos tornamos presidente da divisão. — Sorri enquanto dizia isso, esperando infundir em minhas palavras a marca alegre de utilidade que costumavam dizer que me faltava. Durante meu primeiro ano n'A Casa, a ex-presidente da divisão havia me repreendido pela forma como eu atendia o telefone: *Alô?* em vez de *Alô!* Era a diferença entre *O que você quer?* e *Como posso ajudá-lo hoje?*

O xerife Cruso estava cutucando o interruptor do lustre no segundo andar, fazendo a entrada ficar iluminada e escura, e não sei por quê, mas pensei no Studio 54, na forma como Denise sempre implorava para que eu a levasse até lá, como se eu tivesse alguma chance de passar da corda de veludo quando nem Warren Beatty conseguia.

— O que eu devo dizer aos pais? — pressionei com um sorriso vacilante. *Desculpe por ser tão insistente!* Meus olhos estavam coçando e secos pela falta de sono e, se o xerife Cruso não parasse de cutucar o lustre, eu temia ter uma convulsão.

Ele falou sem olhar para mim.

— Todas as garotas estão no Tallahassee Memorial Hospital, srta. Schumacher.

Cinco da manhã

Quando finalmente cheguei ao telefone na cozinha, os números no painel estavam manchados de tinta. Eu adicionei minhas próprias digitais enquanto discava o número de casa, fervendo com um tipo perverso de antecipação. Meus pais gastavam muito dinheiro para me negligenciar, e eu sempre fantasiava com algo terrível acontecendo que os forçasse a cuidar de mim de formas que o dinheiro não era capaz.

A cada toque doloroso, eu inventava uma desculpa nova para eles. Era cedo demais, e eles estavam dormindo pesado. Talvez não conseguissem ouvir o telefone tocando porque alguém na vizinhança estava fazendo reforma. Em um domingo. Às cinco da manhã. Ou talvez eles tivessem saído. Às vezes eles viajavam e presumiam que o outro fosse se lembrar de me contar, embora não houvesse precedente para isso. Éramos uma família de esquecidos.

A secretária eletrônica atendeu, e pensei em deixar as terríveis notícias na mensagem. Mas era tão raro eu ter o que tinha — um relatório de um evento cataclísmico que ia dar um tranco nas suas baterias mortas de pais — que decidi esperar até que alguém atendesse.

Bati o telefone no gancho, com força, e então o ergui e bati outra vez. Com mais força. Me arrependi imediatamente. E se alguém tivesse me visto perder a paciência? Mas a cozinha de tamanho industrial estava vazia e limpa como um hospital, o que ao mesmo tempo me agradava e me agitava. Eu abandonara aqueles pratos sujos na sala de recreação, onde toda a ação estava acontecendo. Me perguntei se devia arrumar um motivo para a polícia ir até a cozinha para ver que não éramos, na verdade, um monte de garotas de irmandade bagunceiras mascando chicletes, que éramos adultas responsáveis. Que, se eu dissesse que não era Roger que estava na porta da frente, eles poderiam acreditar na minha palavra.

Abri a lista telefônica da irmandade e achei o nome de Roberta Shepherd. Eu queria começar com o rosto de alguém que não estivesse terrivelmente machucado, mas não queria começar com Denise. Eu esperava que, até ter ligado para os pais das outras garotas, teria maiores informações sobre como ela estava.

— Residência Shepherd — disse um homem que soava como se tivesse o telefone na cabeceira da cama, como se a gravidade prendesse a voz dele no fundo da garganta. O pai de Robbie.

— Sr. Shepherd? — perguntei.

Ele tossiu o pigarro matinal. Então, formalmente:

— Sou eu.

Suspirei com força e comecei com a única coisa que importava para um pai.

— Primeiramente, quero dizer que Robbie está bem. Sou Pamela Schumacher, e sou a presidente da divisão d'A Casa. Estou ligando porque houve um incidente. Um intruso invadiu a casa e algumas garotas se feriram. Elas foram levadas para o Tallahassee Memorial Hospital para serem examinadas.

O sr. Shepherd foi muito direto.

— Estamos falando de estupro?

— Não — respondi, no mesmo tom que o dele, pensando que era algum sinal de maturidade eu poder falar de estupro sem muita alteração na voz. Pensei na roupa íntima de Denise amassada no chão, mesmo enquanto eu declarava, orgulhosamente (orgulhosamente!): — Ninguém foi estuprado.

— Deixa eu pegar uma caneta — disse o sr. Shepherd.

O sr. Shepherd anotou o endereço do hospital e me agradeceu educadamente pela ligação. Pensei: *Bem, não foi tão ruim assim*, e ao fazer isso me amaldiçoei.

A mãe de Eileen largou o telefone quando eu disse que ela sofrera alguns ferimentos no rosto, e o irmão mais novo dela pegou o fone e terminou a conversa comigo. Os pais de Jill exigiram, com raiva, falar com alguém no comando. *Eu estou no comando*, falei com a mesma raiva.

Desliguei e contei cinco respirações fundas antes de apertar com força o número de telefone dos Andora em Jacksonville. Nem sequer precisei olhar na lista — eu havia memorizado o número de Denise desde as primeiras férias do primeiro ano.

Ainda era cedo, mas como o sr. Shepherd, a sra. Andora atendeu no segundo toque, embora eu soubesse que os Andora não mantinham um telefone no quarto.

— E então? — perguntou ela com um suspiro pesado, sugerindo que estivera esperando a ligação. — Como ela está?

Me perguntei quem a contatara primeiro. Talvez os Shepherd. Denise e Robbie eram de Jacksonville. Elas tinham um ano de diferença, mas decerto os pais delas haviam se encontrado ao longo dos anos.

— É a Pamela — falei. — Ela está no hospital, mas vai ficar bem.

Houve uma longa pausa de barganha, como se ainda houvesse tempo para que eu retirasse o que havia dito.

— Quem está no hospital?

— Denise — falei, sem estar tão certa. — Eles a levaram faz pouco tempo.

— Denise? — gaguejou a sra. Andora. — Por quê? Por que ela está no hospital?

— Pensei que a senhora soubesse.

— Soubesse o quê? — Quando toda a linguagem me abandonou, ela se repetiu em um tom gelado que me aterrorizou. — Soubesse o quê, Pamela?

— A senhora perguntou como ela estava, como se soubesse...

— Soubesse o quê? Soubesse o quê? — A esta altura, a sra. Andora estava gritando. Eu queria dizer a ela para parar, que ela ia assustar os gatos. Ela tinha quatro, e eles eram muito inquietos.

Reagi, agarrando-me à borda do balcão com as duas mãos, o queixo no peito, o telefone girando no chão da cozinha, me perguntando como diabos o telefone tinha acabado girando no chão da cozinha.

Eu o peguei e afirmei, valente:

— Houve um incidente.

Pensei que isso resumia, mas então me dei conta de que a sra. Andora não estava mais me ouvindo. Ela havia afastado o gancho e estava berrando pelo sr. Andora, algo sobre Denise ter se envolvido em um acidente de carro.

— Não — falei, de repente me sentindo inenarravelmente cansada. Eu queria poder desligar o telefone e me afastar desta conversa, desta confusão, ter alguém, além de mim, que explicasse para eles. Então, quis me deitar e dormir por uma semana direto. — Não foi um acidente de carro. Foi um assalto. Talvez. Não sabemos.

— Um assalto?! — gritou a sra. Andora. — O que você está dizendo, Pamela? Por que você não sabe? Onde você está? Denise está com você? Posso falar com ela? É a Pamela, Richard. Não, Richard. Pare...

O pai de Denise entrou na linha e falou furiosamente:

— O que, por Deus, está acontecendo, Pamela?

— Denise está bem — insisti. — Houve um incidente n'A Casa. Um intruso. Algumas garotas foram feridas e levadas para o hospital para serem examinadas. Denise teve sorte, na verdade. Os ferimentos dela foram os mais superficiais.

— Meu Deus — disse o sr. Andora enquanto a sra. Andora ficava ao redor dele, dizendo a ele o que dizer, o que perguntar. — Qual hospital?

Repeti o endereço do Tallahassee Memorial pela décima vez naquela manhã: número 1300 da Miccosukee Road. Ainda lembro depois de quarenta e três anos.

Desliguei a ligação, me sentindo drenada, mas aliviada. Eu conseguira. A parte mais difícil, e eu conseguira. Mas então o telefone começou a tocar, sacudindo A Casa inteira. Tapei um ouvido. Nosso telefone sempre fora tão alto assim? Peguei-o do gancho, menos interessada em atender do que fazê-lo *parar*.

— Aqui é Linda Donnelly — disse a voz do outro lado da linha, o nome soando familiar, mas distante demais para que eu me lembrasse. — Sou médica residente em treinamento no Tallahassee Memorial. Com quem eu falo?

— Pamela Schumacher. Sou a presidente da divisão d'A Casa.

— Sei quem você é — disse ela. — Você se lembra de mim?

Olhei ao redor em busca de algum tipo de dica, mas era como se minha memória tivesse derretido, como aqueles relógios no pôster de Dalí que Denise pendurara acima da cabeceira.

— Sou sua conselheira escolar. Eu estava na divisão da turma de 1967.

— Peço desculpas — falei, mortificada. Eu não conseguia acreditar que esquecera o nome de um membro do nosso conselho. Eu não conseguia ver como a noite, a manhã, fosse lá no que estávamos, pudesse piorar.

— Desculpada. Você teve uma noite e tanto, pelo que ouvi falar. Precisa de algo? Posso ajudar?

— Isso é muito gentil, dra. Donnelly — falei com respeito extravagante, esperando compensar a gafe anterior. — Espero que eles nos deixem ver as garotas em breve. Na verdade, você poderia compartilhar o número do quarto delas conosco?

Houve uma pausa de meio segundo.

— Eileen e Jill estão em cirurgia no momento, mas posso te dar essa informação assim que elas saírem.

— Obrigada — falei. — E Denise e Robbie?

Aquela pausa de novo, mas havia medo nela. Eu conseguia senti-lo pelo telefone.

— Você quer dizer para identificação?

Minha mão, na bancada de aço inoxidável, estava pegajosa o bastante para escorregar. Limpei com o cotovelo as manchas que deixei.

— Como assim, para identificação?

— Quero dizer identificar os corpos.

— Estou confusa — falei, hesitando, embora não estivesse. Eu não poderia estar, do contrário eu jamais usaria um *tom* com uma ex-aluna. Devo ter entendido o suficiente para saber que seria perdoada, que o que havia acontecido ocupava o reino do imperdoável.

— Robbie e Denise faleceram antes de chegarem ao hospital — a dra. Donnelly me informou clinicamente. — Ninguém te contou isso?

Havia um calendário na parede. Um círculo na data daquele dia. Era o domingo do Super Bowl, me lembrei. Denise faria o molho para a festa para a qual fomos convidadas mais tarde. Eu tinha que informá-los, pensei, que teriam um prato a menos.

— Me disseram que ela estava bem.

— Quem te disse isso? — exigiu saber a dra. Donnelly.

— O xerife.

— Coloque ele na linha, agora — disse ela, soando impaciente e mandona. Soando como eu. — Você tem alguém mais aí para falar em seu nome? Um oficial da escola ou algo assim?

Balancei minha cabeça serenamente, e então me lembrei de que ela não conseguia me ver.

— Não.

— Vou até aí assim que meu turno acabar. Daqui uma hora. Tudo bem? Pode colocar o xerife na linha agora?

— Sim — falei, e coloquei o telefone na bancada. Me dando conta de algo, eu o peguei outra vez. — Na verdade, não. Quero dizer, agora não. Preciso ligar para os pais de Robbie e Denise.

— Isso é trabalho dele.

— Não — falei. — Você não entende. Eu acabei de dizer a eles que Robbie e Denise estavam bem. Preciso consertar isso.

— Você ligou para eles e disse... — A dra. Donnelly parou de falar enquanto absorvia o completo impacto do que eu fizera. — Está bem — disse ela baixinho. — Estarei aí em breve. Preciso que você aguente firme para mim, está bem, Pamela? Vamos ajudar você.

Eu estava balançando minha cabeça *negativamente*. Aguentar não era possível depois do que eu fizera.

— Pamela?

— Está bem — menti.

Este é o momento que me visita no meio de uma refeição no meu restaurante italiano favorito, quando a manicure coloca o alarme para a massagem de cinco minutos ou quando estou decorando a casa para o Natal. *Você não merece sentir prazer*, esse momento me lembra, *não quando você causou esse nível de dor*.

— Sim! — A sra. Andora exclamou quando atendeu o telefone pela segunda vez. — Estamos a caminho. Estamos saindo porta afora!

— Sra. Andora — falei em uma voz entorpecida. — É a Pamela. — Engoli em seco. — Tenho uma atualização.

— Estaremos aí para falar com o médico em breve — disse a sra. Andora bruscamente. Ela ouvira na minha voz, eu sabia. Ela não me permitiria dizer. — Você está aí? No hospital?

— Não.

— Então você não sabe de nada, Pamela.

— Eu sei — falei. — Sinto muito, mas eu sei.

A sra. Andora jogou o telefone contra a parede. Sei disso porque vi o buraco deixado quando fui ao funeral na semana seguinte. O som que saiu dela era um grito de batalha sedento de sangue, masculino e gutural. Me fez cambalear para trás, batendo na extremidade da bancada da cozinha. Choraminguei porque a ponta era afiada e se enfiou no meu fígado ou em um rim, um desses órgãos importantes e macios. Ouvi a sra. Andora, normalmente cheia de classe, sofrer daquela maneira grotesca e masculina até que o sr. Andora entrou na linha e disse, como um tipo de secretária eletrônica programada para o luto:

— Não podemos falar agora.

A linha ficou muda, e então eu passei pelas portas de lanternim até a entrada iluminada, perguntando pelo xerife Cruso em uma vozinha, o mais inofensiva possível, porque ele já havia me olhado como se eu fosse a fera de seus pesadelos que-sabe-tudo. Era o trabalho dele saber dessas coisas primeiro, e de alguma forma eu havia descoberto antes dele que duas das garotas não haviam resistido. Eu estava pensando, *vou chamar ele num canto. Direi a ele em particular que Robbie e Denise morreram.* Eu não queria constrangê-lo diante de seus subordinados. Era assim que meu cérebro estava programado na época. Foi assim que quase continuei a viver.

Oito da manhã

A decisão de visitar a Universidade Estadual da Flórida não teve nada a ver com um interesse na Universidade Estadual da Flórida e tudo com irritar minha mãe.

Em 1968, havia protestos antiguerra e antissegregação por toda a Legacy Walk. No outono, os alunos usavam jeans azul em solidariedade à comunidade gay de Tallahassee. O *Newsweek* chamava a UEF de "a Berkeley do Sul". Isso tudo de acordo com um panfleto que chegou pelos correios no meu segundo ano do ensino médio, endereçada ao meu pai, junto a um convite para ele e sua família irem a uma visita ao campus com todas as despesas pagas. Eles estavam cortejando ele, esperando atraí-lo para longe de seu escritório confortável na Park Avenue a fim de se juntar ao departamento da crescente faculdade de direito.

Antes da minha mãe jogar o convite no lixo, ela o rasgou com uma expressão que eu só tinha visto uma vez antes, quando uma vizinha trouxe um bolo de cenoura como agradecimento por uma carta de recomendação que ela escrevera. Assim que a porta da frente se fechara, minha mãe o embebera com detergente, apertando o frasco com ambas as mãos, como se estivesse pegando fogo. Daquele ponto em diante, a Universidade Estadual da Flórida adquiriu uma qualidade inflamável na minha mente, algo que disparava os alarmes da minha mãe, a deixava afiada e atenta.

Dois anos depois, quando chegou a hora de pensar na faculdade, mencionei a UEF.

— É bem longe — disse ela, a voz pulando uma oitava.

Interessante, pensei, e então decidi pressionar com mais força essa tecla instável da preocupação parental, tão desafinada.

— Eles oferecem estágio! — exclamei com entusiasmo legítimo, folheando o novo panfleto que eu requerera. Mesmo antes de ser estudante de direito, era possível conseguir créditos ao trabalhar nos tribunais no Capitólio, apenas a alguns quarteirões do campus.

— Por que você quer ir para a "Berkeley do Sul" quando tem notas para ir para Berkeley? — retrucou minha mãe. Ela nunca retrucava. Qualquer coisa que eu quisesse ela aceitava.

Aquele era um ponto muito válido, mas joguei meu cabelo por sobre o ombro como se não fosse.

— Você é inteligente demais para uma faculdade estadual — adicionou minha mãe, soando um pouco desesperada.

Isso me fez abaixar o panfleto, examinar minha mãe, me perguntar se algo tomara conta do corpo dela naquela noite. Eu sempre me considerei uma pessoa intuitiva, mas você podia ser péssimo em ler pessoas e ainda ver que havia algo na Flórida que abalava profundamente Marion Young. Talvez eu jamais tivesse descoberto o quê se a morte de Denise não tivesse rompido o selo proverbial no nosso cisto de segredos familiares.

Organizei uma visita ao campus, usando o dinheiro que eu ganhara fazendo a contabilidade do escritório de direito do meu pai, não porque eu precisasse — meu pai fazia muito dinheiro, e minha mãe viera de mais dinheiro ainda —, mas porque minha mãe estava tão contra a UEF que se recusou a pagar pela viagem. Aproveitei cada segundo de briga sobre minha primeira opção de faculdade com minha linda e ocupada mãe, que por vezes parecia muito envolvida em suas funções, hobbies e vários clubes femininos para prestar atenção no que acontecia na minha vida. Minha irmã era oito anos mais velha e se mudara da casa de vez quando eu estava no quarto ano. Eu costumava ficar sozinha e totalmente entediada, e não digo isso de brincadeira. Vazia, minha mente vai a lugares que me assustam.

Mas quando vi as torres góticas do Westcott Building, quando parei sob a sombra úmida dos carvalhos cheios de musgos mais antigos que a própria universidade, uma coisa engraçada aconteceu, um tipo de clareza dos sentidos. Foi como se alguém tivesse passado minha vida toda girando um botão de rádio, tentando encontrar sinal, e de repente toda a estática tivesse cessado no momento em que cruzamos a fronteira para o condado de Leon. Eu estava simplesmente em sintonia com aquele lugar. Isso pode soar como o sentimento aconchegante de uma placa de madeira pintada de cozinha que certo tipo de mulher compra por impulso no Home Goods, mas a calmaria da minha mente parecia assustadora e sobrenatural, reminiscente da forma como os pássaros param de cantar em uma floresta quando um predador está escondido nos arbustos. Na época, eu associei aquilo ao nervosismo. Escolher onde passar os quatro anos seguintes da minha vida era uma grande decisão, afinal de contas.

Escolher onde concorrer, um pouco menos. A Casa, como a chamávamos, como se fosse o artefato original, tinha a reputação de ser a irmandade mais inteligente do campus, e Denise e eu aparecemos para a semana de trabalho esperando grandeza sulista na forma de um estilo colonial georgiano, colunas brancas sustentando o telhado com gabletes, fantasmas em forma de anágua no sótão. Mas o prédio em forma de L na West Jefferson Street poderia ser um escritório ou depósito. Um coroa bêbado estava fumando do lado de fora do bar ao lado, balançando e gritando de um jeito belicoso para as garotas *tomarem cuidado* enquanto elas entravam n'A Casa.

— Obrigada, senhor! — devolveu Denise. Ele cobriu os olhos com a mão e sorriu quando viu que era a garota mais bonita quem, enfim, havia falado com ele.

— Não o encoraje! — sibilou uma das garotas à nossa frente.

Denise me segurou pelo cotovelo.

— Cuidado — advertiu ela. E, como um relógio, a garota que sibilara calculou errado a altura do degrau e tropeçou, pouco graciosa, pelas portas duplas da frente, abertas para dar as boas-vindas à classe de 1978. Mais tarde, ficamos sabendo que os degraus foram mal instalados e variavam em até dois centímetros de altura. O coroa bêbado estivera observando as calouras tropeçarem em saltos altos o dia todo e destruírem suas chances de competir.

Apesar da falta de apelo nos degraus, passei a gostar d'A Casa assim que entrei. Outras irmandades nos ofereceram limonada; ali havia café tão forte que saí com a mandíbula travada. As irmãs usavam plaquinhas com o nome presas em suas blusas com broches de coruja e de caveira, e elas tinham tato, eram afetuosas e estavam dispostas a mudar o mundo. Elas davam as mãos e se sentavam em colos enquanto falavam de suas experiências n'A Casa, os laços que formaram, as habilidades de liderança e manejo financeiro que adquiriram, a comunidade que lhes arrumaria empregos e acesso a competitivos programas de graduação, arenas dominadas por homens nas quais as bravas ex-alunas começaram a se infiltrar nos anos cinquenta, costurando uma intrincada rede que podíamos acionar quando nos graduássemos também. Eu conseguia sentir Denise estremecer ao meu lado enquanto elas falavam. Eu também queria tudo aquilo tanto quanto ela.

Elas nos dispensaram com um material de leitura — um artigo intitulado "Como Discriminar Mulheres Sem Tentar", de uma pesquisadora chamada Jo Freeman. *Para reflexão*, disseram elas. Denise e eu voltamos para os dormitórios e devoramos cada palavra.

O argumento da autora era baseado em pesquisa feita por alunos de graduação na Universidade de Chicago, mas reconheci tons da minha própria experiência na conclusão dela, que consistia no fato de que mulheres que desejavam avançar em suas carreiras enfrentam um tipo maligno de discriminação, um que não é um machismo ativo e explícito, mas, em vez disso, uma falta de resposta. Era um desencorajamento sutil por negligência, que a autora chamava de "má-nutrição motivacional".

Pensei naquela expressão — má-nutrição motivacional — enquanto encarava o telefone, o fone de volta ao lugar, por um bom momento depois que falei com os pais de todas, todos atendendo logo depois do segundo toque. Depois, tentei os meus pais e, de novo, não houve resposta.

―――――

Quando aquele policial grande e nervoso foi ao meu quarto e nos disse que as garotas haviam chegado ao hospital, quando o xerife Cruso repetiu a afirmação para mim, tecnicamente, nenhum deles havia mentido. Havia um necrotério no porão do Tallahassee Memorial.

Robbie morrera em sua cama. Denise, a caminho do hospital. Não posso dizer que os policiais conspiraram para esconder a morte delas de nós — uma conspiração por natureza sugere malevolência, um esforço coordenado em ação. Nem posso chamar o que eles fizeram de negligência, porque como algo pode ser negligenciado quando não é responsabilidade de ninguém? Não era trabalho da polícia de Tallahassee cuidar de um monte de garotas de irmandade choramingando em seus pijamas e casacos de inverno. O trabalho deles era encontrar quem fizera aquilo antes que mais alguém se machucasse, e isso era onde, bem parecido com seus antecessores no oeste, eles largavam o osso, e, em vez de pegá-lo, eles observavam, assobiando entre os dois dentes da frente, enquanto ele rolava para fora da face da Terra. Tudo isso deveria ter sido impedido no estado do Colorado anos antes. Mas eu estava a um longo caminho de descobrir isso.

Eram oito da manhã, o sol derretendo o gelo no vidro e os policiais revirando os quartos lá em cima como ratos mutantes nas paredes, quando me sentei à cabeceira de uma das duas longas mesas na sala de jantar e contei à Casa que Denise e Robbie estavam mortas.

— Por quê? — alguém perguntou logo de cara, seus olhos secos. Era um *porquê* entredentes, o tipo enfurecido que exige uma resposta.

Li sobre nós no jornal, a forma como vomitamos a palavra *porquê* durante a missa na qual fomos mais tarde naquela manhã. A imprensa fez parecer que a pergunta era retórica, como se a choramingássemos melodramaticamente. Mas sempre foi uma pergunta séria. Por que isso acontecera? Um dia teríamos nossa resposta, e não é a que você está pensando. Bem aqui, agora, quero que você esqueça duas coisas: ele não era nem um pouco especial, e o que aconteceu não foi aleatório.

Mesmo assim, estava além da compreensão que as duas que sobreviveram fossem Eileen e Jill, com seus rostos sangrentos, seus tímpanos rompidos, a dor em suas mandíbulas que se provaria crônica. Que Denise e Robbie haviam morrido quando eram as que pareciam estar apenas dormindo. Alguns anos depois, o jornalista Carl Wallace publicaria seu best-seller seminal de *true crime* e mencionaria que o xerife Cruso havia dito que Jill e Eileen só estavam vivas hoje porque o Réu ficara cansado depois de matar Robbie e Denise. Aí está uma dieta para você. Perdi dois quilos em quatro dias depois de ler isso.

— Eles esperam que a gente continue morando aqui? — perguntou Bernadette. Seus grandes olhos de rainha da beleza estavam inchados e brilhantes, como se ela tivesse sido atingida em uma briga de bar.

— Não acho que vou conseguir dormir aqui de novo.

— Quem vai *limpar*? A polícia? A faculdade?

— A faculdade já sabe? Quero dizer, e aí? A gente vai para a aula amanhã?

— Anotem suas perguntas — disse, pegando caneta e papel — para que não nos esqueçamos delas. Vou conseguir as respostas.

Respostas. *Respostas.* Era tudo o que queríamos. Até ouvir que a polícia tinha as mesmas perguntas, que estava trabalhando para respondê-las, já teria sido alguma coisa. Enquanto a caneta e o papel passavam pela mesa, alguém ergueu a mão.

— Deveríamos ir para a igreja — disse ela. — A igreja de Denise.

Em particular, eu sabia que Denise não ia mais à igreja, que só fingia ir para os pais e qualquer um que perguntasse. Havia alguns membros da imprensa reunidos lá fora, e pensei que protegeria nossa imagem se eles relatassem que nos voltamos para Deus em nosso momento de necessidade. Isso era o que boas garotas sulistas faziam. Eu temia que, se alguém olhasse com escrutínio suficiente, visse que não éramos boas, não para os padrões exigidos para jovens mulheres. Ninguém é, nem mesmo hoje.

— Vamos à igreja — falei, muito certa de que seríamos nós a enganar o sistema.

Dez da manhã

Boris Wren, chefe de segurança do campus, nos esperava quando voltamos da missa. Usava um terno amassado que parecia um saco nele, e, embora seu cabelo grisalho estivesse penteado para trás com gel, pedacinhos pegajosos haviam se grudado à umidade de suas têmporas como insetos de pernas espichadas em âmbar.

Havia pouca coisa reconfortante no desleixado chefe de segurança do campus, mas ainda me vi querendo engatinhar pela mesa até os braços dele por pura gratidão. Ele era uma pessoa com um título impressionante e, sem dúvidas, um plano que poderia nos dizer o que diabos estava acontecendo, que poderia nos dizer o que aconteceria a seguir. Meu alívio era quase eufórico.

— Queria poder dizer que estou aqui para reconfortá-las — disse o sr. Wren —, mas estou aqui para pôr o temor a Deus em vocês.

Alguém gemeu. Alguém tossiu. Alguém deixou cair seu lenço sujo no chão e bateu a cabeça ao tentar pegá-lo, murmurando *ai* acusatoriamente. Ela já não havia passado pelo suficiente?

— Ontem à noite — prosseguiu o sr. Wren —, mais ou menos meia hora depois que essa pessoa fugiu da sua residência, ela invadiu um apartamento fora do campus na Dunwoody Street e espancou outra aluna quase até a morte.

Levei minhas mãos à nuca e abaixei meu queixo até o peito. *Proteja seu pescoço.* É isso o que você faz quando um urso te ataca. Denise me ensinou isso, dirigindo pela Floresta Nacional Ocala a caminho da casa dos pais dela. Ursos-negros se escondiam entre os pinheiros, e havia placas de segurança por toda a parte. *Você deve se deitar de bruços, abrir bem as pernas, cobrir a nuca com as duas mãos e não revidar, jamais revide, mesmo se estiver tendo cada um dos seus membros arrancados.*

— Mas ela sobreviveu? — me ouvi perguntar.

— Está no hospital com as outras, é tudo o que sei no momento.

Lá em cima, um dos policiais bateu uma porta, e Bernadette agarrou meu braço com tanta força que deixou marcas de meia-lua na minha pele.

— Seja lá quem for — o sr. Wren falava entredentes, como se estivesse enojado pelo próprio medo —, ele é doente. É depravado. Deveria ter buscado ajuda para a doença há muito tempo. E não podemos descartar que ele visou especificamente esta irmandade, ou as garotas que atacou, ou que ele não vai voltar, ou que faz sabe Deus lá quanto tempo que está planejando isso. O nível de ameaça é extremamente alto.

O que me lembro daquele momento é a forma como nos agarramos umas às outras, desesperadamente, a forma como cravamos nossas unhas e nos agarramos à vida. Éramos afetuosas n'A Casa, mas isso se tratava de garantir que estávamos todas ali, que estávamos ouvindo isso, que estávamos *vivendo* isso. Durante a noite, nós havíamos caído pelo espelho. Denise costumava me dizer como Salvador Dalí se privava do sono e encarava objetos até poder reimaginá-los como outra coisa, até que a verdadeira natureza deles se revelasse. Eu estava tremendo, delirando de medo, vendo A Casa como realmente era: um tanque para aves aquáticas aberto para a temporada.

— Recomendo que vocês evitem qualquer coisa que possa identificá-las como membro desta casa. Não usem suéteres nem broches. Se tiverem adesivos em seus carros, removam. Saiam em grupos de pelo menos três. Não saiam sozinhas com nenhum homem por enquanto.

— Nem com nossos namorados?

O sr. Wren arfou, fazendo algumas das garotas arfarem ainda mais alto.

— *Principalmente* com seus namorados. — Ele parecia tão aterrorizado diante da perspectiva de uma de nós ficar sozinha com nossos namorados que me peguei imaginando se minha própria sombra poderia estar envolvida no plano contra nossas vidas.

— Mas o que devemos fazer? — perguntei. — Onde devemos passar a noite?

— Pedimos cadeados extras, mas devem chegar só daqui uns dias — disse o sr. Wren. Cadeados. Foi o que fizeram por nós. Cadeados. — Algumas das outras irmandades terão membros da fraternidade de guarda durante a noite.

— Mas você acabou de dizer que não devemos ver nossos namorados — disse Bernadette.

— Falei para não ficarem sozinhas com eles. Em grupos, é diferente.

— Não há onde possamos ficar? — perguntei, insultada, já sabendo que a resposta era não, ou teria sido a primeira coisa que ele teria oferecido. Eu tive dificuldade em imaginar que as esposas Stepford em treinamento na Alpha Delta Pi, em sua enorme mansão de tijolos, não seriam resgatadas em cavalos brancos. — Dormitórios vazios ou um hotel?

— Posso conseguir instalar algumas de vocês no dormitório dos alunos. Mas não temos orçamento para pagar um hotel para todas. Se puderem ficar com família e amigos que morem aqui perto, recomendo que façam isso.

— Amanhã é segunda — lembrei-o, torcendo minhas mãos nervosamente. — Nossos professores sabem o que aconteceu? Seremos penalizadas por não ir à aula? — As notas nem eram uma preocupação minha, não em um momento assim.

— Posso garantir que isso não aconteça — disse o sr. Wren de uma maneira improvisada que me fez enlouquecer. Não algo que ele já tinha feito, ou planejava fazer, ou faria com certeza. Onde estava o senso de urgência de todos? Eu me sentia totalmente enlouquecida de urgência.

— E quanto a eles? — Gesticulei em direção à janela da frente, embora a imprensa não estivesse apenas ali, mas também na porta lateral, fervendo em cima de nós quando saímos para a missa. Qualquer ilusão de que lidariam conosco de maneira gentil foi estilhaçada no momento em que nos seguiram para dentro da capela e *gritaram* conosco quando voltamos para casa. — Eles têm permissão para estar aqui? Podem nos perturbar assim?

O sr. Wren pediu que eu levasse até ele o pedaço de papel onde anotamos todas as nossas perguntas e preocupações; ele o levaria até o presidente e resolveria como fosse possível. Jamais ouvi falar do sr. Wren outra vez, mas, durante o ano seguinte da minha vida, uma das minhas perguntas foi respondida várias vezes. Sim, a imprensa tinha permissão para estar ali. Eles tinham permissão para estar em qualquer lugar que eu estivesse. E, sim, também para me perturbar daquela forma.

A dra. Linda Donnelly ligou de novo mais tarde naquela manhã.

— Nem consegui chegar na rua — disse ela, sem fôlego. — Tem uma cena e tanto lá. Não fale com a imprensa. Sabe disso, não é?

— Claro — falei, embora não soubesse. — Neste momento estou tentando arrumar um lugar pra gente ficar. — Expliquei a situação para ela.

— Vou fazer umas ligações — disse ela.

Ergui a cortina da cozinha com a lateral da mão, monitorando a cena lá fora, franzindo os lábios de desgosto. Havia várias viaturas amassando a grama, vans da imprensa fazendo um padrão eclodir detrás das barreiras de madeira da polícia, jornalistas agarrando caixas de microfones de várias cores, parecendo frios e preparados. Por um momento, fui levada a pensar que era apenas uma noite comum de sábado, já que o bar ao lado estava aberto. Quando o estacionamento enchia, sempre havia excedentes entrando no nosso quintal da frente. *Eu deveria ligar para a polícia*, pensei, o que era o que eu costumava fazer. Então percebi que estaria chamando a polícia *para* a polícia, e deixei escapar um som que supus ser uma risada. O telefone tocou.

— Dra. Donnelly?

— Pamela! — Era a voz de um homem, uma voz que eu ouvira centenas de vezes antes e, ainda assim, não conseguia identificar. — Estou a manhã toda tentando ligar! — E me lembrei de que eu tinha um namorado, alguém que me amava e que estava tão preocupado comigo quanto os pais das outras garotas.

— Brian — grunhi, começando a chorar.

— Você está bem? Está ferida?

— Não. Não. Estou bem. Mas Denise...

— Fiquei sabendo.

— Como? — Olhei ao redor em busca de algo para limpar meu nariz, e tudo que consegui arrumar foram os porta-panelas xadrez que os cozinheiros usavam para manusear nossa comida. Me encolhi enquanto tapava uma narina e assoava em um deles.

— A polícia está aqui. Eles levaram Roger algemado. — Roger vivia na Casa Turq, no mesmo corredor que Brian.

— Algemado! — exclamei. — Eu disse para eles que não era Roger. Disse que fiquei tão surpresa de ver um homem na porta da frente, e eles meio que se parecem, e...

— Você *viu* ele?

— Logo antes de ele sair correndo porta afora.
— Ele te viu? Ele… fez algo com você?
— O quê? Não! Já falei. Não estou ferida.
— Graças a Deus — disse Brian, e eu sabia que naquele momento um peso real fora tirado de seus ombros.

O que acontecera era ruim, mas fora longe o bastante de mim, e, portanto, dele, para que nada precisasse mudar para nós. Eu o imaginei fechando os olhos e afundando na banqueta acolchoada no canto onde mantinham o telefone. O cabo era estranhamente curto, e os irmãos dele de fraternidade brincavam que ele era o único alto o suficiente para sentar e falar ao mesmo tempo. Eu gostava de como ele era alto, claro, mas eu gostava mais por ser uma qualidade que os outros valorizavam. Eu gostava do fato de que ele usava cintos bordados com o brasão de seu country club do Alabama, mas mantinha o cabelo loiro-escuro mais para desalinhado. Eu gostava que as pessoas soubessem que eu estava com alguém fisicamente imponente, alguém que não era muito certinho, mas também não era um beatnik. Sei que isso parece estranho, mas eu gostava que, ao lado de Brian, eu não apenas estava segura como também podia me passar por normal. Se você me visse na época, saberia quão pouco sentido isso fazia, porque eu parecia tão normal a ponto de ser engraçado.

— Escute — falei para ele. — Preciso ir. Não quero alugar o telefone. Estou tentando encontrar um lugar para ficarmos.
— Me ligue e me conte — disse Brian. — Vou com você. Eu te amo.
— Eu também te amo — falei, e foi tão bom dizer isso para alguém, ouvir isso de qualquer pessoa.

A dra. Donnelly me pôs em contato com uma ex-aluna chamada Catherine McCall, da turma de 1937, uma estatística governamental aposentada que morava em Red Hills com seu marido editor, a mais ou menos trinta quilômetros do centro de Tallahassee. A sra. McCall estava satisfeita em receber o máximo de nós que pudesse e ajudar a encontrar acomodações para as outras.

Eram mais ou menos cinco da tarde quando os passos lá em cima começaram a recuar, e aquelas de nós cujos quartos foram liberados tiveram permissão para ir pegar nossas coisas. Enquanto eu enchia uma mala com suéteres e calcinhas, o sol se escondia atrás da torre dupla de tijolos do Westcott Building. Imaginei seus raios se agarrando ao parapeito gótico, tentando permanecer só por mim. Eu não sabia como alguém esperava que eu sobrevivesse ao cair da noite.

O dia todo, eu me senti péssima ao pensar no xerife Cruso em nossos quartos, tocando nossas coisas, revirando nossas gavetas. Mas então, quando os homens dele partiram uma semana depois, tive que suprimir a urgência de persegui-los rua abaixo e implorar que voltassem. *Não me deixem no comando. Por favor. Não consigo fazer isso sozinha.*

Abri as cortinas do meu quarto, doadas a nós por uma ex-aluna que se casou com o dono da principal rede de tecidos da Flórida; eu estava procurando o Bronco azul-jeans de Brian. Ele e alguns caras da Casa Turq iriam nos levar de ônibus até a casa da sra. McCall em Red Hills. Dois guardas armados deveriam nos encontrar lá, mas, no final, só conseguimos um.

— Brian está aqui — disse para as garotas que me acompanhavam.

Lá embaixo, Bernadette olhou pela janela, hesitante.

— Como vamos passar por eles? — Ela estava falando da massa cancerígena da imprensa, se multiplicando a cada minuto na nossa porta dos fundos.

Sacodi meu casaco e ergui o capuz.

— Teremos que correr. Cubram a cabeça e finjam que está chovendo muito. Pelo menos temos prática com isso. — Na UEF, você podia ir para a aula com o sol brilhando e voltar para casa encharcado dos pés à cabeça.

O patrulheiro parado nos fundos abriu a porta para nós e corremos para a chuva, o brilho das lâmpadas invocando o mesmo apelo apavorado que os raios — *por favor, só não me atinja*. O grupo se mexeu para que nossas mãos estivessem no ombro uma da outra, tentando passar, acelerado, pelo ninho de vespas como uma fila de conga em um casamento. Ouvi uma mulher gritando para que se afastassem, *porra*! Por um momento, temi ser eu. Quando recebi meu lance para A Casa no primeiro ano, ele retornou com a ressalva de que eu sorrisse mais, revirasse menos os olhos e adicionasse cores ao meu guarda-roupa. Espiei ao redor da cabeça de Bernadette e fiquei aliviada em identificar a verdadeira infratora, uma mulher em um casaco bege de mohair, seu cabelo loiro liso saindo de um boné de jornaleiro igualzinho àqueles que a Jane Birkin usava. Ela gesticulava com um cigarro acesso, e cinegrafistas e repórteres se afastavam para não serem atingidos.

Bernadette pulou no banco de trás do carro de Brian, mas, antes que eu pudesse segui-la, alguém agarrou meu cotovelo e me puxou para trás, dizendo animadamente: "É *ela*." Um flash disparou a centímetros do meu rosto, me deixando atordoada. Eu não conseguia ver; não conseguia me mexer. Apenas ouvi — apenas senti o cheiro — do que aconteceu a seguir.

Houve um grito alto de homem, um cheiro acre, e fui solta. Cambaleei, tentando me livrar dos pontos coloridos diante dos meus olhos, como uma nuvem de mosquitos.

— Cuidado com isso, senhora! — gritou um homem.

— Vá — sussurrou a mulher de boné, perto do meu ouvido.

Embora o flash tivesse me cegado, eu soube que era ela por conta do cheiro de fumaça de cigarro em seu hálito. Ela me deu um impulso para sentar no banco de trás do carro, a porta se fechou e a voz de Brian me perguntou freneticamente se eu estava ferida. Esfreguei os olhos, piscando para afastar a constelação de manchas, e vi o cara com quem eu estava planejando me casar, o quanto ele precisava ouvir que eu não estava.

Sete da noite

A sra. McCall abriu a porta usando um vestido chemise com cinto, seu cabelo branco na altura do ombro tinha cachos rígidos. Ela suspirou ao ver nosso estado em sua varanda, entre as colunas corintianas, os garotos carregando bolsas e as garotas com cabelos murchos e despenteados.

— Que provação o que vocês passaram — disse ela, seu suspiro fatalista, como se os eventos das últimas vinte e quatro horas fossem ao mesmo tempo horríveis e completamente inevitáveis no mundo em que vivemos. Ela semicerrou os olhos para algo acima do meu ombro. — Estamos esperando mais alguém esta noite?

Todos nos viramos para ver que ela falava com o policial que havia nos seguido pela escuridão aveludada das estradas ladeadas por árvores.

— Apenas eu, senhora — disse ele. Estava barbeado e era todo braços e pernas, não mais que vinte e cinco anos. As palmeiras balançaram com um vento repentino, e sua mão disparou para o coldre, os olhos varrendo a paisagem remota com uma vigilância petrificada que eu desejei não ter visto.

A sra. McCall franziu a testa.

— Como você gosta do seu café?

Na entrada abobadada, nos disseram para deixarmos nossas bolsas. Nunca vi mais ninguém na casa além do sr. e da sra. McCall, mas alguém levou nossas coisas escada acima e para os quartos onde dormiríamos. Na sala de jantar, nos alimentaram com tigelas oleosas de carne e sopa de cereais sob um crucifixo de bronze, a boca de Jesus esticada na diagonal em agonia.

Fiz letras na espuma de gordura do meu jantar enquanto todos se sentavam falando de tudo, exceto sobre o que acontecera. O frio, o novo sistema de notas que estava tornando mais difícil tirar 100, o frio, o novo prédio feio do Capitólio. Denise o chamara de um flagelo brutal em Tallahassee, alto e cinza demais, a visão de um homem de algo moderno.

Olhei para baixo e percebi que meu prato fora limpo e que o sr. McCall havia tomado o restante de seu xerez e passado para algo de um tom mais escuro de marrom que deixou seu nariz escaldado e bulboso.

— Me informe se seu irmão de fraternidade precisa de um advogado — disse ele para Brian. — Conheço um ótimo.

Brian assentiu diligentemente.

— Sim, senhor. Informarei ao Roger.

Me sentia capaz de cometer uma violência naquele momento. Não contra alguém naquela sala — mas meu copo de água de cristal, o busto de mármore de algum parente escravocrata me observando de um pedestal entre as janelas, estes eu queria quebrar em pedacinhos.

— Não acredito que levaram ele algemado — contestei, furiosa. — Eu falei para o xerife Cruso que *não foi* Roger.

— O xerife tem uma eleição com a qual se preocupar — disse o sr. McCall em defesa dele.

— Pode ser que as chances dele mudem se ele pegar esse cara — adicionou Brian com uma risada amarga. O pai de Brian era deputado em Orlando. Ele sabia tudo sobre estratégia de campanha.

— Vou te contar — disse o sr. McCall, os lábios pegajosos com tutano do bife. — Eu não me importaria de chutar o animal quando pegarem ele. — Esse era um homem cristão.

A sra. McCall se levantou com um sorriso ensaiado.

— Quem quer café com a sobremesa?

— Me dê vinte minutos sozinho com ele — concordou Brian de uma maneira voraz e suculenta que fez meu estômago revirar.

Isso se tornou uma espécie de teste de Rorschach ao longo dos anos. Havia homens que estalavam os dedos enquanto me contavam o que fariam com o Réu se tivessem chance, pensando que isso fosse de alguma forma reconfortante para mim. Mas aquilo apenas fazia eu me dar conta de que não havia uma grande diferença entre o homem que brutalizara Denise e metade dos homens com os quais eu cruzava na rua todos os dias.

A sra. McCall foi para a cozinha. Eu conseguia ouvir partes da conversa dela pela porta em vaivém, com alguém cuja contribuição era apenas uma série de *sim, senhora* e *não, senhora*.

Ela logo voltou com cafés em copos de porcelana pintados à mão apoiados em pires de porcelana pintados à mão, batizados para as garotas, puros para Brian e o sr. McCall, que planejavam ficar acordados a noite toda vigiando as várias entradas da casa.

— Para te ajudar a dormir — disse a sra. McCall enquanto servia o meu.

Em algum momento durante o jantar, um relógio de pêndulo soara na casa. Sete vezes. Fiz a conta. Denise estava morta havia dezesseis horas, e eu ainda não havia contado para a minha mãe. Engoli o café forte com a facilidade de alguém bebendo uma cerveja num dia quente.

— Posso usar o telefone? — perguntei. E a sra. McCall se levantou e orientou o caminho até a sala informal, um local mais confortável para que eu fizesse o que tinha que fazer do que a formal, me garantiu ela.

Eu estava, àquela altura, ansiosa para falar com meus pais e soterrada sob o desespero com a ideia de pegar o telefone e tentar outra vez. Se eles não atendessem da terceira vez, eu tinha certeza de que meu corpo viraria pó ali mesmo. Não importava que estivessem em Nova Jersey, sem ter como saber o que acontecera — as notícias não chegariam ao *Democrata de Tallahassee* até a segunda de manhã —, o que importava era que as pessoas que amavam seus filhos eram sintonizadas aos sinais de estresse deles, e eu teria que aceitar que as antenas dos meus pais jamais se inclinariam na minha direção.

E mesmo assim, se atendessem, que adrenalina seria regalar a eles com o que eu *sobrevivera*. Às vezes, enquanto passava por um cruzamento movimentado ou parava no topo de uma escadaria, eu me perguntava como eles reagiriam se eu fosse atropelada por um carro ou perdesse meu equilíbrio. Me imaginava em um quarto de hospital, minha mãe ajoelhada ao lado de minha cama, chorando e implorando pelo meu perdão. Ela deveria ter estado lá. Deveria ter prestado atenção. Eu estava profundamente envergonhada de admitir que isso era o que eu desejava nos meus momentos mais privados. Eu pensava que aquilo indicava algo sobre mim que era inerentemente invisível.

— Terminou de usar o telefone? — Era Brian, curvado na porta recuada da sala. Minha pequena xícara de café estava vazia, minha respiração lenta e superficial. Não sei quanto tempo fiquei sentada ali, olhando para todos os vários diplomas da sra. McCall. Ela era uma matemática que trabalhou como estatística governamental durante muitos anos, atribuindo valores numéricos às tendências locais para que os funcionários públicos pudessem decidir a melhor forma de alocar os fundos, a única mulher no Capitólio cujo telefone tinha linha direta com o governador.

— Ainda não.

— Queria que você falasse com o meu pai — disse Brian, se abaixando para entrar na sala. Ele era um daqueles caras altos que aprendera a fazer isso em velhas mansões sulistas como aquela, com suas entradas abobadadas e portas inclinadas. Brian crescera em Orlando, mas descendia de importantes linhagens de Birmingham, onde sua família ainda pertencia ao clube de tiro que os tataravós dele ajudaram a fundar. Ele tinha sido cortês de um jeito obsequioso a noite inteira depois de ver a forma como o sr. e a sra. McCall haviam olhado para seus longos cabelos, para seus pés nus em chinelos de couro descascando. *Sou um bom rapaz em roupa de caroneiro*, ele dizia toda vez que se levantava quando uma mulher se retirava da mesa.

— Seu pai? — Olhei para ele como se tivesse sugerido que eu entrasse em contato com o John Lennon.

— Existe uma coisa chamada programa de assistência a vítimas de crimes. Acho que a Flórida tem um dos melhores do país. Começou aqui faz apenas alguns anos, mas você pode se inscrever e pedir compensação por qualquer dano feito à casa.

Assenti. Sim, claro. Isso parecia algo que eu devia fazer. Com um movimento do meu queixo, todo o meu mundo tornou a desmoronar. Havia um longo fio preto de cabelo preso na trama do meu suéter. Eu era loira.

— Está preocupada com a reação da sua mãe? — perguntou Brian em uma voz mais gentil. Ele encontrara minha mãe uma vez. Ele achou que ela era linda; ela o chamou de Byron, depois de Brad.

— Algo assim — sussurrei, as lágrimas embaçando a última parte de Denise presa no meu suéter.

— Sei que vocês não são próximas — disse Brian, inocentemente.

Aquilo me colocou nos eixos. Ninguém jamais poderia saber que meus pais tinham tão pouco interesse por mim. Era algo que eu não discutia nem com Denise.

— Estamos brincando de pega-pega por telefone — falei, irritada.

Na verdade, eu estava sentada ali pensando se deveria esperar até segunda-feira, quando a notícia chegaria aos jornais. Quando meus pais tivessem alguma noção da enormidade da tragédia e estivessem esperando ao lado do telefone pela minha ligação. Talvez eles até atendessem no segundo toque, como a mãe de Denise fez. Mas eu não suportava a pena com a qual Brian olhava para mim, como se soubesse de algo que eu havia me esforçado tanto para esconder. Peguei o telefone.

Meu pai era um homem pequeno e sorridente com um rosto brilhante e vermelho, como o do Papai Noel. Eu o tinha visto com raiva talvez duas vezes na minha vida, ambas por causa de objetos inanimados. O canto de uma cômoda onde ele bateu repetidamente com o dedão do pé sofreu alguns xingamentos.

Eu estava prestes a desligar quando ele atendeu, e fiquei tão atordoada por ele estar do outro lado da linha que fiquei temporariamente sem saber como começar.

— Alô? — disse ele pela segunda vez.

— Você está em casa.

— Você esqueceu alguma coisa? — Ele soava confuso.

— *Pai* — falei de uma vez. — Sou eu.

— Querida! — Ele riu da confusão. — Pensei que você fosse a Wanda. — Wanda era a nossa diarista.

— Liguei várias vezes — falei, minha voz acalorada. — Onde você esteve?

Brian fez algum tipo de gesto — um de silêncio, um abaixar das mãos — que dizia *fique calma*.

— Estivemos aqui.

— Logo de manhã?

— Quando você ligou?

— Mais ou menos às cinco.

— Foi você? — disse meu pai, então ergueu a voz. — Marion! Era Pammy ligando de manhã!

Eles ouviram o telefone tocar. Eles ouviram o telefone tocar antes do sol nascer e não saíram da cama para atender, embora tivessem duas filhas que não moravam mais sob seu teto. Eu logo descobriria que minha mãe tinha seus motivos para me manter distante, e, embora eu fosse forjar uma conexão inesperada com meu pai, jamais poderia me esquecer da imagem deles deitados na cama com as cabeças cobertas quando eu mais precisava deles.

Olhei para Brian e ele assentiu para mim — um voto de confiança. Eu não seguiria o conselho dele de soar esperta, confiante e capaz, que fora a forma como ele me instruíra enquanto eu ligava para casa. Era um bom conselho para uma garota com pais normais, mas eu estava magoada, e precisava de pais que cuidassem de mim ao menos uma vez. Eu faria o ocorrido soar tão ruim quanto pudesse, tão ruim quanto era, na verdade.

— Uma coisa terrível aconteceu, pai — falei.

Houve uma pausa ansiosa que saboreei.

— Devo chamar sua mãe?

Eu me recusei a deixá-lo sair da linha.

— Alguém invadiu nossa casa ontem à noite e atacou várias garotas. Denise está morta.

— Pamela! — gritou meu pai, e o peso em meu coração aliviou. — Você está ferida?

— Não estou ferida. Mas eu vi ele. Fui a única que o viu, pai.

— Graças a Deus você nunca precisou de óculos — disse ele, e na hora pensei que fosse um comentário engraçado, mas, mais tarde, percebi que era o cérebro de advogado dele trabalhando. Ninguém na equipe de defesa poderia sugerir que minha visão estava ruim e, portanto, minha identificação não era confiável. — Me deixa ir buscar sua mãe.

Eu o ouvi dizer o nome da minha mãe, o barulho de seus passos enquanto ia até fosse lá onde ela estivesse na casa. A espera até ela chegar ao telefone foi mais breve do que pareceu. Eu estava explodindo com as coisas que queria dizer desde que era criança.

— Lembre-se de contar a eles sobre as precauções que está tomando — sussurrou Brian enquanto eu esperava que minha mãe pegasse o telefone para que eu pudesse contar tudo para ela, exceto as precauções que eu estava tomando.

— Pamela — disse ela, soando nervosa. Como se eu fosse a figura de autoridade, ela estivesse bem encrencada e não precisasse sequer perguntar *por quê*. — O que aconteceu?

— Mãe — falei, e essa única palavra foi o suficiente para me fazer chorar. — Onde você esteve?

— Estávamos...

— Onde vocês estavam? Onde vocês estavam? — Fiquei repetindo, minha voz um rugido feroz, rouca pela mágoa. — Você é a minha mãe! Você é a minha mãe e você devia atender o telefone! Você devia atender a porra do telefone!

Olhei para Brian, que encarava o chão respeitosamente, como se eu estivesse mudando de roupa e ele tentasse me dar privacidade. Embora tivéssemos transado, ele nunca me vira nua.

Do outro lado da linha, ouvi minha mãe chorar. Estivemos executando a mesma dança durante toda a nossa vida — uma na qual eu pedia por pouco e recebia ainda menos —, mas esse foi o momento em que eu mudei os passos. Ela nunca conseguiu acompanhar, mas tentou.

Naquela noite, o sono me atacou por trás, me prendeu contra o colchão e me soltou às 2:59. Não entendi ainda o significado daquele minuto, nem das horas que seriam cobradas de mim nos próximos quarenta e três anos. Eu só sabia que estava tarde, escuro, o vento balançava as persianas e parecia que Bernadette não estava respirando. Enfiei meu cotovelo na lateral do corpo dela, e ela deu um grito baixo.

— Por que você fez isso?

— Está acordada?

— Claro que estou acordada.

Me sentei de uma vez, meu pulso martelando na ponte do meu nariz.

— Por quê? Ouviu alguma coisa?

— Não. Mas também não ouvi nada noite passada, não foi?

Tateei ao redor enlouquecidamente, tentando encontrar o abajur, quase derrubando-o e arranhando a mesinha de cabeceira de nogueira antes de conseguir acendê-lo. Saí da cama e afastei a cortina, do mesmo padrão de *chinoiserie* azul e branco que o tapete, do mesmo padrão de *chinoiserie* azul e branco que o assento da cadeirinha no canto, conferindo para garantir que o policial magrelo e assustado não estava caído nos degraus da frente com a garganta cortada. Mas o couro cabeludo dele brilhava rosado enquanto ele observava os campos da esquerda para a direita e da direita para a esquerda. O terreno era grande demais para um único homem monitorar, e, mesmo assim, aquilo que acontecera fora em uma casa cheia de vizinhos por todos os lados. Talvez o que parecia perigoso fosse seguro. Talvez eu nunca mais dormisse uma noite inteira.

Tropecei em um dos sapatos de Bernadette e arranhei minha canela na base da cama. Caí de cara nos lençóis e me encolhi em posição fetal, gemendo de dor. Denise não era louca por organização, mas parecia entender que minha inclinação à ordem e organização era algo mais profundo, então fazia o possível para honrá-la. Se Denise estivesse comigo no quarto, os sapatos dela estariam no armário e não jogados pelo chão. Se Denise estivesse ali, ela perguntaria qual era a daquela cadeirinha no canto, pequena demais para um adulto e chique demais para uma criança. Se Denise estivesse ali, ela teria me feito rir com suas opiniões, suas observações, as lentes notáveis pelas quais ela via o mundo.

— E se for Roger? — sussurrou Bernadette.

Por um momento, pareceu que eu estava engolindo vidro. Então me lembrei.

— Não pode ser — respondi, rolando para encará-la. Na parede adjacente, havia uma imagem pintada da Virgem Maria, vestindo azul e rezando enquanto olhava para cima. — Eu o vi, lembra?

Bernadette cutucou o tecido caro e áspero do edredom. Ela abriu a boca, e meia vogal saiu. Ela apertou os lábios, com força.

— Bernadette? — perguntei, a apreensão se acumulando no meu ventre. Ela balançou a cabeça. *Não.* Ela não ia dizer. *Não.*

Me sentei, me aproximando dos pés da cama e colocando as mãos sobre seus joelhos. Ela desviou o rosto.

— Você sabe que seja lá o que me disser será segredo até que me dê permissão para falar do assunto, certo? — Comecei a dizer isso quando entrei na presidência, como se eu fosse um tipo de padre. Mas descobri que funcionava. Era algo na parte de "até que você me dê permissão". Era um compartilhamento de poder.

— Aconteceu uma coisa. — Bernadette fechou os olhos. — Com Roger.

Foi no carro dele, estacionado do lado de fora d'A Casa, quando estavam voltando do cinema. A mão de Roger estava na nuca de Bernadette quando eles se beijaram, gentilmente a princípio, e então não mais. Ele empurrou o rosto dela para seu colo. Segurou-o ali. Ele empurrou até que ela chorasse. O nariz dela inchou e ela não conseguia respirar. Ela tinha certeza de que ele a mataria acidentalmente.

— Foi ano passado — disse Bernadette, o rosto ainda virado para o outro lado, mas agora manchado de lágrimas. — Ele e a Denise tiveram aquela briga enorme no meio do Baile de Inverno, lembra? E eles não se falaram por um mês inteiro?

Ah, eu me lembrava.

— Enfim — disse Bernadette, limpando o rosto com as costas da mão —, ele me chamou para sair pouco depois. Eu não queria sair por aí falando disso. Eles tinham terminado, claro, mas dava para ver que ela queria voltar com ele. E eu não queria lidar com aquilo, sabe?

Aquilo. O ego ferido de Denise; a fúria dela. Eu sabia.

— Não temos que contar para a polícia, temos? — Bernadette enfim me encarou, o desespero em seus olhos inchados. — Eu perderia meu título se isso vazasse.

Me interrompi antes de dizer que achava que não precisávamos. Eu não queria dar ao xerife Cruso mais um motivo para suspeitar de Roger. Mas manter algo assim em segredo das autoridades parecia antiético, como se estivéssemos conspirando vagamente para proteger uma pessoa que não merecia nem um pouco.

— Tudo bem se eu falar com o meu pai sobre isso? Ele é advogado. Um ótimo advogado.

Bernadette respondeu sem pensar.

— Posso te dizer de manhã?

Nos encaramos com rostos exaustos e sinceros. Se a resposta não era sim agora, decerto não seria sim com mentes mais espairecidas.

— Claro — respondi. O lance sobre o que eu dizia para elas, sobre falar comigo em segredo, sobre precisar da permissão delas para compartilhar, funcionava porque eu sempre mantinha minha palavra.

Jacksonville, Flórida, 2021
Dia 15.826

O aeroporto de Jacksonville é muito mais novo e melhor que o de Newark. Eles não apenas têm melhores opções de comida e banheiros onde os sensores do vaso realmente funcionam; os pisos são de terrazzo branco brilhante até onde a vista alcança, nem mesmo um pedaço de carpete para me atrasar enquanto empurro minha mala ao meu lado, tentando chegar à fila da Hertz antes dos outros passageiros da classe executiva.

Passa da meia-noite quando aperto o cinto no meu SUV médio com cheiro de água sanitária. A atendente do estacionamento escaneia o código de barras da minha reserva e, com um sorriso genuíno, me diz para aproveitar minha viagem. Ela está bebendo de um copo térmico em que se lê *A vida com Cristo é uma aventura incrível*, escrito na mesma cursiva enrolada que a carta que me trouxe até aqui. A barreira se ergue.

A partir de Jacksonville, é um caminho longo e monótono por uma ampla rodovia que se inclina imperceptivelmente a norte de Tallahassee. Ouço Blue Öyster Cult e tamborilo no volante ao som da batida, me sentindo dolorosamente agitada. Quase não há outros carros na rua a esta hora, e os pinheiros se juntam do lado de fora da minha janela em uma linha espessa. Percebo com uma onda de pânico que preciso fazer xixi. Há placas a cada trinta quilômetros mais ou menos, indicando áreas de descanso interestaduais, mas de forma alguma vou me trancar em um banheiro público no meio da noite, no meio do nada, onde jacarés e ursos encontrariam meu corpo mais rápido que o guarda florestal. Nem por um caralho.

Paro ao lado da estrada e às pressas desabotoo minhas calças de terno de lã. É início da primavera, úmido e ameno, mas a parte de trás dos meus joelhos está suando quando me agacho na grama. Deixei a porta do lado do motorista aberta para bloquear a vista, não que eu precise disso. A noite está totalmente escura, a rodovia silenciosa exceto pelo ruído dos insetos nas árvores.

Não ouço o carro nem vejo os faróis, e a princípio penso que ele saiu da floresta.

— Com licença?

Me levanto, puxando minhas calças para cima e olhando da esquerda para a direita e para baixo e para cima, tentando encontrar o homem preso à voz. Eu o vejo perto do capô do meu carro, de pé ao lado da porta do passageiro, uma silhueta sem rosto. Ele pode ter dezenove ou noventa anos; não tenho ideia da idade ou da estatura dele, de onde ele se materializou, e se a porta do passageiro está trancada. Penso em mergulhar detrás do volante, mas o que o impediria de mergulhar lá para dentro junto comigo, a arma de escolha contra a minha bochecha? *Dirija, vadia. Faça exatamente o que eu digo.*

— Você me assustou — digo estupidamente no escuro. Há urina descendo pela minha perna.

— Você precisa de ajuda? — ele me pergunta em uma voz adocicada que eu sei que é falsa. — Com seu carro? Sou mecânico.

— Estou bem. Obrigada. — Percebo que estou agradecendo o homem que pode me matar, e de repente estou com ódio dessa indignidade. Penso sobre o que você deve fazer se um tubarão te atacar, algo que li há muito tempo, preocupada de que talvez passasse por isso. Eu quase morei em uma cidade costeira que tem a mais alta taxa de ataques a humanos. Se você for mordido, deve enfiar as unhas nos olhos do tubarão, em suas guelras. Você deve revidar e provar que não é uma presa. — Vá embora — digo a esse estranho difuso. — Vou chamar a polícia.

Ergo meu telefone para mostrar a ele que pressionei ligar no número da polícia.

O homem ri.

— Essa ligação jamais completará aqui.

Olho para a tela e vejo que a ligação está mesmo travada.

— Foi por isso que me ofereci para ajudar — diz ele de uma forma cantada que me dá um nó na garganta. Mas então ele se vira e começa a cruzar a rodovia, e vejo que veio da outra direção e estacionou paralelamente à faixa central, e foi por isso que eu não vi nem o ouvi se aproximar. Talvez ele realmente tenha pensado que eu estava com problemas no carro.

Talvez seja mesmo mecânico. Ou talvez seja um tubarão-cabeça-chata e eu consegui revidar.

    Sento-me atrás do volante e canto pneus tentando voltar para a estrada. Bato no painel do carro alugado até que a música, enfim, pare de tocar. Preciso me concentrar. Dirijo o restante do caminho em silêncio e minhas mãos não param de tremer, nem sequer quando chego em segurança em Tallahassee. Janet me mandou um e-mail pouco antes da decolagem para dizer que ligou e os informou de que eu estava chegando, e que o homem que está ameaçando me matar ainda está muito vivo.

Dia 1

De manhã, levei um daqueles delicados copos de porcelana para fora da varanda telada e ouvi os sapos e aves limícolas, cantando no frio como se estivessem em um filme da Disney. O motivo de eu saber qual era o canto das aves limícolas ainda me deprime, mas ainda vou chegar nisso.

Embora eu estivesse de cabeça fresca pela primeira vez em vinte e oito horas, o problema era o volume dos meus pensamentos. Eu estava fazendo uma lista mental das coisas que eu precisava pegar no Northwood Mall antes de ir ver Jill e Eileen no Tallahassee Memorial. Flores, talvez um cobertor macio para a cama dura de hospital. Amarelo para Eileen, azul para Jill. Eu havia percebido que elas usavam muito essas respectivas cores. Eu estava pensando no que Bernadette me dissera com o rosto desviado de vergonha, e estava pensando em Denise e todas as pessoas que ela encontrara em sua vida diária. A mulher que vendera para Denise multivitamínicos que deixaram o cabelo dela saudável e forte; a família com o cachorro que Denise levava para passear quando precisava de um pouco mais de dinheiro; e a vendedora na loja favorita de roupas de Denise em Tallahassee que sempre colocava as coisas da forma como achava que Denise ia gostar. Eu estava me perguntando quem contaria para todas essas pessoas que Denise estava morta, e se deveria ser eu.

— Posso lhe fazer companhia?

A sra. McCall estava na soleira, usando um suéter cor de creme sobre uma blusa azul com colarinho, pérolas nas orelhas. Trazia um livro fino em uma das mãos e um grande copo de café de isopor na outra, o cabo de uma colher saindo dele. Eu teria dado qualquer coisa para trocar com ela meu delicado copo de porcelana, que tinha um último gole gelado lá dentro.

Mantive a postura formal.

— Bom dia, sra. McCall.

Ela gesticulou para mim com o livro. *Sente-se.*

— Você dormiu?

— Sim — respondi, embora minha cabeça doesse com a falta distinta do sono. — O quarto é muito confortável. Obrigada pela sua hospitalidade.

— Você é boa nisso. — Ela se sentou na cadeira de balanço. — Em instilar confiança nas pessoas de que o que você está dizendo é verdade, embora não seja. Algumas pessoas chamam isso de mentir.

Prendi minha respiração, me perguntando se ia ganhar um tapa no pulso da maneira muito singular que as mulheres sulistas fazem. Com uma piscadela e um açoite.

— Essas pessoas devem examinar suas dicções. — Ela mexeu o café com a colher e arqueou a sobrancelha. Eu não concordava?

Suspirei.

— A senhora perguntou se eu tinha dormido, não se dormi bem.

A sra. McCall ergueu seu copo de isopor a isso. Por um momento, ouvimos a canção de uma ave limícola que não conseguíamos ver.

— Estava pensando em vocês ontem à noite — disse ela, olhando para a charneca queimada de sol. — Sobre qual conselho teria para dar a vocês. — Ela me entregou o livro que segurava. *Um guia estatístico para eventos cisne negro.* — Sabe o que é isto? — perguntou ela enquanto eu traçava a fonte simples com meu dedão.

Eu só havia ouvido falar do termo *cisne negro* quando se tratava de balé. Balancei a cabeça.

— Um evento cisne negro é um evento altamente improvável, mas também um que, ao ser examinado de perto, era previsível. O naufrágio do Titanic é um exemplo; assim como a Primeira Guerra Mundial. Esses são resultados chamados de ponto fora da curva no modelo de um economista.

Observei a capa do livro com tristeza e me lembrei do suspiro da sra. McCall na noite anterior, quando ela nos viu na porta. Pensei ter detectado uma medida de inevitabilidade. Que algo estava acontecendo lá fora no mundo, uma força avançando com foco newtoniano em direção ao objeto que éramos nós.

— Mas nem todos os eventos cisne negro são ruins — adicionou a sra. McCall. — Algumas pessoas usam os modelos no mercado de ação e ficam ricas pra caramba. — Ela soprou a superfície do café com os lábios cor de pêssego franzidos e tomou um gole cuidadoso e lento. — A questão é que nada pode ser realmente previsto, então você quer garantir que vai se expor à sorte também. As coisas podem dar catastroficamente errado, mas também podem dar tão certo a ponto de serem profundamente transformadoras.

Eu a agradeci pelo livro e disse a ela que mal podia esperar para ler, embora eu não conseguisse pensar em nada que eu quisesse menos que mais transformações profundas.

O Tallahassee Memorial Hospital não parecia o lugar aonde pessoas doentes iam. A fachada exterior era emoldurada por tons aquáticos, e uma nova ala neurológica era pioneira no tratamento de danos cerebrais traumáticos e demência. Me destruía pensar em Denise, com lábios azuis no porão de um prédio que já se parecia com o futuro.

— Aquela é a sra. Neilson — falei para Bernadette e as outras garotas enquanto nos aproximávamos de uma mulher arrumada torcendo o lenço de seda ao redor do pescoço. Seu sorriso tímido e esperançoso fez meu coração torcer no peito. Eu sabia que Eileen sempre se sentira um tanto deslocada n'A Casa, que a mãe dela a aconselhara a ser mais extrovertida.

— A cor favorita da Eileen — disse a sra. Neilson, a mão na bochecha. Tínhamos ido carregando um cobertor amarelo e tulipas amarelas. Ela nos abraçou, com cheiro de cigarro e de todo o perfume que usara para tentar disfarçá-lo. Então abaixou a voz para um tom conspiratório. — Preciso conversar com vocês antes de verem Eileen. — Ela gesticulou para que a seguíssemos em seus passinhos pelo corredor, para que Eileen não ouvisse o que ela nos pediria que fizéssemos. — Contei a Eileen que vocês viriam hoje, e ela está muito animada para vê-las — disse a sra. Neilson. — Ela está um pouco envergonhada pelo cabelo, então por favor não encarem nem comentem.

— Claro, sra. Neilson — concordei.

— Mas não é só isso. Vejam... — A sra. Neilson parou para centralizar o nó de seu lenço e organizar seus pensamentos. Ela era uma versão mais angular e ansiosa da filha. Mais de uma vez eu ouvira Eileen no telefone com ela, insistindo que ela parasse de se preocupar. Ela estava fazendo amigos, indo a encontros. Estava se divertindo vivendo n'A Casa. — Eileen não tem qualquer lembrança da noite de sábado. Ela acha que esteve em um acidente de carro.

Retomei minha compostura o mais rápido possível, e ainda gaguejei.

— Então, há — comecei —, não devemos mencionar... ou isso significa que ela acha que foi a única que se feriu?

— Ela acha que Jill estava dirigindo, então sabe que Jill também está se recuperando no hospital.

— Mas vocês vão contar para ela? — perguntei, atordoada. Eu imaginei Eileen vivendo o resto da vida sem saber o que acontecera n'A Casa na Seminole Street. Senti-me fraca, imaginando tudo o que seria necessário para sustentar essa mentira.

A sra. Neilson escondeu o pescoço com o lenço. A pele ali tinha um tom rosado e desgastado. Tive que resistir à vontade de estender a mão e puxar a dela. Eu não suportaria testemunhar mais sofrimento.

— Um dia, tenho certeza. Sim. Estamos tentando não a chatear por enquanto. A mandíbula dela está fechada com arames, e ela não pode gritar.

Quando sou entrevistada a respeito disso, o que não costuma acontecer com frequência, o repórter sempre quer saber sobre a boca de Eileen, imobilizada em um sorriso de fios metálicos, os dentes quebrados expostos. Sou encorajada a falar sobre a incisão vermelha enrugada cortando sua orelha esquerda, besuntada em Vaselina, e como as janelas tinham travas duplas para a segurança dela, de forma que o quartinho branco fedia a sangue e saliva, como o consultório de um dentista depois de uma cirurgia dentária.

Mas o que eu quero falar é sobre como Eileen olhou para nós quando entramos no quarto, com um remorso desesperado que ainda hoje me assombra. Se ela pudesse falar, eu sei que teria se desculpado por termos que vê-la daquele jeito.

O irmão mais velho de Eileen estava protetoramente à cabeceira da cama, comendo um bolinho de aveia sem guardanapo. Reconheci a sacola na lixeira aos pés dele. Alguém levara para eles bolinhos da Swanee's, uma padaria francesa chique na Main Street com uma placa de *Bonjour!* na porta. Me repreendi por não ter pensado nisso.

— Veja quem veio te ver, Eileen — anunciou o irmão dela.

Eileen grunhiu um cumprimento.

Bernadette se empoleirou na beirada da cama, delicadamente, tão contrária à rude fisicalidade que costumávamos demonstrar uma à outra n'A Casa que descobri uma nova perda para lamentar. Estávamos sempre amontoadas nas camas, com os pés nos rostos, acusando alguém de ter chulé ou dedos sujos. Nunca tivemos que nos preocupar em machucar alguém.

— Sentimos sua falta n'A Casa, Eileen — disse Bernadette. Ela me lançou um olhar. *Você é a presidente. Diga algo.* Eu estava ali, recarregando, como se tivesse queimado um fusível.

— Trouxemos algo para alegrar o quarto! — falei numa vozinha aguda que fez meus próprios ouvidos doerem.

Tentei desfazer o laço amarelo que prendia o cobertor amarelo, eu precisara ir a três lojas para encontrá-lo, mas meus dedos não cooperavam com o que meu cérebro ordenava que fizessem. O irmão de Eileen se aproximou para ajudar, mas não era trabalho dele ajudar. Era meu. Eu nem havia levado nada para ele comer. Ergui o pacote até a boca e mordisquei a fita com os dentes até que se rompesse. As mãos de Eileen tremiam ao lado do corpo nervosamente enquanto eu chacoalhava o cobertor e o prendia nos cantos baixos da cama com precisão agressiva.

— Já está melhor — declarei, e Eileen olhou carinhosamente para o cobertor, para me satisfazer.

— Há algo mais que possamos trazer para vocês? — perguntou Bernadette. — Revistas? Talvez um quebra-cabeças?

— Um quebra-cabeça. — A sra. Neilson arfou como se fosse uma nova invenção. — Isso parece divertido.

Houve uma comoção no corredor, uma voz de mulher erguida em alerta. Meu pulso disparou nos ouvidos e minha visão ficou turva. Ele havia me encontrado.

— Está tudo bem — dizia a sra. Neilson para o guarda, que havia ficado em posição na porta. — Pode deixar ela passar.

Quem entrou foi a mulher que havia tirado a imprensa da nossa frente com seu cigarro aceso, aquela com o boné de jornaleiro, embora naquele dia seu cabelo loiro amarelado estivesse preso sob uma boina, inclinada, à moda parisiense. Ela seria parte da minha vida para sempre, mas naquele momento eu nem sequer sabia seu nome.

— Desculpe por ter demorado tanto — disse ela para a sra. Neilson, entregando a ela uma sacola de papel marrom bem fechada. — Me perdi um pouco tentando voltar para cá. — A mulher percebeu o cobertor na cama. — Que bonito — comentou ela. — Vocês, garotas, deviam comer alguns bolinhos. Eu trouxe muitos.

— Vou sair só um pouquinho.

A sra. Neilson saiu do quarto, a sacola marrom de papel sob o braço como uma bolsa de sair. A mulher foi até a cama de Eileen e se inclinou, examinando o rosto dela.

— O que você acha? Mais vaselina?

Eileen assentiu ansiosamente. Aos pés da cama, o cobertor amarelo se ergueu e abaixou enquanto a mulher passava um cotonete nos lábios de Eileen. Ela estava curvando os dedos dos pés.

— Vocês são membros da irmandade da Eileen? — A mulher tampou o frasco de vaselina e jogou o cotonete no lixo, que estava cheio de bolas usadas de algodão e gazes, o branco acinzentado dos fluídos corporais expostos ao ar. Embora eu tivesse certeza de que meu rosto estava do mesmo tom doentio, me esforcei, ergui o queixo e estendi a mão.

— Sou Pamela Schumacher, presidente da divisão. — Tentei sorrir, mas eu ainda estava me encolhendo. Ninguém mais te diz quão doloroso é estar assustada, como uma picada de abelha em todo seu sistema nervoso central.

— Martina Cannon — disse a mulher, dando um apertão forte na minha mão. — A maioria das pessoas me chama de Tina. — Ela era quase tão alta quanto Denise, e sorriu para mim com algo que pareceu uma reverência, mas, depois de todos esses anos, sei que não era isso. Era otimismo lutando contra o medo. Quando Tina me viu, viu sua última esperança.

— Você é parente da Eileen? — perguntei, querendo saber tudo sobre aquela linda mulher com uma seleção rotativa de chapéus estilosos. Ela parecia ter trinta e poucos anos. Talvez uma prima ou uma tia jovem.

— Não sou. — Tina percebeu que o sol estava atingindo diretamente os olhos de Eileen, e foi até a janela ajustar as cortinas.

Franzi a testa para ela.

— Você é enfermeira?

— Só estou ajudando as famílias — disse Tina com um sorriso evasivo que me enfureceu.

Eileen ergueu as mãos, fazendo mímica de anotar algo. O irmão dela lhe entregou caneta e um bloco, no qual li relatórios de seu novo mundo de uma palavra só. *Meias. Sim. Não. Dia?* Todos esperamos enquanto ela anotava sua frase, e então a entregava para que o irmão lesse em voz alta. O olhar dele viajou pela mensagem, e seu rosto ficou tenso.

— Eileen quer saber se Denise e Roger reataram ontem à noite, Pamela.

Eu devo ter parecido horrorizada. Todos devemos ter parecido horrorizados, porque percebi que estávamos assustando Eileen.

— Diga a ela, Pamela — disse Bernadette, me lançando um olhar em pânico.

Lembrei-me do que a sra. McCall dissera sobre dicção.

— Ele com certeza está arrependido de ter terminado com ela — disse a Eileen.

Eileen não podia sorrir, mas pareceu satisfeita.

Senti o cheiro da sra. Neilson antes de vê-la. Outro cigarro, outra camada sufocante de perfume.

— Como está tudo aqui?

Tossi na dobra do meu cotovelo. Os ombros de Eileen ficaram tensos, relaxaram e ficaram tensos outra vez. Percebi que ela estava tentando tossir, mas não conseguia, não com a boca presa. Os olhos dela ficaram marejados, e bile densa desceu de um dos cantos rachados da boca, se acumulando na depressão da clavícula. A sra. Neilson olhou ao redor em busca de algo para limpar, considerou o cobertor amarelo que levamos, e, por fim, tirou o lenço de seda do pescoço.

— Acho que é hora de Eileen descansar — disse a sra. Neilson em uma voz terrível e fragilizada. Ela cutucava o queixo da pobre Eileen como devia ter feito quando ela era bebê.

Mas quero que você saiba algo sobre Eileen: depois que ela saiu do hospital e o cabelo do lado esquerdo de sua cabeça cresceu, ela percebeu que ficava melhor com ele curto, mais estilosa e durona. Ela se mudou para Tampa a fim de estudar administração e, para superar o medo de homens desconhecidos, começou a dirigir táxi à noite. Ela conheceu o marido enquanto o levava para casa do aeroporto — ele só conseguia vê-la de costas e a chamou de "senhor", ela se virou e eles deram uma boa risada. Eileen poderia ter escolhido ver o mundo como um lugar feio e hostil, mas, em vez disso, foi esperta na vida de uma forma que a maioria das pessoas não consegue ser. Mês que vem completará vinte e quatro anos que ela está casada com sua alma gêmea.

— A gente te vê em breve, Eileen! — falei com aquela estranha e estridente alegria, e saí para o corredor e me curvei, colocando as mãos nos joelhos. Por um momento, eu não sabia se ia chorar ou vomitar. Então fiz as duas coisas.

Eu estava tão mal que não conseguia me lembrar de onde estacionara o carro que a sra. McCall nos emprestara. Bernadette e as outras não tinham como me ajudar. Ao chegar, eu as deixara na entrada do hospital, como os homens fazem quando suas esposas estão de salto.

Íamos pegar uma carona de volta para A Casa com nosso guarda policial quando Tina apareceu e insistiu em nos levar, embora tenha tido que colocar várias coisas no porta-malas para abrir espaço — embalagens soltas de xampu e refrigerante, jornais velhos e pacotes meio comidos de pretzels. Para a minha surpresa, ela dirigia devagar, como alguém muito mais velho ou, mais provável, alguém que não conhecia a cidade.

— Vá à merda — disse Tina para o terceiro sinal vermelho no qual paramos na Miccosukee Road.

— Se você não se importa — protestei fracamente. As garotas haviam me dado o assento da frente, e eu estava inclinada com minha testa pressionada na janela, respirando pesadamente pela boca. Que presidente eletrizante eu era nesses tempos de guerra.

— Por que tem tantos sinais vermelhos nesta estrada? — perguntou Tina. — E por que são assim?

Na Flórida, os sinais de trânsito são na horizontal. Sempre pensei que isso desse a eles uma qualidade senciente, como robozinhos agachados, piscando para você. *Eles são meio que adoráveis*, dissera Denise uma vez, e eu rira, admirada, e dissera a ela que isso era algo que um artista diria.

— Furacões — explicou Bernadette, sempre Miss Flórida. — Os ventos.

O robozinho abriu seu olho verde e seguimos nosso caminho.

— É muito legal da parte de vocês visitarem Eileen e seguirem a história — disse Tina. — Não concordo com a decisão da família de não contar a ela, por sinal. É infantilizante.

Aquela palavra nova e exótica rolou para fora da língua de Tina e ativou uma parte de mim que buscava a atenção de mulheres desbocadas e glamorosas, mulheres como Denise e Tina que, à sua própria maneira, lembravam-me de minha mãe.

— O que é — Bernadette fez uma pausa, refazendo a pronúncia em sua mente — in-fan-ti-li-zan-te?

— É quando alguém trata um adulto perfeitamente capaz como criança — explicou Tina —, e tendem a fazer isso com mulheres jovens.

— Eles só não querem que ela fique histérica — falei em defesa da família. Tive que falar de olhos fechados, lambendo meus lábios secos entre as palavras. Agitei a mão vagamente. — Você viu o que acabou de acontecer.

Tina bufou.

— E? O que tem de errado em ficar histérica? O que aconteceu é histérico.

— Temos mais dignidade que isso — falei, fazendo um esforço enorme para erguer minha cabeça. *Nunca os deixe te ver suando*, eu sempre dizia, só que eu conseguia ver o resíduo úmido que minhas glândulas haviam depositado na janela.

— Vou te falar algo da minha experiência — disse Tina, flexionando as mãos no volante. — Eles vão te chamar de histérica não importa quanta dignidade você tenha. Então é melhor você fazer o que quiser.

— Direita — falei para ela na parada de quatro vias em Copeland, porque claramente ela não era dali.

Tina se aproximou da entrada dos fundos d'A Casa em um engatinhar respeitoso, embora a rua estivesse quase deserta. Nuvens baixas e pesadas haviam tampado o sol, e não havia ninguém pisando nas folhas mortas e pinheiros em nenhum dos caminhos abertos entre a Seminole Street e os portões sul da universidade. O pai de alguém estava jogando a mala às pressas no porta-malas de uma caminhonete estacionada em frente à Casa Delta, correndo para o lado do motorista e gritando para a filha que eles precisavam pegar a estrada. Minha nuca arrepiou. Só naquele quarteirão havia três irmandades, uma lanchonete, um bar popular e uma igreja ainda mais popular. Estava sempre movimentado e, no entanto, naquele momento, parecia deserto e devastado pela guerra, sob sítio. Todo mundo saindo enquanto tinha chance.

Tina estacionou junto ao meio-fio, em paralelo à barricada de metal da polícia que cercava os fundos d'A Casa. O policial de plantão se agachou para nos observar. Ele se levantou, tranquilizado ao ver que era apenas um carro cheio de mulheres.

— Vocês se sentem seguras aqui à noite? — perguntou Tina. Havia polícia e peritos de cena de crime por toda A Casa, mas eles iriam embora na hora do jantar, suas unhas lavadas para tirar o sangue e as mentes entorpecidas pela cerveja gelada. Eu os invejava, porque isso era apenas uma parte da vida deles e não a vida deles. — Porque, caso não se sintam, pode ser que eu consiga ajudar.

— Não vamos ficar — falei. — Só temos que pegar mais algumas coisas antes de voltar para a casa da sra. McCall. Ela é ex-aluna da irmandade.

— Mas como vocês vão chegar até lá?

— A polícia vai nos levar. — Abri a porta do carro. — Obrigada pela carona.

Tina pôs a mão no meu joelho.

— Pamela? Pode ficar um pouquinho?

Eu não tinha forças, então dei um meio aceno para as minhas irmãs. *Podem ir. Eu encontro vocês lá dentro.*

Tina e eu ficamos sentadas ali, em silêncio, observando Bernadette e as outras darem os braços e se aproximarem do guarda perto da barricada, que lhes pedia as identidades. As garotas reviraram as bolsas em busca das carteiras.

— A universidade está dando algum tipo de suporte a vocês? — perguntou Tina, me observando com o que parecia preocupação parental. — Profissionais com quem falar sobre o que aconteceu?

— Você quer dizer tipo um psicólogo?

Tina sorriu da forma como falei *psicólogo*.

— Sim, tipo um psicólogo.

— Não. Não sei. Mal se passaram dois dias.

— Está bem, olha. Eu tenho indicações, caso você ou alguém que você conheça precise.

— É disso que você queria falar?

— Não, mas quero que você saiba disso. — Ela deixou a oferta de pé enquanto puxava seu casaco de mohair ainda mais para perto do corpo, para se proteger do frio. Era uma peça que parecia cara, o tecido livre de bolinhas. Denise teria se oferecido para levá-lo para ela, só para poder espiar a etiqueta e ver com quem estava competindo. — Foi você quem viu ele, certo? Foi o que o jornal disse.

Engoli em seco, enjoada.

— Não acredito que o *Democrata* imprimiu isso. — Àquela altura, eu achava que era apenas notícia local.

— Pamela — falou Tina seriamente —, está no *New York Times*.

Eu fiquei chocada. Imaginei o jornal — imaginei minha foto — em cada esquina da nossa vizinhança, apenas a trinta minutos ao sul da cidade.

— Eles podem fazer isso? Eles têm permissão para fazer isso?

— É antiético, mas não ilegal. — Tina pegou o maço de cigarros mentolados que mantinha no painel o tempo todo. Um no carro e um na bolsa, eu logo descobriria.

— Você queimou aquele cara — falei, lembrando do grito dele, o cheiro de pelo queimado.

— Eu o marquei — corrigiu Tina, balançando um cigarro solto e me oferecendo o maço. Balancei a cabeça e ela deu de ombros. *Como quiser.* — Agora, qualquer um que quiser te entrevistar vai ficar esperto. Faça o que fizer, não fale com aquele cara. Você devia ter ouvido a forma como ele estava falando de você e suas amigas antes de vocês saírem. — O isqueiro dela emperrou, e ela ficou vesga enquanto tentava levar a chama à ponta do cigarro.

— O que ele disse?

— Que vocês não deviam ter se exposto tanto.

— Exposto — repeti, confusa. — Como assim?

— Que, se vocês estivessem deitadas às dez da noite, nada disso teria acontecido.

Aquilo esbarrou em um fio desencapado dentro de mim.

— Todas nós estávamos deitadas — grunhi.

— Pode me dizer como ele era? — Tina me encarou com olhos preocupados e injetados. — Prometo me explicar. Só preciso ouvir de você como ele era.

Já haviam me feito essa pergunta tanto que eu estava começando a sentir que certos aspectos da minha história mais atrapalhavam que ajudavam, que eu devia simplificá-la, ou deixar de lado aquele meio segundo em que pensei que fosse Roger ou fazer uma acusação direta. Ninguém te diz que as histórias mais verdadeiras são as bagunçadas e incômodas, que você ficará tentado a cortar as partes que fazem as pessoas coçarem a cabeça e enfeitar as partes que as fazem ficar mais curiosas. É necessário coragem para permanecer como uma testemunha verdadeira e constante, e eu permaneci.

— Eu o confundi com esse cara, Roger — contei a Tina. — Ele namorou Denise. Costumava namorar. Não só ela. Estou sabendo que ele tinha um lance com outras garotas. — Balancei minha cabeça; eu não tinha energia para entrar em detalhes. — Mas percebi rápido que não era Roger. O homem que vi era bem menor que Roger.

Tina tragou rapidamente o cigarro, com olhos arregalados que diziam *Estou chocada.*

— E o que mais? Você se lembra de mais alguma coisa?

— O nariz dele. — Levei meus dedos ao meu, demonstrando. — Era como um bico. Muito fino e aquilino. E ele tinha lábios finos.

Tina pareceu precisar de um momento com a informação. Ela fechou os olhos. Os cantos da boca se ergueram em algo que não era exatamente um sorriso.

— Eu sabia — sussurrou consigo, quase feliz.

Tina abriu os olhos e se inclinou para mim, o cigarro equilibrado entre os dentes. Prendi minha tosse no peito até que meus olhos lacrimejaram. Eu gostava de estar no carro com ela, e não queria dar qualquer indicação de que eu não conseguiria lidar com quem ela era e com o que estava me dizendo.

— Foi por isso que vim — disse Tina. — Entrei no avião imediatamente quando soube o que aconteceu aqui. Porque eu *sabia*.

Ela desdobrou um pedaço de papel, alisando os amassados com a palma da mão. Me lembrei dos panfletos que as fraternidades colavam informando de suas festas beneficentes até que ela o mostrou a mim. Não. Não era um panfleto de festa.

Eu li o nome que soava um tanto prosaico pela primeira vez naquele momento, mas há alguns anos eu prometi parar de usá-lo. Isso não é uma abstinência simbólica da minha parte — *o nome dele já foi dito o suficiente e o nosso, esquecido, blá-blá-blá.* Quero dizer, claro, tá, isso pode ser parte, mas de quem eu quero que você se lembre, toda vez que eu digo *o Réu*, não é dele, mas da repórter do tribunal de vinte e dois anos, vestida para o sucesso com uma blusa com laço. Foi ela quem o registrou nas transcrições originais não pelo nome de batismo dele, como os advogados licenciados do caso, mas pela combinação de letras mais honesta que seu ouvido sensível e seus dedos voadores conseguiram produzir: o Réu.

O que as pessoas se esquecem, ou melhor, o que a mídia decidiu que enlameou a narrativa, é que, embora o Réu representasse a si mesmo no julgamento por assassinato, ele nunca foi advogado. Qualquer um pode se defender, litigar seu próprio caso, sem se graduar em direito nem passar na Ordem. Mas a história ficava mais vendável se ele fosse retratado como alguém que não precisava matar para se divertir, que tinha perspectivas em sua vida romântica e carreira. Até hoje, eu reverencio aquela repórter do tribunal de rosto lavado, mais nova que eu apenas um ano, porque ela é um daqueles poucos sagrados que fizeram seu trabalho sem mais que um pouco de segundas intenções. A verdade do que aconteceu está naquelas transcrições, nas quais ele é o Réu e é um mentiroso.

No pôster de Procurado que eu segurei em minhas mãos naquela tarde sombria no carro alugado de Tina, o Réu me olhava com olhos pretos e vagos. São olhos assustadores, não me entenda mal, mas o que me assusta, o que me enfurece, é que *não há* nada excepcionalmente inteligente acontecendo atrás deles. Uma série de inaptidões nacionais e uma atitude parcimoniosa com relação a crimes contra mulheres criou uma espécie de túnel secreto através do qual um cara que abandonou a faculdade, com graves perturbações emocionais, seguiu em frente impune por grande parte dos anos 1970. A aplicação da lei preferiria que nos lembrássemos de um homem fraco como brilhante em vez de dar uma boa olhada no papel que desempenharam naquele absoluto espetáculo de circo, e estou exausta de vê-los em suas camisas passadas e botas de caubói, em suas confortáveis cadeiras de couro em entrevistas, em documentários de crime de enorme sucesso e criticamente aclamados, falando sobre a inteligência, o charme e a perspicácia de um misógino comum. Esta história não se trata disso. *A* história não se trata disso.

— Este é o homem que você viu — disse Tina. — Há quatro anos, ele matou minha amiga Ruth.

RUTH

Issaquah, Washington
Inverno de 1974

— Não gosto da ideia de você ir à casa de uma estranha — disse minha mãe quando mostrei o anúncio nos correios. O Grupo de Luto Complexo se encontrava toda noite de quinta-feira, das seis às oito, do lado de fora da casa de uma conselheira na vizinhança de Squak Mountain em Issaquah. *Homens não são permitidos* estava sublinhado duas vezes de vermelho.

— Mas só vão mulheres — falei, cheia de vontade.

— Aquela garota também vivia numa casa só de mulheres — lembrou-me minha mãe, ajeitando a alça da bolsa no ombro e indo em direção à porta. — Vamos, Ruth. Preciso chegar à lavanderia antes que feche.

Comecei a segui-la para fora da agência, então voltei e arranquei o pedaço com o número de telefone da conselheira, para o caso de ela mudar de ideia.

— E se você me levasse? — sugeri a caminho de casa, depois da lavanderia. Chegamos antes que fechasse, e a costureira estava lá naquele dia. As coisas estavam indo do jeito dela, o que (de acordo com a minha mãe) era raro, e a deixava mais flexível, o que era ainda mais raro. — Podemos ir até lá juntas. Garantir que é o que o panfleto diz que é.

— O que, exatamente, é luto complexo? — ela quis saber, soando como se duvidasse que algo assim pudesse existir.

Dei de ombros.

— Imagino que eles vão explicar lá.

— Mas e se acontecer de você não ter isso? Você terá ido até lá à toa.

Eu não conseguia explicar o que era o luto complexo, só que eu tinha certeza de que sofria daquilo.

Squak Mountain ficava a meros minutos da casa de meus pais em Issaquah, onde eu estivera morando desde que meu pai falecera no verão anterior. Issaquah propriamente dita ficava localizada a aproximadamente trinta quilômetros do centro de Seattle, encolhida na base de três montanhas que compõem o sopé de Cascade. Pinheiros protegem a vizinhança, isolando cada casa e formando uma barreira sonora natural. Mesmo nas ruas povoadas com lotes menores, há uma sensação silenciosa de isolamento que acho que faz parte do apelo.

— Você nunca sabe o que vai encontrar lá — comentou minha mãe enquanto manobrava por uma inclinação apertada à direita.

Supostamente, Squak é uma das vizinhanças mais difíceis de se precificar imóveis porque há muitos tipos de casa, desde ranchos baratos a mansões da rainha Anne, propriedades com vistas cinza-chumbo do lago Sammamish e outras que nem quintal tinham. A casa da conselheira ficava no meio: uma construção tradicional do nordeste oferecendo um panorama de floresta. Havia vários carros estacionados na entrada e jovens mulheres acenando e se abraçando na varanda frontal. Tive que perder as duas primeiras sessões porque minha mãe precisou de mais tempo para pensar se poderia confiar em mim para frequentar um grupo de luto complexo sem acompanhante, e agora eu me sentia como a garota que fora transferida para uma nova escola no meio do ano. Se eu quisesse fazer amigos, teria que me esforçar.

— Você quer entrar e conferir antes que comece? — Prendi minha respiração, rezando para que ela não aceitasse a oferta.

Minha mãe observou as mulheres no pátio.

— Não vejo nenhum assassino do machado.

Minha mãe não costumava fazer piadas, e eu sabia o que ela estava fazendo. Insinuando-se para mim caso eu ficasse tentada a traí-la. Eu ri de forma tranquilizadora e ela pareceu relaxar um pouco.

Mas, enquanto eu saía do carro, minha mãe me disse para ser cuidadosa.

— E esperta — adicionou ela, o que de fato ela precisava que eu fosse. — Por favor, Ruth. Fique esperta.

O nome da conselheira era Frances. Tinha mais ou menos a idade da minha mãe, com o cabelo cacheado e castanho em um corte masculino. Ela não usava maquiagem nem joias além de um anel no mindinho, que percebi apenas porque, quando as outras mulheres começaram a falar e chorar, ela apoiou o queixo nas mãos enquanto as ouvia. Minha mãe sempre afastava minha mão do rosto quando eu fazia isso. Talvez minha pele não desse mais acne se eu parasse de tocá-la.

— Fiquem à vontade — disse Frances, gesticulando para os biscoitinhos e o café que colocara em uma bandeja na entrada. Eu havia esperado uma decoração mais rústica para combinar com o exterior estilo madeira--manchada-e-pedra-de-rio da casa, mas lá dentro parecia que eu estava no Marrocos. (Com todas as vezes que fui ao Marrocos, eu saberia dizer.) Havia plantas reais e falsas nos cantinhos, vasos de argila, mantas afegãs de cores intensas penduradas sobre cadeiras feitas com estampas coloridas, tanta arte nas paredes que eu nem sei dizer de que cor eram.

Peguei um biscoito.

— São pignolis?

Frances sorriu.

— Você deve ser italiana.

— Polonesa até os cabelos — respondi. — Mas tenho uma boa receita deles. Embora não faça há algum tempo. — Dei uma mordida e fechei meus olhos em êxtase.

— Bom?

— Ai meu Deus. — Eu ri um pouco. — Preciso começar a fazer de novo. Esqueci como gosto deles. — Minha mãe não via o motivo de colocar castanhas em um biscoito, e por que pignoli era tão caro?

Frances sorriu e tocou o canto da boca, onde a minha devia estar suja. Eu a limpei, corando, mas Frances apenas fez um gesto para dispensar meu constrangimento.

— Geralmente eu passo o dia coberta pelo meu café da manhã. Venha conhecer as outras.

Mais ou menos dez mulheres estavam reunidas no canto da sala de estar, de joelhos, cabeças abaixadas. *Rezando*, percebi, e senti meus ombros caírem com a decepção. Minha escola de ensino médio católica meio que tinha me expulsado.

Ao nos ouvir entrando, o grupo se separou para revelar a líder da congregação — uma mulher em um pufe, abrindo as lapelas da blusa para exibir três cortes finos em seu esterno. Um gato preto estava empoleirado no parapeito da janela, lambendo suas garras.

— Nixon é um babaca — disse a mulher ferida para Frances. Ela tinha um longo cabelo amarelado repartido no meio, sobrancelhas escuras e olhos castanho-escuros, como se houvesse um protesto acontecendo dentro dela para discutir se ela era ou não loira de verdade. Com a camisa aberta daquele jeito, era fácil ver que os seios eram pequenos o bastante para não precisar de sutiã.

— Tem Neosporin debaixo da pia da cozinha — disse Frances. — Gente, esta é a Ruth.

A mulher ferida brincou:

— Bem-vinda à festa, Ruth.

E então se levantou e foi para a cozinha. Ela era alta, com um ar esportivo e queimado pelo frio, como se ela tivesse acabado de voltar de uma longa corrida. Como uma idiota completa, eu a agradeci enquanto ela passava. Ouvi sua risada baixa do outro lado do corredor.

As outras mulheres se acomodaram ao redor da mesa de café em almofadas florais, conversando animadas, surpreendentemente alegres depois de terem perdido recentemente entes queridos. Um quadro negro em um cavalete tinha uma lista enumerada, os dois primeiros itens já riscados:

1. ~~Uma coisa que você fazia que sempre me fazia sorrir...~~
2. ~~Uma coisa que você fazia que sempre me deixava com raiva...~~

Frances gesticulou para que eu encontrasse um assento e se sentou à cabeceira da mesa de café. Todas se calaram sem que ninguém precisasse pedir.

— Quero me reapresentar brevemente e falar do que fazemos aqui — disse Frances. As outras mulheres me encararam e me deram sorrisos encorajadores e educados. — Sou Frances Dunnmeyer, e comecei o Grupo de Luto Complexo há mais de dez anos, depois que meu marido morreu e me vi me sentindo como se ninguém mais pudesse compreender o que eu estava passando. Meu falecido marido não era uma pessoa ruim, mas não vivíamos num bom casamento, e as emoções conflitantes que surgiram sobre a morte dele eram difíceis de lidar, até para mim, que sou terapeuta licenciada há vinte e cinco anos. Comecei este grupo para ajudar mulheres como eu, mulheres que têm dificuldade em reconciliar o luto pela perda de um ente querido que pode também ter sido alguém que te magoou, ou te tratou mal, ou te impediu de alcançar seu verdadeiro potencial.

Frances falava diretamente comigo agora.

— Esta é só a terceira vez que este grupo está se encontrando, então você não está tão atrasada no nosso trabalho. A cada sessão, nos concentramos em um ponto. — Ela indicou o quadro atrás de si. — O objetivo do grupo é abordar cada ponto da lista, um por semana do ano, cinquenta e dois no total. Digo que você não está tão atrasada porque lidar com o luto é um dos trabalhos mais difíceis que você terá na vida. O tempo não cura todas as feridas. O luto é como uma pia cheia de louças sujas ou uma pilha de roupas sujas. O luto é uma tarefa que você tem que cumprir, e uma tarefa complicada.

Li os pontos riscados com interesse renovado. Eu ficara chateada por perder as duas primeiras semanas, mas tinha que admitir que estava aliviada por não ter que discutir minha resposta ao segundo item com aquele grupo. Meu pai, que eu amava mais que qualquer coisa neste mundo, tinha me deixado com muita raiva pouco antes de morrer.

Então, Frances disse:

— Ruth, eu gostaria que você respondesse aos dois primeiros pontos em um diário, e podemos conversar sobre eles no privado nas próximas semanas.

Dever de casa. Ótimo.

O assunto de discussão daquela noite dizia: *Meu sistema de apoio inclui...* Frances pediu que a mulher à sua esquerda começasse. Ela tinha dentes grandes e brancos e um narizinho pontudo, apenas frestas no lugar das narinas. Me peguei me sentindo preocupada com ela. Como ela conseguia respirar com narinas tão estreitas? Ela já estava pegando um lenço enquanto começava a falar da irmã, que perdera um bebê no sexto mês de gravidez e admitira para ela recentemente que estava aliviada porque significava que ela poderia continuar na faculdade de enfermagem sem problemas.

Às dezessete semanas, um bebê é do tamanho de um nabo. Minha cunhada me contou isso; pessoalmente, eu não poderia me importar menos com gravidez. A irmã da mulher com as narinas estreitas havia perdido um nabo e eu perdera meu pai, que me levara para ver a estreia do skate de velocidade feminino nas Olimpíadas de Inverno em Squaw Valley quando eu tinha nove anos. Helga Haase da Alemanha ganhara, e ela estava assinando a programação depois da competição no estacionamento ao mesmo tempo em que acontecia o evento de corrida de ski alpino masculino. E, embora meu irmão tenha choramingado, implorado e me chamado de nazista por querer encontrá-la, meu pai esperou comigo no estacionamento para pegar o autógrafo dela. *Isto é importante para a sua irmã*, dissera ele à sua maneira, que era autoritária, mas também persuasiva no nível mais empático. *Está bem*, dissera meu irmão, suspirando, e esperara sem reclamar.

Pensei que eu fosse conhecer mulheres que haviam perdido pessoas incríveis e terríveis, não nabos. Mas então a mulher com os arranhões voltou para a sala com dois curativos no peito e declarou:

— Sua irmã só dá trabalho, Margaret. — Ela se jogou de novo no pufe e continuou com familiaridade efusiva: — Você precisa parar de diminuir sua dor em nome dela! Ela perdeu um feto, e você perdeu uma criança de três anos com necessidades especiais que exigia sua atenção completa o tempo todo. Você não deveria ter que negar a magnitude da sua perda para fazê-la se sentir vista.

Inspirando fundo, percebi que havia me enganado. A mulher com grandes dentes e narinas estreitas — Margaret — não estava ali porque sua irmã perdera um nabo. Margaret perdera uma criança de três anos e ela mesma não havia morrido. Eu a observei de novo, desta vez com fascínio e extrema esperança, lembrando como ela estivera rindo antes que começássemos.

— Tina trouxe um bom ponto — disse Frances, dando à mulher ferida um nome e um sorriso que deixou claro que Tina era sua favorita. — Que é que os membros do nosso grupo de apoio não precisam entender cada canto escuro de nosso luto para nos dar apoio.

Tina me pegou olhando para ela e deu um sorrisinho, como se dissesse, *Eu estava certa.* Desviei o olhar rapidamente, as pontas das minhas orelhas pegando fogo.

Frances falou mais sobre fazer o trabalho de construir um sistema de apoio. Falávamos tanto sobre trabalho naquela sala. A cura era trabalho, um emprego, algo a temer e reclamar, mas necessário para colocar comida na mesa e um teto sobre nossas cabeças. Frances disse que um bom grupo de apoio incluía pessoas que estavam dispostas a te ouvir e que não te julgariam por nada que você estivesse sentindo, mesmo que seus sentimentos provocassem reações nelas. Eu não conseguia ter certeza, porque estava com medo de ser pega olhando outra vez, mas senti que Tina me encarava quando Frances disse essa parte.

— Tive sentimentos complicados sobre a morte do meu marido — disse Tina. — Diferentemente do marido de Frances, o meu não era um bom homem. Mas ele era amado pela comunidade, então não havia muitas pessoas dispostas a me ouvir falar sobre como ele realmente era dentro de casa. Tive que fazer o trabalho de sair e descobrir as pessoas que não tentariam me convencer de que a culpa era minha.

Tina vivera um casamento ruim, e eu também. Eu era divorciada. Isso parecia importar de alguma forma.

Quando foi minha vez de falar do meu sistema de apoio, comecei com meu ex-marido. Eu não queria que as mulheres tivessem uma ideia errada de mim. Eu estava tendo uma separação ruim, mas nem sempre havia sido assim. Alguém se casara comigo e fizera sexo comigo.

— Tínhamos muitos problemas no nosso casamento — falei, deixando de fora a parte do caso que meu ex-marido tivera. Eu não queria que elas pensassem, *Bem, é claro que ele estava tendo um caso, consegue imaginar acordar com essa cara sem maquiagem de manhã?* — Mas ainda nos importamos um com o outro. Ele ainda é parte da minha vida. Ele está me ajudando com algo importante agora.

Tina deixou escapar um *hã* em alto e bom som.

Meu pulso acelerou de uma forma que não era indesejada. Tina tinha essa maneira de te encarar enquanto você falava, como se não estivesse ouvindo o que você dizia e, na verdade, estivesse tentando entender o que você não estava dizendo. Devia ser esse o motivo de todas as mulheres que falavam com ela saírem com as bochechas incendiadas, sentindo-se inacreditavelmente expostas.

Mas, quando a olhei nos olhos, Tina apenas assentiu firmemente, demonstrando sua aprovação.

— Acho que é tudo muito moderno.

A sessão terminou e todas se apresentaram, levando canecas vazias e restos de biscoito para a cozinha, onde havia mais arte. Eu nunca havia visto arte na cozinha, nem um tapete rosa e roxo. O ofensivo gato preto estava encolhido sobre uma pilha de revistas *New Yorker* na mesa da cozinha, e as mulheres o bajulavam, fazendo vozinhas. *Por que você arranhou a Tina, Nixon?*

Frances tocou meu ombro.

— Não vá embora ainda, Ruth. Tenho uma coisa para você.

As outras mulheres começaram a se dispersar, mas Tina ficou, acariciando o queixo de Nixon, dizendo que o perdoava pelo que ele fizera.

— Ele tem esse nome porque é um ladrão — explicou Tina. — Ele rouba meias e calcinhas do cesto da lavanderia. — A essa acusação, Nixon bocejou. Tina ronronou: — Você é um ladrão de calcinhas, não é, Nixon?

Eu me sentia de língua presa e horrorosa na luz abominável da cozinha. Se eu conseguia ver Tina tão claramente a ponto de contar as sardas no nariz dela, então decerto ela conseguia ver as escamas tom de pêssego da minha base, os montes de pus que pulsavam como músculos doloridos. Algo que eu fazia nessas situações era erguer minhas sobrancelhas e franzir a testa ao mesmo tempo. Eu havia treinado muitas expressões diante do espelho, virando meu rosto de um lado a outro, tentando arranjar uma que escondesse os calombos na minha testa e os buracos do meu queixo. Essa combinação era a mais efetiva, mas me fazia parecer louca. Tina me encarou de volta, me viu fazendo a careta e assentiu como se essa fosse a aparência certa.

— É esquisito porque você acha que vai vir até aqui e receber conselhos, e então seguir esses conselhos e melhorar. Em vez disso, você aprende como assumir a responsabilidade.

Eu não fazia ideia do que ela estava falando.

— Assumir a responsabilidade pelo quê?

— Seus próprios sentimentos.

Então fiquei irritada com aquele rosto novo de garota californiana, seus dedos magros no pelo macio de Nixon.

— Mas pelo que tenho que assumir responsabilidade, exatamente?

— Fale comigo daqui um ano — disse ela naquela voz enjoativa que era para o gato. — Não é, Nixon? — Ela o beijou na cabeça. Virou o rosto e olhou para mim, a bochecha apoiada na bochecha de Nixon. — Aí você vai saber do que estou falando. Este é o meu segundo ciclo. Estou apaixonada pelo processo. Estou estudando para conseguir minha licença. Isso conta como experiência de trabalho.

Frances reapareceu com um diário de couro nas mãos.

— Ah, Nixon! — exclamou quando viu Tina bochecha a bochecha com ele. — Você tem sorte por Tina ter um coração tão generoso. — Ela me entregou o diário. — Anotei os dois primeiros pontos para que você se lembre deles. Tente responder ao primeiro até a semana que vem.

Abri na primeira página. *Uma coisa que você fazia que sempre me fazia rir...*

— "Misty watercolored memories" — cantou Tina para mim, aquela canção de Barbra Streisand, e eu ri. Percebi que ela estava me dispensando para poder falar em particular com Frances. Senti que precisava me assegurar, oferecer algo antes de partir. Apontei para o prato de biscoitos.

— Pignolis ficam ruim rápido. São os óleos nas castanhas. Se você guardá-los com um pedaço de pão, ficarão bons por mais tempo.

Frances olhou para mim, ainda mais impressionada do que, lá no meu íntimo, eu esperava que ela ficasse.

— Que dica valiosa, Ruth.

Do lado de fora, minha mãe esperava no carro com a luz interior acesa, lendo um de seus romances de banca. Ela deu um pulo quando abri a porta, o que era compreensível. Uma universitária desaparecera da cama no meio da noite, com sua colega de quarto logo na porta ao lado. Todos estavam com os nervos à flor da pele.

— Foi tranquilo? — perguntou minha mãe enquanto serpenteávamos pela montanha molhada de chuva no ritmo de um transeunte.

— Não falei muito. Fiquei ouvindo.

— Que bom, Ruth.

Ela esperou até chegarmos na Rainier Boulevard, na parte em que não havia postes de luz, dando a ela tempo suficiente para dizer o que queria dizer sem ter que permanecer no carro o suficiente para aguentar minha resposta.

— Você não precisa falar lá de todas as decisões que tomou. Não seria justo com o seu pai. Nem quero contar ao seu irmão que você está indo nisso. Ele provavelmente quer saber por que não estou lá falando do meu luto. Afinal de contas, ele era o *meu* marido.

Paramos na garagem. Minha mãe sempre fazia isso. Me prendia no carro com seus desejos, com seu martírio.

— Não estou lá para falar de tudo aquilo — retruquei.

Minha mãe abriu a porta, e a luz interior iluminou. Ela pôs um pé no asfalto, mas olhou para mim de um jeito preocupado, e por um instante pensei que ela poderia se desculpar pela parte que era sua culpa, ou pelo menos me agradecer por minha contínua discrição. Eu tinha vinte e cinco, então fazia nove anos.

— Ruth, querida, pare de cutucar. — Ela afastou minha mão do meu rosto, com um pouco mais de força que o necessário. — Você vai se machucar.

PAMELA

Tallahassee, 1978
Dia 2

Eu havia passado pela delegacia do campus várias vezes na minha caminhada para e saindo do Longmire Building, mas nunca entrara no prédio. Era um espaço compacto, cheio de armários e caixas de depósito empilhadas tão alto quanto as divisórias de vidro fosco entre as mais ou menos doze mesas. Aqui e ali, um telefone preto de teclas tocava, mas, no geral, era muito mais silencioso do que eu esperava que fosse, dadas as circunstâncias.

— Sou Pamela Schumacher, e estou aqui para ver o xerife Cruso — disse ao policial detrás da mesa em formato de lua crescente. — Tenho uma informação urgente.

— O xerife trabalha no departamento do xerife.

— Mas liguei para lá e disseram que ele estava aqui.

— Ele está — disse o guarda de maneira presunçosa. — Você deu sorte.

Mas eu não tinha dado sorte. Eu tinha ligado. Precisei de toda a minha força de vontade para não dizer isso para o rosto rosado e preguiçoso dele.

— Pode dizer a ele que estou aqui?

Em algum lugar detrás daqueles painéis de privacidade, soou o suspiro longo do xerife Cruso.

— Estou sabendo, srta. Schumacher.

— Esta entrevista está começando na terça-feira, 17 de janeiro de 1978, aproximadamente às onze da manhã. Presentes na entrevista estão o detetive Ron L. Pickell, o xerife Anthony Cruso e Pamela Ann Schumacher. Srta. Schumacher, confirme seu nome para o registro.

Tão rapidamente quanto possível, me identifiquei. Em seguida:

— Preciso mostrar uma coisa a vocês. — Estendi a mão para a minha bolsa.

Pickell ergueu a mão, me interrompendo.

— Pode primeiro dizer seu ano da faculdade e endereço?

— É tudo procedimento padrão — disse o xerife Cruso ao ver a impaciência no meu rosto. — Acontece que você apareceu várias horas antes da entrevista marcada. — Ele e Pickell compartilharam um sorriso cansado que eu já vira homens exibirem perto de mim um milhão de vezes. Era um sorriso que concordava com a afirmação implícita, *Ela dá trabalho, né?*

Eu recitei as respostas às suas perguntas padrão, com um joelho balançando.

— Está bem.

Abri minha bolsa e entreguei ao xerife Cruso o pôster de Procurado.

— É ele. É o homem que vi na porta da frente.

Esperei enquanto eles analisavam. Eu estava quase morrendo de tanto nervoso. Estivera tentando rastrear o xerife Cruso desde a tarde do dia anterior, quando Tina me levou para casa depois do hospital. Dormi uma ou duas horas ao lado de Bernadette na casa da sra. McCall, antes de tomar banho, me vestir e esperar o nascer do sol. Então, fui para o campus, conferindo, a cada sinal vermelho, se eu me lembrara de dobrar o pôster de Procurado e colocá-lo na minha bolsa.

— Você tem falado com Martina Cannon? — perguntou o xerife Cruso de uma maneira exausta que me atordoou. Eu havia acabado de *entregar* a ele seu suspeito. Comece a caçada!

— Eu só a conheci ontem, no hospital.

O xerife Cruso lançou a Pickell o olhar de um chefe irritado.

— Tínhamos segurança — Pickell disse a ele, uma nota defensiva em sua voz. — Mas a família a deixou entrar.

— O segurança era para ela? — perguntei, tentando acompanhar.

O xerife Cruso apoiou uma bota de caubói no joelho e se reclinou no assento, balançando a cabeça devagar, irritado.

— O segurança era para proteger Eileen e a família dela de qualquer um que pudesse querer machucá-los ou assediá-los, uma descrição na qual Martina Cannon se encaixa.

— O que ela fez?

— Ela está interferindo ativamente com a investigação policial, para começo de conversa. — O xerife Cruso pôs um dedo sobre o rosto do Réu e deslizou o pôster de volta para mim. — Este não é o nosso cara.

Eu queria colocar meu dedo no mesmo lugar e deslizar o pôster de volta para ele, mas duvidava que isso desse certo.

— Este é o homem que eu vi na porta da frente — falei o mais calma que pude. — Tenho certeza.

— Não tem tanta certeza, já que não nomeou Roger Yul no seu depoimento inicial. — Pickell sorriu para mim de maneira quase triste. Ele não estava tentando antagonizar, apenas afirmava um fato desafortunado.

O xerife Cruso entrou na onda.

— Quão bem você conhece Roger?

— Muito bem — respondi com muita confiança. — Ele foi namorado de Denise por três anos.

— Mesmo assim, eles terminaram várias vezes.

— Sim, mas ele é da mesma fraternidade que o meu namorado. Até quando ele e Denise não estavam juntos, ele estava sempre por perto.

— Já que você o conhece tão bem, estou curioso para ver se você sabe a idade dele.

Que pergunta estranha.

— Ele tem vinte e dois. O aniversário dele é em abril, então ele fará vinte e três em breve. Ele atrasou um ano no ensino médio.

— Não estamos tentando te fazer sentir mal aqui — disse Pickell. — Mas sua resposta demonstra algumas das nossas mais profundas preocupações sobre Roger.

Pisquei para eles, furiosa e confusa. O que eles estavam dizendo? O que eu não sabia que, como presidente da divisão, como melhor amiga de Denise, deveria saber?

— Roger Yul tem vinte e oito anos — disse o xerife Cruso.

Eu ri roucamente.

— Não tem.

— Sim, Pamela — disse Pickell gentilmente —, ele tem. Ele serviu na Guerra do Vietnã de 1968 a 1970 antes de ser dispensado por "anormalidades mentais". Ele passou o ano seguinte em uma instituição no Alabama antes de ser totalmente liberado. Em 1973, ele falsificou o histórico do ensino médio e se inscreveu na Universidade Estadual da Flórida.

Pensei no que Bernadette me contara havia duas noites, no quarto de hóspedes coberto de chinoiserie da sra. McCall. O que ele fizera com ela. Como ela chegara a ver pontos pretos. Ela tinha certeza de que ia morrer. Como ela, abri minha boca e permiti meia-vogal antes de me lembrar. Ela não havia me dado permissão.

— Você ia dizer algo? — perguntou Pickell. Ele me observava atentamente.

— Eu só ia dizer que não é possível que Roger seja... perturbado e ao mesmo tempo que ele seja a pessoa que fez isso? Eles poderiam estar trabalhando juntos?

— Você vai para a faculdade de direito no outono, não vai, Pamela? — Era o xerife Cruso. Eu devia ter mencionado meus planos durante nossa entrevista inicial, embora não me lembrasse disso. Ou talvez ele soubesse porque sua posição o deixava a par dessas coisas. Coisas confidenciais. Talvez eu devesse respeitar isso. Deixá-lo fazer seu trabalho. Focar em fazer o meu. Me lembrei do fundo de assistência a vítimas sobre o qual Brian falou. Aparentemente, era necessário se inscrever até sete dias depois do evento para conseguir. Eu precisava fazer isso. Me perguntei se havia inscrições ali mesmo na delegacia. Eu devia perguntar.

— Columbia, não é? — disse Pickell. — Muito impressionante.

Uma onda de choque atingiu meu cóccix. Isso não era verdade. Por que, em nome de Deus, eu disse isso a ele?

— Vou para a Shorebird College of Law. Em Fort Lauderdale. — Brian e eu íamos juntos. Ele queria se especializar em direito de finanças de campanha, assim como o pai dele, e eu queria me especializar em direito corporativo, assim como o meu pai.

Pickell franziu a testa.

— Ah. Entendo.

— Mesmo assim — disse o xerife Cruso —, você é alguém que entende que jamais dizemos que algo é impossível. É impossível, é irresponsável, fazer determinações oficiais nessa altura da investigação. Seguimos a trilha da evidência. E agora a preponderância da evidência indica Roger.

Eu não consegui encontrar objeção a isso.

— O que aconteceu com a amiga de Martina Cannon em Seattle foi uma coisa horrível, e não tenho dúvida de que este é o homem que fez isso. — Nós dois olhamos para os traços carnívoros e afiados do Réu. — É um mistério completo como ele conseguiu fazer isso, para ser sincero com você. Sinto muito por Martina, e sinto muito pelas famílias das garotas que desapareceram. Mas não tem nada a ver com o que aconteceu aqui.

Assenti, atordoada.

— E mais uma coisa — disse o xerife Cruso em um tom firme que não era indelicado. Ele me olhava com olhos preocupados e cheios de dó. Tinha trinta e tantos, mas havia uma suavidade de bebê em seu rosto que telegrafava um tipo de salubridade. Eu conseguia imaginá-lo bebendo um copo de leite na mesa do café da manhã, a esposa tirando o bigode deixado para trás com o dedão e um sorriso. — Tenho que tomar cuidado com o que digo aqui, porque Martina Cannon tem dinheiro e amigos em lugares importantes, mas te direi isto. — Ele se inclinou à frente, com os cotovelos apoiados nos joelhos, e juntou as mãos, apontando os indicadores juntos para o meu peito. — Eu te aconselho a não ficar sozinha com essa mulher, Pamela. Eu te aconselho a não passar tempo nenhum com ela, para sua própria segurança.

RUTH
Issaquah, Washington
Inverno de 1974

Depois do desaparecimento de uma segunda garota, o chefe de polícia de Seattle, ao vivo no Channel 5, aconselhou as mulheres a não saírem depois que escurecesse. Era março no Nordeste, o céu ficava azul-escuro às quatro da tarde. O fato de o apelo para ficar em casa três quartos do dia ter coincidido com o auge do movimento de libertação das mulheres no centro de Seattle não me pareceu nenhuma coincidência.

Segui minha mãe pela papelaria, conferindo meu relógio apenas quando ela não estava olhando. O encontro do grupo de luto era em trinta minutos, mas, se ela se sentisse apressada, revidaria enrolando ainda mais. Ela já havia mudado de ideia duas vezes sobre a caligrafia enquanto trabalhávamos nas palavras do convite para a cerimônia de nomeação do jardim do meu pai na Issaquah Catholic, onde ele fora professor de história por dezoito anos antes de falecer no verão anterior.

Para o aniversário de um ano de sua morte, a Issaquah Catholic havia plantado arbustos de hortênsias no jardim da frente da antiga casa do clérigo, que por um tempo servira como centro de reabilitação para escravizados fugitivos que haviam escapado do Sul. Era uma parte importante da história da escola, e meu pai havia desenvolvido seu plano de aulas de tal forma que a unidade sobre a Underground Railroad caísse na primavera, quando estava quente o suficiente para dar a aula no jardim malcuidado do lado de fora da cabana branca desgastada. O novo professor de história pretendia continuar com essa tradição, e a escola reformara o local e instalara uma placa dedicando o espaço ao meu pai. Aquilo soava mais como paisagismo que um jardim, mas eu estava tentando apressar minha mãe e mantive a observação só para mim. Além disso, eu odiava me lembrar da casa do clérigo e de toda a degradação que acontecera sob seu teto podre.

— Já falou com CJ? — perguntou minha mãe quando, enfim, estávamos no carro a caminho da casa de Frances.

CJ era o meu ex-marido. Ele estudara com meu irmão mais velho na Issaquah Catholic. Era da maior importância para minha mãe que CJ fosse à cerimônia para que todas as freiras pensassem que ainda estávamos casados e felizes.

— Não falei — confessei, me encolhendo como um cachorro mau que foi pego destruindo o sofá. — Mas vou.

Minha mãe parou de repente em um posto de gasolina Chevron, sem sinalizar, e alguém buzinou, uma explosão curta de indignação. Minha mãe pôs a mão no retrovisor e acenou, pedindo desculpas.

— Pode, por favor, fazer isso esta semana, Ruth? Faz meses que estou pedindo. E você não está tão ocupada.

Minha mãe sempre me fazia sentir que eu era ao mesmo tempo velha demais para agir como agia e nova demais para poder ficar longe da visão dela.

— Prometo.

— E, por favor, desculpe-se com a Martha em nosso nome e diga que sentimos muito por isso.

Martha. A *nova* esposa do meu ex-marido. Eu assenti diligentemente, de olho na hora. O encontro do grupo de luto seria em sete minutos, e tínhamos meio tanque de gasolina. Não havia motivo para pararmos naquele momento. Em uma voz baixa e penitente, perguntei:

— Será que você poderia encher o tanque depois de me deixar lá?

Minha mãe desligou o motor e abriu a porta.

— Me esqueci completamente de que falei para o seu irmão que levaria as crianças para a liquidação de verão no Frederick's esta noite. Seu sobrinho precisa desesperadamente de um casaco novo.

Ela estava corando violentamente quando saiu do carro. Engraçado, apesar de todas as mentiras que minha mãe esperava que eu contasse, ela dificilmente aguentava contar uma.

Olhei para o pote de almôndegas no meu colo. Eu queria cozinhar algo sofisticado para as garotas, algo que não fosse servido em uma cafeteria por uma mulher de touca na cabeça. A *Good Housekeeping* tinha uma receita de canapés de mousse de salmão na última edição de festas do ano passado, mas minha mãe torcera o nariz e dissera *credo* quando falei o que ia na receita. *Não vou gastar nove dólares em um bom pedaço de salmão só para você transformá-lo em purê.* Havia meio quilo de acém no congelador desde o Natal; recebi permissão para isso. Selei as almôndegas em um pote e um pouco de salsinha cortada em outro. Eu podia pelo menos impressionar as mulheres ao salpicar ervas frescas sobre o prato. Meu pai me ensinou a finalizar um prato com algo verde. Ele cobria alegremente a sra. Paulson como instrutor de economia doméstica toda vez que ela tinha um filho. Cozinhar era um dos meus hobbies favoritos, mas morreu junto com a única pessoa da minha família que apreciava boa comida.

 Suspirei, cheia de pena de mim mesma. Talvez eu pudesse congelá-las para a próxima semana. A salsinha não duraria, então eu teria que comprar mais, mas salsinha era barato. E eu *estava* mesmo exibindo uma mancha especialmente ruim no queixo. Havia começado uma nova medicação, Acnotabs, que vira anunciada na mesma edição da *Good Housekeeping*. "Acabe com a acne onde ela começa... dentro do seu corpo." Eu devia começar a ver melhora em duas ou três semanas. Talvez na semana seguinte eu pudesse ir ao grupo de luto e não ter que me preocupar em encontrar uma cadeira nas sombras. E decerto, quando a cerimônia do meu pai acontecesse, eu seria uma versão novinha em folha de mim mesma. Todos veriam que eu tivera um grande progresso ao longo dos últimos anos, e talvez parassem de me olhar daquela forma. Como se eu fosse frágil, mas também assustadora.

 Me assustei com uma batida na janela do carro. Alguém estava dizendo meu nome.

 — Ruth, certo? Ruth?

 O vidro estava embaçado, e eu o limpei para ver Tina, acenando, sorrindo e falando, embora eu não conseguisse ouvir metade do que ela dizia. Abaixei o vidro.

 — Estou sem fluido limpador de para-brisas! — Ela bateu na testa com a palma da mão. — Meu fluido limpador de para-brisas sempre acaba aqui! Sou do Texas — disse ela, como se fosse explicação —, ainda estou me acostumando com toda essa *chuva*.

 Com isso eu me iluminei e sorri.

 — Na verdade — informei a ela —, chove mais em Nova Hampshire e na Flórida do que no estado de Washington.

Tina pôs a mão no quadril com uma risada de *Caramba*.

— É mesmo?

Assenti vigorosamente.

— Somos conhecidos pela chuva, mas na verdade o que não temos é boa pressão na água. Pense nela como um chuveiro. A chuva se espalha, então parece que chove o tempo todo. Com exceção de junho até agosto, é claro, quando é o lugar mais lindo que você vai visitar.

— Fascinante — concordou Tina, e sorrimos uma para a outra.

Minha mãe saiu do posto de gasolina. Estava de cabeça baixa, contando o troco, e, quando ergueu o olhar e me viu sorrindo para uma mulher que ela não conhecia, acelerou o passo.

— Ruth? — disse ela trêmula, quando estava perto o bastante para ser ouvida.

Tina se virou.

— Ah, oi. Sou Martina Cannon. Tina, se preferir. Estou no grupo de luto com a Ruth.

Minha mãe ergueu o queixo imperiosamente e aceitou a mão estendida de Tina como se fosse a maior honra de Tina conhecê-la.

— Sou Shirley Wachowsky. Mãe de Ruth.

— Sinto muito pela sua perda — disse Tina, e minha mãe enfrentou as condolências com um suspiro cansado.

— Obrigada. Fico dizendo para a minha filha que sou eu que preciso desse grupo, mas, com dois netos, quem é que tem tempo? — A risada dela era absurdamente modesta. Não havia nada de desgastante em ter dois netos.

— Ah! — disse Tina. — Eu não sabia que você tinha um relacionamento difícil com o seu marido.

Bem, é óbvio. Tapei minha boca com as mãos, prendendo minha risada surpresa na garganta. Ninguém jamais havia ficado no mesmo nível que minha mãe tão facilmente antes.

Minha mãe endireitou a postura, e não era muito alta.

— Não sei o que isso quer dizer exatamente, mas precisamos ir.

Ela deu a volta em Tina e ajeitou a alça da bolsa no ombro, segurando-a com força como se Tina fosse uma larápia que pudesse tentar roubá-la.

Tina me deu um acenozinho por cima do ombro dela.

— Te vejo daqui a pouco — disse ela, e então *piscou* para mim.

Minha mãe me deu um aviso silencioso e severo através do para-brisa, mas fiz assim mesmo.

— Na verdade — falei para Tina —, você se importaria de me dar uma carona?

Tina dirigia um Cadillac bege com cheiro de cigarro. Ela moveu uma pilha de livros do assento da frente, e eu me sentei apertando a tigela de almôndegas no colo enquanto ela virava na Squak Mountain rápido demais na chuva, maravilhada por fossem lá quais forças que estavam em comando no mundo para que ela e eu estivéssemos indo para o mesmo lugar, só que com ela no banco do motorista. Tina claramente sofrera uma grande tragédia na vida, mas ali estava ela com seu carro, seus livros, sua liberdade. Às vezes, tudo parecia tão simples — eu voltara para casa depois do meu divórcio para me reestabelecer e ajudar minha mãe a se reestabelecer após a morte do meu pai. Mas já fazia oito meses, e eu sabia que devia voltar a estudar, conseguir um bom emprego e me mudar. Eu era uma mulher adulta, assim como a minha mãe. Ela ficaria bem sem mim e eu sem ela. Mas, se era tão simples assim, por que eu não conseguia me obrigar a fazer isso?

— Sua mãe é exatamente como eu a imaginei — disse Tina.

Tive uma sensação que eu preferia não identificar, na parte baixa do meu estômago. Tina estivera pensando em mim.

— Você a imaginou?

— Você me faz parecer esquisita. — Vi um lado do sorrisinho de Tina. Não importava como a luz a atingisse, ela não tinha que se preocupar com a aparência. Pessoas com pele boa não fazem ideia da agonia na qual o restante de nós vive. Eu estava grata pelas longas sombras dos carvalhos enquanto íamos para a casa, mas não havia como viver assim, buscando o canto mais escuro, contando os minutos até que a luz do sol trocasse de turno com a solitária noite.

— É só que você falou sobre seu ex naquele ponto, e nunca mencionou sua própria família. Eu soube, então, que sua mãe devia ser uma bruxa, como a minha. Faz dois anos que não nos falamos.

Eu não conseguia imaginar não falar com a minha mãe por dois anos. Isso a destruiria.

— Ah — falei, recuando um pouco. — Não é bem assim.

— Assim como?

— Discutimos às vezes, mas nos amamos.

O silêncio de Tina pareceu dúbio.

— Não é como se ela fosse abusiva comigo ou algo assim.

— *Rá!* — exclamou Tina. — Isso foi exatamente o que eu disse a certa altura. Nós duas somos muito parecidas.

Eu não tinha certeza, mas não quis discutir. Nós mal nos conhecíamos.

— E quando seu marido faleceu? Vocês não se falaram?

— Foi por isso que paramos de nos falar. — Tina passou pela placa de pare na esquina da rua de Frances. — É uma longa história. Um dia desses vou te contar. Eu conto para todo mundo. — Ela riu de si mesma. — Não tenho mais vergonha, graças a Frances.

— E o seu pai?

— Ah, ele fala comigo — respondeu Tina —, mas tem que ser escondido da minha mãe, ou vai se arrepender. Então é esporádico. Ele não é uma pessoa pra quem eu possa ligar às três da manhã quando estou me sentindo tão triste que talvez…

Tina meteu o pé no freio quando uma raposa correu pela rua. Escolhi salvar as almôndegas e minha bolsa virou, seu conteúdo se espalhando pelos livros aos meus pés.

— Você está bem? — arfou Tina, pousando a mão em meu pulso. Ajustei a tigela de almôndegas de tal forma que a afastei sem ter que afastá-la.

— Estou.

— Desculpe — disse ela, quer por ter pisado no freio com força ou por ter me tocado, eu não tinha como saber.

Ela estacionou diante da casa de Frances e desligou o motor, encarando enquanto as outras se apressavam de seus carros para a porta da frente, com jaquetas puxadas para a cabeça para se protegerem da *névoa* infinita.

— Graças a Deus por Frances e Irene. Elas são tudo o que tenho.

— Irene? — repeti, confusa. — Quem é Irene?

Em vez de responder, Tina me observou enquanto soltava o cinto. Fosse lá qual teste fora aplicado, eu falhara, porque de repente o tom dela ficou vago.

— Só outra amiga minha.

Naquela noite, o quadro dizia: *Eu queria que alguém dissesse...*

Tina adicionou uma alteração antes que alguém pudesse responder.

— Lembrem-se de que vocês também podem dizer o que queriam que as pessoas *parassem* de dizer.

Frances sorriu de uma forma que sugeria que ela e Tina haviam discutido como frasear o ponto.

— Os pontos são para fazê-las pensar em seu ente querido e no luto de maneira dinâmica — disse Frances —, mas não são feitos para serem prescritivos. — Ela se voltou para uma mulher num velho moletom da UCLA, que estava comendo sua terceira almôndega. Elas foram um sucesso. — Sharon, quer começar esta noite?

Fizemos um círculo. Sharon desejou que as pessoas parassem de lembrá-la de que ela ainda era jovem o bastante para ter outro bebê.

— Talvez eu não tenha vontade de ter outro bebê. Já fiz isso duas vezes. Não é como se fosse um dia de spa.

Percebi como eu estava ansiosa para chegar a Tina, de quem fora a ideia de ajustar o ponto da noite. Ela levou as canelas ao peito, apoiou o queixo nos joelhos, observando essas mulheres raivosas com um óbvio prazer. Na vez dela, ela não ajustou a posição. O queixo continuou raspando os jeans enquanto ela olhava com ar sonhador para as artes nas paredes e falava com voz serena.

— Estou um pouco com a Sharon. Queria que as pessoas parassem de me falar para seguir em frente. Na verdade, eu queria que parassem de falar como falam. Quase como se fosse... um parabéns. Me lembra da vez que perdi muito peso, e até o médico ficou tipo, *Parabéns, Tina, mas agora chega. Não quero que você vá longe demais.* Mas ele estava sorrindo. Ele aprovava. No primeiro ano depois que Ed morreu, eu não namorei. Não usei batom. Não demonstrei interesse em ninguém. As pessoas ficaram tão orgulhosas de mim. *Olha só a Tina, que está tão devastada pela morte de Ed que ficou feia.*

Tina parou para que algumas das mulheres pudessem rir da sugestão hilária que ela podia ser considerada feia. Tina por vezes referenciava quão bonita era, mas sempre de uma maneira que sugeria ser um defeito, da forma como algumas mulheres faziam quando ganhavam peso. Elas estavam conscientes de que havia um problema, e queriam que você soubesse que estavam trabalhando para superá-lo.

— Agora estamos chegando no segundo aniversário, e as pessoas estão começando a dizer isto para mim — prosseguiu Tina. — *É hora de seguir em frente*. É a mesma forma como o médico falou comigo. Como se eu tivesse feito um trabalho muito bom sofrendo. E queria que elas parassem, porque não pareceu como um trabalho nem emprego, na verdade. Não tenho interesse em substituir Ed. Jamais quero me casar outra vez.

— Você não quer filhos, então? — perguntou alguém, e talvez fosse impressão minha, mas detectei uma nota de inveja, ou pelo menos de desejo.

— Quanto mais eu entendo, psicanaliticamente, sobre a minha própria vida, mais clareza tenho sobre qual é o verdadeiro propósito. Não posso dizer com certeza, porque não sou mãe, mas todas vocês significam para mim tanto quanto eu acho que uma criança significaria. Ajudar mulheres a verem suas vidas de uma maneira livre, para que elas possam fazer escolhas que as façam felizes em vez de se preocupar em fazer as pessoas ao redor delas felizes, *isso* me satisfaz.

Houve um longo e comovente silêncio, e me perguntei se todas estavam sentadas ali tomadas de fascínio e desejo como eu estava. Eu não conseguia imaginar uma satisfação maior do que saber que você estava fazendo exatamente o que foi colocado na Terra para fazer. Eu não sabia o que seria isso para mim, apenas que eu tinha certeza de que não tinha nada a ver com a vida que eu teria se continuasse casada com CJ.

Naquela noite, quando minha mãe me buscou, fui legal com ela. O convite para a cerimônia de nomeação do jardim do meu pai estava no banco do passageiro, como se meus pais estivessem no carro juntos, discutindo meus problemas e como consertá-los. Minha mãe teria dito a ele que tentaram do jeito dele — do jeito tranquilo — e veja só aonde aquilo havia me levado.

— Sua amiga é bem intrometida — disse-me ela, interrompendo o que estava começando a parecer um confronto. Geralmente, era eu quem fazia isso, não conseguia aguentar ela ficando chateada comigo, e pareceu quase fácil demais virar o jogo. Não consegui acreditar que não havia tentado isso antes. — Martina, não é?

— Ela prefere ser chamada de Tina.

— O que aconteceu com ela? Por que ela vai às sessões?

Por um momento, fiquei tentada a não contar para ela. Eu não achava que conseguiria lidar com a reação dela.

— O marido dela morreu.

Minha mãe fez aquela coisa que eu sabia que ela ia fazer, um tipo de suspiro e *tsc*, repreendendo a trama cruel do universo enquanto se resignava a estar presa em sua teia pegajosa e sedosa. Passamos pelo buraco que o conselho da cidade votara para ser tapado no último inverno, e eu segurei a tigela vazia. As mulheres comeram as almôndegas em minutos e então exigiram meu segredo. Eu estava cheia de orgulho e contei a elas. *Iogurte?*, repetiram elas, como se jamais fossem adivinhar.

— Bem. — Minha mãe fungou. — Ela chama atenção. E sabe disso. Essa parte não é atraente, mas os homens não se importam com isso. — Minha mãe, o exato oposto de alguém que chama atenção, limpou a garganta por conta de um pigarro insistente.

— Ela se ofereceu para me levar às sessões de agora em diante — falei de uma vez antes de perder a coragem. — Ela mora em Clyde Hill, no nosso caminho.

— Não perturbe a mulher, Ruth. Ela não tem filhos?

— Não. Está estudando para ser terapeuta.

— Ah — disse minha mãe, a voz cheia de compreensão. Quando eu a olhei, ela assentia, aplacada.

— O que foi?

— Bem, terapeutas precisam de clientes, não é? É assim que ganham a vida.

O que ela estava querendo dizer foi como um tapa em chamas no meu rosto. Pensei no que Tina dissera na reunião — como ajudar outras mulheres era o verdadeiro propósito de sua vida, o que a satisfazia. Que tola eu fora. Tina não queria ser minha amiga; ela queria ser minha terapeuta. Minha mãe apenas era sensível o suficiente para não dizer o restante em voz alta, a parte que estávamos pensando enquanto chegávamos na garagem na qual jogara sal antes de sairmos.

Eu precisava dela também.

PAMELA

Jacksonville, Flórida
Dia 6

No mapa, é uma linha quase reta do leste de Tallahassee a Jacksonville. Na vida real, o caminho pareceu apenas plano. Às vezes, os pinheiros pareciam árvores de Natal; em outras, eram magrinhos e nus, apenas o topo decoroso, estranhamente parecidos com as palmeiras do condado vizinho. No dia do funeral de Denise, eles passavam pela janela do Bronco de Brian, densamente plantados em suas próprias comunidades segregadas.

Neil Young estava na faixa oito. "Old Man", partindo meu coração enquanto eu copiava o relatório da polícia, palavra a palavra, na seção de prova do crime no formulário de compensação das vítimas. Foram necessários catorze ligações perdidas e três viagens *só vim rapidinho!* ao departamento do xerife para conseguir uma cópia. E se o formulário não fosse postado até a meia-noite, eu perderia o prazo.

Minha caneta deslizava pela página. Ergui o olhar e vi Brian cruzando as amplas e vazias faixas para pegar a próxima saída.

— Preciso tirar água do joelho — disse ele.

Suspirei.

— Não consegue segurar? — Eu prometera à sra. Andora que estaria na porta dela às nove da manhã em ponto para ajudá-la a limpar e arrumar a casa para a recepção do funeral.

— Na verdade, não! — respondeu Brian com uma risada enquanto parava no estacionamento de guardas florestais da Área de Gestão da Vida Selvagem. Ele olhou ao redor; havia um carro estacionado a algumas vagas de nós. — Você vai ficar bem, sozinha, por um minuto?

Eu precisava ir também, mas podia segurar.

— Rápido — falei para ele, e me virei para a próxima página do relatório. Eu sabia que podia escrever bem mais rápido se não estivéssemos nos movendo.

A seção nove era para as referências. Coloquei o pai de Brian. Na seção de relacionamento, hesitei. Ele seria meu sogro, um dia não muito em breve. O plano era noivar logo depois da graduação para que pudéssemos viver nos dormitórios dos recém-casados na Shorebird Law no outono. Por enquanto, eu anotei *Amigo da família*.

— Só falta uma seção! — falei para Brian quando ele entrou no carro.

— Quase lá — comentou ele.

— Deviam dar mais tempo para isso — falei.

— Mas é meio como descontar um cheque — disse Brian, voltando para a rodovia. — Se você esperar demais, a pessoa não orça o valor certo. Sem um prazo, eles não conseguem remanejar o fundo.

Justo.

— Seção dez — li em voz alta. — "Tipo de compensação de vítima requerido." — Observei as opções. Deficiência. Perda de salário. Dano de propriedade. Auxílio de relocação por agressão sexual. Auxílio de assistência por agressão sexual.

Fiz um X na caixa para dano de propriedade e hesitei, tocando a ponta bulbosa da minha caneta esferográfica contra meus lábios.

— Você acha que eu também devia marcar auxílio de relocação? Diz agressão sexual, mas não temos dinheiro para todas que voltaram para casa e ficaram em hotéis.

Brian franziu a testa.

— Por segurança, eu diria não. Você não quer dar a eles motivo para te negar.

Minha caneta traçava um X fantasma, logo acima da página.

— Verdade. — Hesitei.

— Quero dizer, ninguém foi estuprado, certo?

— Certo — respondi rapidamente. — Mas acho que também pode ser aplicável se, tipo, houve uma natureza sexual no crime.

— Mas também não teve isso.

Eu tinha visto a roupa íntima de Denise no chão.

— Certo — repeti. Deixei a caixa sem marcar.

Um carro nos ultrapassou, o motorista apertando a buzina alegremente. Brian ergueu a mão no retrovisor.

— Steve — disse ele. Steve era um dos seus irmãos de fraternidade, presumivelmente a caminho do funeral também. — Era o carro dele no estacionamento dos guardas florestais.

Assenti, assinando o formulário com um floreio, sem ouvir de verdade.

— Ele disse que Roger tentou vir com ele esta manhã.

Isso eu ouvi.

— Tá falando sério?

Brian fez uma careta. *Sim*. Com a revelação da questão dos documentos de Roger, a UEF o expulsara, e seus irmãos de fraternidade juntaram suas coisas e colocaram na calçada. Embora Roger tenha sido interrogado por quase quarenta e oito horas, o xerife Cruso não teve escolha a não ser liberá-lo. Não havia nenhuma evidência para mantê-lo detrás das grades. Ouvi dizer que ele estava ficando com um primo em Pensacola no momento.

— Você não acha que ele simplesmente apareceria, acha? — Mordisquei meu lábio, pensando quão horrível seria para os Andora se houvesse uma cena. Pensando como seria horrível para Bernadette.

— Sinceramente? — Brian se afastou quando tentei arrumar um fio fora do lugar em seu cabelo. Eu havia pedido que ele o cortasse para o funeral, e a resposta dele fora: *E se eu só aparar?* O que significava apenas penteá-lo para longe do rosto. — Pode ser que sim. Ele ficou mal com tudo isso. Perder Denise.

— Hmm — murmurei, soando neutra. Eu não estava a fim de discutir com Brian, mas estava prestes a ver o sr. e a sra. Andora pela primeira vez desde que eles perderam a única filha. As pessoas que não apenas estavam levando um baque enorme, mas que também não podiam aguentar tudo. Que haviam se estilhaçado.

— Sei que ele mentiu — disse Brian. — Sei que ele fez muitas coisas ruins, e talvez até tenha feito isso, mas não consigo evitar me sentir mal pelo cara.

— Brian — falei, chocada.

— Não consigo evitar, Pamela!

Eu não me importava que Brian se sentia mal por Roger. Eu me sentia mal por todos, sempre, principalmente as pessoas que fizeram algo pelo qual deviam se sentir mal, mas que por algum motivo não se sentiam.

O que eu me importava era com o fato de Brian ainda pensar que havia a possibilidade de Roger ter feito aquilo. Que eu estava confusa sobre quem eu vira na porta da frente.

— Roger fez muitas coisas ruins, e você não sabe nem metade — falei de repente —, mas isso ele não fez.

— Vamos concordar em discordar — disse Brian com um dar de ombros, como se estivéssemos discutindo sobre a decisão polêmica do árbitro no Super Bowl do fim de semana anterior, que permitiu aos Cowboys levar a vitória para casa.

———

A casa de Denise em Jacksonville era de um amarelo pálido, com varandas nos andares superior e inferior, que davam a volta completa, e uma palmeira pequena e gorda no quintal da frente que ainda estava decorada com luzes de Natal.

— Esperarei por você no carro — disse Brian ao ver as luzes.

Aquilo também me desestruturara. A sra. Andora se orgulhava muito das aparências, e mesmo assim não tivera disposição para remover as luzinhas antes que uma centena de pessoas aparecesse na casa dela naquele dia.

Lá dentro, Denise estava por toda a parte. Os pais dela a fizeram tirar fotos profissionais antes que o ano escolar começasse a cada agosto desde o jardim de infância. Denise e eu costumávamos rir sobre como ela entraria mancando, de bengala, em um estúdio fotográfico aos noventa anos, mas, em vez disso, ela morreu décadas antes de poder contar seu primeiro cabelo grisalho.

A tia de Denise, Trish, me colocou para trabalhar pelas horas seguintes, aspirando as cortinas, movendo cada cadeira da casa para a sala de estar, salgando uma salada de frutas, algo que eu não fazia ideia de que as pessoas faziam, até eu ir para a escola no Sul. Ela aparecia aqui e ali para me dizer o que eu estava fazendo de errado e o que precisava fazer a seguir. A cada vez que eu ouvia seus passos, prendia a respiração, pensando que fosse a sra. Andora. Mas passei a manhã inteira na bela casa amarela, limpando e mexendo, e a única evidência de que a sra. Andora estava sob o mesmo teto que eu era o som do secador de cabelos no andar de cima. Lembro-me de pensar que, se a sra. Andora tinha forças para secar os cabelos, eu não tinha desculpa para não sair da cama naquela manhã.

O telefone tocou e a tia Trish atendeu.

— Residência Andora. — Ela estendeu um pote e gesticulou para que eu continuasse a salgar o melão. — Não, *não* sou ela. Posso perguntar quem é?

Fui pegar o pote, mas descobri que os dedos da tia Trish haviam calcificado ao redor dele. Ficamos ali, desajeitadamente segurando o pote de sal de mesa como se fosse algum tipo de bastão, enquanto tia Trish falava com a pessoa do outro lado da linha com um tom agradável que nunca usou comigo.

— Se você ligar pra cá de novo — disse tia Trish, as palavras saindo entredentes com seu sorriso de country-club —, vou fazer você ser preso. Adeus.

Ela lançou o telefone para o gancho, mas se interrompeu no último instante, colocando-o no lugar com uma delicadeza trêmula.

Eu estava morrendo de vontade de perguntar quem era, do que se tratava, mas eu conhecia a tia Trish o bastante para saber que ela apenas me diria que cuidasse da minha vida.

— Era ele?

A tia Trish e eu estendemos a mão uma para a outra ao som da voz da sra. Andora, ao estado dela na soleira da cozinha. Ela sempre fora magra, mas, na manhã do funeral de Denise, estava esquelética. A pele dela estava acinzentada e flácida, e uma alça suja de sutiã estava caída em seu ombro.

A tia Trish transformou sua expressão em uma de pura capacidade.

— Ele não vai ligar mais.

Ela foi até a sra. Andora e consertou a alça.

— Você leu? — A sra. Andora estava me olhando por cima do ombro da cunhada com olhos de animal provocado.

Assenti, petrificada. A entrevista do xerife Cruso tinha sido devastadora.

— Achamos que o assassino planejou o ataque, escolhendo Denise Andora como a primeira vítima e mantendo-a sob vigilância — dissera ele ao repórter do *Tampa Bay Times*. — A planta da casa na Seminole Street, onde quatro das cinco vítimas moravam, permite que um observador aprenda em qual quarto cada garota mora. Cada quarto no segundo andar tem uma janela grande. Qualquer pessoa observando as garotas entrando na casa à noite podia ver as luzes acendendo no quarto alguns segundos depois.

Quando perguntado por que ele achava que Denise era o alvo, a entrevista dizia que o xerife Cruso passara a mão no rosto.

— Odeio fazer a família Andora se sentir mal — respondera ele —, mas Denise conhecia muitas pessoas. Achamos que provavelmente foi alguém que a conhecia, e as outras garotas foram dano colateral.

Denise conhecia muitas pessoas. A linguagem educada era o que lhe conferia a aparência de impropriedade. Denise era linda e vivia sendo chamada para sair, e ela sabia como aproveitar o sexo, uma qualidade que eu admiro nela até hoje. Era a fala evasiva que fazia parecer que ela tinha algo do que se envergonhar, que dava a terceiros licença para culpá-la, e pode acreditar que a usaram.

— Lembre-se — disse a tia Trish, dando um tapinha no braço nu da sra. Andora —, vamos esclarecer hoje.

— Posso ajudar? — perguntei.

A tia Trish olhou para a sra. Andora, que assentiu.

— Há um repórter do *Democrata de Tallahassee* fazendo uma matéria sobre Denise — começou a tia Trish. — Nós o convidamos para a casa depois do enterro. Ele está ansioso para falar com você sobre Denise. Sobre quem ela realmente era, da melhor amiga dela e presidente da mais inteligente irmandade do campus.

Juntei minhas mãos na altura da pélvis e falei, arrependida:

— Me disseram para não falar com a imprensa.

— Quem te disse isso? — A tia Trish riu roucamente. Quem dissera isso estava totalmente errado.

— Uma ex-aluna. O nome dela...

— Você é a presidente. Pensei que você que decidia.

— Certas coisas, sim.

— As pessoas estão nos olhando como se fosse nossa culpa, Pamela — disse a sra. Andora em uma voz suplicante que não se adequava a ela. Ela era alguém que vivia a vida com estilo. Era uma pessoa brincalhona que parecia ter uma piada interna para todos que conhecia. Eu sempre pensei que houvesse algo bastante subversivo sobre uma mulher engraçada, mas ele roubou o humor dela quando ceifou Denise. — Os Shepherd nos pediram para não ir ao funeral de Robbie. — A sra. Andora encarou o chão ao dizer isso, e me lembrei de que humilhação pública ainda era uma prática judicialmente sancionada em alguns países.

— Você viu a pessoa. — A tia Trish não precisava me lembrar. — Você é a única que pode dizer com confiança que não era alguém que Denise conhecia.

Mordi a parte interna da bochecha, me sentindo dividida em duas.

— Coloque isso em uma tigela bonita — disse a tia Trish sobre a salada de frutas, como se a questão estivesse resolvida, e então bufou ao partir, buscando mais coisas do meu trabalho para consertar. A antiga sra. Andora teria revirado os olhos, feito um comentário esperto e compartilhado uma risada comigo. Esta sra. Andora, no entanto, olhava ao redor da casa como se odiasse cada centímetro dela.

— O que Denise acharia de tudo isso? — perguntou ela com uma careta. Segui o olhar dela. As flores, a comida, as cadeiras de plástico alugadas que colocamos na sala para assentos extras.

— Ela estaria lá em cima arrumando o cabelo e ainda não teria visto nada disso. — Fiquei reconfortada quando a sra. Andora assentiu, concordando. Eu dissera a coisa certa, a coisa que demonstrava que eu conhecia Denise da forma como ela conhecia Denise.

— Sabia que eu disse para todo mundo que nada de lilases, porque Denise é alérgica a lilases? — A sra. Andora riu, apertando e soltando seu longo e fino pescoço com a mão, de novo e outra vez, como se fosse uma decisão de segundo a segundo que permitia que ela continuasse respirando. — Caso ela passe por aquela porta, não quero que fique espirrando. Isso é sinal do quanto ainda não acredito.

Olhei ao redor desesperadamente, em busca de outra coisa certa para dizer, mas tudo o que consegui foi o que ela estava tão preparada para ouvir naquele dia que já havia ficado sem sentido.

— Sinto muito, sra. Andora. — Dei um passo à frente, timidamente, me perguntando se deveria oferecer um abraço a ela. Mas a sra. Andora ergueu a mão. *Pare. Não se aproxime.*

— Você estava lá — disse ela, impressionada, como se tivesse acabado de se dar conta disso sozinha, como se não tivesse ouvido nada do meu clichê inútil. — Ela pôde estar com alguém que amava no fim da vida. Alguém que não se importava com o cheiro ou o som da coisa. — Ela olhou direto para mim, e eu vi que de fato havia luz em seus olhos. Que ela me ouvira dizer que eu sentia muito, e estava dando o seu melhor para me perdoar. — Deveria ter sido eu. Mas pelo menos foi você. Então está tudo bem, Pamela.

A maioria das pessoas não sabe que Denise e Robbie estão enterradas no mesmo cemitério, que seus funerais aconteceram com apenas um dia frio e úmido de diferença em Jacksonville, Flórida. O novo e de design arredondado Holiday Inn em San Marco ofereceu à imprensa o valor promocional — duas noites pelo preço de uma. Tropecei sobre um fio de câmera enquanto deixava Denise para trás, seu caixão de aço mantido seco sob uma camada espinhosa de rosas singelas.

— Pelo menos não choveu até os últimos minutos — disse Brian enquanto voltávamos para o carro.

— Pelo menos — concordei, sem emoção.

Algumas partes do funeral dela foram mais fáceis do que imaginei, mas as que foram piores me deixaram destruída. As garotas d'A Casa se reuniram ao redor de Denise e cantaram enquanto ela era descida ao chão, uma canção que Denise aprendera enquanto candidata, uma canção que todas devíamos cantar na graduação e no casamento uma da outra. Eu não conseguia parar de pensar sobre o dia em que nossa classe de candidatas se encontrou em uma das salas de ensaio no novo Ruby Diamond Concert Hall para praticar. A canção começava e terminava com um solo, e Denise havia se voluntariado para o trabalho, se gabando de sua linda voz. Todas nos preparamos para uma performance emocionante e praticamente caímos de joelhos rindo quando Denise abriu a boca e zurrou o verso de abertura. *Quem te disse que você sabe cantar?* Estávamos engasgando, lágrimas descendo por nossos rostos, enquanto Denise nos encarava, confusa. *Gente!*, ela gritara, e então ficamos inconsoláveis. *Bem, eles mentiram*, alguém conseguiu dizer, e Denise mostrou-lhe o dedo, mas estava rindo também. E eu estava percebendo que, qualquer momento que eu quisesse que Denise visitasse em minha mente, eu olharia para ela pensando: *você vai morrer em breve*, e não quereria vê-la mais. Minhas memórias de Denise me faziam sentir que eu estava escondendo dela um segredo terrível.

Ouvi meu nome, e Brian agarrou minha mão de forma protetora, de olho nos repórteres que haviam se afastado de suas equipes de filmagem no cemitério, fingindo voltar para os carros quando, na verdade, estavam ouvindo nossas conversas, invadindo, preparando seus ângulos malignos.

— Pamela — arfou Tina. Ela tivera que correr para me alcançar. De esguelha, vi que estava carregando uma pilha fina de programação de funerais, o que achei estranho.

— Não sabia que você estava aqui — falei, áspera. Eu estava muito consciente da forma como Brian olhava para Tina, e então para mim, mas depois de volta para Tina, como se eu devesse uma explicação sobre quem ela era e como eu a conheci. Qualquer coisa que eu dissesse apenas estimularia algum tipo de lembrete paternalista de que não era meu trabalho investigar um duplo homicídio; que eu precisava relaxar e confiar que a polícia encontraria a pessoa que colocou Denise no chão setenta anos mais cedo. Toda vez que dizia uma versão disso para mim, Brian soava um pouco irritado. Por que eu tinha que insistir em fazer tudo tão mais difícil do que precisava ser?

— Você não retornou nenhuma das minhas ligações — disse ela, caminhando ao meu lado para que eu ficasse presa entre ela e Brian, cujo pescoço havia assumido uma postura semelhante ao de um avestruz. O rosto dele se voltou para Tina com uma expressão que só posso descrever como territorial. Como essa linda mulher de chapéu (um fedora preto naquele dia, quase uma piada àquela altura) falava comigo como se nos conhecêssemos há dez anos e não dez segundos?

— Estive ocupada — respondi, olhando à frente. Mais tarde, haveria uma foto nos jornais da multidão partindo do funeral, e eu veria Tina e Brian voltados para mim com expectativa, como se eu fosse o voto decisivo de uma questão popularizada, o que de algumas formas eu era.

Eu estava cuidadosa com Tina depois da minha conversa com o xerife Cruso. *Eu te aconselho a não ficar sozinha com essa mulher, Pamela. Eu te aconselho a não passar tempo nenhum com ela, para sua própria segurança.*

— Estou indo para o Colorado na sexta — anunciou Tina — e quero que você venha comigo.

Era um pedido tão absurdo que ri, impaciente.

— Como é?

— Ela disse Colorado? — Brian me perguntou, ignorando Tina totalmente, que em troca o ignorava por completo também.

Chegamos a um grupo de amigos de Denise do ensino médio, e Tina ofereceu para eles um dos panfletos de funeral.

— Este homem é muito perigoso — disse ela para eles enquanto passávamos. — Por favor, tomem cuidado com ele.

Olhei para a pilha nas mãos dela e percebi que não eram panfletos de funeral que estava distribuindo. Tina fizera um panfleto usando a foto do Réu. Uma fonte grande e em negrito fazia a pergunta que ela estivera fazendo desde 1974: *Você Viu Este Homem?* Tina viera ao funeral não para honrar Denise, mas para implementar sua própria versão da vigilância de bairro. Que vulgar.

— Que diabos há no Colorado? — perguntou Brian, falando com Tina pela primeira vez.

— A prisão de onde ele escapou — respondeu Tina, exasperada. Ela não teve tempo para explicar outra vez, principalmente não para ele.

— A prisão de onde *quem* escapou? — Brian puxou minha mão, com força. *Oi. Me responda.* — Do que ela está falando?

Tina se inclinou para mim e disse:

— Estou ficando no Days Inn em Tallahassee. Praticamente acampada. Venha falar comigo quando voltar.

— Você claramente é perturbada, e vou pedir educadamente que nos deixe em paz agora — disse Brian no tom anasalado e refinado que surgia aqui e ali ao longo dos anos quando lhe convinha, o que significava quando ele queria algo que não estava recebendo. Respeito, principalmente. Com seu ritmo fácil e galopante e seu cabelo hippie despenteado por causa da umidade, ele de repente me pareceu repugnante. Tão hipócrita quanto um legislador cristão num clube de strip.

— Bem — disse Tina —, já que você pediu *educadamente*. — Ela bateu o ombro no meu. — Quarto duzentos e três.

Com isso, ela nos deixou em paz.

Brian jogou um braço sobre meus ombros e me grudou ao seu lado possessivamente.

— Os loucos estão todos fora da gaiola hoje, hein?

Me senti totalmente espremida, como se minha pele estivesse muito esticada para o meu corpo e eu precisasse que as costuras fossem liberadas.

Estávamos nos aproximando da tia Trish, que ajudava a sra. Andora a entrar na limusine, e vi minha saída: passei por baixo do braço de Brian e alcancei a sra. Andora a tempo de colocar minha mão em sua nuca, da forma como policiais fazem com suspeitos logo antes de colocá-los na gaiola de metal de sua viatura, para que, mesmo que lutem contra o inevitável, não se machuquem.

Eu estava pegando a segunda tigela de salada de batatas quando a tia Trish se aproximou de mim.

— Ele está pronto para você, Pamela.

Virei-me para ver que ela estava aplicando uma nova camada de batom de um jeito um tanto quanto exagerado, cortando a ponta cor de tangerina com os dois dentes da frente.

— Lembre-se de falar da fé de Denise — ela me instruiu enquanto seguíamos para o quarto de infância de Denise, com as paredes lilases e lençóis de estampa de borboleta. Um homem estranho estava examinando uma peça que Denise pendurara no espaço entre a janela e o baú de gavetas.

— Este é de Denise? — perguntou ele, se virando para mim.

Ele tinha um lápis atrás da orelha, olhos verde-escuros, cílios pretos e grossos, e proeminentes dentes de cavalo. As roupas dele eram ruins, as calças muito curtas e a camisa muito longa. Eu não consegui impedir que o pensamento terrível e esnobe se formasse, que ele tinha pegado suas roupas em um dos cestos do Exército da Salvação.

— É uma tapeçaria — falei.

— É diferente do que a Denise fazia? — Era o tipo de pergunta suave que se faz a uma criança, até seus olhos estavam falsamente arregalados.

— Denise pintava em algumas de suas aulas, mas esse não era o seu verdadeiro talento.

O homem tirou o lápis detrás da orelha, soltando um cacho de cabelo castanho-claro.

— Ah, é? — indagou ele, com o que parecia interesse genuíno desta vez. — O que era?

— Curadoria. Denise tinha olho treinado.

A tia Trish desviou o olhar quando o homem pôs a mão no cós da calça e pegou um caderno, revelando um vislumbre da barriga, a trilha de pelos corporais escuros desaparecendo.

— Olho treinado — repetiu ele, equilibrando o caderno na coxa para que pudesse anotar.

— Este é *Carl Wallace* — disse a tia Trish, enfatizando o nome da forma como você faria com um cliente importante em um jantar de negócios. — Ele é redator sênior do *Democrata de Tallahassee*.

Carl ergueu o olhar, piscando para tirar o cabelo dos olhos.

— Obrigado por falar comigo, Pamela. Estou apenas buscando algumas informações da presidente do que, me disseram, é a irmandade mais inteligente do campus — ele mostrou aqueles dentões para a tia Trish, que, sem dúvidas, era sua fonte mais tenaz —, e melhor amiga da Denise.

Dei de ombros bravamente, embora o desconforto se acumulasse no fundo do meu estômago.

— Claro. Fico feliz em ajudar.

— Eu adoraria se você pudesse me contar um pouco sobre Denise.

Achei a pergunta preguiçosa e impossível de responder.

— Qualquer coisa?

Carl levou a mão à nuca e olhou para mim com um meio sorriso nervoso. As mãos dele eram coisas calejadas e esparramadas. *Ele não é tão alto quanto Brian*, pensei, quase uma refutação do pensamento que estava se formando, que era que às vezes Brian me lembrava de um garoto do ensino fundamental que de repente cresceu demais, encolhido e sem pelos em seu novo corpo desajeitado.

— Muito bem. — Carl bateu o lápis no caderno, pensando em como refrasear. — Percebi que Denise amava roupas. Talvez você possa falar um pouco sobre isso. Sempre gosto de começar dando ao leitor uma boa ideia do visual.

— Ela se vestia meticulosamente — falei.

Carl pareceu muito satisfeito.

— *Meticulosamente*. — Ele anotou. — Ótima palavra. Você estuda Letras?

— Ciências políticas.

— Pamela planeja cursar direito — disse a tia Trish com imponência.

— Meus pais decerto teriam preferido isso à faculdade de jornalismo — falou Carl modestamente, para que estivesse livre para fazer a pergunta de um milhão de dólares. — E sobre rapazes e namoro?

— Denise não tinha tempo para namorar — rebateu a tia Trish.

— Uma garota bonita como Denise? — Carl olhou para mim por tempo o bastante para que eu visse os vislumbres felinos de amarelo em seus olhos. — Não acredito.

— Muita gente chamava Denise para sair — falei com cuidado —, mas ela era exigente com quem saía.

Por um momento, a tia Trish e Carl pareceram satisfeitos. Carl prosseguiu.

— E o que Denise queria fazer da vida? Ouvi dizer que tinha planos de trabalhar no novo museu de Dalí.

— É verdade — disse a tia Trish. — Temos uma foto dela com Dalí. Ele era o *maior* fã dela.

— Eu adoraria ver — disse Carl. — E quaisquer outras fotografias de Denise que a família possa querer incluídas na matéria.

A tia Trish me lançou um olhar antes de sair. *Nos deixe orgulhosos.*

Sozinhos, Carl pôs as mãos no joelho, ficando da mesma altura que eu.

— A Gestapo foi embora — sussurrou ele, e deu uma risadinha.

Senti um frio na barriga. O repórter escrevendo uma matéria sobre Denise podia ver através da coação sob a qual eu estava para descrevê-la de maneira positiva. Eu precisava pensar rápido.

— Quantos anos você tem? — perguntei.

Carl se reclinou, surpreso.

— Por que quer saber?

Apostei minhas fichas.

— Você parece jovem o suficiente para ter se graduado na faculdade de jornalismo esta década. O que significa que você é um estudante do novo jornalismo.

Carl fechou seu caderninho e envolveu seus antebraços ao redor da caixa torácica, os lábios se curvando em um sorrisinho, como se eu tivesse dito algo devastadoramente fofo.

— E o que você sabe sobre o novo jornalismo?

— Uma das minhas irmãs está estudando para ser jornalista, e ela disse que não é tão objetivo quanto o jornalismo tradicional.

— Isso é subjetivo — provocou ele.

— Você está me perguntando sobre a vida romântica de Denise — falei, esperando soar tão imponente quanto meu pai figurão — em vez de focar a qualidade da evidência.

Qualidade da evidência, como eu amava esse termo. Fazia eu sentir que sabia do que estava falando.

— Que é?

— Que eu o vi. E não era alguém que ela conhecia. Que nenhuma de nós conhecíamos.

— O ataque tem todas as características de algo pessoal — observou Carl —, considerando que os ferimentos de Denise foram particularmente brutais.

Pensei no rosto adormecido e tranquilo de Denise.

— Você não viu as outras garotas.

Carl me lançou um olhar estranho.

— O verificador de fatos no *Democrata* nem sabe se eu posso usar a palavra *estupro* para descrever o que ele fez com ela. É tecnicamente estupro? Você provavelmente sabe melhor do que eu as leis que o definem.

Senti meu rosto ficar frouxo. Cambaleei, tonta por aquela palavra. Não *estupro*; com isso eu conseguia lidar. *Tecnicamente*, não.

— O xerife Cruso não gosta de me chatear, aparentemente.

Carl me contou então o que foi feito com Denise com o frasco de perfume de cabelo Clairol que ela comprara na semana anterior. No corredor de cosméticos do Walgreens, Denise escolhera a dedo o objeto que perfurou o revestimento de sua bexiga e causou um sangramento interno fatal, dizendo, *Ouvi falar que Clairol segura melhor a umidade do que o White Rain*. Cobri meu rosto com as mãos, pensando na expressão de Denise quando estava com dor. No ano anterior, ela pisara em um prego no porão a caminho de tirar as decorações de Natal. Atravessou o sapato dela, e uma das nossas irmãs, que estudava para medicina, apoiara a perna de Denise sobre um caixote de leite virado e dissera a ela para desviar o rosto. Lembrei a forma com que Denise agarrou minha mão e olhou para mim, ainda usando o chapéu de Papai Noel que encontrara entre os enfeites e guirlandas de pinheiro falsos. O lábio inferior dela tremia, e vi como devia ter sido quando menininha ao cair da bicicleta. Abafei um soluço agora, vendo aquele rosto, imaginando como isso devia ter doído bem mais.

— Ele devia ser torrado — disse Carl, ódio real na voz — pelo que fez ela passar.

Solucei uma vez, alto e dolorosamente, e engoli a bile que veio junto. Era indigesto, todos os métodos que os humanos usavam para infligir mais sofrimento.

— Está planejando colocar isso na sua história? — perguntei. — O que ele fez com Denise?

Imaginei a sra. Andora lendo o que ele acabara de me contar, a mão apertando a garganta como se estivesse pressionando uma ferida fatal.

— Não no nível de detalhes que compartilhei com você, mas o público está assustado e em busca de respostas. E preciso falar do fato de que o nome de Roger não surgiu do nada. Você disse primeiro.

Soltei a alça de couro da minha bolsa.

— Posso te mostrar uma coisa?

Cutuquei lá dentro até encontrar a cópia do pôster de Procurado que Tina me mostrara no carro. Observei Carl lê-lo, passando a língua por aqueles dentões, primeiro perplexo e, então, intrigado.

Procurado pelo FBI
Nascido em 24 de novembro de 1945, em Burlington, Vermont, de 1,75m a 1,8m; forte, magro. Pele pálida, estudante de direito, costuma gaguejar quando está nervoso.
CUIDADO.
O Suspeito é um entusiasta de exercícios físicos com formação universitária e histórico de fuga, está sendo procurado como fugitivo após ter sido condenado por sequestro e enquanto aguarda julgamento pelo ataque sexual brutal a uma mulher em uma estação de esqui no Colorado. Ele deve ser considerado armado, perigoso e com risco de fuga.

O homem na foto estava sem se barbear e precisando de um corte de cabelo. Sua mandíbula estava inclinada para baixo e para o lado, a boca não tanto aberta quanto fechada, como se ele tivesse acabado de falar quando a câmera disparou. Suas sobrancelhas eram rebeldes e levantadas, dividindo a testa em três linhas distintas.

— Onde você conseguiu isto? — Carl quis saber, e eu contei a ele sobre Tina, sobre como eu acreditava nela, mas não confiava.

— Posso dar uma olhada nisso — ofereceu Carl. — Fazer umas pesquisas. Sobre ele e sobre ela. Ver se encontro algo.

Hesitei. Isso soava bem próximo de me aliar a ele, e eu não sabia se isso era prudente.

— Você disse que esse cara te viu, certo?

Balancei a cabeça.

— Ele olhou na minha direção, e foi quando vi seu rosto. Mas ele não me viu.

— Como você tem certeza?

— Porque ele fugiu logo em seguida.

— Talvez ele tenha pensado que você já tinha chamado a polícia. Talvez ele tenha achado que não tinha tempo.

Um arrepio desceu pela minha espinha enquanto eu pensava na ideia do tempo. Como precisamos de uma certa quantidade dele para fazer o que ele teria querido fazer comigo.

— Posso ficar com isso? — Gesticulei. O pôster. Carl hesitou antes de devolvê-lo para mim. Mas eu não ia ficar com ele; só queria arrancar um pedaço no rodapé. — Anote seu número — falei para ele e imediatamente corei, me ouvindo pedir o número de telefone de um homem que eu acabara de conhecer. — Não quero que você ligue para A Casa — acrescentei profissionalmente. — Não devo conversar com a imprensa, mas estou interessada em saber o que você descobrir.

Carl anotou o número de sobrancelhas erguidas, interessado. Coloquei o pedaço de papel no bolso.

— Denise derrotou mil candidatos à vaga no museu de Dalí — disse, e esperei que ele percebesse que eu estava lhe dando material para a história, que abrisse seu caderninho e anotasse tudo isso, as coisas sobre Denise que eu não queria que ninguém esquecesse. — Ela fez isso ao contar para Dalí que pensava que ele devia ser contra à ordem cronológica da galeria, que é a forma como a arte moderna tem sido exibida por grande parte do século passado. Ela chamava de túnel do tempo pós-moderno, o que era muito atrativo para um aficionado por física, como Dalí. Ela fez tudo isso em espanhol. Praticou na frente do espelho por semanas. Quando o espaço for aberto ao público mais tarde este ano, será a primeira exposição anti-cronológica a existir, e é graças a Denise. Denise pode não ter vivido muito — engoli em seco e senti o gosto da salada de frutas salgada no estômago —, mas ela ainda conseguiu deixar sua marca no mundo.

No dia seguinte, quando Carl publicou minha linda citação ao lado de uma linda fotografia de Denise, a sra. Andora fez um buquê com as flores do funeral e anexou um bilhete manuscrito que dizia: *Com minha mais profunda gratidão.* Carl escreveu sobre Denise como se ela fosse humana, e foi então que eu soube que poderia confiar nele.

PAMELA

Tallahassee, 2021
Dia 15.826

Acordo cedo no meu quarto de hotel e caminho para o campus, libélulas circulando meus pés, vislumbres fosforescentes na pálida luz da primavera. Há uma visita guiada no campus acontecendo e eu me junto a eles, aprendendo coisas que provavelmente já devia saber sobre minha alma mater. Que a grande tenda vermelha de circo foi construída em 1947 e oferecia aulas como trapézio e malabarismo em uma tentativa de integrar homens e mulheres quando a UEF se tornou uma instituição mista. Quando chegamos ao refeitório, quase caio quando ouço o guia dizer que a funcionária da cafeteria conhecida por doar abraços para todos os seus "bebês" ainda trabalha no serviço ao cliente para a escola e apareceu na *Forbes*.

Me afasto do grupo no Pop Stop, ainda localizado no mesmo bangalô com o beiral saliente na esquina d'A Casa. O pátio da frente está cercado com plantas em vasos, e duas garotas estão discutindo a cor do cabelo de seus futuros filhos em uma mesa sob o ventilador de teto. Está cheio lá dentro, mais fresco, mas vaporoso por conta da porta aberta da cozinha. Peço uma omelete de cogumelos e queijo e um suco de laranja. Enquanto espero, perambulo até as paredes de tábuas brancas pintadas para ler o que os jovens escreveram em marcador preto desde os anos 1950, seus nomes e datas, quem é incrível e quem é péssimo, quem eles amam e com quem ficarão para sempre. Semicerro os olhos, tentando encontrar as voltas da letra de Denise no canto alto acima da mesa dos fundos onde ela costumava beber café preto e praticar seu espanhol com um dos cozinheiros. Ao longo dos anos, os alunos escreveram sobre a citação dela de Dalí — algo sobre genialidade e morte, se me lembro corretamente.

Ouço o número do meu pedido e levo minha bandeja para fora, onde posso ver as garotas entrando e saindo d'A Casa a meio quarteirão de distância. Penso em bater na porta, informá-las de que estou aqui e só... o quê? Avisá-las? Parece quase histérico. Ele está atrás de mim. Mas, se não conseguir me encontrar, vai se contentar com elas?

Como metade da omelete, bebo todo o suco e jogo fora o prato de papel embebido em gordura. Meu compromisso é às onze, e sei pela minha vasta experiência que dirigir até lá leva apenas doze minutos. Coloco o endereço no Waze enquanto caminho até meu carro alugado, caso haja mais trânsito agora, ou talvez um atalho, mas, surpreendentemente, a voz automática sugere que eu faça tudo igual.

RUTH

Issaquah
Inverno de 1974

Meu irmão trouxe um de seus filhos para a nossa casa. Um garoto. De sete ou oito anos. Ele tinha olhos pequenos e marejados, como se estivesse chorando ou doente. Acho que eram azuis. A pele dele estava repuxada sobre os ossos frágeis do rosto, de forma que dava para ver o sangue serpenteando pelas veias esverdeadas de suas têmporas. Como todas as crianças, ele era jovem demais para cuidar de si mesmo, mas capaz de extrema destruição emocional. Eu havia me oferecido para tomar conta dele enquanto minha cunhada e meu irmão levavam a bebê para uma consulta especial e minha mãe escolhia a cor das hortênsias para o jardim do meu pai antes da última geada, mas, quando ficamos sozinhos na casa, me arrependi. Allen me aterrorizava.

— Como é que você é velha, mas mora com a vovó? — perguntou ele depois que eu o coloquei à mesa da cozinha com papel e lápis de cor.

Conferi o relógio. Mal haviam se passado trinta minutos desde que meu irmão o deixara na casa. O médico especial ficava em algum lugar de Utah. Algo sobre uma fissura, cirurgia, uma boca? Para mim, a bebê parecia bem. Eu queria que eles a tivessem deixado comigo em vez de Allen. Eu, na verdade, gostava de bebês, até os agitados, o que aparentemente minha sobrinha era. Eu achava adorável quando ela esticava o lábio inferior e enfiava seus punhos gordos nos olhos. *Allen foi o melhor bebê*, minha cunhada sempre dizia com aqueles fios soltos de seu cabelo presos no lábio.

— Vovó precisa da minha ajuda agora. — Abri a porta da geladeira. Era quase hora do almoço. — Você quer um sanduíche de presunto?

— Tá — disse Allen com o mesmo fôlego de sua risada rouca. Era *tá* porque ele queria um sanduíche de presunto? Ou era *tá* no sentido sarcástico, à primeira coisa que eu dissera? *Vovó precisa da minha ajuda agora.*

— Meu pai diz que você gosta de detenção — disse Allen, esfregando o lápis rosa com mais força no papel. Ele havia usado todo o lápis vermelho. Eu o vira hesitar antes de pegar o rosa, como se tocá-lo pudesse fazê-lo menos homem.

Coloquei presunto e maionese na bancada.

— Isso não faz nenhum sentido, Allen.

— Sim, faz.

Peguei o prato com a rachadura no meio, funda o suficiente para alojar o tipo de bactéria conhecida por causar um caso terrível de diarreia.

— Sabe o que é detenção? É quando você tem que ficar na escola depois da aula porque fez algo errado. Ninguém gosta de detenção.

— Ele diz que você faz coisas para que todo mundo olhe mais para você.

Peguei a faca. Não detenção. Atenção. Crianças não odeiam maionese? Passei bastante para Allen, então peguei uma cebola e comecei a picá-la também.

— Ele diz que você magoou tanto o vovô que ele morreu.

Tínhamos queijo, mas eu não ia dar a Allen queijo nenhum. Escondi a cebola entre as fatias de presunto e apertei o sanduíche até ficar plano.

— Quer ouvir uma história engraçada sobre o seu pai, Allen?

Allen não respondeu. Estava ocupado gastando o lápis.

— Seu pai era o pior jogador no time de baseball da escola, mas o vovô se sentiu mal por ele, então implorou ao treinador para deixá-lo jogar em uma partida que eles tinham certeza de que venceriam de qualquer forma. Ele estava prestes a ser eliminado, e estava tão envergonhado que se mijou, Allen. Todo mundo no outro time riu dele.

— Você é má — disse Allen. — E feia. Olha só como é feia.

Ele ergueu o desenho. Era um retrato meu, meu rosto cheio de marcas vermelhas e rosas. Entendi completamente por que as pessoas batem nos filhos.

Fui até Allen e bati o prato na mesa.

— Coma seu sanduíche.

A caminho do banheiro, ouvi Allen gritar e cuspir de nojo. Ele provara a cebola.

Quando eu queria me desesperar por causa da minha aparência, não havia local melhor que o banheiro de minha mãe, onde a luz era tão forte que dava para ouvi-la fritando seu crânio. Às vezes, eu jogava um jogo doentio comigo no espelho. Eu preferia ter um milhão de dólares para poder fugir ou ter uma pele perfeita? Ainda casada com CJ ou nem uma marca em mim? Eu ainda não havia conseguido inventar um cenário no qual eu não escolhesse minha própria pele. O que isso dizia sobre mim?

É só que, sem a acne, eu tinha certeza de que conseguiria lidar com tudo. Não importa quais fossem os comentários paralisantes que minha família fizesse sobre mim. Eu podia parar de me contorcer em configurações não naturais, tentando esconder fosse lá qual lado do meu rosto agredisse mais naquele dia, em ângulos que estavam começando a me dar dores musculares crônicas. Minha família poderia ter menos nojo de mim se eu fosse bonita, ou talvez o nojo deles não doesse tanto se eu não me sentisse tão feia o tempo todo.

Girei a torneira e deixei a água cair até fazer vapor. Havia uma espinha que aparecera durante a manhã. Todas as revistas dizem para não espremer. Espremer causa marcas. Espremer dobra o tempo que leva para a mancha curar. Essas são mentiras contadas por mulheres com peles ocasionalmente imperfeitas. Espinhas deixam marcas quer você as toque ou não, e elas somem em um dia ou dois se você esperar até que elas estejam bem cheias para esprêmê-las. Apenas novatas espremem quando a espinha acabou de se formar, e isso eu *posso* confirmar que aumentará a vida dela. Eu deveria escrever uma história para a *Cosmopolitan*. "Como lidar com espinhas por alguém que realmente tem espinhas."

Eu estava espremendo uma mistura de sebo e sangue quando ouvi a batida na porta. A única indicação de que Allen tinha ido atender foi o som de sua cadeira raspando o chão de linóleo na cozinha. Allen era leve como pena, assim como minha cunhada, que era pequenina e adorável e me olhava através de seus cílios loiros como se eu fosse uma solteirona horrorosa, embora nem sempre tenha me visto assim.

— Tia Ruth! — gritou Allen.

Apertei meu queixo uma última vez para quem quer que estivesse à porta. Provavelmente um vendedor de Bíblias, e talvez eu comprasse uma. Eu jamais poderia dizer não a alguém tão desesperado. E uma família de supostos católicos devia ter pelo menos uma Bíblia na casa.

Só esprema quando tiver pelo menos trinta minutos de tempo livre, pensei em adicionar ao meu artigo enquanto ia para a escada. Esse é o tempo que leva para a cratera parar de vazar, para que você possa cobri-la com base e pó e seguir seu dia.

— Tia Ruuuuuuthhhhh! — repetiu Allen, desta vez em um tipo de provocação, tipo *venha e me encontre*. Como se estivéssemos brincando de esconde-esconde.

— Já vooou! — gritei de volta, imitando-o.

Quando cheguei na metade da escada, parei e levei minha mão ao queixo, em pânico. Eu fora vista, ou ainda havia tempo de correr e colocar uma cobertura de emergência?

— Aí está ela — disse Allen para Tina, me expondo.

Tina estivera agachada, falando com Allen e o olhando nos olhos. Ela se levantou e colocou seu cabelo loiro e liso atrás da orelha, uma pantomima de uma colegial envergonhada, até o elegante casaco de cashmere abotoado até o pescoço.

— Ruth! — Ela acenou como se estivéssemos em uma grande multidão e ela me visse primeiro. — Oi! Desculpe aparecer assim sem avisar, mas encontrei isto embaixo do banco do passageiro.

Ela segurava algo entre dois dedos, um sino prestes a soar. Relutantemente, desci outro degrau para dar uma olhada melhor e percebi que era o frasco da minha base preferida, aquela cara que eu precisara encomendar de uma loja em Nova Orleans quando pararam de vender meu tom na Frederick & Nelson.

— Ah, nossa, obrigada — falei, e era sério. O negócio custara sete dólares a cada trinta mililitros, e valia cada centavo. Eu tinha frascos extras, claro, que eu usava nos dias em que não planejava sair de casa. Eu não havia ido a canto algum desde que Tina me deixara em casa pela última vez, e não havia percebido que o tinha perdido.

— O que é isso? — Allen teve que perguntar.

— É maquiagem — disse Tina. E me preparei para fosse lá qual comentário debilitante que Allen faria diante dela. *Minha tia Ruth precisa*, provavelmente. Mas, antes que ele fizesse, Tina fingiu pintar o rosto dele, e Allen deu um gritinho divertido.

— Bem, obrigada — falei. Eu ainda estava no meio da escada. Eu não queria chegar perto demais, não com um abcesso vazando no meu rosto.

— Estamos comendo sanduíches de presunto — disse Allen. — Você quer o meu? É nojento.

Tina olhou para mim respeitosamente. Ela queria ficar, eu sabia, mas só se eu quisesse.

— Acho que é melhor eu ir — disse ela.

O arrependimento se acumulou na minha garganta, mas eu não podia simplesmente olhar Tina nos olhos com uma ferida aberta no meu queixo, com um sobrinho assim, que ficaria satisfeito em apontar todos os meus defeitos para ela.

— O mínimo que posso fazer é te convidar para o almoço — ofereci discretamente.

— Eu não gosto muito de presunto — disse Tina. Nós duas, incapazes de dizer o que realmente queríamos dizer, teria sido cômico se não fosse triste.

— Tem queijo — disse Allen. Ele pegou a mão dela e a puxou para dentro. — Do branco e do amarelo.

Ele a arrastou para a cozinha, ansioso para impressionar nossa linda visitante. Quando você se parece com Tina, crianças como Allen são só crianças. Elas não podem te machucar.

———

Allen insistiu em fazer o sanduíche de queijo para Tina. Eu era uma péssima cozinheira, ele disse para ela, e eu argumentei que na verdade era uma excelente cozinheira, e ele disse não, que eu não era, e eu sabia que a discussão continuaria se eu não colocasse um fim no assunto, então me forcei a fazer a coisa adulta.

Tina riu e disse:

— Na verdade, mais mulheres deviam ser péssimas cozinheiras.

Eu ri com ela, e Allen fez uma careta, jovem demais para entender, mas com idade o suficiente para se sentir deixado de fora.

— Já volto — falei para os dois, e então disparei escada acima para passar a maquiagem boa no queixo. Por um momento, na luz mais humana do meu próprio banheiro, me perguntei se o Acnotab estava mesmo começando a funcionar. No espelho, eu não aparentava metade da feiura que tinha na mente.

Quando desci, Tina estava de pé na sala de jantar com papel de parede, diante de uma foto em cima de um aparador de mogno que pertencera à minha avó.

— Allen queria que eu comesse aqui — explicou ela sem se virar. Ela apontou. — É o seu pai?

A foto fora tirada no casamento do meu irmão, oito anos antes. Quando o fotógrafo dissera, *Só o lado do noivo agora*, meu pai batera no ombro de CJ e o manteve no lugar. Minha cunhada me lançou um olhar de simpatia detrás de seu véu de renda, reconhecendo o que levei anos para reconhecer: meu pai estava me dando uma saída. Uma saída bastante literal — na época em que a fotografia foi tirada, eu estava morando em um hospital, me curando de uma séria perturbação emocional. Assim como Elizabeth Taylor em *De repente, no último verão*, eu dizia a mim mesma nos meus dias mais sombrios.

CJ estava casado com outra mulher no dia que aquela foto foi tirada, mas sem dúvida meu pai via isso como um fator mitigante. A esposa de CJ era uma mulher patética quatro anos mais velha que ele. Eles haviam começado a namorar no ensino médio, quando ele era calouro. CJ sempre parecera mais velho do que era; ele era baixo e parrudo e entrou na Issaquah Catholic Upper com uma barba cheia, a barba de um homem. As garotas mais velhas ficaram atrás dele como se fosse um esporte — alunos fizeram apostas, dinheiro foi ganhado e perdido.

Naquela fotografia, CJ ainda era jovem, mas sua esposa de vinte e cinco anos estava ficando velha. Ela bebia muito, era uma bêbada desagradável que tinha que ser escoltada para fora de bares, tropeçando e dizendo obscenidades em voz arrastada. Ela havia aparecido na igreja fedendo a gin, e, quando chegamos à recepção, ela havia tirado os sapatos e perdido a bolsa. Meu pai teve que interromper uma discussão entre ela e CJ, e foi ele quem chamou um táxi para ela e pediu que um de nossos primos a levasse para casa. Ele insistiu que CJ ficasse, que ele era como um membro da família e não podia perder a recepção do casamento de um de seus amigos mais antigos.

Eu sabia que CJ tinha sentimentos por mim. Todos na minha família sabiam. Ele era meu protetor quando éramos crianças — ele socou a boca de um garoto da vizinhança depois que este jogou uma bola de neve que acidentalmente me atingiu e me derrubou da bicicleta. Eu senti que estava crescendo e se transformando em outra coisa, pelo menos da parte dele, quando cheguei ao ensino médio. Nunca pensei que chegaria a nada, no entanto, não apenas porque CJ era casado nessa época, mas porque ele sabia o motivo da minha hospitalização.

Ele não deveria querer nada comigo, mas no dia do casamento do meu irmão, livre de sua esposa envelhecida e raivosa, seu antigo anseio ressurgiu. Tenho certeza de que meu pai pensou estar fazendo um favor a nós dois ao colocar CJ na nossa mesa, ao me girar nos braços de CJ na pista de dança quando a música desacelerou e os casais dançaram. Mas agora acho que nós é que fizemos um favor ao meu pai.

Estou com dezessete anos na foto, minha pele institucionalmente tediosa, mas limpa — a acne começou depois que me casei com CJ, como verrugas protetivas. Pareço muito tranquila e adorável em meu vestido azul de madrinha, mas meus ombros estão caídos, como se eu tivesse acabado de suspirar profundamente, me dando conta de no que havia me metido.

— Este é o meu pai — falei para Tina.

Tina passou a mão no queixo como algum tipo de detetive britânica pensando em uma pista. Então fez um som, o tipo de *hmmm!* que a gente faz quando alguém tem um bom ponto, um ponto que você jamais considerou antes.

Me aproximo de Tina e olho de novo para a foto, para os lábios entreabertos em um sorriso do meu pai enquanto o restante de nós usávamos nossos sorrisos educados de foto. Se você jamais tivesse conhecido meu pai, podia imaginar pela expressão dele que ele havia produzido uma risada estrondosa lá do fundo de sua barriga baixa de Buda. Meu pai parecia mais forte nas fotos do que realmente era — pessoalmente, ele era alto e tinha o corpo em forma de pera, com uma risadinha de menina, um *hihihihi* travesso que parecia servir à sua língua, o tipo de risada que fazia todos rirem também.

— E este é o meu ex-marido — falei, indicando CJ.

Tina pegou a foto com ambas as mãos e a aproximou do rosto, examinando cada fio da barba ruiva de CJ.

— Por quanto tempo?

CJ e eu havíamos ficado juntos por anos, mas nosso casamento durara bem menos.

— Não muito — falei com uma risada curta.

Tina virou a foto e mostrou-a a mim como se fosse a primeira vez que eu a via.

— Quero dizer, é de se imaginar. Olha só o estouro de mulher que você é.

Corei, me perguntando se eu ainda era um estouro de mulher.

Tina colocou a foto de volta sobre o aparador de mogno.

— Mas sua postura... — Ela me copiou, descendo os ombros. — Também fico encolhida assim quando estou deprimida.

A sensação foi de que ela havia jogado um balde de gelo na minha cabeça. Imediatamente séria, vi Tina nitidamente, da forma como minha mãe vira todo esse tempo. *Bem, terapeutas precisam de clientes, não é? É assim que ganham a vida.* Que patético da minha parte pensar que ela havia vindo por qualquer outro motivo além de jogar verde, tentar fazer com que eu me abra e perceba que preciso de sua ajuda.

— Essa foto foi tirada depois de um longo dia — falei defensivamente. — Em parte, eu estava apenas cansada.

Tina estava presumindo demais, buscando algum tipo de base psicológica em lugares que, sim, *havia*, mas era apenas uma coincidência.

Tina franziu os lábios e assentiu. Ela não discutiria comigo, mas também não acreditava em mim.

— E o resto?

— Hã?

— Você disse, em parte. O que mais há aí?

— Para com isso — falei, para o meu próprio absoluto choque. Eu nunca falava com as pessoas assim. Eu odiava ferir os sentimentos das pessoas, fazê-las se sentirem mal mesmo quando mereciam se sentir mal. Comecei a me desculpar, mas Tina balançou a cabeça veementemente. *Não. Não. Não.*

— Eu é que devia me desculpar. Você está completamente certa. Frances sempre me avisa para não fazer isso com as pessoas. Analisar cada respiração delas quando não tenho todas as informações. Além disso, quem quer sentir que está sendo estudado? É irritante. *Eu* sou irritante.

Ela podia rir disso porque sabia que não era verdade. Mesmo assim, fiquei surpresa por ela ter aceitado minha explosão com calma. Claro que eu já havia criticado alguém, mas eu estava acostumada a ver essa pessoa desmoronar em agonia e perceber que não valia a pena ser tão sincera. As pessoas eram facilmente destruídas.

— É só que — prosseguiu Tina —, estou estudando essas coisas, sabe? Por que as pessoas são como são e como posso ajudá-las, e é como se eu tivesse visto a luz, ou estou vendo, pelo menos, e isso me ajudou tanto. Quero ajudar todos ao meu redor também.

Allen entrou na sala então, carregando um descanso de mesa, um guardanapo, garfo e faca. Ele começou a arrumar o lugar para Tina na cabeceira da mesa.

— Ela não precisa de garfo e faca para o sanduíche.

Me irritei com ele. Eu sabia que ele sabia que ela não precisava, que ele estava apenas querendo agradá-la, e eu queria que ele se sentisse tão burro quanto eu por pensar que Tina estava ali por qualquer outro motivo além de psicanalisar minha mente. Me aproximei e peguei os talheres, e foi quando percebi — ele colocara o retrato que fizera de mim como descanso de mesa.

— Você está bem encrencado — sibilei.

— Não consegui encontrar os descansos de mesa! — exclamou Allen. Ele soava sincero, mas eu estava mortificada demais para dar a ele o benefício da dúvida. — Aqui, vou virá-lo se te incomoda tanto…

Arranquei o desenho da mesa e o rasguei em pedacinhos, bem diante do rosto anêmico e cheio de veias de Allen. Ele gritou como eu costumava gritar pouco antes que a enfermeira enfiasse o bloco de borracha entre meus lábios.

— Eu te odeio! — gritou ele. — Eu te odeio muito!

— Ótimo! — gritei.

Allen começou a chorar.

— Vou contar para o meu pai! Ele te odeia também! Todo mundo te odeia! O vovô te odiava!

Ergui minha mão e senti um prazer quase erótico quando Allen se encolheu. Mas, antes que eu pudesse desferir o golpe, Tina agarrou meu pulso, a parte macia de seus dedos pressionando minha pele. Eu não havia sequer a ouvido se aproximar, e um segundo estranho e emocionante se passou, um no qual permiti que ela me contivesse.

— Você é melhor do que eles — disse ela em meu ouvido. Eu não fazia ideia de quem *eles* eram, mas de alguma forma sabia que ela estava certa.

Allen virou-se para ela, lágrimas descendo pelo rosto e meleca se acumulando no arco do cupido. Ele *cuspiu* nela. Tina olhou para a bolha de saliva em seu suéter de cashmere macio, e então de volta para mim, perplexa. *Que diabos você está fazendo aqui?*, jurei que a expressão dela dizia.

— Não sei o que deu em você — grunhi para Allen, agarrando-o pela nuca e forçando-o a subir a escada. — Você vai ficar de castigo até se acalmar.

Allen estava inconsolável, gritando que me odiava, que odiava Tina, que ia contar ao pai e eu ia me arrepender. Eu o enfiei no meu quarto e bati a porta. Quando voltei para baixo, o que sobrara do desenho de Allen estava no lixo, e Tina partira sem mim.

PAMELA

Tallahassee, 1978
Dia 8

Dois dias depois do funeral de Denise, alguns dos caras da Casa Turq vieram para limpar o sangue. Um dos policiais recomendou, com uma piscadela, uma solução de duas medidas de alvejante e uma de água, como se nos revelasse o ingrediente secreto de uma antiga receita de família.

O quarto que Eileen e Jill compartilhavam estava um pesadelo. Nunca superei como as garotas no quarto mais sangrento foram as que sobreviveram.

Não havia muito o que fazer no quarto de Denise, embora eu tenha passado a maior parte do tempo lá, escondendo o que poderia constrangê-la diante de todos os garotos bonitos de cabelo despenteado que agarrariam qualquer chance de levá-la para sair, abrir a porta do carro para ela, pagar seu jantar, ir para casa e contar para os amigos: eu beijei *Denise Patrick Andora*. Os caras incluíam o nome do meio quando falavam dela, como se *ela* fosse a assassina em série.

O tubo de clareador capilar que ela usava em Abbott & Costello — lado direito era Abbott, esquerdo Costello, e que ninguém ousasse misturá-los — foi para a gaveta, junto a um par de meia-calça que já vira dias melhores, deixado para secar na maçaneta da porta. As fotografias de amigos e impressões de obras de arte surrealistas deixei penduras acima da cama, mas tirei a página sobre astrologia que ela arrancara da *Cosmopolitan* daquele mês, do folheto detalhado que os editores montam todo mês de janeiro para ajudar as leitoras a planejar "o melhor ano de suas vidas". Tirei a tachinha e me sentei de pernas cruzadas sobre a cama de Denise para ler o horóscopo dela. Em junho, Denise deveria *reorganizar procedimentos do escritório, usando os sapatos de chefe como se pertencessem a ela (porque em breve pertenceriam)*. De acordo com a profecia planetária dela, Denise se veria em Lisboa ou Madrid em setembro. Seu dia mais dinâmico do ano ainda estava a dez meses de distância. Comecei a vibrar por dentro, um zumbido sob minha pele que só posso descrever como o instinto de matar. Havia algo sobre a animação de Denise por um futuro que jamais aconteceria que me deixou furiosa de luto. Eu não conseguia suportar a ideia de outra pessoa entrar no quarto e sentir pena dela, ou, pior, julgá-la por ter a audácia de fazer planos quando devia ter sabido que Deus riria. Isso era uma coisa que as pessoas diziam aqui, mas foda-se Deus por rir e foda-se a *Cosmopolitan* também. Eu era do signo de virgem, e meu horóscopo em ponto nenhum previu nada disso.

A última coisa que fiz por Denise: me agachei no chão e cheirei o carpete onde o perfume de cabelo tinha sido jogado. Fazia tempos que os policiais o haviam removido, colocado em uma caixa com todas as outras evidências, mas eu queria garantir que não havia deixado uma mancha, aquele cheiro tão íntimo. Havia muito que os outros esperariam de mim no próximo ano e meio da minha vida, mas esta era a única coisa que eu sabia que Denise pediria se tivesse a chance: fazer o que eu pudesse para permitir que ela continuasse de cabeça erguida, mesmo na morte.

Não havia mancha nem cheiro, mas abri a janela mesmo assim, e então fui lá para fora e corri por três quarteirões e meio na garoa fria até o portão de ferro da universidade, de onde arranquei algumas centáureas roxas plantadas na base do píer de tijolos. Na primavera do segundo ano, um flautista seminole se apresentou em Landis Green, dizendo aos banhistas que, em certa época, esta terra nada mais era do que um campo de centáureas roxas, nas quais os indígenas Muscogee confiavam para curar as feridas de seus guerreiros.

De volta à Casa, pus as flores em um copo d'água e o coloquei no parapeito da janela. Pratiquei entrar, respirando exageradamente no momento em que passava pela soleira, conferindo se não havia nenhum cheiro diferente na sala. Quando tudo que pude detectar foi a cobertura úmida dos canteiros de flores e meu próprio spray de cabelo, algum produto químico ativado pela chuva, falei para os rapazes subirem.

Bernadette me acompanhou até a loja de ferragens para comprar novos cadeados com combinações, até a loja de departamento de Northwood para novos lençóis e, enfim, até a Hartford Appliances para novos colchões, amostras de carpetes e um ar-condicionado usado, se tivessem. Seria necessária persuasão para convencer alguém a se mudar para o quarto de Jill e Eileen, provavelmente pelos anos que viriam. Eu tinha que pensar na próxima geração d'A Casa, minhas sucessoras, suas divisões. Eu estava sob uma pressão gigantesca para deixá-las prontas para o sucesso, e quartos com seus próprios aparelhos de ar-condicionado eram a moeda na época, principalmente em Panhandle, quando outubro poderia muito bem ser julho.

— Aqui tem um por só sessenta e cinco dólares — disse Bernadette, entregando uma etiqueta de preço cortado com uma linha vermelha.

Cruzei a loja para examinar o aparelho. Era um GE Slumberline com painel de madeira. Devia custar bem mais.

— Não te preocupa que esteja em promoção? — Passei o dedo pela grade, em busca de sujeira. — Tem que ter algo errado com ele.

— O próximo mais barato é noventa e cinco dólares — disse Bernadette.

Fiz uma careta. Tínhamos quase esgotado o orçamento do semestre naquela manhã, embora eu tivesse garantia de que seria reposto em breve. O pai de Brian recebera o formulário de pedido de compensação e estava adiantando o processo de aprovação. Mesmo assim, eu sentia uma enorme ansiedade toda vez que entregava o cartão de crédito pan-helênico, como se fosse uma política corrupta desviando os fundos da comunidade.

— Vamos levar o Slumberline — disse, depois que o vendedor nos informou da política de devolução de dez dias. Saiu a oitenta dólares, com impostos e gorjeta. A coisa era compacta, mas pesada, e foram necessários dois vendedores para levá-la lá para fora e colocá-la no meu colo no banco do passageiro, onde eu o segurei com um abraço de urso.

— Opa — disse Bernadette, soltando o cinto de segurança. — Esqueci as amostras de carpetes.

Ela voltou correndo lá para dentro, a cabeça abaixada por conta da chuva. Era uma segunda-feira triste, com todos encolhidos em cachecóis e chapéus, de dedos molhados nas botas. Clima para tranças, Denise dizia. Ela teria sentado aos meus pés naquela manhã, marcando passagens em seus livros de física e de arte enquanto eu trançava seu cabelo volumoso. Fazia oito dias que ela estava morta.

A porta do motorista se abriu. *Que rápido*, me virei para dizer, até que vi que não era Bernadette sentando-se detrás do volante, mas um homem com um boné de baseball verde e amarelo puxado para baixo. Bernadette deixara o motor ligado, as chaves na ignição. O homem acelerou, e eu vi a Hartford Appliances sumir em uma paralisia estupefata e sem palavras.

— Você vai falar comigo agora — disse ele arrastadamente, e começou a deslizar para uma rua com tráfego.

A voz dele, a silhueta do queixo e dos lábios sob a aba do chapéu do Oakland A's. Era Roger. Roger bêbado. O pior tipo.

— É, vá se foder também — gritou Roger quando um carro na via rápida buzinou.

Ele corrigiu demais a trajetória, e mergulhamos na extremidade do pavimento. *Vamos capotar*, pensei quando Roger nos girou de volta para a estrada e minha testa bateu na janela. Gemi de dor.

— Ah, cala essa boca — disse Roger num choramingo, como se já tivesse se cansado de mim. Estávamos nos aproximando do sinal amarelo em uma velocidade alta demais.

— Roger! — gritei, acenando freneticamente para a rua.

Roger pisou com tudo nos freios, e ouvi um som de pneus cantando como o efeito sonoro de um filme, mas não estávamos parando, estávamos deslizando em direção ao semáforo em um percurso irregular como um raio, a traseira do carro balançando como a cauda de um escorpião. Eu me agarrei ao Slumberline com toda a minha força de vontade e fechei os olhos, me preparando para o impacto enquanto passávamos por gritos.

— Eu te falei! — Roger estava gritando comigo, de hálito azedo e beligerante. — Cale a *porra* da boca, Pamela. Não consigo me concentrar com sua voz irritante pra caralho no meu ouvido. — Ele se encolheu, fazendo uma imitação maldosa do meu rosto aterrorizado, minha linguagem corporal encolhida. — *Roger! Roger!* — Ele imitou um grito feminino irritante.

Eu tremia violentamente, com mais medo do que na noite em que encontrei Denise, quando o choque bombardeou meu sistema, atenuando a severidade da situação. Naquele momento, eu estava profundamente consciente de como estava em um perigo bem maior com alguém que me conhecia, que havia construído em sua mente um mundo em que eu era a antagonista. Roger faiscava com ódio justificado por mim. Se ele não nos matasse na estrada, ele me levaria para outro lugar e teria prazer em me fazer sofrer. Eu tinha pouquíssimo tempo para sair disso viva. Direcionei toda a minha energia para arranjar algo que pudesse dar a ele, alguma informação crucial que apoiaria a escolha de me poupar.

— Tenho uma reunião com o xerife esta tarde — menti. — Sei o nome da pessoa que fez aquilo, e está bem aqui na minha bolsa... — Tentei pegar minha bolsa aos meus pés, mas não consegui, não com o peso no meu colo. — Venha comigo e contaremos juntos para ele.

— Ao escritório do xerife? — A risada de Roger era alta e feia, e ele soava verdadeiramente insultado. — Você é mesmo uma vadia burra, não é? — Ele balançou a cabeça, enojado, e o cinto de segurança penetrou minha pele enquanto virávamos de uma vez à esquerda na County Road, que levava à Rota 319, que levava à Floresta Nacional Apalachicola, onde no ano anterior o corpo de um aluno fora encontrado uma semana depois dele se perder da trilha. — Você com certeza adora dizer às pessoas o que fazer, Pamela. Denise estava tão cansada de você. Sabia disso? Cansada pra caralho.

Eu sabia que ela estava. Eu via a petulância em sua mandíbula toda vez que eu pedia para que abaixasse o som de Fleetwood Mac à noite durante a semana, ou a repreendia por tocar o termostato porque a inflação estava nas alturas e eu estava tentando manter a conta de luz barata. *O que aconteceu com você?*, murmurou ela apenas uma semana antes de morrer, quando eu a peguei adicionando mais que as duas colheres de sopa permitidas de leite em seu café. Denise não escondia que estava cansada de mim, mas mesmo assim doía ouvir de alguém que a tratava tão mal.

— Eu a amava — disse Roger, em uma voz embargada. — Nunca teria feito aquilo com ela. Aquilo? *Aquilo?* — Ele me olhou, os olhos tomados de veias estouradas. — Uma embalagem de spray de cabelo? Uma embalagem de spray de cabelo...

Ele apoiou a cabeça no volante e deu um grito agoniado. Cruzamos a linha para entrar na faixa de tráfego contrária, os faróis iluminando gotas de chuva na tarde escura.

— Roger! — implorei. — Por favor!

Ele puxou o volante e o Slumberline esmagou minha mão contra a porta. Mordi meu lábio para não gritar. Eu precisava pensar. *Pense.*

— Tem uma pessoa que você precisa conhecer — falei. Então, com urgência, porque havia me dado conta: eu precisava fazê-lo se sentir parte da solução desse infeliz desentendimento. — Preciso muito que você conheça essa mulher. Ela tem provas de que não foi você. Ela está ficando no Days Inn. Ela tem *muitas* provas, Roger. Precisamos examiná-las. Juntos.

Roger não disse nada. Só continuou dirigindo, estranhamente no limite de velocidade, como se tivéssemos que estar em algum lugar e tivéssemos saído a tempo.

— Não tente me enganar — avisou ele baixinho.

Eu estava assentindo, mas percebi que devia estar balançando a cabeça. *Não, não, eu jamais te enganaria.*

— É absurdo — falei, tentando reunir uma indignação que soasse autêntica — que ninguém me ouça. Preciso da sua ajuda. Precisamos organizar os fatos e ir falar com o xerife Cruso juntos. Mostrar a ele que somos amigos. Que você jamais machucaria Denise. Eu preciso de você e você precisa de mim. Temos que deixar as diferenças de lado.

De esguelha, vi um lado do sorriso odioso de Roger. Bem quando eu disse que éramos amigos. Que ele nunca machucaria Denise.

———

Estacionamos no novo Days Inn e nos envolvemos em uma luta sombriamente cômica para me livrar do Slumberline. Eu pesava cinquenta e dois quilos na época, e Roger tinha as funções motoras de uma criança dopada com xarope para tosse. No fim das contas, ele enrolou os braços ao redor do ar-condicionado e o puxou do meu colo rangendo os dentes, arranhando a pele das minhas coxas e dando um passo para trás para deixar o aparelho cair em uma poça espumenta. Eu teria hematomas por dias, mas só consegui pensar: *Oitenta dólares jogados no lixo, porra.*

O Days Inn era uma daquelas pousadas com corredor externo, sem saguão e funcionário na recepção para quem eu pudesse deixar um bilhete: "Chame a polícia. Este homem é perigoso." O quarto 203 ficava logo ao lado da placa da piscina aquecida, tapada com outra placa se desculpando por estar fechada esta temporada. Esse era o motivo de minha mãe nunca vir visitar — Tallahassee carecia de acomodações cinco estrelas.

A porta abriu de uma vez, como se Tina estivesse ali, esperando por mim, desde o momento em que voltara do funeral de Denise. Ela usava um turbante de seda e eu conseguia sentir, pelo cheiro, que ela havia acabado de lavar e pentear os cabelos. Ela olhou para Roger e bufou.

— É seu guarda-costas?

— Este é o meu amigo, Roger Yul — falei agradavelmente. Antes de bater, Roger havia pressionado seus dedos no meu cotovelo, bem ali no osso da junta, e apertara com força para me lembrar do quanto não gostava de mim. Meu braço estava dormente acima do punho e eu estava morrendo de medo de fazer qualquer coisa que o engatilhasse. — Eu queria mostrar a ele aquela foto de polícia que você me deu, mas acho que a perdi.

Eu estava esperando que o nome Roger Yul significasse algo para Tina, que ela tivesse ouvido falar que o ex-namorado de Denise estava na mira da investigação, mas não vi sinal de reconhecimento no rosto dela. Ela abriu mais a porta e nos convidou para entrar.

Havia duas camas queen, uma feita, outra desfeita, e uma televisão no canto, mas o volume estava baixo. O quarto fedia a fumaça parada e cloro.

— Estou surpresa que Tallahassee não tem hotéis melhores — disse Tina, em resposta à careta que eu devia estar exibindo.

Ela gesticulou para duas cadeiras na pequena mesa redonda, onde um copo sujo funcionava como peso de papel para as notícias do dia. *Sentem-se*. Roger sentou apenas um lado das nádegas e segurou com força as extremidades da mesa antes de cair.

— Acho que preciso pegar — disse Tina com um sorriso irônico.

Eu tinha esperanças de conseguir lançar a ela um olhar quando ela estendesse a mão entre nós para pegar o copo, com uma mancha bordô seca na borda, mas Roger me observava com pura malícia no olhar.

— As fotos policiais estão naquela pilha. — Tina indicou uma pilha no parapeito da janela antes de ir ao banheiro lavar o copo.

Roger pegou uma cópia e a segurou longe do corpo, tentando focar a imagem do Réu.

— Esse é o homem que eu vi na porta da frente — falei.

— Por que diz aqui que ele é do Colorado? — perguntou Roger com raiva, como se estivéssemos desperdiçando seu tempo.

— Washington, na verdade — disse Tina, voltando do banheiro, secando o copo na toalha de mão. — A primeira vítima dele foi uma mulher chamada Lynda Ann Healy. Ela era veterana na Universidade de Washington que fazia relatórios das condições para esquiar para uma rádio local. Quando o alarme dela disparou às cinco da manhã e ela não apareceu, os colegas de quarto dela foram vê-la e perceberam que a cama estava feita e a camisola pendurada no armário. A polícia descobriu uma gotinha de sangue deixada na fronha e determinou que ela tivera um sangramento nasal e fora para o hospital no meio da noite sem contar a ninguém nem levar o carro, a bolsa ou os sapatos. Eles encontraram o corpo dela seis meses depois, em uma trilha na Taylor Mountain. Quem quer vinho?

— Prefiro uma cerveja — disse Roger.

— Não sou um bar — respondeu Tina. Ela serviu o vinho e colocou o copo diante dele, olhando para mim.

— Não — falei —, obrigada.

Roger me imitou de novo. *Obrigada*. Eu soava como uma vadia metida que você não hesitaria em estapear.

Tina se serviu um generoso copo e acendeu um cigarro.

— Depois de Lynda, ele desenvolveu um padrão. Atacou uma vez por mês, por seis meses. No geral, se manteve na área de Seattle, embora um ano antes tenha estado em Aspen, onde sequestrou uma mulher chamada Caryn Campbell de um hotel que estava recebendo uma conferência médica. Ela estava lá com o noivo, um médico. Uma noite, ela foi até o quarto pegar uma revista e nunca mais voltou. Eles encontraram o corpo dela em uma estrada de terra rural um mês depois, quando a neve enfim derreteu.

Tina foi até a mesinha de cabeceira, ligou a luminária de mesa e esvaziou o cinzeiro na lixeira. Ela o colocou na mesa e ofereceu um cigarro a Roger.

— Em junho de 1974 — prosseguiu ela, acendendo um fósforo para ele —, outra veterana da Universidade de Washington chamada Georgeann Hawkins saiu de uma festa de fraternidade cedo para estudar para sua prova final de espanhol. Ela morava em uma área do campus conhecida como Corredor Grego, um monte de fraternidades e irmandades vizinhas em uma rua muito iluminada. Era uma noite quente, e todos estavam com as janelas abertas. Ela parou para falar com um amigo à janela no caminho. Ele estimou que ela tinha mais ou menos vinte passos até a porta dos fundos, mas ela nunca chegou.

— Se fosse eu — disse Roger, com os lábios manchados de merlot —, teria levado ela em casa.

— Ele teria encontrado outra pessoa — disse Tina, pouco impressionada por essa alegação falsa de cavalheirismo.

Contei nos dedos.

— Você disse que ele atacou uma vez por mês por seis meses. Com junho, são só cinco meses.

Tina afundou na beirada da cama em que não andava dormindo, pegando um travesseiro para pôr no colo. Ela apoiou os cotovelos nele, massageando as têmporas com o cigarro ainda queimando entre dois dedos. Fiquei pensando no cabelo recém-lavado dela sob o turbante, em como teria que ser lavado de novo.

— Em julho — disse ela —, tivemos um clima incomum. Trinta graus em um domingo. Sei que isso não quebra nenhum recorde aqui, mas a loja de ferramentas ficou sem ventiladores. Tem uma praia em Issaquah. Lago Sammamish. Lago Sam, como todo mundo chama. Ruth e eu tínhamos planos de ir até lá e ficarmos deitadas o dia todo. Mas então... — Tina observou Roger por um momento antes de continuar, misteriosamente: — Houve uma mudança de planos. Fui sozinha. Acho que ela foi mais tarde e tentou me encontrar, mas eles estimam que havia trinta mil pessoas na praia naquele dia. — Ela sugou o cigarro, contemplativamente. — Trinta mil pessoas — disse ela, olhando contemplativa para a renda de sua própria fumaça —, e ele matou duas garotas, a exatamente duas horas uma da outra, em plena luz do dia, e ninguém viu nada.

Meu olhar deslizou nervosamente para a janela, e os pelinhos da minha nuca se arrepiaram como se eu estivesse sendo observada.

— A polícia tem algum tipo de teoria? Sobre como ele conseguiu isso?

Comecei a coçar meus braços, meu couro cabeludo, cada parte de mim se sentindo de repente infestada de insetos.

— Eles só sabem que Ruth foi a primeira. — Tina tinha um sorriso sórdido que eu conseguia entender, que algo tão absurdo podia ser verdade. — Assim como Denise. E, assim como Denise, ela não foi suficiente para ele.

Nós nos encaramos, e um momento de compreensão crua se passou entre nós.

— O que a Ruth acha? — Veio a contribuição de Roger, em sua voz estúpida de bêbado. Ele teve que inclinar a cabeça para trás para ver através de suas pálpebras pesadas, e seu cigarro havia se tornado uma linha precária de cinzas. Com cuidado, eu o retirei de seus dedos e o apaguei na lixeira. Os dedos dele ficaram imóveis na forma em V.

— Ei, cara — disse Tina, dando batidinhas na cama —, quer deitar?

A cabeça de Roger cambaleou sobre o pescoço, um assentir, parecia, mas ele não se levantou. Tina me lançou um olhar — *qual é a dele?* — antes de prosseguir.

— Então tipo... tudo parou. Ou pareceu parar. Agora sabemos que ele se mudou de Utah para fazer faculdade de direito, uma boa que teve que fraudar para entrar. Apesar de centenas de horas de preparação, os resultados do Teste de Aptidão da Faculdade de Direito dele foram medíocres e sua performance na parte de gramática do exame ficou abaixo do nível da faculdade. Então ele forjou as cartas de recomendação e se mudou para Utah, e foi quando mulheres na área de Salt Lake City começaram a desaparecer. Uma após a outra, até que uma garota de dezoito anos chamada Anne Biers conseguiu escapar e identificá-lo. Ele foi preso, condenado a quinze anos pelo sequestro dela, mas então encontraram no carro dele um fio do cabelo de Caryn Campbell. Ele foi extraditado para o Colorado para ser julgado por assassinato, e foi quando a polícia fodeu com tudo.

O queixo de Roger tocou o peito e ele ergueu a cabeça de uma vez.

— Não fui eu — insistiu ele.

Tina o ignorou.

— No Colorado, ele entrou com uma ação para se representar, argumentando que era uma violação de seu direito constitucional a ter um julgamento justo ser impedido de usar a biblioteca de direito do tribunal de Aspen. — O lábio inferior de Tina se franziu para indicar o que ela pensava dos *direitos do Réu*. — O juiz concordou, com a condição de que ele devia ser sempre supervisionado. Só que os guardas deram uma olhada no cara e decidiram que ele não era uma ameaça de verdade, e não demorou muito para que eles fizessem pausas para fumar enquanto ele fazia sua pesquisa na biblioteca. Uma dessas vezes, ele abriu a janela, pulou dois andares e fugiu. Uma semana depois, foi capturado nas montanhas. Compreensivelmente, o público ficou indignado, então o xerife o colocou em uma prisão de segurança máxima, a mais ou menos uma hora de Aspen, e o colocaram sob vigilância vinte e quatro horas por dia. Dali a seis meses, ele tornou a fugir. Que diabos de incompetência aconteceu lá, só Deus sabe. De qualquer forma, isso foi em dezembro. Exatamente um mês antes de você vê-lo na sua porta da frente.

A cabeça de Roger pousou em seu antebraço com um baque final. Eu o cutuquei, para garantir que estava mesmo apagado, antes de sussurrar:

— Você pode chamar a polícia? Acho que ele estava tentando me machucar.

Tina foi até ele, enfiando a mão pela cintura dos jeans dele. Foi só então que vi o sangue fresco descendo pelas coxas dele. Quando ele havia começado a sangrar?

Tina extraiu o que parecia ser um pequeno canivete suíço, parcialmente aberto.

Fiquei boquiaberta com a lâmina.

— Como ele não sentiu isso?

— Sou terapeuta licenciada — disse Tina. — Tudo na minha nécessaire é legal.

Olhei para a porta aberta do banheiro, a bolsa de couro na pia, onde Tina estivera minutos antes, lavando o copo que deu a Roger.

Ela foi até a mesinha e pegou o telefone, discando para a polícia.

— Por favor, não conte essa parte para o xerife — disse ela para mim. — Ele já acha que sou algum tipo de viúva negra. — A risada dela era séria, como se não fosse uma coisa tão ridícula de se pensar.

Esperei enquanto ela explicava a situação para o policial que atendeu.

— É o Days Inn na West Tennessee Road. Quarto duzentos e três.

— Por que o xerife me disse para não ficar sozinha com você? — perguntei quando ela desligou.

Tina grunhiu — *isso de novo?*

— Fui casada com um rico e velho dinossauro que morreu de causas naturais, e fiquei com quase tudo, embora ele tivesse cinco filhos adultos que têm todos quase o dobro da minha idade.

— Então ele acha que você teve algo a ver com a morte dele?

— Sim.

— Você teve?

— Ainda que eu tivesse — veio a não resposta de Tina —, não tenho motivos para querer te machucar.

— Minha família tem dinheiro — falei. — Talvez de alguma forma você esteja atrás disso.

Tina deu um sorrisinho.

— Tá, estou com dificuldade de sobreviver. — Ela começou a arrumar o quarto, afofando o travesseiro que estivera em seu colo e o apoiando contra a cabeceira da cama. — Venha para o Colorado comigo — disse ela, indo fazer a outra cama. Me levantei para ajudá-la. Também era importante para mim que a polícia encontrasse um quarto arrumado quando chegassem. — Estou em contato com o ex-colega de cela do Réu. Ele concordou em me colocar na lista de visitantes.

Juntas, puxamos o lençol de cima e o dobramos no meio.

— O que você espera conseguir falando com ele? — perguntei enquanto erguia meu lado do colchão e prendia as pontas do edredom.

— Pensa só... — disse Tina enquanto endireitávamos a saia xadrez da cama. — Você fica presa em uma caixa de cimento de dois metros por dois o dia inteiro, sem nada para fazer, sem ninguém com quem conversar no mundo além de seu colega de cela. Você começa a compartilhar coisas. Sobre seus planos. Seus amigos, família, lugares onde pode se esconder, pessoas que vão te ajudar a não ser encontrado.

— Falar com ele sobre esse tipo de coisa não é algo que o xerife devia fazer? — Chacoalhei o travesseiro, então dei um bom soco nele. Tina abriu os braços. Eu o joguei para ela.

— Isso é o trabalho da boa polícia — disse ela, pegando o travesseiro e dobrando o joelho um pouquinho. — Então, não. Não seu xerife. Nem qualquer um dos com quem me deparei até agora.

Fiquei encarando a cama recém-feita, pensando quanto tempo da minha vida eu passara me sentindo ao mesmo tempo como criança e a única adulta na sala. Por que as pessoas não podiam apenas fazer seu trabalho? Por que eu só podia confiar em mim mesma?

— Não posso simplesmente sumir — falei. — Vamos nos mudar de volta para A Casa em alguns dias. Tenho que mostrar a todos que não há motivos para temer. Preciso ser o exemplo.

— Bem — Tina riu, pegando os copos sujos e os colocando no banheiro para lavar —, tem muita coisa a temer. O Réu está aqui em Tallahassee, e os jornais estamparam que você é a testemunha ocular. Você não está segura enquanto ele estiver à solta. — A água fluiu, e Tina ergueu a voz para ser ouvida acima do barulho. — Olha só o que acabou de acontecer com você!

— Então se trata de me manter segura? — rebati.

Ela fechou a torneira.

— É inumano ser totalmente bom, assim como totalmente mau.

Eu tinha lido *Laranja mecânica* duas vezes no verão em que fiz quinze anos.

— Posso citar Anthony Burgess também, mas prefiro uma resposta que não fuja da pergunta.

Tina desligou a luz do banheiro e foi até a janela, conferindo se a polícia já havia chegado.

— Ruth merece um enterro decente. Existem *rituais* para a morte. Eles não são para os mortos, são para aqueles que são deixados para trás. Acho que mereço isso. E acho que você merece coisa melhor também. Alguém sequer reconheceu o que você fez, Pamela?

De repente, o quarto girou silenciosamente com as luzes vermelhas e azuis. A polícia nem se deu ao trabalho de ligar a sirene.

— O que eu fiz?

Tina destrancou a porta para os policiais.

— Você correu para ele. Não percebe isso? Qualquer pessoa, se tivesse ouvido o que você ouviu, teria fugido. Teria salvado a própria pele. Você ouviu os passos no andar de cima, e o *perseguiu*. É necessário ter nervos de aço para isso, Pamela. Todo mundo devia estar te chamando de heroína, mas tenho a sensação de que só eu estou chamando.

— Boa tarde, garotas — disse um dos policiais, tirando o chapéu e o segurando contra o peito educadamente enquanto passava pela porta. Ele viu Roger, desmaiado à mesa, e estalou a língua, dando uma risadinha. — Fiquei sabendo que estamos tendo problemas com garotos.

RUTH

Issaquah
Inverno de 1974

Quando Tina ligou para me dizer que um cano estourara na casa de Frances e o grupo de luto se encontraria na casa dela, sua voz estava doce a ponto de enjoar. Era assim que estávamos falando uma com a outra desde que ela viera à minha casa e me vira fazer meu sobrinho chorar. Alegre e impessoal.

— Não me importo em ir te buscar — disse Tina. — Sei que Clyde Hill é meio longe da casa da sua mãe.

— Na verdade, posso ir de bicicleta.

Eu havia resgatado minha Schwinn da infância da pilha de lixo na garagem e passara o final de semana esfregando as partes com ferrugem com uma esponja de cozinha. Minha mãe mal falara comigo desde que eu dissera a ela que CJ mandara lembranças, mas não conseguiria ir à cerimônia para o meu pai, exceto para me dizer que uma pessoa com mais consideração teria ido até a loja e reposto o presunto que comera no sábado.

— Tem certeza, Ruth? É bem longe e no escuro. Eles ainda não sabem o que aconteceu com aquela garota da Universidade de Washington.

— Fiquei sabendo que ela fugiu — falei.

Tina me deu seu endereço e eu conferi duas vezes. Eu conhecia a casa dela. Eu sabia exatamente quem ela era.

Saí cedo para a sessão, depois que minha mãe começou outra briguinha comigo. Eu havia me esquecido de trazer a correspondência para dentro, e se eu queria morar em casa de graça, uma *mulher* adulta de vinte e cinco anos, eu precisava me lembrar do acordo. Eu estava lá agora que meu pai partira, para ajudá-la a se acomodar em sua nova vida de viúva tomada pelo luto.

— Está bem aqui. — Tive o imenso prazer de dizer isso depois de permitir que ela reclamasse um monte, o máximo que ela dissera para mim em quase uma semana. Eu a levei até a lavanderia. Havia chovido durante a noite, mas o dia estivera quente e a correspondência empapada e cheia de areia. Eu a colocara sobre uma toalha para secar.

— Você estava planejando me contar que estava aqui ou estava esperando eu perguntar onde estava? — Ela não me deu nem meio segundo para responder antes de passar para a ofensa seguinte. — Você precisa encontrar outro lugar para estacionar aquela bicicleta se for usá-la outra vez. Ela fica me atrapalhando a pegar as coisas na garagem.

Foi quando comecei a pegar meu casaco. Ainda faltava um tempo para eu ter que sair, mas já era hora.

Tina morava em uma mansão estilo espanhola em Clyde Hill. Todos conheciam a casa. Anos antes, um velho milionário texano tinha entrado na cidade e construído um colosso de seis quartos com telhado vermelho e um quintal gigantesco. De cada lado, duas casas em estilo rancho ficavam como as meio-irmãs feias da propriedade. As pessoas ficaram alvoroçadas e aprendi muitas palavras novas: *espalhafatoso*, *ostentoso*, *arrogante*. Eu sabia o que significava *arrogante* porque tinha uma cunhada. Eu só não tinha percebido que era uma coisa que uma casa podia ser também.

Eu nunca vi o milionário texano. Ele mal ficava na cidade e, quando estava, permanecia em sua fortaleza. A mansão espanhola não era sua residência principal, e era um mistério o que ele estava fazendo na região de Seattle. Havia rumores — ele estava ali para comprar o Dixon Group, para concorrer à prefeitura. Mas ele nunca fez nada, exceto construir uma monstruosidade espalhafatosa, ostentosa e arrogante perto demais dos vizinhos, e então ele morreu. Vi a foto dele no jornal e mal me dei conta da notícia.

Ele parecia alguém que ia morrer. Ele tinha pelo menos oitenta anos. Eu não conseguia acreditar que *aquele* era o falecido marido de Tina. Eu imaginei compartilhar a cama com ele, suas pernas cheias de crostas roçando nas minhas à noite. Fiquei um pouco enojada por ela, e um pouco impressionada.

Me aproximei da casa, dando passos pequenos e contidos, a forma como caminhei para o altar até CJ. Nunca fui de me sentir autoconsciente ou intimidada por gente rica. Pelo contrário — o privilégio delas engatilhava um tipo de serenidade dentro de mim, *hmms* e *hãs* tirados do meu discurso, e meus tornozelos torcidos como os de uma nobre tomando assento numa corte europeia. A etiqueta surgia tão naturalmente que quase acreditava em reencarnação. Em outra vida, tenho certeza de que fui uma mulher rica.

Ninguém atendeu a porta por um tempo, mas eu conseguia ouvir as vozes lá dentro. Vozes irritadas. Duas mulheres, brigando. Havia outro carro na entrada, ao lado do de Tina, mas eu apenas presumira que fosse dela também. Se ela tivera que transar com aquele velho, eu esperava que pelo menos tivesse conseguido um segundo carro com isso.

Quando a porta enfim abriu, deu para ver que Tina estivera chorando. Ela tentara cobrir a evidência com maquiagem, mas sem sucesso. Seus olhos injetados estavam contornados com base rosa demais para o tom de pele dela.

— Você chegou cedo — disse ela —, mas entre.

Ela manteve a porta aberta, embora aparentasse fazê-lo contra a sua vontade.

Seja lá o que estivesse acontecendo, aquilo pareceu justo para mim. Ela havia testemunhado uma cena feia na minha casa, e agora era a vez dela sob o microscópio.

A casa era espetacular e muito gelada. Devo ter estremecido, porque Tina disse com rancor:

— O aquecedor está ligado. É só que está sempre frio nesta casa fantasma do caralho.

A pesada porta de madeira se fechou atrás de mim, sacudindo um vaso de vidro sobre a mesa.

— Eu estava prestes a organizar o café e os lanches — disse Tina, indo na direção da cozinha, supus. — Você pode ajudar se quiser.

Eu estava morrendo de vontade de ver o restante da casa. Segui Tina com minha cabeça inclinada para trás, admirando as vigas de madeira no teto. As paredes eram de puro estuque branco, nada estava pintado nem havia papel de parede. Não havia fotos nem arte pendurada; não havia necessidade. As grades de ferro torcido nas paredes e os lustres cor de bronze com velas eram decoração suficiente. Eu queria que todos que haviam chamado a casa de espalhafatosa pudessem vê-la por dentro. Tina não sabia o que fazer com o dinheiro, e eu aprovava isso. Minha aprovação não importava para Tina, mas eu senti que ela devia saber que isso não algo fácil de conseguir.

Na mesa da cozinha, havia uma flor morta em um pote de cerâmica. Nada nas bancadas — nada de açúcar nem esponjas nem utensílios de cozinha. Tina abriu a geladeira e pegou a bandeja de legumes e molho que comprara pronta no supermercado. Minha mãe sempre me mostrava o produto e dizia que era caro. Dava para comprar três sacos de cenoura e uma garrafa de molho ranch por um dólar ou menos.

Tina colocou a travessa no balcão e a encarou.

— Acho que preciso de guardanapos — disse ela, e então começou a chorar.

Eu a encarava, petrificada, quando outra mulher entrou na cozinha. Era mais velha que nós, com trinta e tantos, notável, mas não bonita, e usava quilos de joias de prata. Ela tilintou e brilhou enquanto colocava os braços em volta de Tina, que soluçava.

Eu não fazia ideia do que fazer. Fiquei ali, parada como uma estátua, enquanto Tina chorava na curva do pescoço da mulher.

— Por que você não vai lá para cima e se recompõe antes que suas convidadas cheguem? — sugeriu a mulher para Tina. — Posso organizar tudo para você.

— Está bem — concordou Tina em uma voz trêmula. — Ah — ela gesticulou para mim como se eu fosse um detalhe da casa sobre o qual o novo dono precisava saber —, a propósito, esta é Ruth. Ela veio mais cedo.

Fiquei sem palavras por um momento.

— Desculpe — acabei dizendo.

Tina deu de ombros tristemente enquanto ia para a escadaria na cozinha. A casa tinha duas escadarias.

A mulher pegou a bandeja.

— Sou Janelle. Pegue esses pratos. A sala fica à esquerda no final do corredor.

A sala estava com luzes baixas e aquecida, um fogo minguando na lareira. Janelle pegou o atiçador e cutucou uma das madeiras, que sibilou para ela, como uma serpente, e ela se afastou. Parei ao lado do armário cheio de fotos de Tina ao longo dos anos. Me perguntei se foi assim que ela se sentiu ao descobrir a foto do casamento do meu irmão na minha sala de jantar. *Conte-me o que ainda não sei de você.*

Não havia como dizer de forma gentil — Tina parecia errada quando criança. Parada entre seus pais, ela era uma garota franzina de vestido fazendo careta, loira com sobrancelhas bem pretas, suas extremidades bem mais evidentes na época do que agora.

No dia do casamento, Tina estava linda e séria ao lado de seu noivo feliz. Algumas mulheres poderiam dizer que, na idade dele, ele ainda era um homem bonito, mas essas mulheres seriam bem mais velhas que nós. Tudo em que eu conseguia pensar, olhando para os dois juntos no dia do casamento, era nos dois juntos na noite de núpcias. Meu estômago fez um som enjoado em protesto.

E lá estava Tina na colação de grau da faculdade, segurando seu chapéu na cabeça e rindo contra a brisa que ameaçava levá-lo embora. Era a única foto sem homens e a única em que Tina sorria. Não que eu esteja dizendo que as duas coisas têm relação.

Observei mais de perto as outras mulheres na foto e arfei, percebendo que uma delas era Frances. Eu não reconheci a outra mulher ao lado de Tina; ela devia ter quase um metro e oitenta de altura, com o cabelo grisalho na altura da cintura.

— Quem é a outra mulher na foto? — perguntei a Janelle.

Janelle inclinou a cabeça para ver do outro lado da forte luz do fogo.

— Ah, é a Irene.

Irene. Tina havia mencionado uma Irene aquele dia no carro. Quando perguntei quem era, vi que Tina estava escondendo algo de mim.

Janelle apoiou o atiçador na parede, dizendo:

— Você diz para a Tina que eu já fui? Sei que daqui a pouco as pessoas vão chegar, e não quero ficar presa aqui.

— Você acha que eu deveria ir ver como ela está? — perguntei, percebendo o quanto eu queria que ela me desse sua bênção para que eu subisse.

— Frances chegará em breve — disse Janelle, prendendo seu cabelo brilhante no colarinho da capa de chuva. — Prazer em conhecê-la. Boa sorte.

Me perguntei se ela estava falando de Tina ou do grupo de luto.

Tina ainda não havia descido quando as outras mulheres começaram a chegar. Todas pareceram animadas ao me ver atender a porta. Comigo, elas podiam arregalar os olhos como se perguntassem: *Dá para acreditar?* As famílias delas também haviam falado sobre a casa à mesa do jantar. Quando Frances entrou — como se não fosse uma propriedade de Hollywood, como se já tivesse ido até lá antes —, disse a ela que Tina estava lá em cima e que parecia chateada. Não sei o que tomou conta de mim, mas, quando Frances foi em direção à escadaria, passei correndo por ela, dizendo:

— Eu não me importo de ir!

No topo da escadaria, o corredor ia para a esquerda e para a direita. Mas só havia uma porta nitidamente fechada.

— Tina? — Bati levemente. — Todas chegaram.

— Você pode entrar — ouvi ela murmurar do outro lado. Ou talvez fosse *Você não pode entrar*? Eu já estava abrindo a porta.

Tina estava encolhida em um daqueles sofás vintages sob um trio de janelas salientes. O quarto era grande; grande demais. Tinha formato de trevo, a cama de dossel no centro era cercada por recantos para escritório, vestiário e áreas de estar. Só naquele quarto havia mais móveis do que no primeiro andar da minha casa. Não me importo de ter pena dos ricos. Há muitas coisas tristes neste mundo, e conseguir tudo o que deseja apenas para perceber que ainda está vazio por dentro decerto é uma delas.

— Ah — disse Tina, um pouco amuada, quando me viu. — Pensei que fosse Frances.

Dei um passo para trás.

— Posso chamá-la.

Tina ponderou por um momento.

— Não. Não chame. Ela sempre fica do lado de Janelle mesmo. Pode fechar a porta? Não quero que escutem a gente.

Fechei a porta, explodindo de senso de importância. Tina havia me escolhido como confidente. Ela se mexeu, abrindo espaço para mim no sofá. As janelas davam para os fundos da propriedade, onde Tina e seu falecido marido pareciam estar construindo uma piscina antes que ele morresse.

— Não sei o que vou fazer — disse Tina, chorosa.

— Com relação a quê? O que aconteceu, Tina?

Tina cutucou um fio solto de seu suéter. Ela não parecia querer responder.

— Tenho que ir a uma conferência em Aspen neste final de semana. Devo fazer uma sessão de terapia de mentira. É tudo parte da minha experiência de trabalho. Janelle ia comigo para me ajudar a praticar e me apoiar. — Tina cobriu o rosto e exclamou: — Ela me prometeu.

Fiquei feliz por Tina estar cobrindo o rosto, assim não veria a perplexidade no meu. Ela estava chateada daquele jeito por causa disso?

— Você não pode ir sem ela?

— Tenho que falar na frente de um monte de gente que vai me julgar, e estou morrendo de medo. E... e tem tanta coisa nessa viagem que será difícil para mim. — Tina usou a manga do suéter para secar as lágrimas. — É uma longa história. Mas ela sabe. E está me abandonando mesmo assim.

Eu ainda estava confusa.

— Por que ela não vai mais?

— Porque ela é casada.

— O marido dela não deixou ela ir?

Com uma risada amarga, Tina olhou para o buraco irregular em seu quintal.

— Ele nem sabe sobre mim. — Ela trouxe os joelhos para perto do peito e se transformou em uma bolinha apertada. — Nós estamos apaixonadas, Ruth.

Ela me olhou pela extremidade dos joelhos, acanhadamente, esperando para ver como eu reagiria.

Fiquei atordoada. Eu estava eufórica. Eu estava devastada e com raiva. Meu rosto a convenceu, então eu sabia que ela não fazia ideia do que eu estava pensando. *Mas você não é doente*, era o que eu estava pensando. *Você é jovem e bonita, rica e educada, amada e respeitada pela Frances, que é terapeuta há vinte e cinco anos. É possível você ser* isso *e não ser doente?*

— Vou com você — declarei, ousada. Imaginei contar para a minha mãe que eu ia para fora do estado com a mulher que morava na mansão espanhola: era o troco por ter me criticado antes. Ela estaria irradiando perguntas curiosas, mas teria orgulho demais para fazê-las. Era a vingança perfeita.

— Precisamos ir de avião — disse Tina cuidadosamente. — É longe.

— Eu sei. — Revirei os olhos como se já tivesse ido à Aspen mil vezes.

— Ter companhia seria bom — disse Tina para si, enquanto pensava seriamente na minha proposta. — Você não se importaria mesmo?

Sorri.

— Estou precisando de uma aventura.

PAMELA

Aspen, 1978
Dia 12

Pedi a Carl para ir conosco ao Colorado, dizendo a mim mesma que tinha tudo a ver com buscar justiça para Denise e nada a ver com a forma com que ele me olhara do canto da cama dela. Como se o que eu tinha a dizer não fosse apenas interessante, mas importante.

Faltava quatro anos para o lançamento do filme com Meryl Streep, *A escolha de Sofia*, antes que o título se enraizasse na consciência pública, mas, quando a polícia me perguntou se eu queria prestar queixa contra Roger, essa foi exatamente a minha situação problemática. Um promotor poderia argumentar facilmente que a presença de uma arma — o canivete suíço — preenchia o critério de agravante de sequestro, uma acusação que poderia render uma pena perpétua.

Embora fosse ser um favor para as mulheres de Tallahassee se ele ficasse preso pelo resto da vida, uma acusação apenas reforçaria a teoria da polícia de que ele era o cara que estavam procurando. E o que aconteceria quando a imprensa soubesse disso? Quando o público ficasse sabendo? Um homem de vinte e oito anos, que passara um ano em uma instituição psiquiátrica, tinha falsificado documentos para se fazer de calouro de faculdade e namorara a garota que fora assassinada primeiro. Roger parecia tão bom para o papel que às vezes eu queria acreditar. Tive que me lembrar: *Mas você o viu. E, sim, por um segundo você pensou que era ele. Então talvez fosse.* Não. Pare com isso. *Você o viu e não era ele.* Essa era a corrida de obstáculos que minha mente exibia toda vez que minha cabeça pousava no travesseiro. Sono, a linha de chegada inalcançável.

Pedi ao xerife Cruso para me deixar pensar durante o final de semana. Quando liguei para Carl, era minha tentativa de ter as duas coisas — Roger indiciado pelo crime e a imprensa do meu lado.

— Tenho uma história para você — disse a ele.

Carl ouviu enquanto eu contava. Incompetência policial, em nível criminal, que levara a duas mortes e três espancamentos na Flórida.

— Ele escapou *duas vezes* debaixo do nariz do Colorado — enfatizei. — Sabemos como aconteceu em Aspen, mas como colocam ele em uma suposta prisão de segurança máxima e deixam acontecer outra vez? É um erro, e poderia ser você o responsável por expor esse furo.

Carl pôs a mão na boca do fone e falou com alguém nos fundos, pedindo uma caneta para poder anotar as informações do meu voo. Me peguei me esforçando para entender se a voz que respondera *Pronto* era feminina. *Você é noiva*, me lembrei. *Praticamente.*

— Isto é que é estar na moda — disse Carl enquanto apertávamos os cintos para a decolagem.

Olhei para o que eu estava vestindo. Eu fora direto do meu estágio no Capitólio, usando uniforme — saia de lã azul-escura, meias-calças, camisa de botão branca engomada, mocassins trocados por tênis brancos. Eu sabia que teria que correr de volta para A Casa para pegar minhas malas e chegar a tempo para o voo. Apenas alguns anos depois, essas vestimentas se tornariam populares entre mulheres profissionais que se deslocavam até o trabalho, imortalizadas no filme *Uma secretária de futuro*, mas naquela tarde de janeiro de 1978, suponho que eu estava simplesmente estranha.

— Eu tenho estágio nas manhãs de quarta e sexta — expliquei.

— Não faz nem duas semanas. Já voltou?

Eu o olhei de esguelha.

— Nunca tirei folga.

Carl pestanejou.

— Nem na semana que aconteceu?

— Foi numa noite de sábado — falei.

Carl me encarava, o olhar pairando, como se esperasse que eu desmentisse. Decerto eu devia estar brincando.

— Então na quarta… — Deixei as palavras morrerem, supondo que estava sendo clara. Então, na quarta, as coisas haviam acalmado o suficiente para que eu voltasse ao trabalho.

Carl apoiou a cabeça nas costas do assento do avião, fechando os olhos.

— Você é muito incrível, Pamela. Vocês todas são. — A voz dele soava sincera, mas imensuravelmente triste.

Tina estava sentada na fileira diante de nós, com a cabeça baixa na direção de um mapa marcado do Colorado, mas com isso ela ergueu o olhar, inclinando a cabeça curiosamente para mim. Carl soava como se fosse chorar.

— Ah — falei, trêmula. — Acho que sim. Quero dizer, estávamos apenas fazendo o que qualquer um faria na nossa situação.

— Não — disse Carl, forçadamente —, não qualquer um. — Ele suspirou com força, as narinas inchando como se estivesse se lembrando de algo desagradável, e abriu os olhos. — Eu servi ao exército. E, quando voltei, não fiquei bem por muito tempo.

O avião estava ganhando velocidade, sacolejando e deslizando. Eu sempre odiava essa parte. Nunca parecia que estávamos nos movendo rápido o bastante, por tempo o bastante, para realmente sermos erguidos ao ar. Atingimos um bolsão de algo enquanto o avião embicava no céu, e a mão de Carl voou para o meu ombro.

— Desculpe — disse ele, dando às costas da minha mão uma batidinha de desculpas.

Do outro lado do corredor, Tina observava o mapa outra vez, mas também mordiscava o lábio inferior como se estivesse tentando não sorrir.

A caminho de Glenwood Springs, o local da segunda fuga do Réu, passamos pelo tribunal do condado de Pitkin, o local da primeira. Queríamos ver com nossos próprios olhos a janela da qual ele pulara durante um recesso na pré-audiência pelo assassinato de Caryn Campbell. Ao longo dos anos, eu li vários relatos que alegam que ele fugiu com ousadia do terceiro andar. Mas eu fui até lá, e era o segundo andar. As pessoas sempre querem fazê-lo parecer mais do que era.

— São dois metros e setenta? Três metros? — estimou Carl, anotando.

— Eu também teria pulado se tivesse a chance, porra — disse Tina.

— No que eles estavam *pensando* para deixá-lo sozinho ali?

Em apenas alguns meses eu estaria na faculdade de direito, onde seria avisada a não explorar meu conhecimento para tornar forte um argumento fraco, ensinada de que essa era uma técnica que apenas os sofistas usam. Desse curso introdutório ao processo civil em diante, nutri um desprezo lento contra todos os membros da polícia e do judiciário que sugeriram que a decisão do Réu de se representar era parte de seu grande plano. Que ele havia elaborado seu argumento para o juiz — liberdade na biblioteca jurídica como um direito constitucional — antes de apresentar a moção para se defender sozinho. Que ele estava sempre dez passos à frente.

Há evidências substanciais que apontam que não havia plano nenhum, apontam para nada além de *ego* como a força predominante guiando-o. Se representar sempre se tratou de aparentar educação, pensamento estratégico calibrado. A oportunidade de escapar surgiu como subproduto das ações geradas por uma obsessão por status de um homem que falhara na única faculdade de direito de quinta categoria que o aceitaria, e então, em vez de se esforçar mais, trapaceou e mentiu até voltar para a sala de aula, pegando o lugar de alguém que realmente merecia.

E mesmo assim o mito de sua genialidade persiste, embora algumas pesquisas no Google sejam tudo o que é necessário para corroborar a verdade.

Quando minha filha era jovem, me vi dizendo a ela o que minha mãe me dizia — que ela precisava esperar pelo menos uma hora para nadar depois de comer. *Por quê?*, ela discutia, os pulsos pequenos apoiados no pequeno quadril, sorvete de chocolate manchando sua boca carrancuda. *Porque você vai ter cãibra e se afogar.* Recentemente, minha filha me encaminhou um artigo desmascarando algumas das histórias mais antigas que as mães contam. Esperar para nadar depois de comer era a primeira da lista. O Conselho de Consultoria da Cruz Vermelha havia dito que não havia nem sequer um caso conhecido em que a alimentação tivesse contribuído para o afogamento. Rimos disso; era uma daquelas regras que havia nos levado a uma das nossas brigas mais lendárias.

Às vezes, acho que o Réu é só mais uma lenda. Aqueles que aplicavam a lei apoiaram as autoalegações dele de brilhantismo para encobrir a incompetência deles próprios — em entrevistas que davam na mídia, em depoimentos diante do juiz — e tudo se consolidou ali, se transformando em uma verdade geracional que passou de mãe para filha. Considere este meu próprio aviso: o homem não era nenhum gênio diabólico. Ele era um incelzinho comum que eu vi cutucar o nariz no tribunal. Mais de uma vez.

Glenwood Springs era uma dessas cidades que você perderia se piscasse, população 4.993 — *4.994, parabéns à família O'Toole*, dizia uma alteração manuscrita afixada na placa de boas-vindas na saída. Paramos para almoçar num lugar chamado The Stew Pot. Havia esquis apoiados no exterior de madeira da cabana, tapetes coletores de água na porta da frente e universitários com agasalhos remendados com fita multiuso.

A garçonete se aproximou com a energia de alguém que passava todos os seus dias de folga ao ar livre, o rosto sardento e bronzeado pelo sol de inverno.

— O que vocês gostariam de pedir hoje?

Pedi um sanduíche de frango. Carl, o chili.

— Qual você prefere — perguntou Tina à garçonete —, o prime rib ou o filé?

— Depende do que você está a fim — respondeu ela. — O filé é o meu favorito, mas é menor. O prime rib é mais marmorizado, e é... — ela demonstrou com as mãos um pedaço grande e pesado de *carne* — ... então depende da sua fome.

— Vou querer o filé — disse Tina — e o prime rib para levar. Com cenouras e purê de batatas. Onde fica o banheiro?

A garçonete apontou, e Tina amassou o guardanapo de papel no colo e o deixou em um montinho sobre a mesa.

— O tempo está bom neste final de semana — disse a garçonete para nós enquanto pegava os cardápios —, vieram na hora certa. Março é o nosso mês mais cheio, mas eu tenho mais demandas em janeiro.

— Na verdade — disse Carl —, sou do *Democrata de Tallahassee*. Você se importa se eu perguntar seu nome?

— O *Democrata de Tallahassee*? — Instantaneamente, a expressão da garçonete ficou cautelosa. — É a respeito da eleição?

Carl me lançou um olhar cuidadoso.

— É o nome de um jornal na Flórida.

A garçonete nos olhou com um longo suspiro. "Hã" foi tudo o que ela disse.

— Não sabemos nada sobre uma eleição — prometi a ela.

— Bem, deveriam — disse ela de uma vez — se estão aqui para fazer uma história sobre a coisa toda.

— Você estaria disposta a falar comigo? — perguntou Carl. — Ou anonimamente, se preferir.

— Fique à vontade para usar meu nome — disse ela, colocando os cardápios altos no quadril e tocando no crachá na blusa. *Lisa*. — Tenho nojo do que está acontecendo aqui, e não me importo com quem saiba disso. — Lisa assentiu para um grupo de clientes, acima das nossas cabeças, que sinalizavam para que ela levasse a conta. — Voltem amanhã neste mesmo horário. Fico livre depois do café da manhã.

Nosso voo de volta era naquela noite.

— Estarei aqui — disse Carl, antes que eu pudesse explicar que a essa altura teríamos partido.

Lisa assentiu e se afastou às pressas.

— Não posso ficar — eu disse depois que ela saiu. — Preciso voltar esta noite.

— Mas é final de semana — retrucou Carl, abrindo um pãozinho e passando manteiga fria dentro. — Que diferença faz?

— Vamos voltar para A Casa no domingo, e preciso de amanhã para organizar tudo.

— Isso é mesmo uma boa ideia? — Carl enfiou seus grandes dentes na casca dura do pãozinho, fazendo migalhas voarem por toda a parte.

Estendi a mão para pegar o guardanapo de Tina, varrendo flocos dourados para a palma da mão aberta.

— Não consigo pensar em um lugar mais seguro para ficarmos. Todos os olhos estão n'A Casa agora. Seria burrice dele voltar.

Esse foi o argumento que apresentei ao restante das garotas, aquele em que, de forma tola, acreditei de todo o coração.

O departamento do xerife em Glenwood Springs continha nove celas, e uma delas havia sido transformada em uma sala de visitantes. Havia um velho sofá desgastado de dois lugares e uma mesinha de bistrô, que não apenas parecia algo que alguém havia doado depois de decidir trocar a mobília, mas, Tina observou, tinha pernas de metal decoradas que nem sequer estavam aparafusadas ao chão. Nós três nos sentamos à mesa e esperamos uma hora além do nosso horário marcado. Aparentemente, Gerald tinha sido enviado para fazer algum trabalho em um dos parques nacionais, e precisava concluí-lo antes do pôr do sol. Finalmente, um homem usando uma parca de prisão e uma touca apareceu, com um guarda de rosto sério logo atrás. O prisioneiro deu um sorrisinho para seu captor, que destrancou a porta para a cela dos visitantes e gesticulou para que ele fosse em frente.

— Sempre cavalheiro, Sammy — disse o prisioneiro, e teve que erguer ambas as mãos para fingir que tocava a aba do chapéu, porque estavam algemadas. Aquele era Gerald Stevens. — Estou morrendo de fome — disse ele, dando batidinhas na barriga para demonstrar, e Tina abriu a tampa da comida que trouxera do restaurante.

— *Estava* quente — disse ela.

Gerald não pareceu se importar. Ele foi até o sofá e partiu o prime rib frio com as próprias mãos; pelo menos não haviam dado uma faca para ele.

— E o resto? — perguntou Gerald, lambendo a gordura do dedo.

Tina se levantou, enganchando o dedo pela alça de uma pequena sacola de compras e indo balançá-la diante de Gerald: um maço de Marlboro Reds, um fardo de seis latinhas de Coca-Cola e uma lata de biscoitos de chocolate. Isso fora o que ele pedira em troca de responder quaisquer perguntas que tivéssemos sobre seus 107 dias como colega de cela do Réu.

Gerald puxou o lacre de uma latinha de refrigerante, engolindo a coisa toda em quatro grandes goles. Eu poderia muito bem estar na fraternidade de Brian em uma quinta à noite. Ele passou a mão pelo lábio superior e ficou esperando, de olhos marejados, para arrotar. Ele era um homem comum, com uma fisionomia irritada. Cabelo castanho-claro, olhos castanho-escuros, altura normal, peso normal. Na manhã do Natal de 1976, ele entrara em uma casa nas montanhas de Aspen, bêbado, e mantivera uma família refém na mira de uma arma, fugindo com as joias da mulher e com a perua da família. Ele nunca matara ninguém, que se lembrasse.

— Eu trouxe tudo o que você pediu — Tina o relembrou. *Temos um trato.*

Gerald limpou os cantos dos lábios com um guardanapo de papel, sem nenhuma pressa de cumprir sua parte da barganha.

Conferi meu relógio, ansiosa. Nesse ritmo, de forma alguma conseguiríamos pegar o voo noturno de volta a Tallahassee.

— Esperamos que talvez você consiga nos dar uma luz sobre as coisas em que o Réu estava pensando pouco antes de escapar — incentivou Carl.

— O que ele fez agora? — Gerald mordeu o invólucro do cigarro e cuspiu um pedacinho de plástico pelo canto da boca, como se mastigasse tabaco.

— Ainda não temos certeza se ele fez alguma coisa — disse Carl.

— O que você suspeita que ele está fazendo, então? — Gerald gesticulou para que alguém acendesse seu cigarro. Tina pegou a bolsa, obedecendo.

— Alguma vez ele falou sobre aonde poderia ir se tivesse a chance de escapar de novo? — Tina girou a roldana do isqueiro com o dedão e ofereceu a chama para Gerald, que se inclinou para tocá-la com o cigarro. Fiquei impressionada por Tina não ter mencionado a Flórida, o que poderia facilmente levar Gerald a dar a resposta que ela queria. Que, embora ela tivesse uma teoria, conseguia se controlar.

— Não sou x-9. — As narinas de Gerald pulsaram com a fumaça. Ele pensou nessa declaração enquanto o ar entre o sofá e a mesa de bistrô se dispersava em várias direções. — Não sou contra isso porque tenho princípios. Só não é minha especialidade, sabe? — Ele lançou um sorriso gengival para o guarda, que encarava a parede, sem expressão.

Tina me cutucou com o cotovelo e me encarou. *Agora. Agora é a hora.* Peguei minha bolsa.

— Estas são minhas amigas — falei, pegando a foto de Denise e Robbie.

Eu havia enchido um envelope inteiro com opções, e Tina as escolheu no voo. Era uma do dia de campo, as garotas em posição de baseball usando shorts e bonés vermelhos, posando com tacos e cara de duronas. Fiquei preocupada por mostrar pernas demais, mas Tina pedira que eu levasse fotos que não iam aparecer no jornal. O estilo monótono e desalmado do anuário, que fazia com que as garotas parecessem que era seu destino inato ter as mortes prematuras relatadas no jornal, não tocava o coração de ninguém.

— Denise está com o rosto pintado — eu disse enquanto Carl levava as fotos para o sofá onde Gerald se sentava. — E Robbie está usando protetores de joelho. Elas foram assassinadas há duas semanas e nós só... — inspirei, trêmula — ... só queremos que ninguém mais se machuque.

O olhar de Gerald passou por Robbie e Denise, vazio. Ele puxou o lacre da segunda latinha de refrigerante e disse:

— Vocês estão perguntando para o cara errado.

— Então para quem perguntamos? — disse Carl.

— O cara certo. — O sorriso de Gerald não tinha dentes.

Uma batida metálica soou então, como se a pesada porta de aço tivesse sido aberta com força demais e colidido contra as barras da cela atrás dela. Alguém murmurou, *"Droga"*, e eu ouvi aquele tradicional salto de madeira batendo no chão de cimento, um homem assobiando uma canção tranquila. O guarda reagiu como se o alarme de incêndio tivesse disparado. Ele se aproximou de Gerald e deslizou a mão por baixo de sua axila, levantando-o e dizendo-lhe que seu tempo havia acabado.

— Mas não faz nem dez minutos que estamos aqui! — exclamou Tina.

— O horário de visita é das nove às quatro — disse uma nova voz, e nos viramos para ver um homem com cara de avô vestido dos pés à cabeça em uniforme militar e, sim, botas de caubói, daquelas de caminhar com a leve inclinação, encaixando a chave na porta da cela dos visitantes. — Vocês podem voltar amanhã.

— Espero mesmo que voltem, xerife — concordou Gerald. — Me traga o filé da próxima vez — disse ele para Tina, chupando os lábios lascivamente enquanto o guarda o conduzia para fora.

— Vamos embora esta noite, senhor — falei para o xerife de Glenwood Springs. Eu odiava ter que chamar alguém de *senhor* ou *senhora*. Eu não fora criada assim e, não importava o quanto eu tentasse, sempre soava como se estivesse zombando da pessoa para quem devia mostrar respeito.

— Deviam ter vindo mais cedo, então — disse ele, antipático, e gesticulou para que o seguíssemos, balançando os dedos grossos como se fizesse cócegas na parte inferior de algo. Senti um nojo extremo.

— Chegamos mais cedo. — Não consegui me conter enquanto me levantava e o seguia até a área de recepção da prisão. — A tempo. Vocês que se atrasaram, senhor.

— Nossas mais sinceras desculpas, senhora — disse o xerife, o mais insincero que já vi uma pessoa soar —, mas a van de transporte da prisão teve que ir para o mecânico para um ajustezinho, e os caras demoraram a começar no parque.

— Que conveniente — apontou Tina.

— Precisa que eu dê uma olhada nela, senhor? — Carl se ofereceu prestimoso. Quando o xerife o olhou, ele acrescentou: — Fui mecânico de aeronaves no exército.

O xerife abriu a porta com a lateral do antebraço.

— Obrigado por seus serviços, mas vamos ao mecânico de carros quando há um problema com um dos nossos veículos. Vocês tenham uma boa noite. — Não foi suficiente permitir que a porta se fechasse atrás dele; o xerife a fechou com as duas mãos na maçaneta e, em seguida, baixou a cortina de segurança, para garantir.

Lá fora, o sol havia mergulhado detrás das montanhas nevadas, mas o céu permanecia de um azul suave e manchado. Tina ergueu o olhar, e então o direcionou para o pedaço de ouro em seu pulso. Era um Rolex com uma correia jubilee e um mostrador de jade de mosaico, o mesmo que meu pai usava.

— São três e cinquenta e um — disse Tina.

Nós três ficamos ali, formando um pequeno círculo e nos observando com um olhar pesado de entendimento. Tínhamos ainda nove minutos com Gerald, tempo suficiente para que ele nos contasse fosse lá o que não queriam que ele contasse. Havíamos tropeçado em algo ali no Colorado, e possivelmente esse algo era a verdade.

RUTH

Aspen
Inverno de 1974

Vi as cortinas da cozinha tremularem furtivamente enquanto Tina saía de ré da garagem. Minha mãe estivera abrindo e fechando as gavetas com suspiros profundos e tristes quando eu disse a ela que partiria, como se encontrar o que ela precisava fosse impossível, agora que eu organizara a cozinha para ela. Era a melhor despedida que eu ia receber. Minha mãe de cinquenta e dois anos se transformava em uma adolescente emburrada quando não conseguia o que queria, dando ao seu opressor respostas secas e monossilábicas quando um dar de ombros ou um assentir não serviam. Geralmente, quando ela me dava um gelo assim, eu espiralava em um estado de terror incomparável. Eu era capaz de me convencer de que não apenas todo mundo me odiava, mas que eu tinha câncer e ia morrer. Mas, no dia que Tina e eu partimos para Aspen, eu estava apaixonada demais para me importar. No espelho do banheiro, inclinei meu queixo para cima e para baixo, virei minha cabeça para a esquerda e para a direita. O único calombo no meu rosto era meu nariz, e eu sempre gostara dele.

Aspen. Parecia tão sofisticado dizer: *Estou indo para Ah-spen no final de semana.* Tina não estava usando uma roupa, mas um conjunto — touca de tricô com um fofo pompom em cima, um casaco branco de pelinhos, botas de neve de suede e pele que faziam as pernas dela parecerem ter um quilômetro. Eu não conseguiria ficar olhando para ela por muito tempo se eu mesma não estivesse me sentindo tão bonita. As pessoas, enfim, poderiam ver meus olhos brilhantes, minha pele pálida e meu cabelo preto como piche. Mais cedo naquela semana, uma garotinha no supermercado havia puxado a manga da mãe e perguntado o que a Branca de Neve estava fazendo no corredor do cereal.

— Você já foi a Aspen? — perguntou Tina quando estávamos no aeroporto, esperando o embarque.

— Só passei uma vez de carro quando era criança — respondi.

— É incrível. Tem um lugar na montanha. É todo de vidro, e parece que você está tomando champanhe do lado de fora. — Tina sorriu, ansiosa. — Sempre quis voltar e me divertir de verdade.

— Você não se divertiu antes?

O sorriso de Tina sumiu.

— Ah. Eu vim com Ed. Passamos a maior parte do tempo no quarto.

Dei uma risadinha.

— Uh lá lá.

Séria, Tina disse:

— Porque ele tinha oitenta e três anos e não estava se sentindo bem.

O hotel era mais requintado do que o lugar aonde CJ me levara na nossa lua de mel. No saguão, fogo dançava na lareira, maçãs verdes brilhavam em tigelas, e funcionários de uniforme circulavam, se recusando a deixar você tocar suas malas ou pressionar o botão do elevador. Tina deu gorjeta para todos, mesmo para aquele que não fez nada além de segurar a porta para nós. Sozinhas no quarto de hotel, que era menor do que nós duas pensamos, perguntei, embaraçada, quanto eu devia a ela pelo final de semana. Eu não tinha muito dinheiro para esbanjar, mas tinha uma pequena reserva que economizei quando trabalhei como caixa em uma farmácia durante os últimos meses do meu casamento moribundo, o suficiente para pagar o jantar uma noite.

— A conferência está pagando pelo hotel — disse Tina. — Deixe que eu pague o resto. É o mínimo que posso fazer. Eu ficaria infeliz se estivesse aqui sozinha. Está me ajudando para valer, Ruth. Você não faz ideia.

Eu poderia ter pensado que ela estava exagerando um pouco, fazendo aquela coisa que as pessoas ricas fazem quando agem como se *te* devessem *uma*, para que você não se sentisse um caso lamentável de caridade. Mas Tina estava torcendo as mãos, de repente parecendo muito jovem e insegura.

— Vamos descer para jantar — disse ela antes que eu pudesse rejeitar a oferta. — Eu bem que poderia fazer bom uso de umas dez bebidas.

Pedimos filé e dividimos uma garrafa de vinho tinto e uma fatia de cheesecake como sobremesa. Comi minha metade, mas Tina apenas raspou a superfície de creme com os dentes do garfo, enquanto degustava uma dose de uísque. Até a sobremesa, ela estivera de bom humor. Falou alto e foi brincalhona com a garçonete, fazendo piadas sobre os bíceps que a garota devia ter desenvolvido enquanto carregava as enormes bandejas de prata do outro lado do hotel, onde, estupidamente, ficava a cozinha.

— Vamos subir e ter uma boa noite de sono — falei para Tina depois que ela assinou o cheque. Quando a garçonete pegou a carteira e viu a gorjeta, ergueu as sobrancelhas.

No quarto, Tina experimentou roupas diferentes para me mostrar. Ela trouxera cinco opções, todas novas, com as etiquetas penduradas. Eu queria estar incomodada — ela devia saber que ficava espetacular em tudo, precisava mesmo que eu dissesse? —, mas, objetivamente, a mulher estava em frangalhos.

— Acha que podemos praticar? — ela me perguntou depois que escolhemos um suéter de lã preta com caimento justo e uma saia-lápis de tweed com um cinto grosso que fazia a cintura dela parecer menor do que já era. — Estou agitada demais para ir me deitar.

— O que você precisa que eu faça?

Tina foi até a mesa e trouxe uma cadeira para que ficasse virada para os pés da cama.

— Sente-se aqui — pediu ela.

Ela se empoleirou na extremidade da cama e cruzou as pernas, segurando o joelho com ambas as mãos. Estava descalça, usando a saia de tweed e uma camisa de seda rendada. Ela trouxera o terceiro andar da Frederick & Nelson, mas nenhum sutiã.

— Então, eu sou a terapeuta e você a paciente — explicou ela. — E estamos apenas fingindo. Quero dizer, você pode dizer coisas de verdade se quiser, mas também pode inventar.

— Entendi.

— Mas também siga o que eu digo.

Assenti, tentando manter a fisionomia séria. Tina estava corando, e era muito bonitinho de se ver.

— É bobo, mas tenho que me apresentar.

Eu ri.

— Vai logo!

Tina, enfim, pareceu se ouvir, e deu uma risadinha também. Ela fechou os olhos, inspirou fundo e deixou os ombros caírem com seu longo suspiro. Abriu os olhos, revelando uma mulher serena e capaz.

— Olá, Ruth. Sou a dra. Cannon. Prazer em conhecê-la.

Doutora Cannon. Que incrível para ela. Dei um sorrisão.

— Prazer em conhecê-la também, dra. Cannon.

— Entendo que você foi encaminhada ao meu consultório por seu médico porque está se sentindo deprimida.

— Estive me sentindo um pouco mal, sim.

Tina assentiu com aprovação, como se dissesse, *Bom trabalho entrando na onda*.

— E há quanto tempo você está se sentindo assim?

— Ah. — Passei a mão no rosto, pensando. — Você quer dizer desta vez ou da anterior?

— Então você teve essa tristeza antes?

— Acho que dá para chamar assim.

— Vamos falar da primeira vez.

O quarto pareceu escurecer enquanto eu pensava sobre a primeira vez.

— Eu estava no ensino médio.

— Algo aconteceu para que começasse?

Vi o rosto da minha cunhada — o rosto real dela, a fisionomia abatida e impotente —, e então vi o do meu pai, seu horror magoado.

— Me envolvi em problemas.

— Que tipo de problemas?

Tina havia posicionado a cadeira perto demais da cama. Me afastei antes que nossos joelhos roçassem.

— Eu estava na escola. Meu pai dava aulas lá, e ele tentou me defender, mas, bem… no fim das contas, foi melhor para todos eu ir embora.

— Deve ter sido devastador para você.

— Acho que sim — falei, sem concordar. Não me importei com a palavra *devastador*. Implicava um tipo de destruição de guerra, daquelas que deixam ruínas espalhadas pelo chão, e eu era feita de algo mais forte que isso. — Eu tive um problema, e era melhor para mim estar em outro lugar onde eu pudesse ter ajuda.

Tina nem pestanejou.

— Então você recebeu ajuda profissional depois da primeira tristeza?

Percebi que estava sentada nas mãos e que elas estavam ficando dormentes. *Agora eu devia inventar algo*, pensei, mas minha mente ficou em branco, exceto pela verdade sobre os nove meses que passei na Eastern State. Me sentei, tolerando as agulhadas nas pontas dos dedos e sem dizer nada por um longo tempo.

— Tudo bem parar aqui por enquanto — disse Tina. — Às vezes, a única forma de falar de um evento difícil é nos dar permissão para parar quando for demais. Toda vez que você entra no assunto, a esperança é de que chegue um pouco mais longe.

Assenti, cabisbaixa, me sentindo exposta e um pouco ressentida. Tina esticou os braços acima da cabeça com um bocejo extravagante.

— Enfim, estou cansada. Obrigada, Ruth. Você me salvou outra vez.

No meio da noite, acordei com o choro de Tina. Ela estava em seu lado, com o rosto afastado de mim e tentando não fazer barulho, mas era impossível ignorar o som. Eu tinha ido para a cama arrependida por compartilhar tanto com Tina, mas o equilíbrio fora restaurado mais uma vez, nós duas desmascaradas em nossa infelicidade. Sentindo algo como parceria, adormeci outra vez.

Acordei novamente de um sonho nojento. Eu estava transando com o meu irmão, e sabia que era errado, mas não consegui deixar de me sentir excitada. Quando abri os olhos, estava encolhida contra as costas de Tina, meus joelhos apoiados na parte de trás dos dela, suas costas aninhadas na minha pélvis. Eu estivera dormindo com minhas mãos de cada lado do meu rosto, apertadas em punhos, minha testa pressionada entre as omoplatas de Tina, como se eu estivesse com frio ou me escondendo atrás dela.

De manhã, estávamos ambas sérias e meio travadas. Tomamos banho e nos aprontamos quase no silêncio. Tina usava uma roupa diferente daquela que escolhemos na noite anterior, um vestido azul que era lindo, mas grande no busto. Na cama, ela deixara o suéter de lã, a saia-lápis de tweed e o grosso cinto preto que fazia a cintura dela desaparecer.

— O preto não te apaga, como acontece com a maioria das loiras — disse Tina com uma piscadela, sugerindo que ela era, é claro, a exceção àquela regra. Fui encorajada a dar uma olhada em seu antigo eu arrogante, e, embora eu não quisesse mais nada além de me cobrir com aquele tweed pesado e inebriante, hesitei.

— Você está gastando dinheiro demais comigo — falei.

Tina prendeu um colar de pérolas ao redor do pescoço.

— Na minha opinião nós duas merecemos ser tratadas com valor e respeito. E as pessoas te tratam assim quando parece que você tem dinheiro. Use a porra da saia, Ruth.

As portas do elevador se abriram, e um homem mais velho e uma mulher mais jovem se afastaram em direção à parede espelhada para abrir espaço. Ele usava terno e gravata, e ela um par de calças volumosas de ski e um casaco térmico. O homem nos olhou e disse para a mulher, de forma inofensiva:

— Acho que estamos todos com um pouquinho de inveja.

A mulher se virou para ele, confusa.

— Como assim?

Ele indicou as roupas de exterior dela.

— Eu esperava conseguir correr uma ou duas vezes enquanto estou aqui. Mas o cronograma este ano. — Ele grunhiu. — Terei sorte se me deixarem usar o banheiro.

— Também vim para a conferência — disse a mulher em um tom irritadiço. — Com o Grupo de Antropologia Forense.

No painel espelhado frontal do elevador, ela e eu fizemos contato visual. Ela revirou os olhos e murmurou uma palavra. *Claro.* Claro que ele presumiria que ela não era um deles, ela queria dizer, embora me parecesse uma gafe sincera, já que ela estava vestida para esquiar.

As portas se abriram para um saguão cheio de homens com crachás. Segui Tina até o grande painel que dizia, *Bem-vindos, Profissionais de Saúde dos Estados Unidos!* Tina passou o dedo pelo cronograma do dia até que encontrou a lista e o local de sua sessão. Casualmente, percebi que os membros do Grupo de Antropologia Forense tinham sido instruídos a se encontrar na estação dos manobristas. O ônibus deles partiria exatamente às nove da manhã. Me pareceu curioso então — um grupo de antropologia forense.

Tinha algo a ver com horticultura? Mas o que isso teria a ver com uma conferência médica?

— Temos dez minutos — disse Tina, girando e batendo no visor de seu desajeitado relógio masculino, como se a bateria tivesse acabado.

— Quer café antes que a gente entre? — perguntei a ela.

Tina balançou as mãos, como um corredor relaxando os músculos antes da corrida.

— Não. Já estou agitada demais. Se você quiser ir pegar um pouco, eu espero você aqui.

O homem do elevador estava bloqueando a mesa.

— Com licença — falei.

Ele deu um passo exagerado e quase zombeteiro para o lado, mas então me olhou direito e senti uma mudança distinta em sua energia.

— Não sei como você toma, mas o leite acabou — disse ele. — Alguém está trazendo mais.

— Queimo minha língua sem leite — comentei.

Ele ergueu a caneca em solidariedade.

— Está aqui com o grupo de psiquiatria?

Eu conseguia sentir o peso da saia de tweed nas pernas, sua bandagem quente e volumosa.

— Estou com minha amiga. Ela está tirando sua licença.

— Eu pensei, qual é a probabilidade de todas as três mulheres no elevador estarem aqui para a conferência? — observou ele, e retirei o pensamento generoso de que ele cometera um erro sincero. — Foram espertos em incluir os psicólogos este ano. Mente sadia, corpo sadio, e isso vem de um cardiologista. — Rindo, ele tocou o coração. — Ah, aí vem o leite.

Ele pegou a jarra, o tecido de seu casaco me enviando um choquinho quando roçou na lã do meu suéter.

— Pedi por desnatado. Melhor para o corpo e para o coração.

———

Eu imaginara um auditório com palco, cortinas de veludo afastadas, sofá cenográfico no qual a paciente de mentirinha deitaria, cadeira cenográfica na qual Tina a psicanalisaria. Claro, a paciente de Tina seria mulher. Mulheres normalmente tinham mais problemas que homens, e eram os homens, no geral, que eram treinados para tratá-las. Era como as coisas eram na Eastern State, e era assim que as coisas eram naquela estreita sala de banquete pintada para se assemelhar a um chalé europeu, sem palco e sem mulheres além de nós duas, que cheirava a hálito matinal e loção pós-barba.

Na mesa de registro, o moderador se apresentou como dr. Harold Bradbar e deu a Tina um crachá para preencher, acompanhado de cópias dos prontuários médicos do paciente dela para estudar. Ele apontou para minha xícara de café e perguntou se eu queria mais, erguendo uma garrafa prateada chapada. Me perguntava quando a Folgers havia se tornado a patrocinadora oficial de velhos libidinosos, quando ele disse para Tina:

— Você pode ir ao saguão e pegar mais antes que a gente comece?

— Sinto muito mesmo — disse Tina com um sorriso vencedor —, mas preciso estudar isto.

Estendi a mão.

— Eu posso pegar — me ofereci.

Tina agarrou meu braço e me puxou para longe.

— Você também não pode, lembra? — Enquanto ela me arrastava para a fileira dos fundos, disse entredentes: — Frances me avisou que eles fariam isso.

— Fariam o quê?

— Pedir que a gente pegasse café. Fizesse a ata. Coisas de secretária. Você tem que recusar, ou eles nunca a verão como uma deles. Mas seja gentil, ou você será uma megera.

— Ah — falei, me sentindo burra.

— Está tudo bem — disse Tina enquanto nos sentávamos. — Eu teria ido ao saguão sem problemas se ninguém tivesse me avisado primeiro. Ajudar é um mau hábito que estou tentando parar.

— Ajudar as pessoas é um mau hábito?

— Alimentar os famintos é ajudar as pessoas — disse Tina. — Pegar o café delas é servidão. — Ela inclinou a cabeça para o prontuário. — Tenho mesmo que estudar isto agora.

———

Quando chegou a vez de Tina, um silêncio divertido recaiu sobre a sala, como se um urso polar tivesse saído da água no zoológico e estivéssemos esperando para ver o que faria. Estava tão silencioso que dava para ouvir a seda do tecido azul de Tina roçando entre as coxas dela enquanto ela ia até a parte frontal da sala; havia algo levemente vulgar sobre aquele som e de onde vinha, e Tina estava corada quando sentou-se.

Tina ajustou a saia para que cobrisse os joelhos enquanto o dr. Bradbar a apresentava para a paciente, uma mulher de quarenta e três anos que estivera recebendo terapia de eletrochoque para ataques de fúria. Dois homens diante de mim se entreolharam e, sem precisar trocar uma palavra, compartilharam uma risada baixa. Pigarreei audaciosamente, e um deles me lançou um olhar intimidante por sobre o ombro. Entrei em pânico e pigarreei novamente, murmurando *desculpe* enquanto apontava para a minha garganta para sinalizar que havia algo realmente preso ali e que eu não era uma megera.

Então o palco era de Tina, e, por um momento, eu quis sair correndo da sala. Estava assustadoramente silencioso, e havia uma alergia vermelha se espalhando pelo pescoço e pelo peito de Tina, vermelho-veneno contra o azul de seu vestido. De repente, ela se levantou da cadeira e a arrastou para mais perto da paciente. Elas haviam sido colocadas bem distantes percebi. Quando ela tornou a se sentar, a almofada da cadeira emitiu um bufo de ar juvenil que arrancou uma risada abafada do público.

— Fiquei sabendo que você está tendo dificuldades para controlar sua raiva — começou Tina em voz trêmula, e gesticulou para que a paciente elaborasse.

A raiva da paciente de Tina era direcionada ao marido e aos filhos. Ela estava estudando para tirar a licença de corretora, e nenhum deles se dava ao trabalho de ajudar nem um pouquinho na casa. Ela enlouquecia quando chegava em casa da aula e encontrava louças sujas na sala e roupas mofando na lavadora. As coisas chegaram ao extremo na noite em que ela quebrou um dos pratos sujos e ameaçou o filho adolescente com um caco de porcelana. O marido dela chamou a polícia, e a polícia os indicou a um psiquiatra local que a diagnosticou com ataques de fúria. A terapia de eletrochoque não estava ajudando.

Talvez eu estivesse imaginando, mas a alergia de Tina pareceu diminuir enquanto a paciente descrevia sua condição. Meus ombros relaxaram, e a vontade de fugir do que parecia a humilhação iminente de Tina desapareceu.

— Diga-me — disse Tina em uma voz de comando que ainda estremecia em certas palavras —, você sente raiva de outras pessoas além de seu marido e filhos?

— Ah, eu tenho raiva o tempo todo — disse a mulher, o que provocou várias risadas.

Tina olhou para a plateia e lançou a eles um sorriso pesaroso.

— Me dê um exemplo — disse ela.

A paciente pensou.

— No supermercado, por exemplo, quando alguém demora demais no balcão da *delicatessen*. Mostre mais educação. Dá pra ver todas as pessoas esperando. Você não podia ter escolhido o que queria antes que sua senha fosse chamada?

— E você grita com essas pessoas?

— Claro que não. Nunca.

— Por quê?

A resposta era tão óbvia que a paciente riu.

— Porque elas pensariam que sou louca.

— E você não quer que elas pensem que você é louca.

— Não.

Tina encarou o espaço entre elas, organizando os pensamentos. Alguém tossiu, impaciente. Eu corei em nome de Tina.

Tina focou a visão na paciente dela.

— Se você tivesse que pesar seus sentimentos de raiva em relação a essas pessoas no supermercado *versus* os que você tem em relação ao seu marido e filhos, você diria que a raiva que sente na fila da *delicatessen* é mais ou menos intensa do que a que sente em casa?

— Mais — disse a mulher sem hesitar.

— E por quê?

— Porque as pessoas no supermercado são estranhas. Não conheço nenhuma das boas qualidades delas. Não sinto nada por elas além de raiva.

— E mesmo assim — observou Tina — você consegue controlar sua raiva contra elas, embora a tenha sentido com mais intensidade no supermercado do que em casa.

Com isso, ousei olhar ao redor. Decerto os outros deviam estar tão impressionados quanto eu. Eu podia ver aonde isso ia, e a lógica de Tina era inegavelmente sólida. Mas ou as pessoas estavam ouvindo com sorrisinhos zombeteiros ou estavam distraídas.

Concentrada, a paciente franziu o lábio inferior.

— Sim. Claramente. Posso me controlar se quiser.

— Então, na verdade, é impreciso dizer que você não consegue controlar sua raiva.

— Suponho que sim, e preciso dizer que nunca parei para pensar nisso dessa forma. Mas não quero apenas controlar minha raiva. Quero me livrar dela.

— E se eu te dissesse que essa não seria a minha recomendação?

— Não entendo.

O olhar de Tina passou pela sala enquanto ela dava o diagnóstico — não para a paciente, mas para a plateia.

— Eu gostaria de propor que a raiva nas mulheres é tratada como desordem de personalidade, como um problema a ser resolvido, quando por vezes é totalmente apropriada, dadas as circunstâncias que a provocam.

Aquilo incitou um leve motim, todos na sala cruzando e recruzando as pernas, ajustando as pernas das calças e as costuras da virilha, tirando o desprezo do peito.

A paciente observou a plateia com certo desespero, como se buscasse por um médico de verdade para salvá-la.

— Você acha que quebrar um prato no rosto do meu filho é apropriado?

Tina respondeu com um sorriso tolerante.

— Não queremos que você faça isso. Mas eu não rotularia isso como excessivo. Você está irritada e exausta, e ninguém ouve seus pedidos de ajuda. A raiva nesse caso é muito apropriada.

A paciente suspirou a contragosto.

— Não sei se concordo, mas direi que é verdade. Não quero sair por aí quebrando coisas.

— Não — concordou Tina —, isso não é uma saída produtiva para a sua raiva, embora seja um prato a menos para lavar.

A paciente deixou escapar uma risadinha involuntária, e o homem diante de mim virou-se para seu amigo e perguntou casualmente sobre o almoço.

— Fiquei sabendo que o Stew Pot é bom — respondeu o outro, de forma que pude apenas ouvir partes do plano de tratamento de Tina. Algo a respeito de mudar, aceitar, mas era impossível ouvir, não apenas acima dos homens falando das opções de almoço, mas porque o restante da sala também voltara a conversar em um volume indiferente e punitivo.

— Shhhh — falei, timidamente demais para alguém prestar atenção em mim, enquanto Tina voltava ao seu assento. Havia manchas de suor sob as costuras do seu busto e, antes que ela se sentasse, eu as vi pelas costas dela também.

— Foi mais ou menos como esperei — murmurou Tina secamente. Ela ergueu o cabelo da nuca, abanando a pele úmida, e me lançou um sorriso dissimulado. — Vamos ficar bem bêbadas depois daqui.

PAMELA

Aspen, 1978
Dia 12

Perdemos nosso voo por dez minutos. Carl estava planejando pegar o próximo disponível de qualquer forma, para que pudesse entrevistar a garçonete do The Stew Pot depois do turno do café da manhã no sábado, mas fiquei muito irritada por saber que esse voo só partiria na noite seguinte, com uma conexão de três horas em Denver. Eu chegaria em Tallahassee às 5:19 da manhã de domingo, usando a mesma saia que estivera usando desde sexta de manhã, cheirando a *cadeia*. Segurei as lágrimas de raiva enquanto a atendente da companhia área nos conduzia pelo processo de remarcação; eu estava pensando em tudo o que deveria fazer no sábado para deixar A Casa pronta para o domingo. Comprar os ingredientes para os cupcakes e colocá-los no forno ao meio-dia, que era quando o chaveiro deveria chegar e colocar novas trancas de combinação nas portas. Brian tinha um pequeno espaço de tempo durante a tarde no qual prometera vir me ajudar a mover os móveis pela sala de recreação para que eu pudesse transformar o espaço em um ninho. Eu perguntara às ex-alunas cujas famílias tinham lojas de itens esportivos pela cidade se me dariam um desconto para comprar um grande suprimento de sacos de dormir. Eu queria que a primeira noite de volta parecesse uma grande festa do pijama, todas reunidas em uma grande pilha aconchegante, comendo porcaria e ficando acordadas até tarde assistindo a filmes clássicos em preto-e-branco. Eu queria que voltássemos a nos divertir.

— É noite de sexta, então não é como se você estivesse perdendo aula — Tina me consolou quando viu como fiquei chateada por perder o voo. — Além disso, sei de um hotel bom. Por minha conta, gente.

Carl pareceu bem aliviado ao ouvir isso.

Coloquei um sorriso corajoso no rosto. Talvez Brian pudesse encontrar o chaveiro, e eu poderia apenas comprar os cupcakes. Eu chegaria cedo o suficiente no domingo. Ficaria sem um centavo, mas essa era a parte mais fácil de resolver.

O hotel era melhor do que bom, o tipo de lugar que minha mãe escolheria. Os funcionários usavam uniformes azul-escuros com cós branco, e a clientela era do tipo que vinha para ser vista na última moda de roupas de esquiar mais do que para praticar o esporte. Neon e casacos de pele, sem fita multiuso reemendando as roupas.

— Boa noite, sra. Cannon — disse o recepcionista. — É sua primeira vez no nosso hotel?

— Não — disse Tina.

— Bem-vinda de volta!

O sorriso de Tina era contido. Meu estômago revirou de desconforto.

— Este é o hotel onde…

— Sim — falou Tina apressadamente.

Carl e eu olhamos para a área do saguão onde Caryn Campbell havia se sentado cinco anos antes, jogando jogos de tabuleiro e folheando revistas no rack de couro cor de mel, sem encontrar nada que a interessasse. Quando ela suspirara, irritadamente, se perguntara em voz alta por que não havia material de leitura para mulheres, e dissera ao noivo que sairia só por um momento.

— O raio não cai duas vezes no mesmo lugar — disse Tina.

Eu também dissera isso — para minhas irmãs, para seus pais e meus pais, para o conselho pan-helênico sediado em Cleveland, que, eu sabia, estava satisfeito comigo por definir uma data para nos mudarmos de volta para A Casa, por assinalar com um círculo o domingo em janeiro no qual faríamos a mudança. O conselho não queria que algumas manchetes obscenas ofuscassem uma história de setenta e cinco anos, e algumas pessoas perverteram isso ao longo dos anos, como se nosso corpo governante se importasse mais com a nossa reputação do que com a nossa segurança. Mas querer que nós retornássemos o mais rápido possível vinha de um lugar positivo. Na mente deles, se uma mulher não voltasse para cima do cavalo imediatamente depois de cair, continuaria caída.

No fim das contas, eu acreditava no que estava repetindo sem parar para todo mundo. Que não havia lugar mais seguro para todas nós do que

A Casa. A probabilidade de outro ataque sangrento sob nosso teto, com todos os olhos voltados para a propriedade em formato de L entre a Seminole e a West Jefferson Street — bem, ela parecia mais a favor de nós do que em qualquer outro lugar no estado da Flórida.

No elevador, o estômago de Carl resmungou alto. Ele levou a mão à barriga, rindo.

— Também estou morrendo de fome — comentei ao perceber.

— Vamos nos encontrar lá embaixo em dez minutos então — disse Tina enquanto íamos para o elevador com nossas chaves individuais do quarto na mão. Eu disse a Tina para não gastar dinheiro em um quarto para mim, que tudo bem eu dividir um com ela, mas ela ficou muito nervosa e insistiu que devíamos ter nosso próprio espaço.

No meu quarto, encontrei minha bolsinha já aberta e espalhada sobre o apoio da mala. Eu sempre viajava com uma escova e fio dental. Até hoje, sou a pessoa que você vai encontrar passando o fio dental no banheiro da firma depois do almoço, embora desde 2001 a firma seja minha, então ninguém que tem problema com isso pode levar a reclamação à gerência.

Sem realmente olhar, peguei o kit de higiene e o levei para o banheiro, onde o abri. Dentro, encontrei espuma de barbear e uma caixa amassada de band-aids. Voltei para o quarto e vi que a bolsa era de um verde-militar desbotado, histericamente masculina, e, quando fui devolver o kit, percebi que Carl havia trazido uma cópia de *Helter Skelter*, o relato em primeira mão dos assassinatos de Charles Manson, escrito pelo promotor principal. Meu pai também devorara esse livro, se perguntando, com uma risada, se deveria fazer como Vincent Bugliosi — processar um criminoso diabólico e vender a história por um cheque gordo. Passar o restante de seus dias no campo de golfe.

Liguei para a recepção e expliquei que eles haviam colocado a bolsa de Carl no meu quarto por acidente. Enquanto esperava que entregassem minhas coisas, liguei para a Casa Turq. O cozinheiro atendeu e eu pedi que chamasse Brian.

— Vamos passar a noite aqui — expliquei para ele.

— Passar a noite? — Ouvi a preocupação na voz de Brian. — Esse não era o plano, era?

— Não, mas perdemos o voo.

Brian riu.

— *Você* perdeu um voo?

— Por favor — gemi —, já me sinto horrível com isso. A entrevista não começou na hora certa. Juro que o xerife fez de propósito. É óbvio que ele não quer que a gente converse com o preso.

— Ele conseguiu falar algo útil para vocês?

O cara certo. Fora essa a resposta de Gerald quando Carl perguntou quem poderia ter informações sobre o paradeiro do Réu. Algo naquilo estava martelando fortemente no meu cérebro.

— Não — admiti. — Mas pode ser que uma das pessoas daqui consiga. — Contei a ele sobre o encontro com a garçonete.

— Eu não colocaria muita fé nas fofocas da cidade — comentou Brian.

— Nem sabemos o que ela vai dizer — me irritei. Houve uma longa pausa, e eu soube que Brian sentiu que merecia um pedido de desculpas. — Desculpe — acrescentei, relutantemente.

— Desculpada — disse ele, e eu me surpreendi ao revirar os olhos. — Falando de fofoca... — Ele deixou o assunto no ar, provocador.

Pressionei o telefone mais perto do ouvido, intrigada.

— O que tem?

— Um dos caras aqui, John Davis. Calouro. Ele é de Dallas.

— Sim.

— Aquela mulher, Martina, Tina, sei lá, Dallas é de onde ela é originalmente. Ele me contou uma coisa. Bem alarmante. Me deixa um pouco preocupado de você estar sozinha com ela, na verdade.

— Não estou sozinha com ela. Tenho meu próprio quarto de hotel, e o repórter está conosco, aquele que escreveu a matéria boa sobre Denise.

— Ei — protestou Brian, um alerta na voz. — Achei que você não tivesse permissão para falar com a imprensa.

— Aquilo foi uma sugestão — respondi, bruscamente —, não uma regra rígida.

Houve um silêncio tenso entre nós.

— Enfim — falei —, posso adivinhar o que você vai me contar. Sei tudo sobre o marido e como ele morreu e deixou os filhos fora do testamento. Tina mesmo me contou.

— Ela também te contou sobre Ruth? — perguntou Brian.

— A amiga dela que desapareceu?

Outra pausa, esta preocupante.

— Na verdade, Pamela — disse Brian —, parece que você não sabe o que eu ia dizer.

Tina estava revirando um prato de salada quando desci.

— Vocês dois estavam demorando demais — reclamou quando eu deslizei para o banco de couro vermelho diante dela.

O restaurante tinha paredes de pedra e vigas de madeira, carne de caça no menu e um público arruaceiro disperso pelo lugar. Eram nove e meia da noite de sexta-feira, e o grupo no bar já estava se preparando para ir a uma boate popular mais à frente no quarteirão.

— Houve uma confusão com as nossas malas — falei, olhando para a disposição dos talheres, intocada. Me perguntei se teria tempo suficiente para ter essa conversa antes que Carl se juntasse a nós, se eu devia esperar até saber que não seríamos interrompidas. — Preciso te dizer uma coisa — acabei falando em um impulso. — Sobre Ruth.

— Manda — disse Tina, colocando um pedaço grosso de tomate na boca.

— Ruth era… — Descobri que não sabia qual palavra usar. — Sua amante?

O garfo de Tina bateu no prato, e a mão dela foi para a boca. Por um momento, pensei que a tivesse ofendido, e quase me desculpei. Então vi que os ombros dela tremiam. Ela ria. Em silêncio, os olhos semicerrados. Se tornou uma confusão tão grande que ela teve que cuspir o tomate inteiro no guardanapo.

— Desculpe — ela conseguiu dizer, juntando os pedaços carnudos em uma trouxinha. — Mas *amante*? — Ela fez cara de vômito, rindo de novo. — Brian é seu *amante*?

— Com licença — objetei. — Não. Ele é meu namorado sério. Noivo, na verdade.

Tina fez algo que se aproximava de uma reverência sentada. *Noivo. Que nobre.*

— Os parabéns estão vindo então — disse ela sarcasticamente, pegando de novo o garfo de salada e limpando o cabo. — Ruth e eu tínhamos um relacionamento romântico, sim. — Ela recomeçou a cutucar a cama de alface diante de si. — Não é um segredo nem nada que me envergonhe.

— Exceto que era segredo.

O garfo bateu no prato de uma maneira cáustica que me fez ranger meus molares.

— Você a chamou de amiga — falei em uma voz estridente. Percebi que estava irritada. Senti que ela havia mentido para mim, tirado vantagem de mim. — E fiquei imaginando por que não é a família dela quem está buscando respostas. Ou por que a polícia não parece gostar de você nem quer trabalhar com você. E acontece que é porque você não foi direta a respeito de seu relacionamento com a vítima. Estudo para entrar na faculdade de direito...

— Sim, você mencionou...

— E pessoas que omitem informações importantes — falei por cima dela —, pessoas como você, não são consideradas confiáveis. Você deixou de lado uma peça importante do quebra-cabeças para me convencer a me juntar a você, e agora parece que fui manipulada. Agora minha reputação pode estar em xeque.

Tina havia reunido uma coleção e tanto de folhas de espinafre enquanto eu falava, e não demonstrava nenhuma intenção de comer nenhuma delas.

— Talvez eu prefira provar que sou uma pessoa confiável primeiro. — Ela fungou, enojada, como se tivesse sentido um cheiro ruim. — Já que o mundo não é nem um pouco compreensivo com *pessoas como eu*.

— O que você faz na sua vida pessoal não é da minha conta.

Tina soltou uma risada rouca.

— Te digo o mesmo, Pamela.

— O que você quer dizer com isso?

De modo bastante irritante, Tina não disse nada. E continuou cutucando a salada. Eu não podia aguentar mais nem um segundo. Arranquei o prato dela. Ela ficou paralisada, com o garfo no ar.

— O que eu fiz que poderia fazer alguém me criticar? — exigi. — Faço tudo certinho.

— Certinho de acordo com o quê? Aquele culto machista que deixam você pensar que comanda?

Lancei o prato girando de volta na direção dela.

— *Isso* é machismo, na verdade.

Tina tirou o espinafre de sua blusa e o jogou na mesa. Friamente, ela disse:

— O Conselho te disse para falar isso?

— Ninguém me diz para falar nada — bufei. — Sou membro dessa organização há quase quatro anos, e eu a vi com os meus próprios olhos. A divisão existe para apoiar mulheres que compartilham os mesmos ideais em seus objetivos e virtudes.

— Ir a Shoreline College of Law é seu único objetivo e virtude na vida?

Como ela se atrevia?

— É Shorebird, e você é muito convencida.

Tina largou o garfo, suspirando e se entregando. Quase com tristeza, ela disse:

— Sei que você entrou na Columbia.

Embora eu estivesse furiosa com ela, meu peito se abriu, cheio e orgulhoso, com a menção a Columbia. Claro, eu estava morrendo de vontade de saber como ela sabia da Columbia, mas eu tinha orgulho demais para perguntar.

— Apesar do que você possa pensar — cedeu Tina antes que eu tivesse que perguntar —, nem todo membro da lei me considera uma irritação. Alguns acham que eu posso mesmo estar no caminho certo. Alguns deles falaram comigo sobre os itens recuperados da cena, e um deles me disse que encontrou sua carta de admissão na mesinha de Denise. Ela guardou para você. Caso conseguisse te convencer a mudar de ideia. — As sobrancelhas escuras dela relaxaram, o rosto inteiro se acomodando em uma demonstração de genuíno remorso. — Então agora eu gostaria de me desculpar, porque parece que Denise era sua apoiadora mais ávida. E acho que não tenho espaço para falar. — Ela riu, cansada. — A psiquiatria é uma das ferramentas favoritas do patriarcado para controlar mulheres. Eles ainda condenam *pessoas como eu* por fazerem o que faço *na minha vida pessoal*.

Eu respirava como um touro, lágrimas descendo pelas bochechas, pensando sobre Denise com minha carta de admissão. Me lembrei dos comentários que o detetive Pickell fez durante meu interrogatório. Algo a respeito de estar impressionado por eu ter entrado na Columbia. Na época, presumi que tivesse contado para ele logo depois do ataque, que eu estivera tão atordoada que me esquecera. Mas não foi assim que ele soube. Ele soube por Denise. Ele soube pelo além.

— Estou chutando aqui — prosseguiu Tina, melancólica. — Seu noivo não serve para a Ivy. Então você vai para a faculdade na qual vocês dois entraram, uma com um nome bobo que está criminosamente abaixo de você.

Eu não conseguia suportar olhá-la nos olhos. Nada que ela dissera era, de fato, um chute.

— A Shorebird tem um bom espaço no mercado de trabalho — falei pateticamente para a parede de pedra. — Melhor do que você pensa.

— Se ele tivesse entrado na Columbia e você não, ele ainda iria para a Columbia?

— Sim, mas não é a mesma coisa — me apressei a dizer. — Sou de lá. Eu teria amigos. Família. Outras opções.

Tina só parecia sentir muito por mim.

— Ele não é assim — insisti. — Seja lá o que você está pensando, ele não é. Com a faculdade e ser presidente da divisão e meu voluntariado e meu estágio, estou sempre, sabe, acelerada, e ele nunca me dá trabalho. Ele me deixa fazer o que eu quero. A maioria dos caras não faz isso. E eu odeio ter que ir a encontros. Prefiro enfiar pregos quentes nos olhos. Brian é... uma coisa a menos que eu tenho que fazer.

Eu conseguia ouvir que eu perdera o controle da conversa, que estava perdendo nisso, fosse lá o que *isso* fosse.

— Ele te deixa — repetiu Tina, em um tom condenável.

— Não! — exclamei. — Não. Eu não quis dizer assim. Você está distorcendo. Tudo o que eu disser, você encontrará uma maneira de distorcer, porque não é o que você acha que eu devia estar fazendo. Eu hesitei com a escolha. Hesitei. Mas, no fim das contas, isto é... — Parei, imaginando meu namorado bem-criado, seus cintos de crochê e cabelo longo, lembrando a sensação de quando ele me abraçou no funeral de Denise, me levando em seu próprio ritmo soberano. Os passos de Brian eram ao mesmo tempo confiantes e fáceis, como se ele tivesse lugares para ir, mas não estivesse com pressa de chegar. Por ele, as pessoas esperariam. Casar com Brian era algo que eu *deveria* querer, e me fazia sentir desconfortável quão pouco eu parecia querer as coisas que outras mulheres da minha idade queriam sem complicação. — Isto é uma boa opção para mim — concluí.

Tina assentiu com uma empatia profusa. Como se tudo o que eu tinha dito fizesse total sentido. Por um momento, me senti leve e nada pesada. Tudo o que eu tivera que fazer era explicar, tirar do meu peito, e agora até Tina tinha que admitir que só porque um relacionamento era complicado, não tinha que ser descartável.

— A parte mais difícil do meu trabalho — começou Tina em tom pesaroso — é permitir que meus pacientes façam suas próprias escolhas. Não posso dizer a eles o que fazer ou não fazer, mesmo quando a escolha certa está clara como água para mim. Meu papel como psicóloga é dar às pessoas contexto para entender o que as motiva e informar seu comportamento. A infância de uma pessoa molda todo esse contexto. Não conheço você bem o suficiente para saber o que aconteceu ao seu eu jovem, por que você tem que sempre estar *acelerada*, por que sua vida tem tantas demandas e é tão controlada — ela fechou a mão em punho e falava entredentes, aguçando o que supus que ela pensava ser minha atitude carrasca em relação à vida —, por que você está tão incomodada com a ideia de sair com pessoas que prefere se casar com o sr. Mauricinho a ter de encarar o desconforto e investigar do que realmente se trata. Enfim — Tina pousou as palmas na mesa e as pressionou, se inclinando à frente como se quisesse que as palavras me atingissem fisicamente —, você não é minha paciente, e eu não sou sua terapeuta. O que significa que eu posso te dizer exatamente o que acho que você deve fazer.

Os últimos clientes estavam saindo, reclamando na noite fria, a caminho de se divertir, e me vi me aproximando do canto do banco, irracionalmente com medo de fosse lá o que Tina estivesse se preparando para dizer.

— Voltar aqui — disse ela, pensativa, observando as pessoas alegres seguirem pela rua —, me lembra de como a vida é curta para algumas pessoas. Ruth havia recebido notícias bem animadoras pouco antes de morrer. Ela tinha tido alguns anos difíceis, mas, enfim, estava dando a volta por cima. Veja só a Denise. Prestes a ser aprendiz de uma das últimas lendas vivas. As duas quebraram o padrão. A maioria delas quebra, na verdade. O suficiente para estabelecer um *novo* padrão.

O candelabro de contas acima da minha cabeça tremeluzia malevolamente como uma espécie de ator pago. Na época, eu não sabia nada sobre padrões. Informações, conteúdo, a psicologia do criminoso e suas interações com suas vítimas e com a sociedade. Mas, nos anos desde então, pensei sobre o que Tina me disse naquele banco de couro rachado toda vez que a história aparecia como dor em uma junta com artrite, esperando pelo momento em que as pessoas percebessem como haviam entendido tudo errado nos idos anos setenta. Mas aquelas próximas ao caso continuam a se agarrar à teoria surrada de que ele se apoiava em sua bela estrutura facial e seu magnetismo para convencer mulheres a segui-lo, então agora cansei de esperar. Estou cansada dessa difamação de Denise, de todos eles. Logo eu saberia que havia um grupo de garotas do ensino médio bem perto de Ruth no dia em que ele se aproximou dela, que elas alegaram para a polícia que ela claramente o achou "irritante", embora ainda tenha concordado em sair da praia com ele. Outra vítima reclamou com a amiga que ela tinha certeza de que estava prestes a dançar com um criminoso enquanto aceitava a contragosto o pedido dele para uma dança na boate ao lado d'A Casa, na mesma noite dos assassinatos. Mulheres tinham essa sensação em relação a ele, aquela estranha sensação que todas temos quando algo não está certo, mas não sabemos como sair da situação de maneira educada sem que ela evolua para uma ameaça de violência ou assédio. Isso não é uma habilidade que ensinam para mulheres, da mesma forma que ninguém ensina a homens que está tudo bem deixar uma mulher em paz se ela quiser ser deixada em paz.

— Nenhuma estava perdida ou com dificuldades ou infeliz, todas as coisas que os predadores costumam procurar nas vítimas porque isso as torna vulneráveis, e pessoas vulneráveis são mais fáceis de controlar. Pensei nisso por muito tempo. — Tina levou um punho à boca, raspando a pele fina dos nós dos dedos com os dois dentes da frente, da forma como fazemos quando queremos gritar e não podemos. — Tentei entender como alguém que não persegue as vítimas com antecedência termina indo atrás das melhores e mais brilhantes. E acho que é isso, a coisa que todas elas tinham em comum: uma luz que ofuscava a dele. Ele foca campus universitários e casas de irmandades porque está procurando as melhores. Ele quer nos extinguir. Somos nós quem o lembramos que ele não é inteligente, que não é tão bonito, que não há nada particularmente especial a respeito dele. — Tina tirou o guardanapo do colo e o dobrou, juntou os talheres de ponta-cabeça no prato, da forma que indica à garçonete que você terminou de comer. — Como não sou sua psicóloga, posso dizer que você faz um desserviço a elas, a todas as mulheres interrompidas no meio de algo bom, se você não mandar esse seu noivo que te deixa fazer o que você quer para o inferno, porque você vai para Columbia.

RUTH

Aspen
Inverno de 1974

Fomos para o bar de vidro que Tina havia mencionado no aeroporto, e pedimos a garrafa mais cara de champanhe do menu, celebrando... o quê, exatamente? Ninguém bateu palmas para Tina quando ela se sentou, nem mesmo eu. Eu estava intimidada demais com a recepção fria. Até a paciente pareceu descontente, como se ela quisesse ter tido um médico diferente, um que lhe desse uma prescrição e recomendasse mais descanso.

Nos sentamos à janela, embora eu suponha que tudo ali fosse janela. Os pisos, as paredes, o bar, tudo era construído em vidro insulado. Por entre minhas botas de chuva, era possível ver os esquiadores deslizando pelas pistas, parecendo astronautas caminhando sobre vigas de madeira, com seus capacetes arredondados e óculos cilíndricos. O sol estilhaçava a neve em cacos incandescentes, soprando partículas de poeira em nossos olhos iluminados, e logo eu estava bêbada pensando sobre Julia Child, a cujo programa meu pai assistia religiosamente, e cujo primeiro livro de receitas foi rejeitado por vinte e um editores homens antes de vender centenas de milhares de cópias. Eu me sentia energizada, e rapidamente reformulei toda aquela manhã humilhante como o tipo de anedota anacrônica que todas as mulheres pioneiras acabam contando em jantares organizados em sua homenagem.

Terminamos nossas taças num ritmo alegre, e logo o garçom estava ao nosso lado, servindo mais, perguntando o que mais poderia nos trazer. Na mesa ao lado da nossa, dois casais se serviam educadamente de um prato de frutos do mar de três camadas cheio de lagosta, caranguejo e ostras. Fiquei com água na boca.

— Queremos aquilo — disse Tina, indicando com o queixo.

O garçom olhou para trás.

— Aquele é o grande. Para vocês duas, recomendo o pequeno.

— Não estou com tanta fome — acrescentei, embora eu não tivesse tomado café da manhã. Eu não fazia ideia de quanto a porção grande de frutos do mar custava, mas devia ser cara.

Tina nos ignorou.

— O grande, por favor.

O garçom assentiu educadamente e devolveu a garrafa de cor esmeralda profunda ao balde de gelo.

— Meu marido era alérgico a frutos do mar — disse Tina quando ficamos sozinhas de novo. — Às vezes eu pensava em pegar um monte de camarão — ela fez mímica cortando os camarões — e fazer uma pasta. Misturar no mingau matinal dele.

Eu a encarei. Ela ria, mas não estava brincando.

— Sei que você me ouviu chorar ontem à noite — disse ela. — Você ficou de conchinha comigo depois. — Ela usava grandes diamantes nas orelhas, e toda vez que colocava o cabelo atrás delas, como fazia agora, seus lóbulos disparavam raios laser que me forçavam a desviar o rosto. — Foi gentil — eu a ouvi dizer. Então, um tanto timidamente: — Não quer saber por que eu estava chorando?

Eu queria, mas meu estômago ainda revirava de medo. Fosse lá o que Tina ia me contar, senti que mudaria algo entre nós.

— Sei que você estava nervosa sobre hoje.

Tina deixou o cabelo cair por cima das orelhas para que eu pudesse olhar para ela sem me retrair.

— Não choro quando estou nervosa.

Tina cresceu nos arredores de Dallas, em uma vizinhança afluente chamada Highland Park. A família dela tinha dinheiro — não dinheiro de petróleo ou propriedades, mas o suficiente para enviar Tina para escolas particulares e pagar por aulas de hipismo. Tina tinha talento, e aos finais de semana ela competia em shows locais, contando os passos entre os saltos em andaluzes com crinas trançadas, vestindo camisas brancas engomadas presas com fitas azuis. Ela tinha dez anos quando Ed a notou pela primeira vez no ringue.

A filha de Ed era a principal instrutora no celeiro, e Ed era dono do celeiro. Ele era o mais bem-sucedido construtor industrial e de prédios comerciais no estado, e comprara a fazenda de sessenta acres como presente de formatura do ensino médio para a filha, que competira profissionalmente por alguns anos antes de se aposentar com vinte e tantos e abrir os estábulos para o público. O nome dela era Deborah, e ela era a pior pessoa que Tina já conheceu. Uma vez, ela fez Tina levar seu cavalo para os fundos e bater em sua perna traseira com uma vara depois que ele se recusou a pular um obstáculo e fez com que Tina fosse desqualificada de sua classe.

Ed passava no celeiro com sacos de cenoura para os cavalos e cigarros para os instrutores. Todo aquele feno e madeira por toda a parte, os animais presos em seus estábulos e as pessoas fumavam de uma maneira que você não acreditaria. Tina nunca viu Deb comer, apenas fumar e beber o uísque que ela mantinha debaixo da pia da cozinha do celeiro, ao lado da garrafa de verniz para couro.

Tina gostava das visitas de Ed porque Deb segurava a língua perto do pai. Ed se sentava em um banco do lado de fora do ringue e observava Tina fazer o aquecimento com uma longa rédea no galope, e Deb se abstinha de gritar com ela *Incline-se antes que caia e quebre o pescoço e nunca mais possa pentear seu cabelo loiro bonito* quando Tina se aproximava da cerca. Tina cavalgava havia sete anos e nunca caíra. Ninguém era considerado um cavaleiro de verdade até ser jogado, e Deb poderia ter respeitado Tina mais se ela apenas deixasse acontecer, e sem dúvidas Tina teria sido uma cavaleira melhor se não estivesse sempre puxando as rédeas para evitar o inevitável, mas Tina jamais se permitiu se soltar. Isso enlouquecia Deb. Ela chamava Tina de princesa, uma criança mimada que tinha medo de se sujar e se machucar.

Um dia, depois de uma hora tensa no ringue, Ed se aproximou de Tina enquanto ela lavava o cavalo. *Espero que você não se importe por eu estar tanto por aqui*, disse ele, acariciando o pescoço do cavalo, *mas eu não quero ver você cair.* Ed deu um tapinha no queixo dela com o nó do dedo, o gesto breve, mas determinante. *Tem que proteger esse seu rostinho.* Tina se concentrou em guiar uma faixa branca de suor do flanco do cavalo até o casco. Mais tarde, depois de parar de montar, ela descobriu que era um sinal de trabalho excessivo quando o suor do cavalo se tornava branco, e chorou por todas as vezes em que inadvertidamente montou uma criatura viva até o quase colapso.

Ed começou a trazer presentinhos para Tina depois disso — um enfeite natalino em forma de cavalo, óleo com cheiro de limão para a sela dela. Para a mãe dela, saquinhos de pot-pourri para pendurar no carro. *Sei como o cheiro de celeiro impregna*, dizia ele, e eles compartilhavam uma risada como os pais azarados de filhos que gostam de cavalos. A mãe de Tina estava emocionada com a atenção. Ela era o tipo de mulher que saía por aí dizendo que conhecera o pai de Tina "no escritório", deixando todos pensarem que ela era a recepcionista. Na verdade, a mãe de Tina era a faxineira do prédio, filha de um homem branco casado e uma adolescente mexicana solteira, e o interesse de Edward Eubanks em sua filha, *nela*, preenchia todas as lacunas em seu recém-criado pedigree de Highland Park.

Ed era uma figura na comunidade, obscenamente caridoso e bem relacionado. A família de Tina se viu convidada para círculos sociais cada vez menores, em férias em ilhas cada vez menores em aviões cada vez menores. Às vezes, os pais dela não eram sequer convidados, e eram apenas Tina e Ed naquelas ilhas. Ed tinha setenta e poucos e se divorciara duas vezes. Tina tinha a mesma idade que a maioria dos netos dele, e não era divertido para ela, como filha única, ir em viagens e fingir que tinha irmãos? Do andar superior de seu complexo à beira-mar em Maui, Ed, com chapéu de caubói, observava Tina e seus netos tentando surfar. Com o Pacífico dissolvendo a bola de fogo laranja no horizonte, Ed chamava Tina dizendo que era hora de se preparar para o jantar.

Ed dava banho nela em seu banheiro, jogando água ensaboada sobre os seios crescentes dela e entre as pernas. A casa estava cheia de pessoas, e ninguém agia como se houvesse algo inapropriado nisso. O corpo de Tina estava se desenvolvendo, mas ela só tinha onze anos e era apenas uma criança. Mas então ela tinha doze, e quinze, e Ed ainda dava banho nela. A cumplicidade foi remodelada — da irrepreensibilidade de um avô amoroso que se interessa pela aluna promissora de sua filha até a irrepreensibilidade de um homem de sangue azul que se interessa por uma bela jovem com quem pretendia se casar.

Ed foi à casa de Tina no dia seguinte ao aniversário dela de dezessete anos e a pediu em casamento diante de toda a família. Ele estava se aproximando de seu último ato na vida, e não queria estar sozinho no fim. Em troca, ele ofereceria a Tina o que homem algum da idade dela poderia oferecer. Com lágrimas nos olhos, ele disse a Tina e à família dela que garantiria que ela pudesse fazer o que quisesse na vida. Ir para Radcliffe, caso quisesse, e morar em qualquer lugar do mundo. Tina pensou no celeiro que Ed comprara para Deb pouco depois do ensino médio, e se sentiu mal porque entendia como Deb estava tão infeliz fazendo o que quisesse da vida também.

Ed deixou que Tina e sua família pensassem por alguns dias. *Você jamais terá que se preocupar com nada disto*, disse a mãe dela na manhã seguinte na mesa de café da manhã, a conta de luz ao lado do prato de bacon. *Você nunca vai conhecer este tipo de cansaço*, o pai dela apoiou quando chegou em casa do trabalho naquela noite. No dia do casamento de Tina, a mãe cobriu o rosto da filha com o véu de sua bisavó e comparou tudo a um emprego indesejável em troca de um sólido pacote de aposentadoria.

Pouco depois, Tina parou de cavalgar, mas, antes que acontecesse, o celeiro hospedou um grupo de mulheres de uma casa de recuperação no sul de Dallas. Elas chegaram em um ônibus escolar com uma psiquiatra que explicou a Tina e Deb que os cavalos costumavam ser usados para fins terapêuticos, para ajudar as pessoas a se sentirem conectadas com seus corpos outra vez depois do trauma. Deb ficou ao lado da conselheira o dia todo e, mais tarde, Tina descobriu um pedaço de papel no escritório com o nome da conselheira, endereço e horário da consulta. Nas semanas que se seguiram, ela começou a perceber uma mudança distinta em Deb — a garrafa de uísque desapareceu da pia da cozinha, e ela passava cada vez menos tempo com a família e, por consequência, com Ed. Ela parecia mais gentil, mais introspectiva, e Tina estava ao mesmo tempo impressionada e intrigada. Ela queria saber que tipo de coisas aconteciam nessas sessões, e uma parte dela que ainda não despertara queria saber como se distanciar de Ed também.

Tina se matriculou na Universidade de Dallas, para se graduar em psicologia organizacional, e conheceu Frances quando ela foi dar uma palestra sobre uma técnica que desenvolvera, conhecida como Avaliação de Situação Estranha, que demonstrava a importância de conexões saudáveis na infância. Tina abordou Frances depois da palestra e elas não se separaram mais. Quando Frances voltou a Seattle, elas continuaram em contato através de cartas e ligações. Embora, mais tarde, Frances tenha admitido que seu objetivo sempre foi tirar Tina do que ela via como um casamento visivelmente abusivo e perturbador.

Depois da formatura, Frances convenceu Tina a se mudar para Seattle. No Texas, terapeutas de casamento e família precisavam completar duas mil horas de estágio supervisionado antes de conseguir a licença. Em Washington, era metade, e Frances concordou em aceitar Tina como aprendiz, o que corresponderia a muitas daquelas horas. Uma das manchas de senilidade na cabeça de Ed se revelou cancerígena, e seus médicos endossaram um afastamento do equador. Ele construiu a mansão de estilo espanhol em Clyde Hill como uma ode à arquitetura de sua cidade natal.

Tina e Frances moravam perto e ficaram ainda mais próximas. Ed gostava de Frances também, ou, na verdade, Frances permitia que Ed gostasse dela. A essa altura, ele estava com oitenta e tantos, e ficando mais frágil. Ele nem sequer tocava Tina mais. Tudo o que ele pedia era companheirismo, e Tina não via como negar isso a ele, não depois de tudo o que ele fizera por ela.

Para o aniversário deles de sete anos, Frances convidou Tina e Ed para o jantar. Ed era fã do bife com fritas com molho de pimenta da Frances. Ele poderia comer três travessas do prato, e Frances sempre preparava uma extra para ele.

Naquela noite, depois das primeiras mordidas, Ed começou a lamber os lábios e pigarrear.

— Mais pimenta no molho esta noite — observou ele, ainda sem medo.

— Estou testando usar mostarda apimentada chinesa em vez de dijon — disse Frances.

Ed tossiu.

— O que tem nisso?

— Só mostarda em pó e água — respondeu Frances, enquanto Ed esfregava os lábios um no outro e se perguntava por que estavam dormentes.

Tina largou o garfo quando Ed começou a agarrar a garganta, ofegando através de uma traqueia que tinha o diâmetro de um canudo de coquetel.

— Precisamos chamar uma ambulância! — exclamou ela, se levantando.

Frances também se levantou.

— O telefone está na sala — disse ela.

Pôs um braço ao redor de Tina e a conduziu até a cozinha, onde havia um pote de caldo de marisco, aberto ao lado da panela de molho. Ela segurou Tina com força pelos ombros e lhe perguntou sobre os estágios do desenvolvimento moral de Piaget para abafar os sons vindos do cômodo ao lado, estranhamente parecidos com aqueles de um bebê aprendendo a tagarelar.

Ele era um velho que vivera uma vida longa e próspera e morrera cercado por uma querida amiga e sua amada esposa, comendo sua refeição favorita. *Uma morte tão pacífica quanto se pode querer,* parecia ser o sentimento imperando no funeral em Dallas. Embora, toda vez que Tina olhava para Deb, a encontrava encarando-a com olhos pretos marejados.

O plano, depois do funeral, era se reunirem na casa de Ed em Highland Park para tomar decisões sobre o que fazer com suas várias propriedades. Mas, quando Tina chegou, encontrou as portas barricadas e as trancas mudadas, os cinco filhos de Ed vagando pelo perímetro da casa com as roupas do funeral, tentando entender como entrar. Tina tornou a contar, com mais cuidado agora. Não. Não os cinco, na verdade.

Uma janela do segundo andar se abriu um pouquinho, e a voz dura de Deb ricocheteou pela propriedade.

— Preciso falar com Tina.

As duas se sentaram na grande sala onde, no Natal, centenas de presentes cercavam a base de um abeto de quatro metros e meio como um fosso intransponível. Crianças pouco privilegiadas de vizinhanças pouco privilegiadas eram convidadas à grande sala de Highland Park e recebiam o que escolhiam — um dia, a mãe de Tina fora uma delas. Agora, Deb estava ali para oferecer a Tina outro tipo de presente.

Ed percebera o afastamento de Deb da família todos aqueles anos antes, e tentara comprar a afeição de Deb de volta ao modificar seu testamento para torná-la a executora do testamento, dizendo no codicilo que apenas a primogênita poderia dividir os bens de maneira justa. Dessa forma, Tina herdaria a casa no Maui, ficaria com a residência em Seattle e receberia uma pequena, mas substancial, porção dos lucros da venda da imobiliária. Todo o resto pertenceria a Deb, e, se qualquer um dos seus irmãos tentasse brigar com ela por isso, ela iria até a imprensa e destruiria a memória dos pais deles.

A oferta era boa, mas tinha uma condição — Tina não deveria mais voltar a Highland Park, porque Deb não aguentava olhar para ela. Em Tina, ela via apenas o que o pai fizera com ela quando ela também era jovem. Ele pediu a ela que dividisse seus bens de maneira justa, e isso, ela decidira, era justo.

Tina pensou na mãe e no que ela havia dito através da renda antiga, branqueada com suco de limão e sal para o dia do casamento. Levantando-se do sofá, com a mão estendida na direção de Deb, ela lhe deu um soco.

PAMELA
Aspen, 1978
Dia 13

Acordei no quarto de hotel em Aspen a poucos segundos das três da manhã, só que, em vez de ficar deitada na cama com medo, me levantei como se estivesse atrasada para a aula. Algo havia sido decidido para mim dentro daquelas poucas horas de sono, algo tão importante que não podia esperar até de manhã.

Acendi o abajur. De imediato, meus olhos foram para a bolsinha de Carl. O hotel havia prometido enviar alguém para pegar minha bolsa do quarto de Carl e a dele do meu, mas eles deviam ter batido na porta quando eu estava no andar de baixo conversando com Tina. Eu sabia que ele estava hospedado no quarto 607 porque vi o número entalhado no latão do chaveiro quando Tina distribuiu as chaves. Vesti as roupas do dia anterior e passei os dedos pelo cabelo, escovei os dentes e belisquei minhas bochechas. Eu estava tão bem quanto possível, dadas as circunstâncias. E, de qualquer forma, eu era noiva.

Desci o corredor em direção ao elevador, olhando por sobre meu ombro a cada poucos passos. O carpete sob meus pés era laranja e dourado, um padrão confuso de diamante que fazia minha visão girar e formas se assomarem ameaçadoramente nas sombras. Estava sem fôlego quando cheguei ao quarto de Carl, com os olhos injetados como uma raposa caçando. Precisei de toda a minha força de vontade para não bater com força na porta e gritar para que Carl me deixasse entrar. Bati, um ritmo rápido e suave, sussurrando o mais alto que ousei:

— Carl? É a Pamela.

Carl atendeu a porta antes do esperado, a expressão como a de um zumbi e seus movimentos pesados e descoordenados. Ele cambaleou, tentando ver ao meu redor no corredor, como se alguém estivesse mesmo me perseguindo, e perdi os últimos resíduos da minha compostura. Praticamente corri para dentro do quarto e bati a porta atrás de nós, prendendo com força a tranca de corrente.

— Estou com sua bolsa — falei de maneira ridícula. Bati de leve na bolsinha de tecido com estampa militar apoiada contra minha perna.

Com olhos tomados de sono, Carl me examinou. Eu havia percebido, é claro, que, embora ele tivesse dormido de calças, não estava usando camisa, mas, com a porta fechada atrás de nós, aquele era um fato opressivo. Carl estava seminu. Encarei meus pés, acima dos ombros dele, qualquer lugar exceto seu torso estreito e coberto por pelos. Fiquei satisfeita em ver que o quarto de Carl estava notavelmente arrumado. As cobertas estavam puxadas apenas onde ele estivera dormindo, e a toalha de banho fora dobrada ao meio e deixada para secar no gancho do banheiro. Minha pequena bolsa de final de semana estava pendurada nas costas de uma cadeira. Percebi duas garrafinhas de uísque na lata de lixo. Desviei o olhar, sem querer que Carl soubesse que eu havia visto.

— Que horas são? — perguntou Carl em uma voz rouca, a garganta soando seca e áspera por conta do uísque. Ele levou o punho à boca, tossindo, e entrou no banheiro para pegar água.

— Me dei conta de algo importante — falei, corando, em vez de responder que eram três da manhã — e não consegui voltar a dormir.

A torneira foi desligada e Carl apareceu na soleira da porta do banheiro, bebendo de um copo. Ele limpou a boca com o braço e gesticulou para que eu prosseguisse.

— Gerald disse que era o cara errado para quem pedir informações, e que tínhamos que falar com o *certo*. Era como se estivesse brincando com a gente, nos dando uma charada para resolver. Mas talvez seja porque ele foi obrigado, porque ele não é livre para contar o que sabe. E então me lembrei da placa do xerife na porta dele. O nome dele é xerife Dennis Serto.

— O cara *Serto* — disse Carl, instantaneamente mais vívido e alerta.

— Acho que a polícia do Colorado sabe algo a respeito de para onde o Réu foi — falei. — E se eles viram o que aconteceu na Flórida e estão ficando de fora de propósito? Já é ruim o suficiente terem deixado ele escapar de novo, mas e se ele cometeu outro crime terrível e a culpa cair neles? Deus — percebi algo realmente perturbador —, eles provavelmente nem querem que ele seja pego. Isso é sangue nas mãos deles.

Carl se apoiou no batente da porta do banheiro, os braços cruzados sobre o peito nu e uma espécie vaga de entusiasmo no rosto.

— Se for verdade, é uma história que pode ser a carreira de alguém.

— Mas como vamos provar?

Carl levou a mão ao queixo, salpicado de barba por fazer, e pensou por um momento.

— Tina tem dinheiro, não tem?

— Ela tem — respondi, e senti uma pontada de algo, não exatamente raiva, pensando sobre a conversa antagônica que tivemos no jantar.

— Não posso fazer parte de algo assim — disse Carl —, mas falarei com a garçonete amanhã. Talvez vocês possam me deixar e voltar para a cadeia... — Ele ergueu a sobrancelha para mim.

— E o quê? — Eu ri. — Subornar o xerife?

— Não. Fiquem longe do xerife. Talvez um guarda ou alguém esteja disposto a falar com vocês.

Franzi a sobrancelha, tentando me imaginar fazendo algo assim.

— Não sei se tenho coragem de subornar alguém.

— Pare de falar em *subornar*, Pamela — disse Carl de uma maneira intensa que fez meus dedos se encolherem dentro dos tênis brancos feios. — É dinheiro de recompensa pela verdade.

Senti uma emoção inesperada crescer em mim — dinheiro de recompensa, eu conseguia me ver oferecendo isso a alguém.

— E seja lá quais informações levarmos para você — falei —, você escreverá sobre elas?

— Eu teria que conferir — disse Carl. — Mas posso garantir o anonimato de quem falar comigo.

Assenti, pensando.

— Então, na melhor das situações, descobriremos amanhã que o Colorado sabe algo sobre o que aconteceu na Flórida. Quanto tempo demora para confirmar com outras fontes, e então escrever a matéria? — Mordisquei a unha do meu dedão, sabendo que, fosse lá qual fosse a resposta, não seria rápido o suficiente para resolver meu problema.

— Algumas semanas, provavelmente.

Meu estômago se retorcia dolorosamente só de pensar na impossibilidade da posição na qual eu estava em relação a Roger. Prestar queixa contra ele e arriscar deixar as pessoas pensarem que estavam seguras, que o assassino estava atrás das grades onde deveria estar, ou deixar Roger livre para que ele pudesse machucar outra pessoa.

— Pamela — disse Carl, o olhar suave de preocupação —, o que foi? Você parece estar com o peso do mundo nas costas.

— Porque estou — falei, meu queixo de repente tremendo. Cobri o rosto com as mãos para que Carl não visse. Minha mãe sempre dizia que nem a Mia Farrow ficava bonita chorando.

Senti Carl se aproximar.

— Eu quero ajudar.

Balancei minha cabeça, impotente.

— Você *não pode*.

— Tente, Pamela. — Ele afastou minhas mãos do meu rosto e flexionou os joelhos para que seu olhar estivesse da altura do meu. Eu o encarei, horrorizada, nossos rostos a centímetros de distância. Eu estava completamente encantada por ele e completamente despreparada para agir. Falei mais porque estava com medo dele me beijar. — Roger fez uma coisa com minha irmã, Bernadette — falei. — Ele a forçou a fazer coisas... — Desviei o olhar, constrangida e sem saber como explicar. — *Com* ele. E ela não conseguiu respirar. Ela pensou que fosse morrer. Entende o que estou dizendo?

Olhei para ele, que assentia, parecendo angustiado.

— E agora — continuei, chorosa — a polícia precisa saber se planejo prestar queixa pelo que ele fez *comigo*. E, se eu não prestar, tenho medo do que pode acontecer, do que ele pode fazer a seguir. E se eu prestar...

— É apenas mais uma prova de que ele é capaz de assassinar, e eles ficarão ainda menos inclinados a buscar outra pessoa — disse Carl com um suspiro pesado, como se tivesse sentido cada grama do meu dilema.

Assenti, de forma deplorável.

— Eu vou fazer tudo que puder para que esse cara nunca mais machuque ninguém — disse Carl juntando as minhas mãos, como em oração.

— Foi por isso que pedi que você viesse — eu disse. Uma meia-verdade.

Carl levou minhas mãos ao peito. A pele dele estava quente e um tanto suada, como se ele tivesse se exaurido ao me fazer essa promessa, e uma longa cauda enrolada de desejo se desenrolou da minha garganta até a parte interna das coxas.

— A gente devia dormir um pouco — falei antes que pudesse fazer algo.

Carl assentiu, com uma expressão que me dizia que ele entendera o que eu não dissera. Ele foi até o armário e enfiou os braços na única camisa que trouxera, prendeu a alça da minha bolsa no ombro e, então, me escoltou de volta para o meu quarto.

Na manhã seguinte, entramos no carro e fomos para o banco. Tina estava mais do que disposta a acenar com um bolo de notas para um dos funcionários da prisão, induzindo-o a nos contar o que sabia. Antes de deixar Carl no The Stew Pot, traçamos uma estratégia para entrarmos e pedirmos para falar com o xerife Serto, que, sem dúvida, por despeito, nos deixaria esperando, proporcionando uma grande oportunidade de passar um bilhete para um dos guardas.

— Mas o que faremos se o xerife concordar em falar com a gente? — perguntei.

— Duvido muito que isso aconteça — bufou Tina.

— Não, mas é bom estarmos preparados, só por precaução. — Carl olhou para mim e sorriu em apoio. Era um dia claro e frio, e o sol matutino e revigorante transformou seus olhos marrons-esverdeados em um tom de joia. Devolvi o sorriso e rapidamente desviei o olhar antes que Tina percebesse algo. — Meu conselho? — disse Carl. — Eu apelaria para a narrativa do xerife de que o Réu era uma força além do controle de todos.

Nos anos seguintes, eu localizaria edições passadas do *Aspen Star Bulletin* e leria as entrevistas do xerife Serto, naquele tom de homem armado de charuto na boca, e perceberia o quão certo Carl estava. Como ele era bom nisso tudo.

Ele é uma cobra escorregadia, dissera o xerife, os dedões enganchados nos suspensórios, um leve sorriso no rosto, *mas sou a enxada que vai arrancar a cabeça dele.*

Às vezes eu acho que foi o machismo que matou Denise.

Enquanto virávamos na entrada enlameada da prisão, Tina pisou no freio.

— Viu quem era? — perguntou ela animadamente, girando o volante enquanto o cinto de segurança cortava meu pescoço. Ela pisou no acelerador e se aproximou da caminhonete que estava saindo enquanto entrávamos; ela apertou a buzina e gesticulou para que o motorista abaixasse o vidro, e me disse para abaixar o meu também. Enfiei a cabeça para fora e vi que o motorista era o guarda loiro que havia levado Gerald para fora da sala de visitas improvisada no dia anterior. Eu me lembrava vagamente de Gerald chamando-o de Sammy.

Sammy nos observou pela janela aberta com uma careta impaciente. *O quê?*, ele parecia querer grunhir. *O que vocês querem?*

— Estávamos aqui ontem — disse Tina, soltando o cinto e se inclinando sobre mim. — Visitando Gerald Stevens?

Sammy suspirou como se estivesse acuado. Ele tinha sombras roxas sob os olhos. Talvez tivesse acabado de sair do turno noturno.

— Queríamos — disse Tina, usando sua expressão mais feminina e desamparada — comprar um café para você e conversar, só por alguns minutos.

O olhar de Sammy deslizou em direção à estação de pedra baixa em seu retrovisor.

— Sobre o quê?

— Queremos detalhes sobre a fuga do Réu — disse Tina. — De alguém que estava aqui.

— Não posso ajudar — disse ele, subindo o vidro.

— Acho que ele matou minha amiga — falei ao mesmo tempo em que Tina disse:

— Pago três mil em dinheiro.

Sammy paralisou, a janela logo abaixo do nível de seu nariz. Ele olhou para a estação em seu retrovisor mais uma vez. Então, roboticamente duro, como se alguém lá dentro pudesse ler seus lábios:

— Esperem cinco minutos. Então me encontrem no Dinah's na Oitenta e dois.

———

O Dinah's era um daqueles restaurantes com um mostrador de tortas que girava. Quando entramos, o guarda estava sentado comendo um pedaço de torta de cereja.

— Se isso se voltar contra mim — disse ele quando nos sentamos —, direi ao xerife que vocês roubaram algo da cadeia e ficará bem complicado para vocês.

— Entendido — respondeu Tina. O trato estava feito, simples assim.

Sammy limpou uma migalha do canto da boca e olhou para o estacionamento, inspecionando uma picape Toyota que esmagava a lama e a areia. Ele esperou até que o motorista saísse antes de decidir que não o conhecia.

— Você precisa entender — disse Sammy, continuando a monitorar quem entrava e saía do estacionamento — que o cara nem devia estar no Colorado, para começo de conversa.

Ele suspirou e voltou para o começo.

Em março de 1976, o Réu estava em Utah, cumprindo uma pena de quinze anos pelo sequestro de Anne Biers de um shopping. Os promotores estavam trabalhando para ligá-lo ao assassinato de outra mulher de Utah, uma garota, na verdade — Barbara Kent, de dezessete anos, que desapareceu depois de sair de uma peça da escola para buscar seu irmão mais novo, meras horas depois que Anne Biers fugiu de seu captor. Os investigadores descobriram uma chave no estacionamento da escola onde Kent foi vista pela última vez, que se encaixava nas algemas usadas em Biers. O caso era forte, mas o promotor público do Colorado não se deu ao trabalho de fazer nada. O nome dele era Frank Tucker, mas Sammy nos contou que todos ali o chamavam de Tucker o Filho da Puta depois do que aconteceu.

Sammy afastou o prato limpo para o outro lado para poder de vez em quando bater na mesa com o indicador a fim de pontuar as partes mais revoltantes da história.

— E aí o cara escapa de novo, e todos ficam revoltados, querendo saber como deixamos isso acontecer. O xerife aponta o dedo para Tucker, dizendo que é culpa dele, que o Colorado não estava pronto para ele. E não estávamos.

— O que você teria feito de diferente? — perguntou Tina.

— Tem um *protocolo* a ser seguido com prisioneiros perigosos — disse Sammy. — Então eu não teria agido como se estivesse acima da porra da lei. Eu a teria seguido.

— Por que não segui-la simplesmente? — perguntei, confusa.

Ele gesticulou para imitar o ato de jogar algo de qualquer jeito pela janela.

— Porque Tucker tinha uma eleição especial chegando e sabia que ia perder.

Sammy sorriu. *Prontos para isso?*

De acordo com Sammy, Tucker o Filho da Puta havia cobrado de dois condados o financiamento do aborto de sua amante de dezoito anos — comportamento grosseiramente hipócrita vindo da autoridade eleita cujo trabalho era processar violações criminais da lei, o tipo de merda que você não consegue inventar, e eu não inventei. Em poucos anos, Tucker seria processado por duas acusações de desvio de fundos públicos, mas em março de 1976 ele estava no meio de uma acalorada campanha de reeleição. Então fez o que todos os políticos fazem quando precisam reabilitar a sua imagem: ele encontrou uma cortina de fumaça. Para Tucker, o Réu foi uma dádiva de Deus.

Era verdade que os investigadores do Colorado tinham fortes evidências para ligar o Réu ao assassinato de Caryn Campbell — um fio do cabelo dela foi descoberto no carro dele, e o uso do cartão de crédito dele para comprar gasolina o colocava perto da cena na hora em que ela desapareceu do hotel em Aspen. Mas não era mais forte que a evidência que Utah tinha para o assassinato de Barbara Kent. O Colorado devia ter esperado sua vez de processá-lo, mas Frank Tucker não tinha tempo para fazer as coisas da maneira certa. Ele queria poder dizer em seus comícios que era o herói que havia capturado o assassino de Caryn Campbell. Ele precisava disso, se havia qualquer chance de permanecer no cargo e escapar de suas próprias acusações criminais.

— A gota d'água — prosseguiu Sammy, fervendo de ódio — foi quando Tucker culpou os comissários do condado pela fuga dele, dizendo que, se tivessem financiado a prisão da forma certa, nunca teria acontecido. Bem, é claro que eles não tinham dinheiro para manter o lugar! Porque Tucker o roubou para pagar pelos hotéis, jantares, roupas e joias de sua amante. Até o aborto.

As narinas de Sammy inflaram de desprezo. Ele usava uma longa corrente de ouro debaixo do colarinho, e talvez fosse minha imaginação, mas eu com certeza conseguia distinguir a forma de uma cruz sob sua camisa de algodão branca.

O Réu foi extraditado para Aspen no começo de 1977 e, em junho, conseguiu escapar pela primeira vez. Pouco antes do amanhecer do sexto dia da caçada estadual, dois subdelegados encontraram um Cadillac 1966 roubado e encontraram o Réu caído detrás do volante, severamente desidratado e abatido, com ulcerações causadas pelo frio em três de seus dedos dos pés. Ele estava a menos de um quilômetro e meio fora dos limites de Aspen e foi levado em custódia sob a jurisdição de Glenwood Springs, onde foi interrogado sem advogado por horas antes que o xerife em Aspen ficasse sabendo. Seguiu-se uma batalha irritante — com Aspen exigindo a volta do Réu e Glenwood Springs se recusando. O Réu fora capturado na grama *deles*. Aspen tivera sua chance com ele, e estragara tudo. Um juiz decidiu a favor de Glenwood Springs: uma decisão imprudente, não há outra palavra para descrever.

— Supostamente, Glenwood é a instalação mais segura — disse Sammy. — Somos menores e mais bem equipados para ficar de olho nele. Mas desde o começo estávamos despreparados.

Sammy nos olhou como se entendêssemos o que ele queria dizer. Olhei para Tina, ela balançou a cabeça.

— Com prisioneiros que têm histórico de fuga, os delegados federais devem se envolver, vir e inspecionar a instalação. Mas isso nunca aconteceu. Nem havia menção a uma fuga anterior na ficha dele.

— Você tem certeza disso? — perguntei, me sentindo cansada.

— Eu mesmo li a ficha. Todos os guardas na minha unidade leram. A ficha deve listar o motivo do prisioneiro estar ali. Na dele, dizia roubo.

— *Roubo* — repetiu Tina, incrédula.

Sammy pressionou os dedões nos olhos e retesou o maxilar, irritado.

— Nenhum de nós fazia ideia de com quem estávamos lidando. Tempo suficiente havia se passado entre ele ser capturado e quando o juiz o enviou de volta para Glenwood, de forma que nem sabíamos se ele era o mesmo cara da caçada. Além disso, ele parecia normal. Era fácil conversar com ele. O cara que eles capturaram parecia selvagem nas fotos do jornal, mas, quando o recebemos, ele estava limpo de novo. Então — Sammy voltou o olhar para o teto —, ele começou a ir lá para cima.

Em um só movimento, Tina e eu olhamos para o teto.

— Havia um azulejo solto na cela dele — disse Sammy. — O xerife sabia que ele tinha subido lá uma ou duas vezes. Mas ele disse que não devíamos nos preocupar. Não dava em lugar nenhum mesmo. Falei para ele que o cara estava ficando magro de verdade. Eu pegava o prato do jantar dele, e ele mal tinha tocado em alguma coisa. O xerife só riu e disse que também não tocaria naquela merda nem com uma vara de dez metros.

Em dezembro de 1977, quatro semanas antes de eu vê-lo em nossa porta segurando uma tora ensanguentada de nossa própria lenha, o Réu havia perdido dez quilos de seu corpo já magro, o suficiente para passar pela parte mais estreita do duto, sair para o apartamento vazio de um funcionário da prisão, trocar de roupa e escapar do Colorado para sempre. Eles levaram seis horas para perceber que ele havia fugido — ele cobriu seus livros de direito, vários documentos e pilhas de cartas, arrumados para se passar por um corpo adormecido.

— As pessoas dizem que ele está nas montanhas, vivendo da terra — disse Sammy. — Toda hora veem ele. Como se fosse o Pé Grande.

— Bem, ele não é — disse Tina. — Ele foi para a Universidade Estadual da Flórida.

Sammy a encarou com uma urgência alarmante.

— O que foi? — perguntei, meu coração acelerado.

Sammy juntou as mãos e abaixou a cabeça, as rugas ficando mais profundas em sua testa, enquanto ele pensava muito.

— *O que foi?*

— Me dê um momento! — Sammy fechou os olhos com força. — Estou tentando *lembrar.*

Tina e eu ficamos sentadas ali, sem respirar, sem querer fazer ou dizer algo que pudesse arruinar a concentração dele.

— Havia um panfleto de universidade — disse Sammy. Seus olhos ainda estavam fechados, mas suas pálpebras se moviam rapidamente, como se ele analisasse a cena em sua memória. — Com os outros itens que ele colocou sob as cobertas. Um deles — Sammy abriu os olhos — tinha palmeiras. E me lembro de pensar que ele devia ter ido para a Califórnia. Mas vocês também têm palmeiras, não é?

Eu podia ver o panfleto da Universidade Estadual da Flórida que chegou pelo correio no meu segundo ano do ensino médio, os carvalhos velhos e grossos e as palmeiras compridas subindo e descendo como ondas em um monitor cardíaco.

— O que aconteceu com essas coisas? — perguntei, pensando que, se pudéssemos conseguir o panfleto, teríamos a prova.

— Foi tudo para Seattle — disse Sammy.

— Tem certeza? — perguntou Tina, um tremor de esperança na voz.

— Afirmativo. Quando foi capturado da primeira vez, ele se recusou a falar a não ser que fosse com um dos investigadores de Seattle. Um cara que estivera trabalhando naqueles casos de garotas desaparecidas há anos. Lembro que o xerife Serto ficou com muita raiva por ter que trazê-lo. E então, quando ele escapou, o cara voltou e partiu com as caixas.

Juro que eu conseguia ouvir o coração de Tina acelerado pelo reconhecimento com a menção às garotas desaparecidas em Seattle.

Sammy pediu a conta.

— Isso é tudo o que eu sei. O que ele fez na Flórida?

— Invadiu minha irmandade — falei. — Ele assassinou duas garotas e espancou e desfigurou mais duas. Então desceu a rua e atacou mais uma. Ouvi um barulho e fui investigar. Eu o vi com clareza antes que ele escapasse.

Sammy grunhiu sua solidariedade.

— Isso não devia ter acontecido.

Suas mãos tamborilavam num ritmo ansioso em cima da mesa de fórmica, e ele olhou mais uma vez para o estacionamento. Então levantou a bunda e vasculhou o bolso de trás, pegando a carteira. Ele lambeu um dedo e contou três notas de um, o suficiente para a torta e a gorjeta. Jogando-as na mesa, ele disse para Tina:

— Prefiro fazer no carro.

Tina pareceu confusa.

— Fazer o quê?

— Pegar o dinheiro — Sammy a lembrou. — Você disse que tinha.

Quando buscamos Carl no Stew Pot, ele estava tão animado quanto nós. Comparamos notas e descobrimos que tínhamos ouvido mais ou menos a mesma história sobre Frank Tucker. Mas Carl não sabia que a polícia de Seattle fora até ali e levara provas para Washington. Essa parte nós demos a ele.

Carl franzia os lábios contemplativamente quando nos aproximamos das placas do aeroporto.

— Devo ir a Seattle? — ele se perguntou.

Tina olhou para ele pelo retrovisor.

— Agora?

— Por que não? Já estou a meio caminho de lá.

Tina e eu nos entreolhamos. Era verdade.

— É só que parece que esta história é bem maior do que pensei. Quero dizer, ele tem dez, doze vítimas? Em vários estados? E se ele começou em Seattle, e Seattle tem evidências de um acobertamento no Colorado, talvez eles cooperem comigo. Talvez eles queiram que todos saibam que foi o Colorado a ferrar com tudo, não eles.

— Posso dar a você os nomes dos detetives com os quais você deve querer falar — disse Tina. — *Não* diga que me conhece. — Ela riu da forma como rimos quando algo é completamente sem graça.

Ergui minha mão.

— Então isso significa que devo prestar queixa contra Roger?

— Sim — disseram Tina e Carl no mesmo instante.

Aquele fim de semana, aquele momento, é algo em que penso todos os dias nos últimos quarenta e três anos. Era minha responsabilidade proteger as meninas, A Casa, as reputações de Denise e Robbie e suas memórias. Segui meus instintos e meus instintos estavam errados. Isso me abalou. *Ainda* me abala.

PAMELA

Tallahassee, 2021
Dia 15.826

O guarda de vinte e poucos anos tira o olhar do Candy Crush por tempo suficiente para me ver colocar minha bolsa na esteira e volta direto para o jogo. Disparo o detector de metais e ele fecha a cara com a segunda interrupção. Ele se afasta da tela e aponta o queixo para os meus pés.

— Tire isto.

Tento não pensar quantas coisas esse guarda mal pago e desinteressado não vê enquanto tiro minhas botas e as sacudo. Sou liberada.

Na sala de espera, um atendente me pede para assinar um termo antes de entrar no ônibus. Eu assino sem ler nada. Quando cheguei ao ponto da vida em que biópsias, scans e anestesias passaram a ocorrer uma ou duas vezes no ano, aprendi a me poupar dessas leituras. Há riscos envolvidos em tudo, e saber de todos eles sem dúvidas é uma maneira de enlouquecer. O que vim fazer aqui pode muito bem ser uma cirurgia de emergência, um tumor que precisa ser removido imediatamente se eu quiser viver comigo mesma.

É um trajeto curto e sacolejante até o campo recreacional, onde há uma horta de ervas e legumes cercada com arame. Faz anos que ele passou a jardinar, e é assim que passa suas horas do lado de fora. Sem pás nem ferramentas pontiagudas, me garante o atendente que me fez assinar o termo. *Obviamente*, adiciona ele com uma risada amistosa, e quero dizer a ele que na verdade não é tão óbvio. Você ficaria impressionado com como este país facilita machucar alguém, se esse for o seu objetivo.

Quando eu o vejo, ele está usando um chapéu de aba larga de tecido tingido, molhando maços de couve com uma mangueira de jardim, e fico assustada. Não apenas porque a mangueira pode ser usada como garrote, mas porque ele parece tão tranquilo neste dia ensolarado de primavera, e eu só dormi duas horas, mal. Nós dois sabemos que o tempo está acabando, e mesmo assim sou eu com algo a perder quando acabar.

    Ele me vê e desliga a água. A princípio, se aproxima devagar, erguendo a aba do chapéu para poder me ver direito. Ele começa a andar mais rápido — correndo até mim, na verdade —, e estou pensando em tudo o que me recusei a ler no termo que assinei, em como não posso culpar ninguém além de mim mesma por lesão corporal ou até minha morte, quando sinto o gosto do sangue.

RUTH
Aspen
Inverno de 1974

A noite chegou enquanto caminhávamos de volta ao hotel. Tina e eu seguíamos contra um vento afiado como um canivete, que rachava nossos rostos e arrancava o gelo dos galhos. Mas sob meu casaco de lã e o suéter de lã de Tina, eu queimava, agitada e sedenta. O champanhe havia atingido meu sistema como um fio exposto, despertando sensações adormecidas. Fiquei atormentada pela imagem daquele velho ensaboando o pelo púbico de Tina enquanto a família dele montava a mesa para o jantar no andar de baixo. Não estava tarde o suficiente para irmos nos deitar, então decidimos ficar no saguão um pouco mais, mas eu estava reunindo coragem para mentir para Tina. Eu precisava escapar dela, só um pouquinho, para sedar o animal selvagem arranhando minha pele por dentro.

Entramos no saguão, batendo e arrastando nossas botas molhadas no carpete, para encontrar alguns hóspedes se aquecendo diante da lareira. Do outro lado da sala, uma mulher baixinha com um corte de cabelo tosco chamou Tina.

— Marlene! — Tina acenou. Ela se inclinou para mim. — Aquela é a coautora do livro da Frances.

Agarrei minha oportunidade.

— Vá cumprimentá-la. Quero ir trocar essas meias molhadas. — Me abracei e tremi para ilustrar.

Fui até o elevador com passos curtos e rápidos, da forma como caminhamos quando estamos com diarreia e precisamos do banheiro imediatamente, mas não queremos que ninguém saiba que precisamos do banheiro imediatamente.

Apertei o botão e fechei meus olhos com força. Eu não aguentaria ver alguém se juntar a mim enquanto eu esperava que o elevador chegasse. Havia quinze andares e estávamos no décimo segundo. Se tivéssemos que parar no caminho, eu teria um acesso de fúria. Ouvi o elevador parar com uma batida baixa, e abri os olhos, aliviada em ver que eu estava sozinha. Apertei o botão doze com meu dedão, de novo e de novo, embora eu soubesse que não ia fazer ir mais rápido.

Alguém entrou pouco antes que as portas se fechassem. Era a mesma mulher que pegara o elevador conosco naquela manhã, aquela que dissera *claro* para mim no espelho quando o cardiologista presumiu que ela estivesse ali para esquiar. Ela pressionou o botão do décimo quarto andar; pelo menos eu não teria que parar por ela.

— Odeio quando as pessoas fazem isso comigo — ela se desculpou. — Mas é melhor irmos juntas.

Virei-me para ela com um olhar vazio. Ela me devolveu o mesmo olhar.

— Você ficou sabendo da mulher que desapareceu aqui ano passado? — Ela ergueu a sobrancelha, esperando, certa de que minha memória podia ser refrescada. Mas eu não fazia ideia do que ela estava falando. Ela me informou. — O nome dela é Caryn Campbell. Ela estava aqui com o noivo. Para a conferência. Eles voltaram do jantar e foram se sentar e ler no saguão, perto do fogo, por um tempinho. Ela foi pegar uma revista no quarto. Entrou no elevador, e foi a última vez que a viram com vida.

Parecia que o chão estava empurrando meus pés, insistindo que estava ali, enquanto o mostrador do elevador começava sua contagem.

— Ela foi encontrada? — me ouvi perguntar.

A mulher balançou a cabeça sombriamente.

— Viva, não.

O elevador parou no meu andar, mas minha cabeça ainda parecia pressurizada e pesada. As portas se abriram.

— Deixa eu te acompanhar — ofereceu a mulher. — A propósito, meu nome é Gail. Gail Strafford.

— Ruth Wachowsky — falei para ela. Saímos do elevador e viramos à esquerda no carpete laranja e amarelo com padrão de diamantes. — A polícia pegou quem a matou?

Gail tornou a balançar a cabeça.

— É por isso que estou aqui.

— Como — pausei, tentando lembrar o nome do departamento dela — a antropologia forense atua?

— Fazemos certos testes que podem ajudar a determinar a hora da morte com maior precisão.

— Mas você disse que ela foi morta há um ano — falei, pegando a chave do quarto.

— Ela *desapareceu* há um ano. O corpo dela foi encontrado um mês depois, um pouco fora de uma estrada rural. Mas, embora faça algum tempo, o solo e a área ainda têm pistas de quando foi colocada lá. Isso pelo menos ajuda a responder algumas perguntas importantes que a polícia tem. Ela foi morta aqui no hotel? Foi sequestrada e mantida por um período? Tudo isso ajuda a criar um perfil para o tipo de pessoa que faria isso. Ajuda a polícia a capturá-lo, seja lá quem ele for.

Paramos diante da minha porta. O número dourado acima do olho mágico parecia brilhante demais, como um tipo de cartão.

— Dá para saber tudo isso pelo solo?

Gail assentiu animadamente.

— A decomposição de um corpo pode acabar mudando o fenótipo da vegetação local. Em alguns casos, até décadas depois que os restos humanos são encontrados, plantas que deveriam crescer folhagem verde podem crescer de um vermelho intenso. Tem a ver com o nitrogênio liberado pelo processo cadavérico e a resposta da folha à integração desses nutrientes.

— Uau — falei, duvidando da minha última contribuição para o mundo.

Gail ficou em silêncio por um momento.

— É meio reconfortante, se pensar nisso. É como se, embora ela tenha perdido a vida, ainda é parte do mundo, de sua própria maneira.

Sorrimos uma para a outra, rápido e triste. Eu subira para molhar meu rosto, me controlar. Ficar diante do meu reflexo no espelho do banheiro e me perguntar de novo de onde veio toda a minha perversão. Mas senti meu auto-ódio se dissipar. Eu tinha meus problemas, minhas fraquezas, e sucumbir a eles havia contribuído para a crença horrível de que eu não pertencia a lugar algum, não a um casamento e não em casa com minha mãe tampouco. Mas era reconfortante pensar que a terra sempre encontrava um lugar para nós.

Encaixei a chave na tranca e abri bem a porta. A camareira havia deixado o abajur ao lado da cama ligado quando veio, e dava para ver que o lugar estava vazio.

— Obrigada por vir comigo — falei para Gail. — Mas agora me sinto mal por você ter que ir sozinha pelo resto do caminho.

Gail franziu a testa, pensando.

— Que tal se eu ligar para a recepção e pedir para transferirem a ligação para o seu quarto quando eu voltar? Ruth Wachowsky, certo?

— Certo — respondi. — Mas estou aqui com minha amiga Martina Cannon. A reserva está no nome dela.

— Ruth Wachowsky e Martina Cannon — disse Gail, guardando nossos nomes na memória enquanto seguia pelo corredor.

— Se eu não tiver notícias suas em dois minutos, ligarei para o xerife — avisei a ela.

Gail riu e apertou o passo.

— Comece a contagem, Ruth Wachowsky!

Esperei que o elevador chegasse e Gail entrasse nele antes que eu fechasse e trancasse minha porta. Fui até a cama e tirei minhas meias molhadas enquanto esperava o telefone tocar. Minha mente voltou a Julia Child e algo que ela uma vez disse em um episódio de *The French Chef*, em sua voz "ridícula" que minha mãe não suportava. "Nada que você aprende é realmente desperdiçado", disse Julia, segurando um pescoço de galinha com o punho fechado, "e será usado algum dia". Eu estava pensando nisso quando Gail ligou para dizer que tinha chegado inteira.

PAMELA

Tallahassee, 1978
Dia 14

Voltei para Tallahassee enquanto o sol dividia a Westcott Towers, sentindo que havia dormido doze horas em vez de duas. Era domingo e, embora eu tivesse um milhão de coisas para fazer e precisasse deixar A Casa pronta para as garotas naquela noite, eu não estava nem um pouco preocupada com como as faria. Algumas pessoas precisam de cafeína para funcionar, outras só precisam ter a chance de dizer *eu te falei*. Embora eu soubesse que era o Réu quem eu vira na porta da frente, me fizeram duvidar de mim. Eu estava ansiosa para confrontar o xerife Cruso com o que descobrimos no Colorado.

Mas a adrenalina de estar ali começou a passar enquanto nos aproximávamos d'A Casa, e, quando Tina estacionou para eu descer, não consegui parar de pensar nos dias em que o lugar ficou adormecido, a grande quantidade de quartos, os corredores claustrofóbicos, os armários e cantinhos e...

— Vou com você — disse Tina enquanto encarávamos as janelas.

Não reclamei.

Tina desligou o carro, e juntas seguimos pelo caminho de pedras brancas até a porta da frente, parando na caixa de correios para que eu pudesse pegar a correspondência dos últimos dias. Coloquei as contas e cartas de condolências dos alunos e de perfeitos estranhos sob meu braço e inseri o novo código.

O corredor tinha um cheiro frio e parado. Havia fita preta na soleira onde eu o vi e arranhões na madeira de onde eu havia usado palha de aço para limpar manchas de sangue seco.

Tina esfregou os braços.

— Vamos começar ligando o aquecedor.

Empurramos os sofás da sala de recreação contra a parede e eu passei o aspirador enquanto Tina segurava o fio. Colocamos os sacos de dormir em forma de raio de sol e depois empurramos os sofás até os cantos, criando uma parede ao redor das garotas que dormiriam no círculo mais externo. Encontramos mistura para bolo nos armários — Tina sugeriu um bolo cortado em pedaços em vez de cupcakes. Ruth fez um para ela uma vez, depois de mencionar que era algo que eles faziam no Texas. Além disso, ficaria pronto mais rápido do que cupcakes e tínhamos muito mais trabalho a fazer.

Eu havia programado a chegada dos novos colchões para o sábado, quando pensei que voltaria do Colorado na noite de sexta-feira. Eles foram abandonados sem cerimônia ao lado da porta dos fundos; um rato roeu uma das caixas enquanto eu estava fora. Pelo menos não tinha chovido.

Mas, antes que pudéssemos levá-los para cima, tivemos que descartar os colchões sujos do quarto de Eileen e Jill. Descemos o primeiro pela escada dos fundos em uma queda espetacular, e eu enxuguei a testa.

— Vou desligar o aquecedor.

Tina assentiu. *Por favor.*

Enchemos um balde com água quente e sabão e passamos quase duas horas esfregando o sangue que coagulara nas fissuras da armação da cama. Tiramos o bolo do forno e o espetamos; precisava de mais vinte minutos. Levamos um dos novos colchões escada acima e tiramos o bolo de novo. Desta vez estava pronto. Deixamos que esfriasse na bancada enquanto colocávamos os outros colchões nas costas e bufávamos escada acima. Arrumamos as camas com lençóis novos, colocamos cobertura no bolo e penduramos novas cortinas no quarto dez. Olhei para o relógio e não consegui acreditar quando vi que já eram quatro da tarde. Minha pele estava pegajosa, e a parte de trás da minha camisa estava dura com o suor que secara, molhara e secara de novo.

— Você se importa — perguntei a Tina, hesitando — de ficar enquanto tomo banho?

Eu não conseguia pensar em fazer isso sozinha.

— Nem um pouquinho — respondeu ela.
— Serei rápida — prometi.
— Leve o tempo que precisar.

No banheiro, parei diante do cubículo de Denise. Denise era uma viciada em beleza que sempre tinha o xampu mais recente ou a última loção da moda para as mãos em seu canto do banheiro. Levei-os comigo. Ela odiaria se qualquer coisa fosse desperdiçada.

Liguei o chuveiro o mais quente possível, e então fiquei sob a água por tempo demais, passando o xampu de Denise no meu cabelo, cobrindo meus joelhos e axilas com o creme depilatório de Denise. Era um negócio chamado Crazylegs, e eu gostei tanto que passei a usar. Quando a Johnson & Johnson o descontinuou em 1986, senti como se fosse outra morte.

Voltei do banho, pele rosa enrolada em uma toalha, e encontrei Tina sentada à minha mesa, folheando uma antiga *Cosmopolitan* de Denise e coçando a cabeça. Era a primeira vez que eu a via sem algo cobrindo a cabeça. Pigarreei alto para anunciar minha chegada. Decerto ela não queria que eu a visse sem o chapéu do dia.

Mas Tina mal olhou para mim enquanto voltava a folhear a revista.

— Ruth descobriu a cura para a acne dela em uma dessas coisas. — Ela passou o dedo da esquerda para a direita, sob o pequeno anúncio de xampu. — Acho que o estresse dela diminuiu consideravelmente quando saiu da casa da mãe, e isso ajudou a limpar a pele dela mais rápido do que qualquer pílula poderia. Mesmo assim — disse ela, suspirando —, não faz mal ficar de olho em algum tratamento milagroso, já que médico nenhum no mundo consegue entender por que parou de crescer. — Ela estava falando das partes idênticas e carecas dos dois lados da cabeça, como se ela tivesse tido um par de chifres de demônio cirurgicamente removidos.

— O que aconteceu? — perguntei, indo até o armário e abrindo a gaveta onde eu deixava a roupa íntima. Um pensamento pouco gentil surgiu na minha cabeça — *devo pedir a Tina que saia enquanto me visto?* A mulher que ficara e me ajudara a organizar A Casa, que ficara de guarda enquanto eu tomava banho, que estava sentada ali completamente desarmada e exposta para mim. Como uma espécie de terapia de exposição radical, deixei cair a toalha e comecei a cuidar da minha vida como faria com qualquer outra mulher no quarto.

— Eu arranquei, na verdade — disse Tina. — No dia em que Ruth não voltou para casa. Fiquei tão enlouquecida que agarrei meu cabelo e puxei com tanta força que saiu da raiz. — Ela lambeu o dedão e virou a página do anúncio de xampu, derrotadamente. — Um médico disse que eu traumatizei o folículo. Que vai crescer outra vez quando se sentir *seguro* o bastante. — Ela quase riu com aquela palavra. *Seguro*.

Vesti um suéter pela cabeça e desci o corredor sem calças, indo em direção aos fundos da casa até chegar no quarto de Denise, onde passei por baixo da fita preta. Esperei que estivesse ali, o que eu estava procurando, mas, se não, eu sabia onde comprar.

— Tem um multivitamínico que Denise costumava tomar — falei para Tina quando voltei ao quarto. — Para ajudar a crescer cabelo e unhas. Ela precisou muito depois do último término com Roger. Ela ficou muito magra. Mais magra do que ficava quando fazia aquelas dietas malucas. Não que precisasse delas, mas ela se pesava várias vezes por dia e entrava em pânico se ganhasse um grama. Ela ficava tão estressada que o cabelo começou a cair. Encontrou essa mulher, um tipo de pessoa holística, que deu isso para ela. Eu não sei como funciona, mas funciona. Denise tinha o cabelo mais bonito em toda a irmandade. — Joguei o frasco para Tina, que o pegou com os braços.

— Já ouviu falar de anorexia? — perguntou Tina, examinando o rótulo do frasco.

— A coisa em que as mulheres ficam passando fome? — perguntei em um tom incerto, subindo o jeans pelas pernas. — Denise não era assim — falei inocentemente. — Ela só tomava muito cuidado com o que comia.

Tina franziu os lábios, sem dizer mais nada. Muitos anos e filmes da Lifetime sobre o assunto depois, quando os transtornos alimentares eram tão comuns que até minha própria filha lutou brevemente contra um, percebi que Tina havia se impedido de explicar para mim que Denise sofria de um também. Que ela havia me poupado de pensar sobre Denise sofrendo mais do que ela sofrera no fim da vida. Tina abriu o frasco e despejou os grossos comprimidos brancos na palma da mão, examinando-os mais.

— Obrigada — disse ela. — Vou testar com certeza.

— Não — insisti. — Obrigada a você. Eu nunca teria feito tudo isso sozinha. — Peguei a escova de cabelos na mesinha perto de onde Tina estava sentada, e fizemos contato visual pelo espelho. — E quero me desculpar também, Tina. Pelas coisas que falei no hotel. O que insinuei sobre o seu caráter. Você tem isso de sobra.

Tina sorriu para mim no espelho.

— Tenho que dizer que este é um momento muito satisfatório para mim. Eu vivo para provar que as pessoas estão erradas.

Ergui minhas sobrancelhas, concordando.

— Sei exatamente o que você quer dizer.

Rimos juntas. Fui até a porta enquanto passava a escova pelo cabelo molhado.

— Não quero te prender aqui mais.

— Tem certeza?

— As garotas vão chegar às cinco. Sobreviverei sozinha os próximos quinze minutos.

Tina assentiu. *Está bem então*. Eu desci com ela até a porta da frente.

— Me ligue se precisar de alguma coisa — disse ela.

— Vou te informar quando souber de Carl — falei.

Tina e eu assentimos uma para a outra de uma maneira profissional que não combinava com os novos limites do nosso relacionamento. Que era o quê, exatamente? Não uma amizade. O que tínhamos era mais forte que isso, capaz de sustentar um tipo de animosidade que uma amizade não podia.

Se parecia mais com irmandade, percebi, que qualquer coisa que eu vivera sob aquele teto. Porque eu não havia escolhido Tina, não havia feito uma avaliação dela como fizera com os membros da divisão, e mesmo assim estávamos destinadas a seguir juntas pela vida, conectadas pelo sangue derramado. Dei um passo à frente e a abracei. A princípio, as mãos de Tina ficaram penduradas, frouxas, ao lado do corpo. Mais tarde, ela me contaria que costumava sair dos lugares às pressas, tentando poupar as outras mulheres que partiam de maneira desconfortável quando se perguntavam se deviam abraçá-la sem o gesto ser mal interpretado. Por fim, senti seus braços ao meu redor, frouxos, como se me dessem a opção de me soltar a qualquer instante.

Depois que Tina partiu, fui à cozinha cortar o bolo e ver as correspondências. Eu nem queria pensar quantos cartões de agradecimento eu teria que escrever para todas as pessoas que entraram em contato e ofereceram suas condolências.

Havia um bilhete gentil de uma ex-aluna em Adrian, Michigan, que me contou da bem-sucedida venda de noz-pecã que fizera, arrecadando vários milhares de dólares que doara para o abrigo de mulheres local e caindo aos pedaços em nome da nossa divisão. Havia uma carta de um homem em Nova Hampshire que lera sobre o que acontecera conosco e, citando o aumento estatístico de crimes violentos contra mulheres, sugeriu que falássemos com nossa polícia local sobre uma sessão de treinamento de arma de fogo para mulheres. Se eles não tivessem instrutores, ele se voluntariaria. Ele tinha um amigo do exército em Pensacola, e estava pensando em visitar. Até essa loucura eu responderia cedo ou tarde, agradecendo a ele pela generosa oferta.

Peguei a próxima correspondência, com endereço de devolução em Fort Lauderdale, endereçada à sra. Pamela Armstrong. *Que estranho*, pensei. Armstrong era o sobrenome de Brian. Era como uma janela para o futuro iminente, e, em um vislumbre, eu vi os próximos dez anos de minha vida com Brian, em uma cozinha na Flórida, preparando lanches para as crianças depois da escola, que passavam pela porta e me chamavam naquele exato momento.

— Olá? — chamou uma voz hesitante dos fundos da casa. Minhas irmãs haviam chegado.

— Na cozinha! — gritei, deslizando uma faca de manteiga sob o selo dourado e removendo a carta digitada em papel timbrado oficial do governo. "Prezada sra. Armstrong", dizia. "Lamentamos informar..."

— Que cheiro bom aqui!

— Está *congelando*. Vamos ligar o aquecedor!

— Olha isto! — Quem disse isso descobriu o conforto dos sacos de dormir na sala de recreação.

O calor aumentou com um estrondo e um suor pavloviano escorreu pelo meu lábio superior. Eu ainda estava corada por causa do banho quente, e o documento em minhas mãos havia ficado quente. O comitê de assistência às vítimas analisou a nossa apelação e nos considerou "inelegíveis para restituição financeira devido à exclusão de relações sexuais nos requisitos de elegibilidade, impedindo a recuperação dos requerentes que se descobriu terem contribuído para os seus próprios ferimentos". Eles mandavam suas mais profundas condolências pela nossa terrível provação, mas era seu dever proteger o programa. Regras eram regras.

RUTH

Issaquah
Inverno de 1974

É inacreditável — Tina estava dizendo quando voltamos para Seattle e entramos no Cadillac dela. — Como ela pôde simplesmente desaparecer assim?

Eu havia contado para ela a história que Gail me contou no elevador.

— Foi o que aconteceu com a estudante da Universidade de Washington mais cedo este ano — lembrei. — Aquela que leu os relatórios de esqui. Ela foi até o quarto, mas de manhã não estava na cama, e ninguém a viu desde então.

Tina e eu seguimos o caminho em uma contemplação pesarosa, pensando sobre a impossibilidade e a possibilidade de algo assim acontecer conosco.

— Sabe — disse Tina, de forma contida, enquanto saía da rodovia e parava na placa de pare da rampa —, você sempre será bem-vinda para ficar comigo por um tempo. Eu ficaria grata a você, na verdade. Ficar naquela casa enorme sozinha? Eu fico assustada. — Ela viu minha boca franzir e insistiu: — Você me faria um favor enorme, Ruth. Sei que estou pedindo demais, mas resolvi perguntar.

Ela estava fazendo aquela coisa de rico de novo, implorando para que eu sentisse pena dela e aceitasse sua caridade. As roupas, a viagem, uma mansão de seis quartos onde eu poderia ficar. Mesmo assim, ali estava eu, usando as roupas dela, tendo voltado da viagem dela. Era uma estratégia muito efetiva.

— Obrigada — falei para ela, e era sério —, mas minha mãe precisa muito da minha ajuda agora.

Tina virou na minha rua devagar, caso eu mudasse de ideia enquanto as rodas giravam. Baixinho, ela perguntou:

— Com o quê?

A pergunta me desestabilizou. Tive que vasculhar meu cérebro por uma resposta satisfatória, e tudo o que consegui dizer foi:

— Tarefas de casa.

— Entendo — disse Tina, em um tom que indicava o contrário de compreensão.

— Limpar. Cozinhar. Pagar contas — acrescentei, aumentando meu papel. — Meu pai costumava fazer tudo isso para ela. Ela ficaria péssima sozinha.

— Minha mãe também ficou bem deprimida quando eu saí de casa — disse Tina. — Quero dizer, quando realmente saí. Saí tipo nunca-mais-vou-voltar. Mas quer saber? — Ela parou na porta, e ficamos encarando a pequena casa térrea que eu chamava de lar. Os faróis do Cadillac iluminavam as manchas na lateral de alumínio que eu estava o inverno inteiro planejando esfregar.

— O quê? — enfim perguntei, porque Tina havia se virado para olhar para mim, esperando que eu dissesse algo.

— Ela está bem, Ruth. Ela sobreviveu.

Por um momento, vimos a silhueta da minha mãe na janela, circulando pela cozinha.

— Ela também vai ficar bem — disse Tina.

— Voltei! — gritei e prendi a respiração.

Minha mãe teria ouvido o carro na entrada e a porta da frente se fechando atrás de mim, mas fazia tempos que eu aprendera a me anunciar quando entrava na casa. Eu era boa em adivinhar o humor da minha mãe de acordo com o tom da sua resposta, e preferia entrar na arena dela preparada.

— Aqui — veio a resposta pouco audível dela. Ela estava com raiva de mim, mas não tinha motivo para estar, o que significava que teria que encontrar um. Entrei na cozinha sabendo que terminaria brutalmente.

Eu a encontrei engatinhando no chão, a porta da geladeira aberta, limpando as prateleiras frias com guardanapo molhado e deixando pequenas bolinhas para trás. Havia uma maçã meio comida e marrom na bancada, e eu sabia que eu estava encrencada. Não consegui acreditar que havia me esquecido de jogar a maçã fora antes de sair. Eu não tinha apetite de manhã, mas, se tomasse meus Acnotabs de estômago vazio, ficava enjoada. Na sexta-feira, antes de ir, eu deixei a outra metade para o sábado, por hábito.

Minha mãe resmungou:

— Tem mosquinhas de frutas por toda a parte, Ruth.

— Não vai se repetir — garanti a ela enquanto jogava a maçã podre fora, e então decidi que era melhor levar o lixo para fora, por garantia.

— Não vá a lugar nenhum ainda — disse minha mãe enquanto eu amarrava o saco de lixo. Ela se levantou, se encolhendo dolorosamente quando sentiu todo o peso do corpo no joelho. — Sente-se. Quero conversar com você.

Apoiei o saco de lixo contra a porta da geladeira e me sentei na cadeira com cuidado, como se estivesse forrada com fileiras de tachas invisíveis. Minha mãe sentou-se à minha frente e meio que recuou quando percebeu que eu não estava usando minhas próprias roupas.

— De onde saiu esse suéter? — perguntou.

— Tina me emprestou — falei. Vi o puxão desaprovador no canto da sua boca e arrumei uma desculpa rápido. — Derrubei uma coisa na minha roupa.

— Você não levou mais nada?

— Nada que funcionaria no que estávamos fazendo.

Minha mãe riu de uma maneira que me encheu de pavor.

— Não percebi que era um final de semana *chique*.

Ela pegou a xícara de chá e deu um gole, estalando os lábios com desgosto quando sentiu o sabor. Ela havia colocado o saquinho de chá na água fervente, eu podia apostar. Queimara as folhas.

— Quer ouvir uma coisa louca? — sugeri. Contei a ela sobre a jovem desaparecida antes que ela pudesse responder.

Dava para ver que minha mãe estava intrigada com a história. Ela ouviu com uma expressão blasé, mas seus lábios tremiam de curiosidade. Havia perguntas que ela estava louca para fazer, mas era muito orgulhosa, então dei o máximo de detalhes que pude para satisfazê-la.

— Vou ter que ficar de olho por notícias disso — disse ela quando terminei, e relaxei pela primeira vez desde que entrei na casa. Eu tinha certeza de que ela só queria falar comigo sobre a cerimônia do jardim do meu pai, sobre convencer CJ a vir para que ela não tivesse que explicar nosso divórcio para todos os colegas de meu pai na Issaquah Catholic. Em vez disso, ela juntou suas mãos infantis e atarracadas e abaixou a cabeça, como se o que fosse dizer não fosse ser fácil para nenhuma de nós. — Falei com o dr. Burnet esta manhã.

Minha boca ficou seca.

— Sobre o quê?

— Ah — disse minha mãe com um sorriso cansado. *Por onde começar?* — Estive preocupada. Com o tempo que você tem passado com aquela mulher. Uma mulher adulta convidando outra mulher para viajar durante o final de semana? É estranho, Ruth. Me senti estranha o tempo todo, até não conseguir aguentar mais. Eu queria saber se o dr. Burnet achava que eu tinha direito de estar preocupada.

Afundei mais na cadeira.

— Nós dois concordamos que será melhor para você começar a vê-lo outra vez.

Minha voz saiu trêmula e baixa.

— Você quer que eu volte para a Eastern State?

— O dr. Burnet quer que você volte. Esqueça o que eu quero. Ele é o médico.

Assenti, concordando com ela, embora fosse apenas uma questão de semântica.

— Posso pensar por uns dias?

Minha mãe pressionou as mãos na mesa e se levantou com um grunhido involuntário.

— Acho que é melhor você pensar.

Ela foi para a sala e, alguns momentos depois, ouvi a TV sendo ligada. Fiquei sentada por um longo tempo, afundada na minha cadeira, observando as moscas circularem o saco de lixo, pensando sobre a ala das mulheres na Eastern State, o som da minha porta sendo trancada antes que eu adormecesse à noite.

Por fim, também me levantei. Pensei muito em deixar o saco de lixo apodrecer na cozinha, mas então decidi que poderia ser gentil com minha mãe uma última vez.

Minha bicicleta estava enferrujada por ser deixada no ar úmido, e levei quase uma hora para pedalar até a casa de Tina, um frasco de Acnotabs chacoalhando como um tamborim no bolso do meu casaco. Aquilo e o diário que Frances me deu foram as únicas coisas que levei. Não havia nada mais que eu pudesse carregar; nada mais que eu sentiria falta.

Tina abriu a porta, uma colcha do tamanho de uma bandeira lhe caía sobre os ombros e envolvia os pés descalços como uma capa medieval. Seu cabelo loiro estava preso em um rabo de cavalo, e as sobrancelhas escuras estavam erguidas de surpresa. Ela abriu mais a porta para mim e eu entrei, onde era acolhedor e quente. O suor instantaneamente brotou em meu lábio superior e levantei um ombro para enxugá-lo.

— Desculpe — falei, de repente perdendo a coragem. — Você disse que, se eu quisesse, poderia ficar aqui. Mas não preciso. Cheguei em casa e percebi que não podia ficar lá nem mais um segundo.

— A oferta está de pé — disse Tina de uma maneira tão séria que doeu. O corredor do vestíbulo era cavernoso, mas estreito. Estávamos encostadas em paredes opostas e, ainda assim, não havia muito espaço entre nós. A colcha havia escorregado de um dos ombros de Tina, e ela estava olhando para mim de um jeito reverente e esperançoso, como se eu fosse a boneca de porcelana que ela queria de aniversário, mas, agora que ela me tinha, podia ver como eu me quebraria facilmente. Eu já tinha sido olhada assim uma vez, por CJ, e também fiquei aterrorizada, embora não pela razão que acontecia agora.

— Não quero abusar da sua generosidade — falei, testando o perímetro da conversa. Isso se tratava de formalizar um acordo de moradia, e nada mais. — Seria por um tempo. Até eu arrumar um emprego e me reerguer.

Tina apertou a colcha nos ombros. Eu dissera a coisa errada. A coisa covarde.

— Ruth — disse ela, da mesma forma como alguém diria a palavra *pare. Já chega.* — Se é o que você quer, tudo bem.

Os sinais dela estavam por toda a parte, me chicoteando. Mais por frustração que por coragem, falei:

— Não é o que eu quero, e acho que também não é o que você quer.

Tina reclinou a cabeça contra a parede e me olhou com olhos semicerrados, divertida. Ela estava me deixando louca.

— Você sabe no que está se metendo?

A casa estava silenciosa, ouvindo, toda nossa.

— Infelizmente, sim.

Tina suspirou.

— Eu realmente preciso que você saiba. Não posso ter você na minha consciência junto de todas as outras coisas.

Meu coração martelava no peito. *Faça isso*, Tina pareceu dizer, *e depois disso não sou responsável pelo que acontece, pelo que você sente*. Tina era mais alta que eu e, com a cabeça inclinada para trás, era ainda mais difícil alcançá-la sem sua explícita cooperação. Dei um passo à frente, me equilibrando nas pontas dos pés. Tina me deixou beijá-la por alguns momentos, me deixou absolvê-la de toda a responsabilidade, e então, como se eu tivesse recitado a palavra-chave da fortaleza corretamente, ela abriu o cobertor e o fechou ao nosso redor, prendendo-nos dentro, seguras.

PAMELA

Tallahassee, 1978
Dia 15

Bati na porta da casa de Brian, educadamente primeiro, e então fechei a mão em punho e bati com força até que o osso do meu punho ficou vermelho e um dos caras do Clube do Bolinha acordou.

— Pamela? — O irmão de Brian estava à porta usando roupa de baixo e um robe meio aberto, tirando a remela seca do olho. — Vocês estão bem?

Tirei meu olhar da pequena e pálida barriguinha dele.

— Está tudo bem. Preciso falar com Brian.

— Quer que eu acorde ele? — perguntou ele em um bocejo fedorento.

— Por favor.

Ele se afastou da porta, me convidando a entrar. Era pouco depois das sete da manhã, e eu tomara banho e me vestira horas antes. Eu havia superestimado drasticamente minha habilidade de dormir no chão com trinta e quatro mulheres, sob o mesmo teto onde, pouco mais de duas semanas antes, eu estivera superconsciente de cada passo na noite, superconsciente de agir como se eu não estivesse superconsciente, sendo corajosa pelas garotas.

É só o vento, eu dissera para a irmã que se mexera a uma da manhã. Para aquela que dera um pulo às duas, eram os canos velhos d'A Casa. Às três, eram os aspersores do jardim do vizinho. Às quatro, era o jornaleiro, que precisava passar óleo nas rodas de sua bicicleta, e então não consegui voltar a dormir, não quando era uma hora aceitável para as pessoas estarem de pé e começarem seu dia. Fui para a cozinha, servi café e comecei a rascunhar as cartas para nossos doadores recorrentes, convidando-os para almoçar n'A Casa. Eu precisaria recuperar o dinheiro que havia pegado emprestado da conta para as dívidas pelos danos sofridos n'A Casa, quando supus que a assistência às vítimas logo cobriria a dedução. Só de pensar na linguagem da carta de rejeição, as pontas das minhas orelhas ficaram vermelhas de vergonha. Eu não tinha ideia do que queria dizer uma isenção de relação sexual, ou como é que tínhamos contribuído para os nossos próprios ferimentos, mas queria rastejar para a terra e desaparecer, imaginando um conselho de figuras estimadas na comunidade — imaginando o meu futuro sogro — revisando nosso caso e determinando que havia algo desagradável e inapropriado nele, em nós. Sentada à mesa da cozinha enquanto o sol rachava o céu noturno, fiquei furiosa comigo mesma por submeter as garotas a esse tipo de escrutínio. Eu as decepcionei. Pior, eu decepcionei *Denise*.

Brian veio correndo escada abaixo, usando uma calça de moletom cinza-claro com um moletom cinza-escuro e seu brasão laranja da fraternidade no lado esquerdo do peito.

— Que diabos está acontecendo? — perguntou ele com olhos loucos e cabelo mais louco ainda.

Entreguei a ele a carta de rejeição do comitê de assistência a vítimas. Brian a pegou e examinou, de pé, e então se sentou no terceiro degrau para ler de novo.

— O que aconteceu? — perguntei, minha voz alegre demais. Eu soava como alguém tentando permanecer calma quando estava a uma pequena inconveniência de surtar totalmente.

Brian passou a língua pela película branca nos cantos da boca, removendo-a com o polegar e o indicador, limpando-a na calça de moletom. Olhei para a gosma em seu joelho e tive uma vontade terrível de ficar sozinha para sempre.

— Talvez por causa de Roger? — questionou Brian baixinho.

— Definitivamente é por causa de Roger — me irritei. — Do contrário, não precisaríamos usar a isenção sexual na nossa situação. Eles estão dizendo que ele fez isso, e, porque Denise era namorada dele, ela de alguma forma atraiu isso para si.

— Sei que está decepcionada, Pamela...

— Furiosa, na verdade...

— Pense pelo ponto de vista deles! Ninguém foi preso! Eles só têm o seu depoimento. E não estou tentando te chatear, mas você falou que pensou que fosse Roger. E agora está pensando em prestar queixa contra ele...

— Eu prestei queixa.

Brian ficou surpreso.

— Quando?

— Ontem. Liguei para o xerife Cruso noite passada.

Vou informar ao promotor imediatamente, Pamela, disse o xerife Cruso pelo telefone. Ele bocejou alto, e então riu, se ouvindo. *Serei sincero. Tive dificuldade para dormir noite passada, pensando em deixar esse cara ir para a rua amanhã. Você tomou a decisão certa.*

Ainda não acho que ele matou Denise e Robbie, acrescentei rapidamente, antes que selássemos a amizade. Eu estava desesperada para contar a ele sobre a viagem ao Colorado, mas Tina e eu havíamos conversado e percebido que o mais provável seria que o artigo de Carl pudesse convencer o xerife Cruso, se ele acreditasse que outra pessoa tinha chegado à mesma conclusão que nós, independentemente de nossa influência.

Brian assentiu com veemência.

— Ótimo. Acho que era a sua única opção, Pamela. Mas não vai ajudar seu caso aqui. — Ele sacudiu a carta de rejeição, caso não tivesse sido claro.

Fechei os olhos e imaginei as linhas uniformes do aspirador no meu carpete, que eu fizera naquela manhã quando não consegui voltar a dormir, desejando que a imagem organizada fizesse minha pressão sanguínea abaixar antes que eu dissesse algo do qual me arrependeria.

— Eles estão apenas tentando resguardar os recursos para quem realmente precisa — disse Brian. — E é difícil, porque tem muitas mulheres aí fora que estão dispostas a se colocarem em situações perigosas.

— Queria que você tivesse me dito isso antes que eu me inscrevesse. — Abri os olhos e vi que não conseguia focar em nada além da gosma no joelho de Brian. — Eu poderia ter nos poupado da humilhação.

Da posição dele no degrau baixo, Brian estendeu a mão para a minha, dando um puxãozinho nela. Ele queria que eu me sentasse ao lado dele.

— Quem foi humilhado? As únicas pessoas que sabem disso são eu e o comitê.

— Mas eu sei — falei baixinho, permitindo que ele me puxasse para o colo.

Brian me balançou no joelho como se tentasse animar uma criança amuada.

— Quer que eu fale com o meu pai? Talvez eu possa fazê-lo reconsiderar. No mínimo, me deixe cobrir o que você gastou.

Eu havia gastado dois mil dólares. Seria fácil recuperar o dinheiro com um almoço com nossos doadores regulares.

— Prefiro que não faça isso. Queria que isso terminasse.

O joelho de Brian parou, e ele deslizou a mão no meu cabelo, colocando-o sobre o meu ombro para que meu rosto ficasse exposto.

— Admiro muito como você lidou com isso — disse ele.

A coisa certa a fazer era me inclinar e retribuir o beijo que ele claramente pretendia me dar. Certa vez, Denise me imitou quando alguém tentava me abraçar, ou me aconchegar, ou sentar-se muito perto. Seus ombros finos se ergueram, seu pescoço desapareceu e seus olhos ficaram arregalados e horrorizados. *Você quer me tocar?* Ela estava certa ao dizer que ficar perto demais fisicamente de alguém me repelia. Eu tinha medo do que eles poderiam dizer e do cheiro que poderiam sentir. Eu já tinha feito sexo com Brian antes, mas sempre acontecia depois de um encontro, quando nós dois estávamos devidamente perfumados e lavados. Nunca passamos a noite juntos e fiquei horrorizada ao saber qual era o gosto de sua boca pela manhã. Separei meus lábios e aceitei o toque seco de sua língua, percebendo que você tem duas escolhas na vida: ou acorda com o beijo fedorento de alguém ou acorda sozinho. Escolha o seu veneno.

Mais tarde naquela semana, eu estava no meu quarto, lidando com os bilhetes de agradecimento, quando alguém chamou meu nome, dizendo que eu tinha visita.

Me apressei escada abaixo e encontrei Carl na porta da frente, uma barba de verdade onde antes eu vira apenas uma sombra de trinta e poucas horas. Ele não dera notícias por seis dias, e parecia que tinha vindo direto do aeroporto. Deu um sorriso torto e cheio de dentes quando me viu descendo a escada, a fisionomia exibindo aquela expressão velada que indicava que tínhamos um segredo. Eu estava corando violentamente quando o encontrei na porta.

— Você voltou. — Eu esperava não estar soando como se o venerasse demais.

Carl se inclinou para baixo, seus cílios longos piscando com sono.

— Onde podemos conversar a sós?

Dei meia-volta, gesticulando por sobre o ombro para que Carl me seguisse, usando a curta caminhada até a sala de estar formal para levar as palmas das minhas mãos frias às minhas bochechas quentes. Era hora do almoço em uma sexta-feira, o sol alto e quente no céu, e as garotas estavam injetando sangue pelas veias d'A Casa de novo, indo e vindo de aulas, reuniões, práticas, consultas. Durante o dia, mal dava para acreditar no que acontecera, e talvez fosse por isso que as noites eram tão difíceis para nós. A Casa era uma panela de pressão, mas pelo menos durante o dia estávamos ativas, portas dos fundos, portas laterais e portas da frente abrindo e fechando. À noite, com as trancas fechadas e as cortinas puxadas, a realidade da nossa situação ficava presa ali dentro, nos pressionando com força.

Fechei as portas francesas duplas. Uma das minhas irmãs passara a caminho de seu ensaio da banda, a flauta no suporte de madeira, que sempre pensei que poderia arranhar as paredes, e ela diminuiu o passo, espiando pela entrada estreita para ver quem havia exigido uma reunião na sala formal. Dei a ela um rápido sorriso de *nada com que se preocupar* antes de dispensá-la.

Carl deixou a bolsa escorregar do ombro e cair aos seus pés.

— Aqui — falei, estendendo a mão —, me deixe pegar isto.

Carl fez um movimento engraçado de caratê no meu pulso, me interrompendo. Ele se agachou, a bunda nos tornozelos, e abriu a bolsa. Não sei por quê, mas fiz o mesmo, me agachando no carpete diante dele. Porque eu queria. Porque estava me sentindo adorável.

Carl mostrou uma pasta amarela, e, por instinto, eu tentei pegá-la. Carl a segurou no alto, fora do meu alcance.

— Tão impaciente, Pamela.

— Carl! — Eu ri.

— Você nem vai saber o que é se eu não explicar primeiro.

Juntei minhas mãos no colo em uma postura reservada.

— Está bem.

— Seattle não ficou nem um pouco feliz quando apareci fazendo perguntas, mas eu os exauri. Principalmente depois de fazer um pedido de LLI. Sabe o que é isso?

Balancei a cabeça. Carl explicou que a Lei de Liberdade de Informação foi alterada após Watergate, em resposta ao apelo público por mais transparência por parte do governo.

— Tecnicamente — disse Carl —, os materiais que Seattle pegou do Colorado são agora propriedade federal, já que cruzaram a fronteira do estado. Eles precisam compartilhar comigo se eu fizer esse pedido, por lei. Seattle sabia disso, então me fizeram uma proposta.

Encarei a pasta na mão de Carl, ansiosa demais para respirar.

— Fizeram uma cópia da lista do container, que cataloga cada item em posse do Réu durante o tempo em que ele esteve preso no Colorado. — Enfim, Carl me ofereceu a pasta. Com mãos trêmulas, eu a abri. — Me diga quando tiver visto.

Percorri a lista com o dedo, catalogando linha a linha o que eu estava lendo. Fita de interrogatório número um, fitas de interrogatório números dois, três e quatro...

— Depois que ele foi capturado — explicou Carl —, ele só falava com a polícia de Seattle, lembra? Essas são as gravações dessas conversas.

— Quero saber do que eles falaram!

Carl riu.

— Não queremos todos saber?

— Então é isso o que você vai perguntar no pedido de LLI?

Carl balançou a cabeça, pesarosamente.

— Só dá para pedir arquivos físicos. Tudo em áudio ou vídeo é protegido. — Isso ia mudar depois, em 1996, mas até lá seria tarde demais. Carl empurrou meu joelho levemente. — Mas continue lendo.

Havia a terceira edição de um livro de lei criminal, algumas fotografias da família, desodorante e... parei. Lágrimas de alívio arderam nos meus olhos.

— Carl — sussurrei.

— Um panfleto de 1977 da Universidade Estadual da Flórida — disse Carl sem precisar olhar. — Ele tinha planos para este lugar por um ano inteiro antes de vir para cá.

Imaginei onde estávamos e o que fazíamos quando ele nos escolheu. Compreendi de uma nova maneira por que a premeditação acarretava uma sentença mais dura do que os crimes ocorridos no calor do momento. Era um tipo único de violação pensar que, enquanto você estava enrolado no sofá, assistindo a *As the World Turns* com seu melhor amigo, alguém estava planejando sua morte. Descobri que estava tendo dificuldade para engolir. Quanto mais eu tentava, mais apertada ficava minha garganta.

— O que isso significa para nós? — perguntei em voz contida.

— Significa que vou partir daqui para contar a história. Quatro mil palavras sobre o encobrimento do Colorado que levou a um duplo homicídio completamente evitável aqui mesmo no nosso quintal.

Passei a palma da mão sob o queixo, lágrimas pingando na cópia da lista.

— Ai, Deus, desculpe — falei, usando a manga do meu suéter para secar a página. — Estou tão aliviada. Eles terão que me ouvir agora.

Carl assentiu com um sorriso adorável no rosto.

— Vai dar certo, Pamela.

— Graças a você.

Fui devolver o documento e ele se inclinou ligeiramente para a frente. No calor do momento, cheguei mais perto e o beijei.

O editor de Carl no *Democrata de Tallahassee* queria a história pronta para imprimir. Embora estivéssemos tecnicamente na era de ouro dos assassinos em série americanos, aquilo seria novidade para a maioria de nós em 1978. O termo fora cunhado mais cedo naquela década, mas *assassino em série* ainda não fazia parte do nosso jargão coloquial de viciados em *true crime*. Sempre existiram assassinos em série — no século XVI, eles eram julgados como lobisomens. Existem mulheres assassinas em série que acumulam suas vítimas manipulando outras pessoas para fazerem seu trabalho sujo, e assassinos em série negros de quem raramente ouvimos falar, não porque sejam negros, mas porque suas vítimas o são. Depois de um boom de notoriedade movimentada e impulsionada pela mídia para o Réu, o Perseguidor da Noite, o Estrangulador de Hillside e o Assassino de Golden State, havia consciência suficiente em torno da ideia de que um assassino perturbado poderia estar disfarçado como o recepcionista amigável de sua igreja, que qualquer pessoa com essa patologia sombria era forçada a recorrer a um grupo de vítimas diferente para continuar caçando sem ser pego. Não ouvimos mais falar de assassinos em série porque eles têm como alvo profissionais do sexo, pessoas que entram no carro de um estranho como meio de sobrevivência e cujos desaparecimentos têm menos probabilidade de soar alarmes.

Denise e todas as outras em Washington, Utah e no Colorado apenas eram parte de um grupo específico de vítimas, em um momento específico de compreensão no campo das ciências criminais e sociais, em um momento específico de interesse da mídia. Mas esse ponto crítico na história, como a maioria dos pontos críticos costumam ser, só é detectável agora, com o benefício de um olhar futuro.

Então: o que o editor de Carl pensou ter sido prometido não era apenas uma história sobre um agressor que ainda era classificado por uma fraca nomenclatura governamental, mas uma história sobre um encobrimento. Estávamos no pós-Watergate, e as manchetes sobre corrupção e pedidos de transparência vendiam muito nas bancas de jornais. No entanto, disse o editor dele, não podíamos sair por aí fazendo alegações litigiosas. Ele imprimiria a história se e quando o Réu fosse preso e indiciado. Dizer que estávamos todos decepcionados e frustrados é pouco, mas Carl levou uma cópia da lista de pertences para o xerife Cruso, e perguntou se ele podia ficar com ela. Isso, um mínimo sinal de interesse, me alegrou por alguns dias. Então, não deu em nada, e comecei a imaginar uma vida na qual o caso nunca seria resolvido, não porque não houvesse pistas, mas devido à pura ignorância humana. A desesperança se transformou em vingança. Imaginei cenários terríveis nos quais a esposa do xerife Cruso se tornava a próxima vítima do Réu, nos quais ele se tornava um homem desolado, amargando o dia em que decidiu focar Roger em vez de me ouvir. Minha mente se tornara um local desolado e irreconhecível.

Uma semana se passou indeterminadamente, e então metade de outra. N'A Casa, passamos da sala de recreação para nossas camas, sabendo que ficávamos assustadas não importando onde fechássemos nossos olhos, então era melhor ficarmos confortáveis. A colega de quarto de Denise naquela época era uma garota chamada Rosemary Frint, que estivera em uma viagem para esquiar na noite em que Denise foi assassinada. Ela foi enfática sobre voltar para o quarto oito — todas as roupas dela estavam lá, e gostava da proximidade com o banheiro —, mas eu teria me sentido como um capitão abandonando o navio se a deixasse dormir lá sozinha. Ofereci meu quarto com varanda para a colega de quarto de Robbie, que estava menos inclinada a voltar para sua antiga acomodação, e eu dormi na cama de Denise com lençóis novos, onde, se eu deitasse do lado direito, ficaria no nível da cópia dela de *A persistência da memória* de Dalí. Denise ficou chocada ao saber que eu vivia apenas a trinta minutos da Cidade de Nova York e nunca fora ver a obra real no Museu de Arte Moderna. Na primeira vez que ela foi me visitar, pegamos o trem e fomos direto para o quinto andar, onde a original ainda está na galeria Alfred H. Barr, Jr. Fiquei surpresa com o tamanho diminuto da peça — o trabalho mundialmente famoso era apenas alguns centímetros mais largo que os cadernos que eu usava na aula. Denise esmiuçou a composição elemento a elemento para mim, turistas e crianças da escola gravitando ao redor, como se ela fosse uma erudita guia de museu.

A paisagem, ela contou, era o que Dalí via pela janela da sua cabana de um quarto em Portlligat, um pequeno povoado de pescadores na Espanha. Estávamos olhando para o mar Mediterrâneo e para a serra de Rodes, retratados de forma hiper-realista para fundamentar a história surreal que se passa na costa. Ao longo dos anos, pensei nesse contraste em relação ao realismo mundano que preenchia a minha vida diária, enquanto a história à minha volta continuava a desenrolar-se de formas horríveis e inexplicáveis.

Na quinta-feira, 9 de fevereiro, pouco antes das nove da manhã, eu estava havia quarenta minutos em uma palestra sobre propostas de esforços de reforma para o grande júri da Flórida, ao mesmo tempo em que uma aluna do sétimo ano chamada Kimberly Leach dava risadinhas durante todo o seu exercício de cinquenta polichinelos na aula de educação física no Lake City Junior High, cerca de uma hora e meia a leste de Tallahassee. Percebendo que havia esquecido sua valiosa bolsa jeans na sala de aula, ela pediu permissão para voltar correndo e recuperá-la antes que a chuva fraca ficasse forte.

Enquanto eu anotava a diferença entre *acusatório* e *inquisitório*, Kimberly corria para a aula de educação física com a bolsa debaixo do braço. Enquanto eu pontuava *eleger mais promotores responsáveis* com uma interrogação, Kimberly estava se virando para ver quem pedira que ela andasse mais devagar antes que ela escorregasse no pavimento molhado. Eu provavelmente ergui a mão para responder à pergunta do professor sobre o que líderes do crime organizado mais temiam nos grandes juris (a promessa de imunidade das testemunhas) ao mesmo tempo em que Kimberly gritava. Uma das professoras ouviu do banheiro feminino no segundo andar, mas ela estava menstruada e estava tentando se limpar e se aprontar. Quando ela deu a descarga e prendeu o cinto para ir até a janela, não havia nada para ver, e ela pensou que talvez fosse uma das alunas empolgada com o baile de Dia dos Namorados. Na sala ao lado, elas estavam colando renda de papel em corações de papel, prendendo-os para fazer um cartaz de festa para a entrada do ginásio, onde no dia seguinte os colegas de classe de Kimberly arranhariam o chão dançando com seus sapatos sociais.

A persistência da memória é mais famoso por representar relógios derretendo, disse Denise à plateia naquele dia no museu. Representações do tempo devem ser fortes, sólidas, nos orientando no mundo de uma maneira confiável, feita pelo homem. *Mas veja, Pamela,* disse ela, gesticulando, *vê como os relógios de Dalí são macios e flexíveis?* O tempo é ilógico, *subjetivo,* era a interpretação. *O que pode parecer uma eternidade para uma pessoa pode parecer um piscar de olhos para outra,* disse Denise, rindo de uma maneira meio perplexa.

Também fico perplexa ao pensar que, enquanto eu estava sentada lá no Eppes Hall, resmungando internamente para que o professor terminasse a aula — a certa altura, ele estava apenas repetindo argumentos da leitura —, Kimberly deveria ter desejado ficar enquanto o Réu parava em uma estrada rural empoeirada bem dentro do Parque Estadual Suwannee River. Ele teria sido aterrorizante para ela desde o instante em que ela o viu. Não havia mais as roupas brancas de tênis da cabeça aos pés, a voz fofa e o fingimento de deficiente, os apelos às jovens mulheres submissas por ajuda, aos quais fomos condicionadas desde o nascimento para responder da mesma forma que ele foi condicionado desde o nascimento a esperar que uma mulher cuidasse dele. Quando ele pegou sua última e mais jovem vítima, ele operava em um estado desesperado e imprudente. Por vezes, penso nas forças que permitiram que esse abominável último ato acontecesse, em como, se não fosse pelos homens corruptos na legislação do Colorado insistindo na extradição do Réu por razões diferentes da justiça, Kimberly Leach teria cinquenta e sete anos hoje. Uma tenra idade, um ano mais jovem que Sandra Bullock.

Enfim a aula terminou, e eu me apressava de volta para A Casa para encontrar o entregador de Coca-Cola, que não havia recebido uma cópia da nova chave, nem receberia. Minha confiança naqueles que até a mereciam havia acabado. Eu tinha dez minutos para chegar até lá e atravessar o campus para a aula de política de crescimento econômico em Dodd Hall. Eu queria que o tempo desacelerasse ao mesmo tempo em que Kimberly provavelmente desejava que acelerasse. Quando o corpo dela enfim foi encontrado, o patologista determinou que ela sofrera um grave ferimento na região pélvica antes de morrer.

Imagino que, enquanto caminhava de volta pelo campus, verificando o relógio em meu pulso, Kimberly e eu estávamos finalmente em sincronia com nossa experiência do tempo. Sentindo que não havia o suficiente para todas as coisas que tínhamos que fazer.

Levaria mais oito dias para a casual batida na porta. Na hora do almoço de uma sexta-feira. Falei um oi abafado para o detetive Pickell e o xerife Cruso com a boca cheia de pasta de amendoim. Os rostos deles estavam amenos, mas beirando à impaciência.

— Deixamos uma mensagem para você — disse Cruso.

Eu mastiguei, mastiguei e me forcei a engolir o último pedaço do meu sanduíche.

— Eu estava só almoçando rapidinho. Não tive tempo para conferir o quadro.

— Temos algumas perguntas adicionais — disse Cruso.

Olhei para Pickell, que assentiu. Perguntas adicionais.

Fui pegar meu casaco, meu coração batendo alto e vagaroso, a marcha dramática da morte que soava quando eu pensava que talvez tivesse feito algo errado. Presumi que eles tivessem ouvido falar da minha ida ao Colorado, enfiando o nariz em assuntos oficiais da polícia. Eu estava gelada de medo enquanto os seguia até o carro.

Nos fundos do grande sedã caramelo, falei para Pickell que estávamos bem quando ele perguntou como estavam as coisas n'A Casa. O restante do caminho passou em um silêncio tenso. Sim. Definitivamente encrencada.

Pickell me levou para a mesma salinha onde o xerife Cruso conduzira meu primeiro interrogatório. O xerife Cruso voltou com dois cafés e um sachê de açúcar para dividir entre nós dois. Ele se lembrou de que tomávamos nosso café do mesmo jeito, e esperei que isso significasse que ele tinha algum afeto por mim, que, de alguma forma, fosse ter compaixão.

— Sabe o que é reconhecimento fotográfico, Pamela?

Fiquei boquiaberta. Eu era estudante de direito e assistia à televisão. Claro que eu sabia o que era um reconhecimento. Eu também sabia que um reconhecimento só acontecia depois que um suspeito era preso. Tentei conter minha animação. Roger poderia ser esse suspeito. Mas, então, por que me levariam até ali para reconhecer alguém que eu conhecia tão bem quanto Roger?

— Sei — respondi o mais tranquilamente possível.

O xerife Cruso sinalizou para Pickell, que pegou uma pasta com três aros. Ele a colocou na mesa enquanto o xerife explicava por que eu estava ali e o que precisava que eu fizesse.

Dentro da pasta havia vinte e nove fotografias de homens caucasianos com vinte e tantos e trinta e poucos anos, guardadas em páginas de plástico e numeradas a lápis. Fui instruída a passar cada página com cuidado para ver se reconhecia o homem que vira na porta da frente nas primeiras horas da manhã de 15 de janeiro. Era como um homem me pedindo em casamento sem se ajoelhar. Era um momento terrível, mas pareceu tão pouco cerimonioso.

Mais ou menos no suspeito dezenove, o pânico bateu. O rosto do Réu não estava ali.

— Não há pressa — disse o xerife Cruso, sentindo minha ansiedade.

— Ninguém está tentando te enganar — acrescentou Pickell. Eu acreditava que eles não estavam tentando, mas mesmo assim me senti enganada.

— Posso recomeçar? — perguntei. As páginas estavam acabando, o lado esquerdo da pasta mais pesado que o direito. Talvez ele estivesse ali e eu não o tivesse visto.

— Leve o tempo que precisar — disse Cruso.

Voltei para o começo, passei pela primeira metade de novo. Eu não o tinha visto mesmo. Tinha certeza. Passei do suspeito dezenove. Perto da última página, meu coração acelerou de alívio e reconhecimento.

— Este — declarei, confiante. Pousei a unha sob o suspeito número vinte e sete. Era o Réu, usando gola alta preta, ostentando um bigode que parecia falso.

A expressão do xerife Cruso não deu qualquer indicação de que eu havia escolhido certo ou não.

— Você acha que essa é com certeza a pessoa que viu ou que há uma grande semelhança? — Ele usou o dedo para cobrir o cabelo e o pescoço do Réu, de forma que só o rosto estava visível.

Uma onda de medo, de não querer encerrar minhas opções tão rapidamente. Mas respondi com firmeza.

— Definitivamente é a pessoa que vi.

— Por favor, leia o número da foto em voz alta para mim.

— Vinte e sete — falei, alto demais.

— Isso conclui o reconhecimento fotográfico. São duas e vinte e oito da tarde, sexta-feira, 17 de fevereiro de 1978. — O xerife Cruso desligou o gravador.

— Prenderam ele? — perguntei. — Não vi nada nos jornais.

— Senhorita Schumacher — advertiu o xerife Cruso com um sorriso provocador. Eu deveria saber que ele não tinha liberdade para divulgar esse tipo de informação, nem mesmo para mim, a testemunha ocular. Ele se levantou e manteve a porta aberta. — Obrigado pelo seu tempo. Com sorte, o condado de Leon não precisará mais dele.

Mas o condado de Leon precisaria — de muito mais do meu tempo. No dia seguinte, sábado, acordei e encontrei o Réu sorrindo algemado na primeira página do *Democrata de Tallahassee*, vestindo um pretensioso suéter de estilo alpino a caminho do tribunal de Pensacola, a cidade mais ocidental de Panhandle. A história bizarra de sua captura começou a uma e meia da manhã de quarta-feira, seis dias depois do desaparecimento de Kimberly Leach e aproximadamente um mês depois que Denise e Robbie foram mortas e que Jill, Eileen e a estudante no apartamento fora do campus em Dunwoody foram espancadas quase até a morte. O artigo descreveu como um patrulheiro de Pensacola parou um homem em um Volkswagen que havia sido roubado em Tallahassee no início do mês. Como o homem tentou fugir do carro após uma perseguição em alta velocidade.

Na prisão municipal, o prisioneiro se identificou como Kenneth Raymond Misner, 29 anos, de Tallahassee. Embora carregasse os documentos de identificação de Misner e vários cartões de crédito roubados, o verdadeiro Kenneth Misner, ex-astro do atletismo da UEF, logo se apresentou.

Na manhã de sexta-feira, os detetives tiveram o palpite de que seu prisioneiro era o Réu. Duas horas depois, agentes do FBI chegaram com pôsteres de procurados e impressões digitais. Duas horas depois disso, Pickell e o xerife Cruso apareceram na minha porta.

Foram feitas referências ao fato de o Réu estar mesmo em Tallahassee durante o mês de janeiro, quando ocorreram os assassinatos da UEF; e que alguns dos outros crimes pelos quais o Réu era foragido também envolviam armas contundentes, agressão sexual e estrangulamento.

Um dos investigadores disse que havia evidências de que o Réu tinha alugado um quarto em um complexo de apartamentos em Tallahassee conhecido entre os estudantes de graduação da UEF como The Oak. Eles estavam vasculhando em busca de evidências agora. Tornei a me sentar com força, sentindo minhas pernas amolecerem. Leia isso de novo. *The Oak*. Os pelinhos da minha nuca eram espinhos eriçados e doloridos.

The Oak ficava a dois quarteirões de distância. Todo esse tempo ele era meu vizinho.

RUTH

Issaquah
Primavera de 1974

Uma coisa que você fazia que sempre me deixava com raiva.
CJ e eu começamos a sair escondidos depois que nos beijamos no casamento do meu irmão. A princípio, eram apenas cartas e presentes baratos, endereçados a mim na Eastern State, para onde eu retornara um dia depois da cerimônia. Não importava que CJ estivesse casado com outra mulher — o dr. Burnet ficou tão orgulhoso quanto um pai entregando sua própria filha no altar. Ali estava a prova de que eu nunca fora lésbica, para começo de conversa, que eu estivera apenas dando vazão à minha raiva do meu pai por falhar em me proteger da minha mãe superprotetora. *Clássico*, declarara o dr. Burnet.

Com a bênção do dr. Burnet, fui dispensada alguns meses antes do meu aniversário de dezoito anos. Eu estava envergonhada demais para voltar para a escola, para passar o ano que eu perdera mentindo sobre onde eu estivera. Em vez disso, consegui emprego como caixa na farmácia e, nos meus horários de almoço, CJ vinha em seu Grand Prix e, no banco de trás, me fazia promessas que soavam drogadas antes de ejacular. Ele ia largar a esposa problemática assim que eu fizesse dezoito anos, e então começaríamos uma família e ficaríamos juntos para sempre. CJ e a esposa mal se falavam a essa altura, dormiam em quartos separados nas noites em que ela não estava desmaiada de bêbada na entrada, mas ele estava preocupado com o que seus pais iam pensar, o que os pais de sua esposa iam pensar, se ele desse entrada no divórcio para ficar com uma garota de dezessete anos. Nenhum de nós se preocupou com a minha família. Minha mãe agia como se tivesse feito biópsia e o resultado tivesse sido benigno. Aliviada. Grata. Ela recebera um novo sopro de vida.

Eu não tinha nenhuma pressa para que CJ largasse a esposa. Essa ideia me deixava cheia de ansiedade com o futuro. Ele me pediria em casamento logo de cara? Eu queria mesmo dizer sim? Para *CJ*? Nós nos conhecíamos desde crianças, e eu gostava dele como gostava de um irmão, talvez até mais que meu próprio irmão, que me traíra, se eu fosse parar para pensar. No começo, achei o sexo emocionante. A forma como CJ agarrava meu queixo e me forçava a olhar para ele, a forma como meu nome tremia em seus lábios — como se ele estivesse garantindo que eu ainda estava sob ele. Eu queria fazer isso de novo e outra vez, aproveitar a incerteza dele de que poderia de fato me possuir. Na minha família, tudo se tratava da temperatura emocional da minha mãe. Ninguém jamais havia me tratado como se eu fosse a bolinha de prata de mercúrio no termômetro.

Então por que eu acordava assustada no meio da noite, com o coração martelando na prisão do meu peito, com a ideia de casar com esse homem que me adorava tanto? Eu não precisava de um psiquiatra para me dizer que era por conta de Rebecca.

Na infância, Rebecca era a minha melhor amiga, uma garota pequena, de joelhos ralados e cabelos desgrenhados. Mas em algum ponto do quinto ano, estávamos brincando de pega-pega com meu irmão e várias crianças da vizinhança quando percebi que lhe haviam crescido seios. Seios pesados que balançavam no suéter quando ela corria. Os mesmos garotos que costumavam correr atrás de nós sem piedade, que costumavam rir quando nos levantávamos, cuspindo terra, de repente começaram a pegar leve com ela, lidando com ela com mãos gentis que Rebecca mais tarde me lembraria de usar para segurar seu recém-nascido. Cada vez mais, Rebecca era a vencedora do jogo, os garotos encantados demais para tocar nela.

Meu irmão, que por tanto tempo não queria nada conosco quando estávamos em casa, começou a encontrar desculpas para aparecer no meu quarto quando Rebecca estava, e ela, em troca, parou de querer brincar com a porta trancada. De qualquer forma, estávamos ficando velhas demais para brincar assim, ela me disse. É infantil; pouco higiênico.

Logo, estávamos pintando nossas unhas e ouvindo discos do Bob Dylan com a porta do quarto aberta. Eu gostava dos Beatles, mas Rebecca dizia que os Beatles eram para garotinhas, o que não éramos mais. Pouco tempo depois, nem era no meu quarto onde Rebecca passava o tempo. Meu irmão tinha quinze anos, Rebecca treze, da primeira vez que ele a chamou de namorada. Mesmo assim, nós duas não paramos até sermos obrigadas a parar.

Não me lembro mais de quem foi a ideia, mas, quando chegamos no ensino médio, começamos a nos encontrar na velha casa do sacerdote depois da escola. Conversávamos alguns minutos sobre nosso dia, qual professor estava nos atazanando, e então uma de nós se deitava e tirava as meias-calças de lã, deixando as pernas abertas para a outra. Nós nos ensinamos, de uma maneira desinibida e franca, como se lêssemos as instruções de uma receita — nós dos dedos primeiro, suavemente, então o dedão mais firme, ainda mais firme, agora com a palma da mão. Marcávamos o tempo. Quem fosse a segunda tinha o mesmo tempo que a primeira vez. Éramos justas assim.

O dr. Burnet chamava o que fazíamos de *exploração*, algo que todas as crianças faziam, algo que, devido a nossas respectivas dificuldades emocionais, nós duas simplesmente falhamos em parar de fazer.

É um ritual reconfortante deixado da infância, o dr. Burnet sempre me dizia. *Como chupar o dedo ou dormir com um bichinho de pelúcia.* Quando eu assentia para concordar mais ou menos, ele me lembrava de que Rebecca e eu nunca havíamos nos beijado. *Lésbicas se beijam, Ruth.*

Rebecca e eu tínhamos um trato não dito de que não nos encontraríamos durante a primavera, que era quando meu pai dava aulas no jardim, ensinando a unidade sobre o papel da casa do sacerdote na Underground Railroad. Era uma tarde quente em outubro quando meu pai entrou e nos encontrou. Ele não pareceu surpreso, e foi assim que eu soube que ele sempre soubera.

Quando ele nos flagrou, Rebecca era quem estava deitada com as saias erguidas. Isso importou porque ele viu o que *eu* estava fazendo com *ela*, que eu era a agressora e Rebecca minha vítima desajuizada. Meu pai tampou os olhos e, em uma voz abafada, me disse para encontrá-lo no carro. O caminho de casa foi tomado de silêncio, e quando olhei para ele, tentando descobrir como poderia quebrá-lo, vi que ele tinha lágrimas grossas pingando do queixo.

Fui direto para o meu quarto quando chegamos em casa. Tirei meus livros da mochila e comecei a fazer meu dever de casa, sabendo que eu seria chamada quando meu pai contasse para a minha mãe o que descobrira sobre mim. Era minha última tentativa de absolvição. *Aqui estou*, esperei que meu estudo demonstrasse, *memorizando variedades algébricas, sendo uma boa garota.*

O volume das vozes dos meus pais lá embaixo era aterrorizante e confuso, calmo demais para a gravidade da minha transgressão. Minha mãe gritava quando estava com raiva. Ela batia gavetas e socava a porta, gritando para que você arrastasse seu rabo lá para baixo ou senão ia ver. Aquele silêncio feroz entre os dois parecia sugerir que eu cometera uma ofensa tão perversa que as laringes deles haviam produzido um novo conjunto de ondas de som e vibração. Embora, em um ponto, inexplicavelmente, tenha sido a voz de meu pai que perfurou a bolha, dando uma desculpa angustiada para a minha mãe: *Quantas vezes tenho que dizer que sinto muito?*

Esperei e esperei ser chamada lá para baixo, mas o chamado nunca veio. O sussurro ressentido parou quando meu irmão chegou em casa. A hora do jantar chegou e passou. A televisão foi ligada e desligada. Eu estava petrificada demais para sair do meu quarto, e fui me deitar sem escovar os dentes, doida por um copo de água, meu estômago dando saltos querendo comida.

De manhã, me levantei antes que o sol nascesse. Tomei banho, vesti meu uniforme, desci e engoli um copo d'água. Eu estava preparando ovos mexidos quando minha mãe entrou e perguntou com uma risada maliciosa o que diabos eu achava que estava fazendo.

— Você não vai para a aula hoje — ela me informou.

Mexi os ovos na panela. Meu pai e eu gostávamos deles moles, mas os cozinhávamos em temperatura alta quando minha mãe ou meu irmão queriam um pouco. Os dois achavam que os ovos moles eram nojentos, embora, durante o breve período em que meu pai foi professor de economia doméstica, ele tenha dito que aquela era a maneira certa de fazê-los.

— Falaremos disso depois — disse minha mãe, embora eu não tivesse perguntado.

Depois da aula, meu pai chegou em casa com um jovem padre que ensinava educação física na Issaquah Catholic. Ele estava totalmente perdido em nosso sofá, encurralado de um lado por minha mãe ereta e formidável e do outro por meu pai desamparado. Minha mãe falou tão baixo que tive que ficar completamente parada para ouvir o que dizia. Havia um lugar onde eu ia receber tratamento psiquiátrico. O padre Grady fora gentil o bastante para mexer uns pauzinhos a fim de que eu fosse admitida. Eu não devia falar aonde eu ia e por quê — nem mesmo para o meu irmão. *Especialmente* para o meu irmão, que ficaria enojado em saber o que eu fizera com sua pobre e inocente namorada. Eu havia entendido?

Assenti, chorosa.

— Quando vou?

— Amanhã — disse minha mãe.

Choraminguei e olhei para o meu pai. *Amanhã?*

— Não é um lugar ruim, Ruthie — disse ele baixinho. Minha mãe lançou a ele um olhar selvagem ao redor da cabeça do padre Grady, e ele pigarreou. — Mas já que você tem dezessete anos, para ser internada, precisa concordar em ir voluntariamente.

Franzi a testa.

— Então eu não tenho que ir se não quiser?

O padre Grady, enfim, falou:

— Não. Não tem. No entanto, a Issaquah Catholic não é uma opção para você até que tenha sido avaliada por um psiquiatra.

— Não posso ir para a escola pública? — perguntei, não, implorei, ao meu pai.

Vi a expressão dele se retesar uma vez, então ficar frouxa, como se fosse esforço demais sentir a raiva que ele devia sentir por mim.

— Lembre-se do que você disse ontem à noite — grasnou minha mãe para ele.

Meu pai fechou os olhos por um momento, o nariz vermelho e escorrendo. Quando tornou a me olhar, foi com uma distância fria que me cegou.

— Você tem sorte, Ruth, que é só isso que estamos pedindo de você. Poderíamos te expulsar de casa. Poderíamos ligar para os pais de Rebecca. Poderíamos nunca mais falar com você.

Meus pulmões pareceram feridos; doía fazer qualquer coisa além de respirar superficialmente.

— Por favor, Ruth. — Meu pai foi quem começou a implorar então, tão dolorosamente que me encolhi. — Me ajude aqui.

Quando ele cedia à minha mãe... essa era a única coisa que ele fazia que sempre me deixava com raiva. *Seja homem*, eu queria dizer. Eu queria humilhá-lo, puxar, puxar, puxar o fio que desenrolaria as suspeitas sombrias que sempre tive sobre ele. Porque nos dávamos tão bem em todos os aspectos, porque ele parecia me entender em um nível em que ninguém mais entendia. *Eu sei o que há de errado com você*, eu poderia ter dito, *porque você me passou sua doença.*

Mas não consegui. Pelo menos não ali. Fui para o meu quarto e fiz minhas malas. Nunca fora uma opção dizer não a alguém que precisava da minha ajuda.

Tina apoiou meu diário no colo, aberto na última linha. Estávamos deitadas na cama de dossel dela, nossos pés enganchados, usando camisolas de renda transparente. O kimono amarelo cor de mimosas de Tina estava pendurado em um dos postes, desenhado por Norman Norell e presente na edição de 1965 da *Vogue*. Todas as noites, a governanta colocava chinelos de algodão branco combinando em cada lado da cama, como se ali fosse um hotel. Tina vivia de um jeito relaxado e polido, como se alguém a estivesse seguindo e escrevendo um perfil sobre ela, e ela não quisesse dar a eles uma única coisa negativa para publicar.

— Bem, *eu* estou orgulhosa de você — disse Tina.

Revirei os olhos.

— Você fez o melhor que pôde naquelas circunstâncias. Você tem uma mãe muito superficial, Ruth, que está bem mais preocupada com as aparências do que com seu bem-estar.

Imaginei o corte de cabelo de cuia da minha mãe, seus sapatos de caminhada do dia a dia com grossas placas de espuma nas solas para proteger os joelhos. Eu poderia classificá-la assim. Minha mãe, superficial? Ela me aterrorizava, claro, mas então ela provavelmente estava assistindo à televisão sozinha, cuidando da conta de luz ao manter só uma luz acesa, tão desnecessária na nossa casa escura e vazia.

— Você se sente mal por ela — observou Tina.

— Ela está totalmente sozinha agora.

— Mas não é sua responsabilidade garantir que ela esteja bem. Nem era ajudar seu pai sucumbindo aos desejos de sua mãe.

Dei de ombros. *Claro.*

— Você sabe o que é um empático?

Ri, era óbvio.

— Alguém com muita empatia?

— É quando você se importa tanto com os outros que pega os sentimentos deles e tem essa necessidade *compulsória* de ajudá-los. Muitas mulheres são assim, e a sociedade fica bem feliz de explorar isso. — Não devo ter parecido exasperada o suficiente, porque Tina começou listando, em um tom desmedido, exemplos de como essa qualidade havia arruinado minha vida. — Você acabou se casando com alguém com quem nem queria se casar para fazer seus pais se sentirem bem! Você largou a escola para ir a um hospital psiquiátrico para agradá-los!

Ergui minhas mãos, impotente.

— Acho que só não consigo ver o que você quer que eu faça a respeito disso agora.

— Quero que você fique com raiva! Você deveria estar com raiva!

Peguei meu diário e o fechei com força.

— Fiquei com raiva. Você mesma leu.

— E durou aproximadamente uma noite, quando você tinha dezessete anos, e então você só seguiu tudo o que sua família queria que você fizesse.

— Você está errada, na verdade — falei, porque ela ainda não sabia como meu pai morrera. — E *agora* eu estou ficando com raiva.

Estendi a mão para desligar o abajur ao lado da cama.

— Como estou errada? — perguntou Tina no escuro. — O que aconteceu? Por que seu sobrinho disse aquela coisa sobre você magoar seu pai pouco antes dele morrer? Por que ele disse que todos te odeiam?

Rolei de lado, dando as costas para Tina.

— Você não me disse em Aspen que está tudo bem parar quando fica demais? — Virei meu rosto para falar para o teto, a fim de que minha voz se propagasse. — *Pare.*

Não deixei de reparar que talvez ela fosse a única pessoa na minha vida a quem eu disse para parar, e que não apenas me ouviu, como também não me fez sentir mal sobre isso.

De manhã, a neblina envolvia as vistas panorâmicas das janelas do quarto de Tina, deixando o horizonte de Seattle na mesma elevação que Lake Washington. Tina estava dormindo, e fiquei lá deitada observando a cicatriz cor de rosa no seu peito bronzeado subir e descer — Nixon a havia marcado como dele —, me perguntando se teria coragem de acordá-la da forma como ela me acordara nas últimas semanas.

— Desculpe — disse Tina, de olhos ainda fechados. — Sobre ontem à noite. Eu não deveria ter te pressionado.

— Tenho uma ideia — falei, e ela abriu os olhos para ouvir.

Tina vinha se esforçando muito, estudando para a prova de jurisprudência em agosto. Eu estava gostando de ter a cozinha grande e linda dela para mim na maioria dos dias, com equipamentos caros e suas panelas de cobre Ruffoni, de fazer café com a prensa francesa e empratar lindas refeições para ela em sua porcelana antiga do casamento.

Quando eu era esposa de CJ, não pensava em nada sobre cozinhar e limpar para ele. Eu comprava cortes de carne baratos porque, embora CJ tivesse um salário decente, ele era econômico e não tinha muito paladar. Eu fazia as coisas que meu pai fazia para nós a mando da minha mãe e do meu irmão: caçarolas e bolos de carne com molho, coisas grossas e malfeitas que se agarravam à barba de CJ e neutralizavam meu apetite em mais formas que uma. Mas, na casa de Tina, eu servia peixes e legumes que não haviam sido congelados. Eu servia vinho tinto em taças de cristal e acendia velas que queimavam alto entre nós.

Sugeri que déssemos um jantar.

— Podemos convidar todas as garotas do grupo de luto — falei. — E Frances, é claro.

Tina pôs meu cabelo atrás da orelha com um sorriso conciliatório de lábios fechados.

— Não sei se todas as garotas do grupo de luto entenderiam. — Ela gesticulou: eu na cama dela.

— Mas Janelle estava aqui — protestei. — Você me apresentou a Janelle.

Eu pensava em Janelle bem mais do que me dava ao trabalho de admitir. Eu me perguntei se Tina pensava que as pessoas poderiam entender ela e Janelle com maior facilidade porque Janelle era serena e confiante, porque ela usava joias bonitas e não tinha buracos de acne nas bochechas.

— Eu não estava planejando. Você chegou cedo.

— Então estamos em uma sociedade secreta.

Tina franziu a testa.

— Sociedade secreta?

— De pessoas como você — falei, e percebi que não fora cruel o suficiente para magoá-la. — *Mulheres* como você.

Baixinho, Tina disse:

— Não tem sociedade secreta, Ruth. Só mulheres que se importam umas com as outras. — Ela se sentou e estendeu a mão para o robe. Eu estendi a mão para a dela.

— Desculpe. — Com meu dedão, rocei a veia azul fina que corria pelo braço dela. — Mas eu gostaria muito de dar um jantar. — Tina estremeceu, mas não tornou a se deitar. — Podemos convidar Janelle também.

Tina me olhou com um sorrisinho lindo. E então engatinhou até subir em cima de mim, me prendendo.

— Já que estamos nessa, vamos acrescentar CJ e Martha à lista — disse ela.

Precisei de toda a minha força para afastar o rosto dela quando senti seu hálito fresco no meu pescoço.

— Eu só estava tentando ser legal.

— Eu também — disse Tina. Ela agarrou meus punhos e os prendeu no travesseiro acima, acariciando o trecho de pele entre minha mandíbula e minha orelha. Eu me perguntei se Janelle havia ensinado isso a ela ou se Tina sempre soube o que fazer. Eu não conseguia decidir qual versão dela me deixava mais louca, a garota que precisava ser ensinada ou a garota que simplesmente sabia.

PAMELA

Tallahassee, 1978
Dia 35

A captura do Réu libertou algo no mundo. A princípio, do epicentro em Tallahassee, eu estava inconsciente do impacto. Ali, era completamente normal que só conseguíssemos falar do Réu, que a foto dele estivesse na primeira página de todo jornal e na matéria principal do dia. Ele tinha alegado inocência, com um sorriso brincalhão. Ele voara para o Colorado porque não tinha matado Caryn Campbell, mas a mídia já o havia condenado e acabado com a chance dele de um julgamento justo. Ele havia mentido sobre sua identidade para a polícia de Pensacola por dois dias porque sabia que iam ligá-lo ao massacre n'A Casa, assim como ao desaparecimento de Kimberly Leach, e ele não tinha nada a ver com nenhum dos casos. As mulheres eram atacadas o tempo todo, por todo tipo de homem, não eram?

Foi só quando minha mãe ligou e implorou que eu fosse para casa no final de semana que eu tive noção da tensão nacional. Minha mãe não implorava.

— Traga... — Ela se interrompeu. Eu sabia que ela estava fechando os olhos, sabendo que precisava acertar. — Brian — disse ela, por algum pequeno milagre.

Não havia voos diretos de Tallahassee para Newark na época, e até hoje não há. Foi no fino hangar do campo de pouso de Atlanta, uma década antes de ser transformado no imenso complexo Hartsfield-Jackson, que percebi pela primeira vez. O Réu, por toda parte. Fui comprar café e uma revista e ouvi um cliente perguntando onde poderia comprar um jornal. Li as etiquetas nas prateleiras vazias enquanto o caixa se desculpava: tinham vendido todos pela manhã. Ninguém se cansava da história do assassino educado de terno azul cor de ovo de tordo que ele usara no dia da sua acusação. Eu via artigos de Carl publicados com constância, e eu os escaneava, ansiosa para enfim ler a história do encobrimento do Colorado, mas nunca se tratava disso. *Meu editor disse que ele precisa ser indiciado, não apenas preso,* Carl bufou em um tom de *Dá para acreditar nesse cara? Tenho a coisa toda escrita e editada e tudo.* Mas, dentro de semanas, o Réu se tornou réu pelo homicídio de Denise e Robbie, e pela tentativa de homicídio de Jill, Eileen e da estudante no apartamento fora do campus. Ele alegou inocência. E mesmo assim o editor de Carl não imprimia a matéria, dizendo que, se saísse agora, se perderia no meio de tudo. Ele queria garantir que, quando saísse, tivesse impacto.

Sentada no portão improvisado, fiz um balanço. Para onde quer que eu olhasse, havia pessoas segurando seus jornais, tanto locais quanto municipais e nacionais, várias versões do rosto do Réu olhando para mim como uma versão pervertida de máscaras em um baile.

— Já estou tão cansado disso — disse Brian, se mexendo desconfortavelmente na cadeira pequena demais. Viajar era uma experiência totalmente desagradável para alguém com as proporções desengonçadas dele, e na época não nos vestíamos para o conforto. Brian, que usava um blazer de verão e sapatos sociais, parecendo o último cavalheiro sulista, abriu as portas e carregou minha bolsa. Outras mulheres nos observavam, sonhadoras, e eu me forcei a encará-las de volta, da forma como dizem para olharmos para o comissário de bordo durante uma turbulência. Se ele não está preocupado, você também não precisa estar.

Eu sempre pegava um táxi para casa do aeroporto de Newark. Denise amava isso ao voltar para casa comigo. Ela inclinava o quadril, balançando o dedão na rua, e me lançava um olhar atrevido por sobre o ombro. *Tô fazendo certo?* Eu ria e fingia que essa era uma parte da minha vida que também me deslumbrava. Eu costumava acreditar que Denise e eu contávamos tudo uma à outra, mas havia certas coisas que nenhuma de nós estava pronta para admitir na época. Como doía o fato de meus pais nunca se darem ao trabalho de me buscar no aeroporto. Esse era o meu segredo mais bem guardado, até de mim mesma.

No rádio, falavam do Réu. Havia uma guerra entre Colorado, Flórida e Utah. Utah o queria de volta atrás das grades, onde ele devia ter estado todo esse tempo, de qualquer forma. Colorado sussurrava no ouvido da Flórida: *Deixem-nos julgá-lo pelo assassinato de Caryn Campbell em Aspen enquanto vocês resolvem os detalhes daí.* Os locutores diziam, *A Flórida precisa se organizar, apresentar a evidência ao grande júri pra ontem.* Ninguém pensava que era uma boa ideia o Colorado ficar com ele. Eles já haviam provado sua incompetência duas vezes.

— Inferno, eu fico com ele — disse o motorista. — Me dá quinze minutos com esse filho da puta.

Encarei a parte de trás da cabeça dele, totalmente desacreditada. Havia algum tipo de roteiro que homens eram instruídos a seguir nesse tipo de situação? Era a exata linguagem que Brian e o sr. McCall haviam usado no jantar na mansão em Red Hills.

— Senhor — suplicou Brian. O olhar deles se encontrou no retrovisor, e o de Brian deslizou na minha direção. *Uma dama está presente.* Senti um frio na barriga. Enjoo pelo movimento, talvez. — Podemos escutar música?

O motorista girou o sintonizador e caiu em uma antiga faixa das Supremes. *Você não é ninguém até que alguém te ame.* Desculpando-se, ele assentiu para Brian pelo retrovisor.

Doreen, nossa governanta desde antes do meu nascimento, era a única em casa. Ela era uma mulher irlandesa de quarenta e poucos anos com seis filhos, pequena e de rosto redondo, como eu. Minha mãe sempre a pegava pelas mãos e, segurando os braços dela, abertos, dizia, *Esta cintura, Doreen.*

Doreen pegou as malas de Brian como se não pesassem nada e perguntou se estávamos com fome. Brian estava morrendo de fome, mas eu só queria tomar um banho e saber quando meus pais chegariam em casa.

— Em breve — prometeu Doreen, que era o que ela costumava me dizer quando eu era criança. *Em breve* poderia significar uma hora ou dois dias. — Vão se refrescar que eu vou preparar alguma coisa.

Doreen levou as malas de Brian para o quarto de hóspedes no primeiro andar, e ele a seguiu, dizendo que mal podia esperar por uma refeição quente.

Eu passei para o quarto da minha irmã mais velha quando ela se formou na faculdade e se casou. Havia oito anos de diferença entre nós e, embora eu não tivesse muitas memórias de como minha mãe era com ela, o relacionamento delas insinuava um tipo de proximidade e conforto que havia sido estabelecido cedo. Certa parte de mim pensou que poderia entrar no lugar dela e minha mãe não perceberia. Claro, não funcionou dessa forma, mas nunca me esqueci da tentativa, como me fez doer de confusão. O que eu estava fazendo de errado?

Fui para o quarto da minha mãe e balancei uma de suas pílulas para dormir na mão. Tirei meus sapatos e pendurei meu casaco no armário dela, aninhado junto aos seus casacos de pele. Me encolhi na cama sem me cobrir, minha cabeça aos pés da cama, e adormeci, pensando em como meus pais me encontrariam imediatamente quando chegassem em casa.

Acordei com meu coração martelando nos pulsos. Alguém estava na cama, me tocando. Me lancei à frente, me prendendo na coberta, arfando de olhos arregalados.

— Sou eu! — minha mãe estava dizendo. — Pamela, sou eu!

Ela deu a volta na cabeceira da cama e enganchou os cotovelos sob minhas axilas, libertando-me do emaranhado do edredom. Minha blusa grudava nas costas com um suor febril.

— Que horas são? — perguntei na minha voz sonolenta.

— Onze.

— Da manhã? — exclamei.

— Shhh, shhh — disse minha mãe. — É noite, e Brian está dormindo. — Ela apontou para o tapete turco, onde, logo abaixo, ficava o quarto dele.

Eu a olhei direito. Os diamantes em forma de peônias nas orelhas, o colar combinando. Cinquenta mil dólares valia a cabeça dela. Ela estava em algum lugar. Um jantar. Uma festa.

— Você só devia chegar amanhã — disse ela, um toque defensivo em seu tom.

— Achei um voo mais cedo. Falei para a Doreen te contar.

— Eu não sabia — disse minha mãe, acariciando meu cabelo. Não seria justo chamá-la de mentirosa. Poucas coisas valiam a pena serem lembradas, no mundo dela.

Por semanas, eu fora uma onda crescente, buscando uma costa onde quebrar. Imediatamente, me dissolvi nos braços de minha mãe. Fazia tanto tempo desde que ela me deixara abraçá-la que eu havia me esquecido de seu cheiro: loção corporal Lubriderm e batom.

— Vamos lá para baixo — disse minha mãe quando enfim a soltei. — Doreen disse que você perdeu o jantar. Você está tão *magra*, Pamela.

Eu havia percebido que minhas calças estavam frouxas, que às vezes eu ia me deitar me perguntando por que eu estava com tanta fome se havia comido um hambúrguer no jantar, antes de perceber que isso fora na noite anterior. Cada dia parecia impossivelmente longo, a permanência da situação insuportável, e, mesmo assim, os detalhes das minhas horas permaneciam como um borrão completo na minha memória. Isso só aconteceria mais uma vez na minha vida. A primavera de 2020, durante a pior parte. Percebi que os anos que se seguiram à morte de Denise não eram diferentes dos fechamentos, das escolas fechadas e do confinamento infinito da quarentena. Fui mantida presa por um vírus que estivera em circulação por muito tempo, e que, enfim, fizera a mutação e me infectou. Ele.

Vi minha mãe colocar uma tigela de sopa diante de mim, me perguntando se eu ainda estava dormindo. Minha mãe era uma mulher muito influente, loira platinada e estava usando um vestido chemise Halston, algum tipo de encantadora de cobras suburbana. Você poderia ir até ela, despedaçado por causa de alguma dor terrível, e sair com os olhos hipnotizados e drogados, falando com a mesma cadência distraída dela, como se nada na vida valesse tanto a pena. Ela tinha vinte e um anos quando se casou com meu pai divorciado de trinta e cinco, e ela ainda dava festas extravagantes com suas amigas jovens, onde colocavam Elton John para tocar e faziam brownies à meia-noite, que eu levava para os vizinhos de manhã, me desculpando pelo barulho em nome dela. *Sua mãe é muito divertida,* Denise disse uma vez, e eu queimara de vergonha por nós duas. Minha mãe levou um ano para lembrar que o nome da minha melhor amiga era Denise e não Diane.

— Meu pai está no trabalho? — presumi.

Minha mãe estava procurando o jogo americano, mas não fazia ideia de onde estava. Ela pegou o guardanapo do gancho, dobrou-o e colocou minha colher em cima.

— Ele vai passar a noite na cidade — disse ela. — Fez reserva para nós quatro almoçarmos amanhã.

— Manny Wolf's? — adivinhei. Manny Wolf's era uma churrascaria em Midtown que oferecia porções enormes em toalhas de mesa brancas. Meu pai frequentava havia anos.

Minha mãe riu suavemente — *onde mais?* Ela se sentou diante de mim e tirou um de seus saltos, e então o outro, grunhindo enquanto massageava os peitos dos pés com os dedões. Ela apoiou o tornozelo no joelho, a sola do pé voltada para cima e então disse:

— Lembra quando você cortou o pé na praia na ilha Sanibel quando era pequena?

Persegui um pedaço de cenoura pela tigela.

— Ilha Sanibel? Na Flórida?

— Sim — confirmou minha mãe com um senso palpável de terror. Era como as crianças soavam quando perguntadas se sabiam que haviam feito algo errado. Quando eram pegas, no flagra, desenhando com lápis de cor nos sofás cor de creme.

Larguei minha colher e olhei para ela, percebendo que eu estava no meio de algo.

— Você disse que minha primeira vez na Flórida foi quando fui visitar o campus.

Minha mãe se virou para mim com um gemido baixo.

— Quando você tinha quatro anos — começou ela —, fomos à ilha Sanibel para as férias. — Ela franziu a testa, lembrando. — As praias estavam cheias de pedras.

Eu quase ri. Minha mãe ficava em alguns dos melhores hotéis do mundo, e, mesmo assim, ela sempre tinha um *comentário*. Mas isso não era uma avaliação. A praia cheia de pedra era o incidente incitante.

— Você cortou o pé, e te levei de volta ao hotel para fazer o curativo — prosseguiu ela. — Você estava sangrando bastante, e eu não queria que caísse no carpete do hotel. Eu te deixei em uma espreguiçadeira ao lado da piscina por sessenta segundos enquanto corria lá para dentro para pedir uma bandagem. — Ela cruzou os braços e se deu um aperto confortador. *Você consegue.* — Quando eu voltei, você havia desaparecido.

Nós nos encaramos pela mesa da cozinha. Havia uma dor cega na minha caixa torácica, como um velho ferimento que dói com a queda da pressão barométrica pouco antes de uma tempestade cair.

— O que aconteceu comigo? — perguntei em uma voz mecânica.

Minha mãe se levantou da mesa e voltou com uma garrafa de gin e dois copos. Ela serviu para nós uma dose medicinal. Eu realmente bebi o meu.

— Você foi encontrada por um guarda florestal quatro dias depois, vagando em um lugar chamado Robinson Preserve.

Ela virou a palma para cima — talvez eu soubesse agora, depois de morar na Flórida nos últimos anos? Eu balancei a cabeça. Nunca tinha ouvido falar, embora, quando voltei a Tallahassee, tenha ido até o saguão do hotel de Tina e pedido um mapa da Flórida, onde localizaria a fazenda diante da água perto da fronteira sudeste. Robinson Preserve era quinhentos acres quadrados de pântanos e áreas alagadas desabitados.

— Ficava a duas horas de onde estávamos em Sanibel. Você deveria estar coberta de picadas de mosquito. Desidratada. Fraca. Mas estava *bem*. Feliz, até. Pamela, eu... — Ela se interrompeu. Considerando como dizer o resto. Eu estava me lembrando de como eu era quando criança e estava feliz. Eu tinha cabelo cacheado nessa época. Cortado na altura do queixo. Covinhas também. Elas sumiram no ensino médio, mais ou menos na mesma época em que os cachos saíram, como se a biologia da feminilidade exigisse a eliminação da frivolidade. Minha mãe foi quem reparou que as covinhas tinham desaparecido. *Eu sabia que aconteceria quando você perdesse a gordura de bebê*, disse ela, aliviada. Eu não sabia que as covinhas eram algo que devíamos desejar perder. — Eu aceitei — minha mãe continuou em uma voz estranha e sombria — que você estava morta no terceiro dia. Eu deixei você ir. Sei que você provavelmente sentiu-se meio distante de mim ao longo dos anos, e, embora não seja desculpa, acho que parte de mim sempre temeu se aproximar demais de você de novo. Eu já havia te perdido uma vez.

Uma lágrima preta de rímel escapou de um olho. Minha mãe a limpou profissionalmente, sem deixar mancha alguma.

— Por que eu não estava coberta de picadas?

Senti uma distinta falta de medo. Como se eu estivesse assistindo a um filme assustador minha vida inteira, suspensa na antecipação de encontrar o monstro, uma inquietação muito pior do que qualquer criatura do pântano cheia de algas poderia provocar. Eu estava na parte seguinte do filme agora, a parte em que eu sabia o que estava enfrentando, o que tinha que fazer para sobreviver.

Um tremor nos lábios de minha mãe, quase um sorriso piedoso para mim. Nenhuma resposta satisfatória poderia ser dada.

— Esse é o mistério, Pamela. De jeito nenhum você poderia ter chegado a pé onde estava. Alguém te levou. Mas quando te perguntamos o que aconteceu, se alguém havia te machucado, você apenas apontou para a ferida no seu pé e disse *ai*. Você tinha sido machucada por alguém, tenho certeza, mas sua mente parece ter confundido a fonte.

Naquela noite, eu me sentaria no chão do meu banheiro, onde a luz estava no alto e o chão era um branco luminoso de hospital, e examinaria cada centímetro dos meus pés descalços, em busca de vestígios da cicatriz em forma de concha. Quando detectei uma ruga rosa no peito do pé direito, fui ao banheiro e vomitei o gim.

— Então — disse minha mãe, um tanto irritada —, você insistiu em ir para a Estadual da Flórida.

Tive a sensação de estar deitada em pedra fria, dividida ao meio, os órgãos se revezando na mesa de aço inoxidável do patologista. Então era assim a sensação de sofrer uma biópsia enquanto viva.

— Eu odiava a ideia de você lá outra vez, mas era como se o lugar tivesse te agarrado pelo pulso. Você não seria dissuadida. — Minha mãe havia feito comentários místicos no passado, mas eu sempre os vi como parte de suas brincadeiras. O universo e suas maneiras misteriosas eram um escape conveniente para uma mulher como Marion Young, uma mulher que sempre falava de seguir o fluxo, embora as ações e escolhas dela não dividissem a força da onda da consequência.

Não consegui pensar em nada para dizer. Uma parte de mim queria negar. Nenhuma pessoa estava destinada a sofrer tanto infortúnio! Mas como eu poderia negar algo que parecia tão verdadeiro? *Eu não te conheço bem o suficiente para saber o que aconteceu na sua infância*, Tina dissera para mim, tão certa de que algo *havia* acontecido, e percebi em uma explosão brilhosa de consciência de que ela e eu havíamos compartilhado algo que poucas pessoas poderiam compreender. O traço específico de dor do desconhecimento, como uma corrente subterrânea que nos varreu pela vida, às vezes mais forte do que o nosso livre arbítrio. Talvez eu nunca saiba exatamente o que suportei naqueles quatro dias em que minha mãe pensou que eu estivesse morta, mas sabia que havia sofrido, e isso não foi à toa. Isso devolveu um mínimo de controle, um senso de poder de decisão sobre minhas escolhas na vida, e me comprometi a dar isso a Tina também. Meu desconhecimento apresentava fronteiras intransponíveis, mas o dela não. A resposta para o que aconteceu com Ruth estava em uma cela no condado de Leon.

Por enquanto, havia apenas uma coisa que eu podia dizer para a minha mãe. A verdade é algo que as pessoas se esforçam muito para manter para si. Não devia parecer um presente quando você a consegue, mas é. Eu a olhei nos olhos, e agradeci por tê-la dado para mim.

———

Na manhã seguinte, encontrei Doreen na cozinha, preparando a bandeja que só aparecia quando alguém da família estava doente.

— É aquele resfriado — Doreen me disse. — Seu pai ainda está esperando você e Brian para o jantar. — Ela viu meu rosto e se mexeu rápido para me distrair. — Corte aquele limão, sim?

Peguei a tábua de cortar, abatida. Eu também estivera nervosa para ver minha mãe naquela manhã. Uma linha fechada de conexão se abriu entre nós, e seria nebulosa e desconfortável por um tempo. Ainda assim, tomei banho, me vesti e desci até a cozinha para deixar a manhã desajeitada para trás, para seguir em frente sinceramente. Cortei o limão, sentindo-me mais órfã do que nunca.

Quando olhei pela janela naquela manhã, estava nublado de uma maneira que me fez pensar que estava frio. Mas horas depois, andando pela plataforma de trem Penn Station entre as fontes de fumaça de motor, me senti pegajosa e suada no meu casaco de inverno.

— Nova York é uma cidade tão feia — observou Brian enquanto esperávamos o táxi na Seventh Avenue. Ele fez uma careta para a central espartana construída sobre os escombros do magnífico antigo terminal. Ninguém percebeu como era lindo até que desapareceu.

— O novo Capitólio de Tallahassee não é melhor — eu o lembrei. Embora, para ser justa, a comunidade lá havia se juntado para preservar a estrutura original, uma grande mansão branca com toldos listrados, um acre de mármore como piso.

Brian voltou sua careta para o céu.

— Pelo menos dá para ver o sol. E logo sentiremos a maresia a caminho da aula.

A Faculdade de Direito Shorebird ficava na Costa do Golfo, alguma enseada que supostamente atraía mais tubarões-de-cabeça-chata do que qualquer outro lugar do estado. *Esses são do tipo dócil, certo?*, perguntei a Brian. Mas esse era o tubarão-limão. Os tubarões-de-cabeça-chata eram responsáveis por mais de oitenta por cento dos ataques fatais a humanos.

— O clima não está cooperando hoje — comentei.

Brian riu.

— E alguma vez ele coopera aqui?

Você deveria ver as tulipas da Quinta Avenida no Domingo de Páscoa, eu teria dito se o carregador de malas não tivesse assobiado irritantemente para que entrássemos no táxi. Eu amava que eles ainda usassem os antigos uniformes que os Vanderbilt haviam desenhado, com o colete elegante e o chapéu sem aba vermelho e preto.

No táxi, a caminho de encontrar meu pai, Brian continuou com as reclamações. Estava cheirando a lixo, não estava? Eu podia subir meu vidro?

— Este trânsito! — exclamou ele quando paramos no terceiro sinal fechado seguido.

Tirei meu casaco e me concentrei em inspirar pelo nariz e soltar o ar pela boca. Quando, enfim, chegamos à Terceira Avenida, peguei minha carteira e dei uma nota de dez dólares ao motorista. Ainda faltavam seis quarteirões, mas eu precisava de ar.

Meu pai era conselheiro interino de um grande banco, extravagante e brilhante; ele usava uma variedade de lindas gravatas-borboleta com estampa paisley e ternos escuros. *Só sou sério se você me obrigar, mas você não vai querer fazer isso* era a estratégia legal dele. Certa vez, quando meu sobrinho era bebê, eu o ouvi, quando ele pensava que ninguém estivesse ouvindo, falando algo sobre como ele era rico e que um dia meu sobrinho também seria. Meu sobrinho riu e deu um gritinho de alegria.

Por sorte, o ar-condicionado estava ligado no Manny Wolf's. Meu pai já estava sentado na mesa de sempre, aquela debaixo da foto autografada de Dean Martin fumando no armário de carne do porão cercado pelas carcaças penduradas cheias de gordura.

— Aí está ela — meu pai cantarolou enquanto se levantava.

Ele me agarrou pelos ombros e fingiu me examinar, como se quisesse confirmar por si mesmo que eu estava intacta e bem. Tive quase certeza de que era para esconder o fato de que havia lágrimas em seus olhos, e tive uma sensação imediata de aterramento. Como se eu pertencesse a alguém, em algum lugar. Meu pai e eu nunca fomos muito próximos, mas algo mudou depois que ele descobriu que eu havia entrado em Direito na Columbia. Ele começou a falar comigo como uma colega. Na segunda metade da minha vida, ele se tornaria meu melhor amigo.

— Bom te ver, senhor. — Brian era quase trinta centímetros mais alto que meu pai, mas, ao lado dele, sempre parecia diminuto e nervoso. Como um elefante com medo de uma aranha.

— Monsieur Armstrong — respondeu meu pai maliciosamente. Ele era da primeira geração de imigrantes irlandeses de Woodside que falava com longos *o*'s e *w*'s como Ed Koch. As sutilezas do Sul despertavam suspeitas.

Nos sentamos e tomei um gole de água gelada. Tinha gosto de casa, pura e limpa. Brian pediu uma Budweiser, que eles não tinham, então ele se contentou com um uísque com refrigerante.

— Que pena que sua mãe não estava se sentindo bem — disse meu pai.

— Vocês duas ficaram acordadas até tarde — disse Brian. — Conversando na cozinha.

A apreensão tomou conta de mim.

— Você nos ouviu?

— Uma palavra ou outra — disse Brian. Eu o encarei, querendo perguntar quais palavras, mas então o garçom veio com os cardápios e uma recomendação de ostras, que tinham chegado no gelo de Montauk naquela manhã.

— Então — disse meu pai quando escolhemos uma dúzia para a mesa —, fiquei sabendo que Farmer está na defesa.

Millard Farmer era um importante advogado de direitos civis de Atlanta que passou grande parte de sua carreira representando pessoas negras em casos de pena capital importantes e garantindo que todos soubessem que ele representava as pessoas negras em casos de pena capital importantes. O Réu havia escrito para ele perguntando se ele se juntaria à sua equipe de defensores no condado de Leon. Farmer concordou prontamente.

— O que não entendo — disse Brian —, é como ele ainda precisa de Farmer se está planejando se defender de novo.

— É um processo complexo — comentei.

— Eu adoraria saber o que acha, senhor — disse Brian para o outro lado da mesa, como se eu não tivesse dito nada.

Meu pai ergueu a mão, friamente. Poderia ser por vários motivos.

— Um caso com riscos tão altos precisa de uma equipe. A lista de testemunhas será longa. Não há como uma pessoa poder cuidar de todos aqueles depoimentos, documentos, transcrições. Resumindo — ele sorriu com seu jeito de figurão — é um processo complexo. — Ele enfiou o guardanapo no colarinho. As ostras haviam chegado.

— E se for Farmer a me interrogar? — me preocupei. Esse era o pensamento que estava me mantendo acordada à noite, desde que eu soubera sobre essa infame adição à equipe jurídica do Réu. Seria tão fácil destruir minha credibilidade, com base no mísero segundo em que pensei ter visto Roger na porta da frente. Era a jugular que eu escolheria se fosse eu quem me interrogaria.

— Você e eu nos prepararemos para isso — falou meu pai pomposamente — juntos.

— Mas espere — disse Brian, a mão erguida como um guarda de trânsito. — E se *ele* for o advogado que vai te interrogar?

Tive um vislumbre, o que vejo agora como uma premonição, do Réu sentado diante de mim em um terno grã-fino cor de aveia. Tão rápido quanto me vi naquela mesa, descartei a visão. Seria estranho. A corte jamais permitiria.

— Acredito que é necessário passar no exame da Ordem antes de ser chamado de advogado — disse meu pai.

— Está bem. E se ele for o *estudante de direito* que vai te interrogar? — corrigiu Brian.

Embora essa também fosse uma classificação imerecida. O Réu se candidatou amplamente a vários programas respeitáveis, mas suas notas de admissão foram tão baixas que o único lugar que o aceitaria seria uma escola noturna chamada Tacoma Narrows, localizada em um prédio comercial compartilhado no centro de Tacoma. Ele ficou atrasado quase de imediato, parou de frequentar as aulas e, no trimestre seguinte, apagou todas as menções ao tempo que passou lá em sua inscrição na Universidade de Utah, onde ficou um ano antes de ser preso e se tornar réu pelo sequestro e tentativa de homicídio de Anne Biers. Aquilo fora três anos antes. Ele foi condenado pelo dobro do tempo em que era estudante de direito.

— Eu quase prefiro que *seja* o Réu a te interrogar — disse meu pai, enfim sem brincar. — Duvido muito que a Shorebird entregue os melhores e mais brilhantes da profissão legal.

Me ocupei, espremendo suco de limão por cima das ostras, dando a Brian um momento para se recuperar. Ele estava corado com um rosado de menina.

— Não, pai — falei, passando a bandeja para ele e gesticulando para que pegasse primeiro. — Shorebird é o nome da faculdade onde Brian e eu estudaremos no outono. O Réu estava em um lugar chamado Tacoma Narrows.

Meu pai espalhou raiz-forte em uma ostra, parecendo ignorar a ofensa que causara. Mas eu sabia que ele não ignorava. Meu pai se esforçava para parecer brincalhão, mas isso também era uma tática, uma que contradizia sua meticulosa dicção. O comentário dele fora um ataque deliberado e focado em Brian, feito para relembrá-lo — a filha dele havia entrado na Columbia, mas o namorado da filha não.

— É um daqueles nomes com som de água. — Meu pai levou a ponta larga da ostra ao lábio inferior, e mastigou antes de engolir. — Difícil lembrar.

Ele empurrou a bandeja na direção de Brian, uma oferta de paz.

— Obrigado, senhor — falou Brian baixinho.

Meu pai acenou para o garçom, pediu outra rodada de bebidas e insistiu que todos comêssemos o filé, embora eu soubesse que Brian preferia outro corte.

— Pai — falei quando o garçom se afastou —, eu adoraria ouvir sua opinião sobre uma coisa.

Meu pai levou o garfo à lateral da cabeça, fingindo torcer seu fino cabelo loiro. Dei a ele a meia risada que esperava.

No meu primeiro ano, eu tivera um debate na minha aula de retórica; aprendera sobre algo chamado valores de processo. Numa sociedade baseada no estado de direito, você poderia apresentar um argumento vencível com base nesses valores. Mesmo quando um resultado legal possa não parecer óbvio, justo ou lógico, é possível pelo menos mostrar que o processo para chegar lá era. Juntei as mãos no colo, tornei minha voz sonora.

— Você não acha — comecei — que se o Estado vai usar os impostos dos cidadãos para extraditar alguém, indiciá-lo e julgá-lo, isso deveria acontecer? A pessoa não deve ter permissão para escapar. Nosso sistema reconhece isso como um crime em si.

— Nem todo país penaliza a fuga — observou meu pai.

Assenti veementemente. Eu gostava quando fazíamos isso. Construíamos um caso juntos.

— Mas o nosso penaliza. E parte dessa penalização envolve aumentar a segurança ao redor do prisioneiro que escapou, se e quando ele for recapturado, geralmente ao colocar o prisioneiro em uma prisão de segurança máxima.

— Certo — disse meu pai. — Se uma prisão de segurança máxima não estiver disponível, medidas como vigilância vinte e quatro horas podem ser implementadas pelo juiz.

Nossa entrada chegou, e preparei o restante do meu argumento enquanto o garçom distribuía nossos pratos idênticos. Meu pai fora advogado civil por quinze anos antes de passar para o conselho interno. Ele teria apenas um conhecimento superficial de direito penal, então o fato de ter retido conhecimentos como esse era um bom presságio. O argumento mais claro é sempre aquele que se baseia na compreensão latente que as pessoas comuns têm do nosso sistema.

— O Réu foi levado, apropriadamente, para uma prisão de nível três em Utah depois de ser condenado por sequestrar Anne Biers — prossegui quando o garçom partiu. — O promotor público do Colorado veio e o extraditou para uma instalação de nível um em Aspen, que é a menos restritiva...

— Pode me passar o cesto de pão, Pamela?

Passei para Brian o cesto de pão e tentei me lembrar do que eu estava dizendo.

— Nível um é considerado segurança mínima. Alguém que foi condenado por sequestro com agravante e indiciado por homicídio doloso qualificado realmente deveria estar em um lugar mais restritivo. No mínimo, ele não devia ter permissão para vagar livremente, sem algemas nem supervisão. Foi assim que ele escapou da primeira vez. É de se pensar que o Colorado teria aprendido com isso, colocado restrições mais severas. Em vez disso, colocaram ele em outra instalação de nível um e não conseguiram seguir a ordem do juiz de que ele deveria ter supervisão...

— E a manteiga?

Passei a manteiga para Brian.

— ... vinte e quatro horas — finalizei. — Acho que tenho o suficiente para fazer uma alegação.

Meu pai dividiu sua batata assada no meio e deixou o vapor sair.

— Que será?

— Inflição negligente de sofrimento emocional contra o Departamento de Correções do Colorado. Testemunhas e espectadores podem processar por angústia emocional se testemunharem algo horrível. Eu diria que me qualifico.

Meu pai ergueu as sobrancelhas.

— Tudo isso deveria ter terminado no Colorado. Duas adultas e uma criança estão mortas por negligência deles. Quando uma garota n'A Casa viola os padrões da organização, é meu trabalho puni-la. Por que isso seria diferente? Além disso, um processo me dá a oportunidade de requerer a evidência sobre a qual o guarda da prisão me falou, qualquer coisa que pudesse conectar o Réu aos crimes nos outros estados. Há famílias desesperadas por respostas sobre o que aconteceu com seus entes queridos. Eu poderia ajudar a dar conforto a elas. — Parei, cutuquei a pilha verdejante de espinafre no meu prato e esperei para ouvir o que meu pai achava.

— Esse é um caso difícil de ganhar — disse ele, por fim. — Muitos passos para provar.

Brian assentiu em concordância veemente. Ele comia apenas o perímetro esturricado da carne, deixando a massa rosada no centro. Eu sabia que ele preferia a carne bem passada.

— Foi o que eu falei também — disse ele, pomposo.

Me virei para ele, minha paciência reduzida a algo pontudo e perigoso.

— Na verdade, você não disse nada disso. Você falou para eu deixar a polícia fazer o trabalho dela, porque eles fizeram um trabalho muito bom até agora. Ah, e o que mais? Que Tina fez lavagem cerebral em mim.

— Alguém conseguiu fazer lavagem cerebral em Pamela Schumacher? — Meu pai colocou um pedaço do filé na boca com uma risada. Ele acreditaria nisso quando visse.

Brian foi de rosado para vermelho intenso.

— Só para que saiba, senhor...

— Bill.

— Bill, senhor. Estou apenas um pouco preocupado com o interesse dessa mulher na sua filha. Ela estava em um relacionamento lésbico com uma das vítimas. Suposta vítima, isto é.

Meu pai olhou de Brian para mim, mastigando.

— Você está em um relacionamento lésbico com essa mulher, Pamela?

— Não, pai — respondi. — Não estou.

— Então não estou preocupado. Sabe o que me preocupa, Brian?

Brian o encarou, insolente.

— Que este é o melhor corte de carne ao norte da Fourteenth Street. Coma.

Por algum motivo, virei à direita ao sair do restaurante. À direita ficava a parte alta da cidade, longe da Penn Station. Brian me seguiu em um silêncio intenso, inconsciente durante os primeiros quarteirões.

— Ei — disse ele, segurando meu braço, tentando me fazer parar. — Estamos indo para o lado errado.

Mas eu não estava, percebi com clareza total. Eu planejava pegar o ônibus que atravessava a cidade na 66th Street, e então pegar o trem que ia para a parte alta da cidade na 116th Street, onde a santidade do campus da Columbia me esperava.

— Quero ir à Columbia — falei, me livrando do toque dele.

Brian olhou para a rua.

— Não é longe daqui?

— Estou falando da universidade. Ano que vem.

Me virei para encará-lo. Os pedestres avançavam em nossa direção como cabras de cabeça baixa, murmurando obscenidades quando eram forçados a passar ao nosso redor. Coloquei as palmas das mãos no peito de Brian, com cuidado, mas com firmeza, e nos levei para mais perto do meio-fio.

— Acho que é uma ótima ideia — disse Brian, todo gentil e solidário.

— Vamos fazer nosso primeiro ano na Shorebird. Então tentamos a Columbia de novo. Eles verão isso como comprometimento, e talvez dessa vez seu pai possa me ajudar a entrar também.

Olhei para ele, irrequieta.

— Do que você está falando? Com o *quê* meu pai poderia ajudar? Ele estudou na Rutgers.

— Certo, mas... — Brian fez uma careta, uma que implorava para que eu não o fizesse dizer.

— Mas *o quê?*

— Eles sabem quem ele é.

— Meu pai é bem-sucedido, claro, mas isto é Nova York. Confie em mim, ele não está no radar de ninguém.

Brian deu um sorrisinho.

— Se você diz.

Eu estava cheia de ódio súbito por ele.

— Tenho uma média de quatro ponto dois. Sou presidente da principal irmandade do campus, e sou uma das três mulheres do Congresso entre trinta. Eu tirei noventa e cinco por cento na admissão...

— Jesus! — exclamou Brian. — Eu sei!

Mantive minha voz calma.

— Na verdade, você não sabe. Fiz questão de não te contar minha nota. Porque não queria que você se sentisse mal.

Olhamos para a calçada, ambos estranhamente tímidos com o que estava acontecendo. Conhecíamos muitos casais que se separavam e voltavam, faziam tudo de novo, mas nunca fomos assim. Não sabíamos como o outro agiria ou ficaria, nesse cenário. Eu estava parada na calçada com um perfeito estranho.

Um homem que passava cuspiu algo verde e gelatinoso na calçada. Na rua, uma buzina soou, depois outra, como lobos uivando para os membros da matilha, comunicando a localização de um predador.

— É aqui que você quer passar os próximos três anos da sua vida? — Brian gesticulou, incrédulo.

Parecia que toda a Terceira Avenida estava torcendo por mim com impaciência. Por que demorei tanto para chegar ali? E agora que eu tinha feito isso, eu poderia me apressar?

Eu não poderia ter dito sim a ele mais rápido.

RUTH

Issaquah
Verão de 1974

Eu me preparei para o jantar da mesma forma que me preparei para meu exame de motorista, estudando a edição de julho da *Good Housekeeping* como se fosse o guia de trânsito de Washington, e então fui para trás do volante e pratiquei com mais ou menos dezoito frangos inteiros até acertar a temperatura e o tempo de forno. Eu serviria a proteína acompanhada de cenouras vermelhas e batatinhas amanteigadas, uma salada fresca salpicada com nozes californianas. Se você não conseguisse encontrar as da Califórnia, dizia a revista, a importada serviria. Mas eu não era de usar atalhos.

O Nature's Mart era uma estrutura de argila vermelha, mais ou menos metade do tamanho do supermercado em Clyde Hill, que continha todo tipo de ingredientes misteriosos "saudáveis". Eles ainda não haviam removido o Coelhinho da Páscoa do telhado nem a placa de promoção dos ovos. Antes do meu sobrinho, Allen, se tornar tão cruel, costumávamos pintar ovos na banheira e escondê-los pela casa para as crianças da vizinhança. Me perguntei se ele estava decepcionado por eu não estar com ele na Páscoa este ano, ou se ele sequer se lembrava de que costumava gostar de mim. Peguei uma cesta e perguntei ao caixa onde ficavam as castanhas. Ele tinha uma longa barba grisalha e um turbante na cabeça.

— Corredor três, querida — disse ele, e eu não sei por quê, mas algo na forma como disse "querida" me fez querer chorar.

Quem é que poderia dizer que havia tantas castanhas! Claro, eu sabia das castanhas de caju e amendoins, mas não da castanha-do-pará e das sementes de abóbora. Encontrei três variedades de nozes na prateleira de baixo, e me agachei para ler os rótulos. Eu estava tentando determinar quais nozes eram da Califórnia e quais eram importadas quando alguém chamou meu nome. Vi que era minha cunhada. Ela ninava a nova bebê no quadril, aquela para quem ela fazia sua própria papinha de bebê, e empurrava um carrinho cheio de verduras e frutas orgânicas. Considerando toda a comida saudável que comia, ela não parecia muito bem. Rebecca tinha manchas escuras sob os olhos e a raiz do cabelo estava desalinhada e com frizz. Quando me levantei, ela me observou da cabeça aos pés, meus sapatos de couro que combinavam com minha bolsa de couro, as pérolas em minhas orelhas, e ela mudou o bebê para o outro quadril, posicionando-o de forma que ela cobrisse uma mancha na camisa velha e sem forma.

— Ruth — disse ela com um sorriso leve. — Eu quase não te reconheci.

Tina guardou as ervas na geladeira e disse sombriamente:

— Agora somos treze.

Tirei as ervas da geladeira e as organizei em um copo de água gelada, como o caixa recomendou que eu fizesse assim que chegasse em casa.

— Você devia ter visto o rosto dela quando mencionei a festa. Foi como se... — Vi aquele fio de cabelo, aquele que sempre estava preso ao lábio dela. — Saudade inalterada.

Tina deu a volta em mim para alcançar a lata onde guardava as correspondências. Ela mexeu em algumas coisas, e então estendeu um envelope na minha direção.

— Isto chegou para você — disse ela.

Vi o nome e o endereço da minha mãe no cantor superior esquerdo. Abri e inspirei fundo. Era o convite para a cerimônia de nomeação do jardim do meu pai. Embaixo, havia uma nota escrita à mão: *Seu pai ia te querer lá*.

Tina se sentou na bancada e mordeu uma maçã, esperando que eu explicasse por que estava com dificuldade de respirar.

— É o que eu te contei — falei, estendendo o convite para ela. — A cerimônia do jardim para o meu pai.

— Não vá — disse Tina simplesmente. Ela colocou o convite na bancada sem sequer ler.

Algo disparou em mim diante da dispensa dela.

— Você nem olhou.

— Por que você olhou? Só vai te fazer querer ir.
— Eu quero ir.
— Por quê?
— Porque alguém que realmente o amava deve estar lá.
— Há outras maneiras de honrar seu pai — disse Tina.

Abri o saco de nozes californianas e mordi uma. Eu não conseguia entender o que as tornava tão especiais. Elas tinham o gosto de qualquer noz. Crocantes e sem gosto.

Tina tinha um vestido azul-gelo de seda com penas azuis mais escuras nos punhos. Pensei que tinha conseguido esconder minha admiração por ele — era uma coisa linda e tola que as pessoas usavam em revistas, bem longe do estado de Washington —, mas ela sugeriu que eu o usasse no jantar. Eu a lembrei de que estaria assando um frango e que haveria gordura enquanto eu passava o vestido pela cabeça. Ficamos lado a lado diante do espelho de corpo inteiro e encaramos.

— Você parece uma rainha da neve saída de uma história de Tolkien — disse Tina.

No cabide, o vestido não parecia tão iridescente quanto ficava contra minha pele branca e cabelo preto, olhos mais azuis do que tinham o direito de ser. Fiquei tentada a devolvê-lo para o cabide. Eu não confiava que eu pudesse ficar bonita por mais que cinco minutos. Mas então soou a campainha lá embaixo, e era tarde demais para me trocar.

Eu me senti ridícula quando abri a porta e encontrei Frances em calças marrons e um suéter de gola alta, ao lado de uma mulher de um metro e oitenta de altura com cabelo grisalho na altura da cintura, que eu sabia ser Irene, a parceira de Frances.

— Vou me trocar — falei, e todas imploraram para que eu não me trocasse.

— Espere — disse Tina. Ela correu escada acima e Frances, Irene e eu esperamos sem falar, como se estivéssemos brincando de estátua. Quando Tina voltou, ela havia tirado seu minivestido e botas na altura do joelho e trocado por um vestido longo de cetim prateado. Parecia estar pronta para uma premiação hollywoodiana, como se fosse ganhar.

— Afinal de contas — disse ela regiamente —, somos as anfitriãs.

— Vocês duas estão divinas — disse Frances.

Relaxei um pouco enquanto as outras garotas entravam. Elas também estavam arrumadas. Elas não conseguiam parar de admirar minhas mangas emplumadas, o tom de azul na minha pele, minha *pele*. Dedos roçaram minha bochecha, e eu ouvi a palavra *porcelana*, e não consegui acreditar que essa era, enfim, a minha vida.

Tomamos nossas bebidas na sala de estar, onde eu colocara uma bandeja de aperitivos. Pão oval torrado com pasta de azeitona, salmão cru com pepino, tâmaras embrulhadas em bacon. Minha mãe teria engasgado se eu tivesse servido algo do tipo para ela.

— Não comam demais — disse Tina com um sorriso orgulhoso. — O frango assado de Ruth é o melhor que vocês vão provar na vida.

— O cheiro está divino!

— Preciso ir ver como está — falei, me levantando.

Passei uma faca entre o corpo e a coxa da ave e virei a assadeira, vendo o caldo correr rosa. Quando a campainha soou, eu sabia que era Rebecca. Eu contara as convidadas na sala de estar antes de entrar na cozinha. Faltava uma.

— Eu atendo! — disse Tina.

Eu conseguia ouvir o vestido de cetim dela roçando no chão. O grunhido da porta medieval de madeira. O olá de Tina, a desculpa da minha cunhada, Tina dizendo que não havia por que se desculpar. Tínhamos espaço. Por um momento de pânico, pensei que ela teria vindo com meu irmão. Mas então elas entraram na cozinha, e eu vi que era apenas o bebê equilibrado em seu quadril. Aquele fio de cabelo se embolou todo na língua dela enquanto me cumprimentava.

— Fiquei tentando vir, mas ela não parava de gritar a não ser que eu a segurasse — disse Rebecca.

— Posso? — Tina abriu os braços.

Rebecca a olhou criticamente.

— Eu não ia querer estragar seu belo vestido.

— Ah, está tudo bem. — Tina falava com a bebê. — Quem se importa com um vestido idiota?

A bebê encarou Tina com uma expressão distante, sugando dois dedinhos. Relutantemente, Rebecca a entregou. Ninguém gritou. Rebecca não sabia o que fazer com os braços agora que estavam livres.

Tina enfiou o rosto no pescoço da bebê e inspirou.

— A gente devia colocar você na bandeja e te servir para o jantar. — A bebê franziu a testa, como se pensasse na ideia, e pôs as mãozinhas cor de rosa nos lábios de Tina. *Não, obrigada.*

Rebecca espiou a bancada e me viu regando o frango.

— Você comprou o frango no Nature's Mart?

— Pascale's — respondi, um pouco arrogantemente. Pascale's era o açougueiro italiano na Third Avenue. O frango custara seis dólares a mais que o do supermercado.

— Os frangos do Nature's Mart são alimentados com milho — disse Rebecca. — É mais saudável para eles que trigo.

Por um momento, desejei que minha mãe estivesse ali, pois ela teria compartilhado um olhar comigo. A maternidade tornara Rebecca uma sabe-tudo insuportável.

— Na Itália os frangos comem trigo, e foi o melhor frango que já comi — disse Tina. Ela fazia a bebê rir e balbuciar ao fingir pegar o nariz dela.

— Sim, claro, na Itália. — Rebecca riu, sua presunção superada pela primeira vez. Senti o olhar dela pairando sobre mim. Meu vestido. Meu cabelo. Meu rosto. Senti o ultraje pelo que ela via, e talvez um pouquinho de traição. Eu disse a ela que a vestimenta era festiva, e ela estava usando o vestido preto de lã que usara no funeral do meu pai.

— Venha conhecer as outras — falei para Rebecca, e a conduzi para a sala de estar.

Rebecca pareceu relaxar ao lado da lareira com um pouco de gin. As outras mulheres foram compreensivas com a situação dela, cheias de conselhos sobre como fizeram seus bebês serem mais desapegados. Rebecca as ouviu e não interrompeu com nenhuma de suas histórias de sucesso sobre Allen. Ela nem sequer mencionou Allen. Todas presumiram que a bebê fosse a primeira dela, e ela permitiu. Enfim, ela colocou o cabelo atrás das orelhas e até riu de uma piada que Frances contou, embora eu tenha visto a forma como ela olhou para Irene sentada tão perto de Frances no sofá. A desaprovação dela irradiava em ondas.

Fomos à sala de jantar para a refeição. Antes de nos sentarmos, Frances insistiu em tirar uma foto minha e de Tina, eu segurando meu estimado frango assado. As outras mulheres se acumularam atrás dela na porta, exclamando sobre como a foto ficou boa. Frances prometeu nos enviar uma cópia assim que conseguisse revelar.

Todas elogiaram o jantar. Queriam saber como eu deixara as batatas tão crocantes, se eu estufara a cavidade do frango com manteiga. As mulheres se revezaram com a bebê para que Rebecca tivesse a chance de aproveitar sua refeição. Os ossos no prato dela estavam limpos quando minha sobrinha deu a volta na mesa.

— Você poderia fazer isso profissionalmente, Ruth — disse uma das mulheres.

Pelo comprimento formal da mesa de madeira de lei, Tina e eu nos olhamos. Estávamos conversando sobre meu objetivo de me matricular na escola de culinária, mas primeiro eu precisava conseguir meu diploma de ensino médio.

Tina ergueu sua taça com um sorriso inocente.

— Na verdade — disse ela —, Ruth vai para a escola de gastronomia fazer exatamente isso.

Percebi que Frances também sorria.

— Esse é o plano, um dia — falei antes que as mulheres ficassem animadas demais por mim. — Mas preciso voltar e conseguir meu diploma primeiro.

Tina balançou a cabeça um pouquinho.

— Conversei com a escola. Eles estão dispostos a dispensar a exigência em troca de um verão de trabalho na cozinha de um restaurante.

Frances disse:

— E nós temos uma amiga que ficaria feliz com a ajuda.

Irene assentiu, e a mandíbula de Rebecca se retesou com o uso do *nós*.

As mulheres fizeram um milhão de perguntas. Quantos anos durava a escola de gastronomia? Eu queria trabalhar em um restaurante ou em um bufê, talvez? O primo de alguém tivera sucesso oferecendo bufês para casamentos. Talvez eu até pudesse abrir meu próprio restaurante um dia!

O prato final era uma tortinha de limão com uma fina camada de chocolate entre a massa e o recheio. As mulheres gemeram em êxtase, mas percebi que a bebê estava adormecido nos braços de Rebecca e ela não tivera a chance de provar sua fatia.

— Você pode colocá-la no nosso quarto — disse Tina para Rebecca. Reparei na seriedade das palavras *nosso quarto*, mas não pareceu que as outras reparam. Todas estavam cheias, bêbadas e felizes demais por mim.

— É uma casa grande — falei tão humildemente quanto possível. — Eu te mostro.

Rebecca e eu tiramos as almofadas da espreguiçadeira, aquela ao lado da janela saliente que parecia cortar a ponta nevada do monte Rainier, e construímos um cantinho para a bebê no chão. Rebecca balançava para a frente e para trás e observou os arredores. No quarto que ela compartilhava com o meu irmão, não havia espaço sequer para uma cômoda, e eles guardavam as roupas no armário no corredor.

O olhar de Rebecca focou em um dos espaços afundados pelo uso no travesseiro. A cama estava feita, mas Tina havia pulado em cima dos lençóis e colocado as mãos atrás da cabeça para me ver provando roupas para a festa. Lembrando dela assim — observando —, desejei que todas partissem naquele instante.

— Você também dorme aqui?

Meu coração subiu para a garganta, com intenções ousadas a princípio. Ela tinha que saber a resposta; perguntar implicava que eu tinha algum motivo para me explicar. Para *ela*, de todas as pessoas. Ergui meu queixo e falei:

— Sim.

Eu estava preparada para o nojo, mas, para a minha completa surpresa, Rebecca pôs a mão no meu ombro delicadamente.

— Sabe, Ruth? Se você está tentando punir sua família pela forma como eles te trataram… eu não te culparia nem um pouco. — Ela se afundou em uma posição de pernas cruzadas com um suspiro pesado. — Eu devia ter te agradecido há muito tempo. Fiquei com tanto medo nos primeiros meses depois que você partiu. Fiquei esperando que alguém contasse ao seu irmão sobre nós. Que alguém contasse aos meus pais. Mas ninguém nunca contou. Eu saí ilesa. Mas você — os olhos dela brilhavam com lágrimas —, você sofreu, e sinto muito.

Fiquei tão emocionada que por um instante não consegui falar.

— Obrigada — enfim consegui dizer.

— Mas, Ruth — disse Rebecca, mais forte agora. — Esse comportamento com Tina? Psicologicamente, vai te danificar.

— Eu não acredito mais que isso é verdade — falei calmamente e senti uma imediata e bem-vinda leveza, percebendo que eu, de fato, não acreditava mais.

— Ah, Ruth! — exclamou Rebecca, exasperada. — Estou do seu lado. Estou. E talvez parte da sua família também ficasse se você nem sempre complicasse tudo. Veja o que está fazendo agora! Dividindo a cama com outra mulher! Usando roupas chiques e agindo como a senhora da mansão. Boa demais para uma vida normal. E por quê? No fim das contas, você teve bons pais. Eles te amaram e te deram uma boa vida e estavam tentando fazer o melhor por você. Você sabe que eu sempre te defendi quando sua mãe te chamava de egoísta, mas às vezes acho que ela poderia estar certa.

A voz dela pingava falsa santidade, e a bebê começou a se agitar. Rebecca jogou a criança embrulhada por cima do ombro e eu coloquei minhas mãos para cobrir minha boca enquanto a grande cabeça dela atingia o pescocinho da criança. Minha sobrinha pareceu atordoada por um momento antes de esticar a boca em torno de um uivo ensurdecedor.

— Chega! — Rebecca gritou para ela, alto o suficiente para fazer com que eu, uma mulher de vinte e cinco anos, me encolhesse.

Rebecca virou para o lado errado ao sair pela porta, e eu fiquei lá esperando que ela percebesse o erro quando chegasse ao toalete no final do corredor. A bebê iluminava cada cômodo em que Rebecca entrava; enfim, ela desistiu e voltou pelo outro lado, murmurando algo sobre a casa ser feia *e* um labirinto. Lá embaixo, ouvi as mulheres tentando convencê-la a ficar, mas, o que quer que Rebecca tenha dito a elas, foi no mesmo decibel que meus pais usaram na noite em que descobriram sobre nós. Eu apenas a senti sair. A estrutura de uma porta acertou o batente, e o chão se deslocou e se assentou ao longo de novas falhas sob meus joelhos.

PAMELA

Cidade de Nova York, 1979
Dia 445

Eu estava me aproximando do fim do meu último ano na faculdade de direito da Columbia, uma mulher solteira com um corte de cabelo ousado e infeliz. Depois de terminar com Brian no ano anterior, eu decidi que estava cansada de parecer uma colegial bochechuda. Eu queria algo mais adulto para marcar esse novo capítulo da minha vida. O cabelereiro da minha mãe tentou me dissuadir de um repicado — aquele redondo queixo irlandês —, mas eu disse a ele, lamentavelmente, que era apenas cabelo e cresceria de volta. Tina me enviou, por correio, alguns chapéus de sua extensa coleção, da qual ela precisava cada vez menos graças à feitiçaria do multivitamínico de Denise, e eu me escondia nos fundos das salas de aula, constrangida demais para me expor para todos verem. Eu decerto não conseguia me obrigar a falar com ele — o homem com quem um dia eu me casaria, a quatro fileiras diante de mim em Procedimento Civil.

Eu não o veria no campus de novo depois daquele primeiro ano. Meu marido era um pensador cuidadoso, alguém que gosta de refletir, falar das coisas, antes de chegar à solução do problema, e ele sentia que a faculdade de direito penalizava essa sua qualidade. No verão depois do seu primeiro ano, ele fez estágio em uma agência de talentos, revisando contratos para o departamento de teatro, e nunca saiu. Hoje ele representa artistas e diretores vencedores de Tony; ele produz créditos para os espetáculos mais duradouros da Broadway. Se você ler os créditos com atenção suficiente, verá meu nome sob *agradecimentos especiais para*, por todas as vezes que voltei do meu próprio escritório de direito de família para aconselhá-lo sobre a aquisição de direitos ou cláusulas de compensação de bilheteria.

Em 1987, quando eu tinha trinta e um anos, voltei para Tallahassee para o funeral de Catherine McCall, a ex-aluna que havia nos convidado à casa dela na noite após o ataque. Eu havia acabado de sair do avião quando ouvi alguém dizer meu nome com aquele tipo de atitude cautelosa que as pessoas usam quando têm certeza de que estão enganadas, você não pode ser quem elas pensam que você é, mas talvez seja? Virei-me para ver o cara da minha aula de Procedimento Civil, que não era tradicionalmente bonito, como Brian era, mas de alguma forma suas características proeminentes — nariz torto e lábios carnudos, olhos escuros e profundos — combinavam de uma forma que sempre me fazia corar sob a aba do chapéu doado por Tina.

— Eu não sabia se era você ou não — disse ele. Ele ergueu a mão até o topo da cabeça. *Seu cabelo. (Está normal.)*

Comecei a usá-lo em um corte volumoso na altura dos ombros que eu sabia que me caía bem. Coloquei-o atrás da orelha com um sorriso modesto.

— Foi um ano difícil para mim.

Nós rimos e seguimos pelo pequeno terminal, que em poucos anos seria arrasado por um tornado mortal, e então reconstruído, mais forte e mais brilhante que antes.

— O que... — nós dois começamos, e tornamos a rir. Gesticulei para ele. *Vá em frente.*

— Estou aqui para um funeral, infelizmente. E você?

Senti meu coração disparar.

— Não o de Catherine McCall, por um acaso?

David parou de caminhar e se virou para me encarar, chocado. O nome do meu marido é David.

— Sim, na verdade. Ela é minha tia-avó.

Naquele final de semana, na casa que um dia foi tão estranha para mim quanto o homem com o qual pensei que me casaria, passei a conhecer aquele com quem me casei.

Mas antes que essa encantadora reunião pudesse acontecer, antes que meu pai me levasse até o altar perguntando se eu tinha ouvido a piada sobre a advogada de divórcios que se casa (algo sobre o casamento se qualificar como hora remunerável), e depois da difícil gravidez que resultou na filha que me fez pegar mais leve com a minha mãe, eu ainda precisava passar pelo julgamento. E o Réu parecia determinado a arrastá-lo o mais juridicamente possível.

Eu estava descendo a escada da Biblioteca da Columbia, em um daqueles dias frios de abril na Costa Leste que mais parecem outono do que primavera, quando passei por outra aluna do primeiro ano que morava no meu corredor.

— Ah, Pamela! — chamou ela sem desacelerar. — Tem uma mensagem para você no dormitório. O cara falou que era importante.

Virei no lugar, protegendo meus olhos do sol em um movimento que parecia um bater de continência.

— Lembra o nome dele? — perguntei.

— Pearl alguma coisa! — devolveu ela antes que as colunas em estilo iônico a absorvessem.

Quando cheguei no dormitório, os pelinhos da minha nuca estavam molhados de suor. Eu só conhecia um homem com sobrenome Pearl. Ele não ligava para falar de questões importantes; as ligações dele eram questão de vida ou morte.

— Sou Pamela Schumacher — falei para a recepcionista no gabinete do procurador do Estado em Tallahassee.

— Um momento, por favor.

Fiquei na ponta dos pés ansiosamente enquanto esperava o promotor atender o telefone. Henry Pearl e eu ainda não tínhamos nos conhecido pessoalmente, mas isso mudaria em breve, já que havíamos entrado oficialmente na fase de arrolamento de provas do julgamento do Réu.

— Boa tarde, Pamela — disse o sr. Pearl em uma voz brusca que fez minha garganta ficar seca.

— A mensagem dizia que era importante.

— Tenho boas e más notícias. Qual você quer…

— A má.

O sr. Pearl tossiu e pigarreou.

— Recebi o aviso do seu depoimento. Está marcado para daqui duas semanas na Penitenciária do condado de Leon, o que só pode significar uma coisa.

Meu depoimento seria com o Réu. Era a única coisa que poderia significar — porque, tradicionalmente, depoimentos acontecem no tribunal ou escritório de direito, feitos por advogados licenciados que não nutrem uma propensão para espancar dezenas de mulheres até a morte.

Pareceu que o velho dormitório de tijolos na Amsterdam Avenue estava balançando. Pus minha mão na parede, sentindo o pulsar de seus canos, as vibrações do novo álbum do Cars. Um cara lá em cima o ouvia todo o dia naquela primavera.

— Significa que Farmer está fora?

— Essa é a boa notícia — disse o sr. Pearl mais alegremente.

O famoso Millard Farmer de Atlanta tinha uma acusação federal de desacato em seu registro. Ele precisou entrar com um pedido especial para representar o Réu em um julgamento fora do estado, e o sr. Pearl estava me ligando para me dizer que o juiz havia negado. O Réu passaria a aceitar e rejeitar a mesma equipe de defensores públicos até o primeiro dia do pré-julgamento. As pessoas falam sobre ele se representando como se fosse o único do seu lado na mesa do júri. Mas, se fosse esse o caso, eu não teria nada com que me preocupar. Ele teria se afogado em sua própria arrogância ignorante.

— Escute — disse o sr. Pearl —, seja lá o que você está ouvindo sobre as capacidades do Réu enquanto advogado, foram muito exageradas. Assisti ao mesmo painel que seu amigo jornalista, e, sinceramente — riu ele cinicamente —, estou me perguntando se estivemos no mesmo painel.

O Réu Obtém Ganhos Judiciais tinha sido a manchete de Carl no *Democrata de Tallahassee*, que devo ter sido a única nova-iorquina a ler. Carl estava no tribunal para cobrir o pedido do Réu para atrasar o julgamento, melhorar as luzes em sua cela e ter mais horas de exercício. O Réu foi fotografado meio sentado na mesa do júri, usando um terno castanho e olhando para suas notas enquanto fazia seu argumento. Carl escreveu que ele "parecia relaxado e confiante em sua própria defesa — fazendo perguntas jurídicas articuladas e bem pensadas, em uma voz calma e deliberada." O "jovem em forma", disse Carl, tivera "sucesso em colocar a acusação na defensiva."

Eu ligara para Carl enquanto ainda lia o artigo, pendendo entre lágrimas e raiva. Eu sucumbira a ambas quando ele não respondera, batendo o fone no gancho de novo e outra vez como a caricatura de uma mulher menosprezada. Por meses, Carl me dera inúmeras desculpas sobre por que a história do Colorado ainda não fora impressa, e então parou totalmente de responder às minhas ligações e cartas.

— Vou te encontrar na Flórida — disse Tina quando desliguei a ligação com o sr. Pearl e liguei para ela para falar do depoimento. Tina havia se mudado de volta para Seattle depois de se graduar na UEF, mais ou menos na época em que o segundo indiciamento foi iniciado pelo assassinato de Kimberly Leach, de doze anos. Meu pai ficava me lembrando: mesmo que não pudessem culpá-lo pelo assassinato de Denise e Robbie, as evidências no nosso caso eram quase totalmente circunstanciais, o Estado o condenaria pelo que fizera com Kimberly Leach, caso para o qual tinham cabelos, fibras e até solo do parque nacional onde ela fora assassinada, encontrados na van que ele dirigia.

— Para quê? — perguntei a Tina, forçando um sorriso para um grupo de colegas meus enquanto eles emergiam no saguão. Um deles me viu e disse: *Almoço?* Eu apontei para o telefone e balancei a cabeça. Eu precisava atender essa ligação. Ela deu de ombros e se apressou para alcançar os outros. Eu os observei ir, uma dor aguda no meu peito. Eu estava estudando na Columbia havia oito meses, e não havia ido em nem um único encontro ainda. Se alguém perguntasse se eu tinha feito novos amigos, eu poderia dizer sim. Tecnicamente, meu pai era um novo amigo para mim. Eu estava atolada naquela bobagem, e ele era o único disposto a falar do assunto comigo até enjoar. Eu estava com raiva então. Com raiva porque mais de um ano havia se passado desde que eu segurei minha melhor amiga moribunda nos braços e insisti para que ela acordasse e se vestisse, e ainda não havia fim à vista.

— Vamos bater na porta do Carl! — Tina exclamou como se a resposta fosse óbvia. — Falar para ele parar de escrever essa baboseira e envenenar a mente das pessoas. Lembrar que ele disse que o cara que fez isso com Denise deveria queimar.

Ele não sairá vivo da Flórida, meu pai ficava me assegurando. Mas, quando ele fritasse, eu queria que fosse pelo que havia feito sob o meu teto.

O estado da Flórida pagou pela minha viagem, acomodações e três dias de refeições. Custou mais a eles financiar um encontro cara a cara com o homem que estuprara minha melhor amiga com uma embalagem de spray de cabelo do que custaria para cobrir os danos que ele causou n'A Casa. No fim, as ex-alunas cuidaram dos custos, mas foi absurdo que tivessem que fazê-lo, simplesmente porque Denise tinha um dia sido íntima de um homem brevemente suspeito de machucá-la.

Tina conseguiu um quarto ao lado do meu, mas acabou usando-o apenas para tomar banho. Na época, a maioria dos quartos de hotéis tinham duas camas, e ficamos acordadas até tarde, o relógio digital na mesinha iluminando o tempo naquele velho verde fosfóreo, até adormecermos.

Na primeira manhã de volta a Tallahassee, acordamos cedo, chegando à porta de Carl antes que ele saísse para o trabalho. Tina bateu, olhou para mim e perguntou:

— Pronta?

Eu estava assentindo quando Carl abriu a porta.

— Pamela — disse ele, o sangue sumindo do rosto. Sou conhecida por ter esse efeito nas pessoas. — O que você... Como você sabe que eu moro aqui?

Lancei a ele um olhar estranho.

— Você me deu seu endereço para que pudéssemos trocar correspondência. Embora apenas um de nós envie cartas hoje em dia.

— Certo. — Carl pôs o cabelo no lugar, molhado pelo banho. — Tem sido uma época cheia. Desculpe.

— Estou na cidade para depor — falei. — Pensei em passar aqui, ver como está indo a história do Colorado.

— Podemos entrar rapidinho? — perguntou Tina.

Carl olhou por sobre o ombro de maneira furtiva.

— Bem, está uma bagunça.

— Nós não julgamos — rebateu Tina.

Fale por si, pensei.

— Hã, claro. Me dá só um minuto.

Carl fechou a porta na nossa cara.

Me virei para Tina. O cabelo que estava crescendo tinha uma textura misteriosa — não liso, como era no resto, mas não exatamente cacheado tampouco. Frisado, eu perceberia quando o cabelo entrasse na moda na década seguinte. Pelo resto da vida, Tina teria duas faixas indomáveis dos dois lados da cabeça, como um gambá eletrocutado.

— Ele não parece nem um pouco culpado — disse ela, sincera.

— Nem um pouco — concordei.

Esperamos na porta da frente por vários minutos, nos sentindo como testemunhas de Jeová, erguendo as mãos e acenando inocentemente para uma vizinha que passou levando o cachorro para passear. Era um daqueles arquetípicos e perfeitos cachorros de família, uma coisinha amarela sorridente, e eu o observei virar de uma vez à esquerda no quintal de Carl, onde se agachou e depositou uma merda mole ao lado dos arbustos de azaleia. Eu ia dizer à vizinha para não se preocupar em limpar quando uma mulher dirigindo um conversível branco parou na entrada da garagem de Carl e saiu do carro. A vizinha e a motorista trocaram cumprimentos e exclamaram juntas para o cachorro, que latiu e deu uma patada nas coxas da motorista como se sentisse muita falta dela.

A mulher cruzou o quintal, tirando pelo de animal das roupas e sorrindo.

— Oi? — disse ela, curiosa. Era mais velha que Carl mais ou menos dez anos, bonita de uma maneira esmaecida, ou talvez fosse apenas meu lado competitivo falando.

— Somos amigas do Carl — explicou Tina, curta e grossa.

A mulher limpou os sapatos no carpete de boas-vindas e abriu a porta, chamando:

— Carl! Você tem visita.

Ela segurou a porta aberta para nós. Tina enganchou o braço no meu e me levou para dentro bem quando Carl veio descendo a escada correndo. A casa estava cheia, mas adoravelmente arrumada, e, embora as almofadas do sofá precisassem ser afofadas e houvesse vários pares de sapatos acumulados em uma pilha ao lado do cabideiro, o lugar dificilmente estava uma bagunça, até para os meus padrões.

— Ah, sim. É. — Carl se atrapalhou. — Oi, Lynette — disse ele para a mulher enquanto eles cruzavam na escada.

Toda a troca foi confusa para mim. A dinâmica deles não parecia nem um pouco romântica e, ainda assim, eles tinham que viver juntos; caso contrário, ela não se sentiria confortável subindo sozinha. Colegas de quarto, talvez. Irmã dele?

— Tem café pronto — disse Carl, claramente querendo evitar o assunto de Lynette. Eu tinha muitas perguntas para ele e sabia que precisava escolher minhas batalhas, e não valia a pena lutar por Lynette.

— Seria ótimo — disse Tina. Nós o seguimos para a cozinha, aquecida pelo sol por uma porta de correr de vidro que seria fácil quebrar. Encarei a porta de vidro, fervilhando em silêncio com a discrepância em nossos níveis de ameaça, porque Carl só conseguia escrever a besteira bajuladora que escrevia exclusivamente porque seu nível era muito baixo.

— Leite? Açúcar? — perguntou ele, diante da porta da geladeira.

— Açúcar — falei.

— Puro — disse Tina.

Carl colocou uma caixa amassada de açúcar branco na mesa da cozinha e serviu uma xícara para cada uma de nós. Frio. Além de ser um vira-casaca, era um anfitrião ruim. Foi isso o que me desconcertou.

— O que está acontecendo, Carl? — perguntei de uma vez. — Você está evitando minhas ligações. Parou de responder às minhas cartas. E o que escreveu sobre ele... achei que os jornalistas tinham que ser imparciais.

Carl voltou a jarra para a cafeteira e me encarou devagar.

— Você não percebe, Pamela — ele estava falando num tom bajulador que me fez querer jogar meu café quente em seu rosto —, a ironia em dizer isso para mim quando você claramente é parcial?

— Você escreveu que ele estava indo bem na faculdade de direito — devolvi. Eu não precisava gritar; nem sequer precisava erguer minha voz, os fatos eram altos assim. — Mas indo bem onde? — Arregalei meus olhos. Aquela não era uma pergunta retórica. Eu queria que ele respondesse.

— Eu teria que conferir minhas anotações — disse ele.

Tina grunhiu como se alguém tivesse feito uma piada ridícula.

— Não se dê ao trabalho — falei. — Ele estava recebendo seguro-desemprego, Carl. E roubando tapetes antigos de bons hotéis como bico.

Carl deu de ombros de uma maneira emburrada que erradicou tudo o que um dia achei atraente nele.

— Você também disse que ele é encantador e inteligente — continuei amargamente —, com uma namorada e muitos amigos que acreditam que ele é inocente. Mas a namorada dele foi quem ligou para denunciá-lo anonimamente. — Pausei, caso ele tivesse resposta para isso, sabendo que ele não teria. Seu rosto estava rosa-bebê quando cheguei ao argumento indiscutível:

— Se essa é a rota que você vai tomar, pintá-lo como algum tipo de figurão jurídico, pelo menos converse com seu editor de fotos. É desrespeitoso sentar-se na mesa do júri enquanto se dirige ao juiz.

Tina adicionou, desdenhosa:

— Liguei para o seu editor, Carl. Ele disse que você mesmo barrou a história do Colorado. Alguma mentira sobre não ter muita história, no fim das contas.

Carl não negou, confirmando tudo.

— Com licença — disse ele —, vocês estão comigo no tribunal, vendo o que eu vejo todos os dias? Vocês falaram com algum amigo ou família dele? Falaram com... — Ele se interrompeu, bufando. — Esqueçam. Não tenho que me explicar para vocês.

Arfei.

— Você está falando com ele?

Era isso que ele ia dizer, eu tinha certeza.

— Trocamos algumas cartas — admitiu Carl.

Tina o encarou como se ele fosse a pessoa mais repugnante com quem ela já havia compartilhado oxigênio.

— Você disse que a pessoa que fez o que ele fez com Denise merecia queimar — lembrei-o, lágrimas quentes embaçando minha visão.

Eu confiara nele, e estava envergonhada de quão pouco fora necessário para isso. Olhos verdes. Um artigo justo sobre Denise no jornal. Carl abaixou a cabeça, varrendo as migalhas do café da manhã para a mão e as jogando na lata de lixo. Então limpou o balcão com uma toalha de papel umedecida, para garantir. Eu conhecia uma coisa ou outra sobre limpar para evitar conflito.

— Ele usou uma embalagem de *spray de cabelo* nela! — rugi, apenas porque Carl deixara claro que ele não se incomodava com a realidade, com a verdade. Eu queria que todos soubessem, Lynette lá em cima, a mulher na rua passeando com o cachorro, os vizinhos à esquerda e à direita, que Carl não tinha dignidade nem humanidade.

Carl se encolheu atrás do balcão da cozinha, dizendo apenas:

— Esse caso está atraindo atenção nacional. E está tudo acontecendo aqui no meu quintal. Um editor está interessado em um livro. Eu... É isso que as pessoas querem ler, Pamela.

Eu vi, tão claramente, o exemplar de *Helter Skelter* na bolsa de Carl, deixada sem querer no meu quarto durante aquela viagem ao Colorado. Havia se tornado uma sensação, graças ao acesso em primeira mão do promotor--que-virou-autor. O café frio revirou no meu estômago. Ele estivera planejando isso todo esse tempo.

Aquela mulher — Lynette — estava na soleira da cozinha. Ela viu minha expressão agoniada, viu a forma preocupada com que Tina me olhava, e seu rosto suavizou empaticamente.

— Sinto muito — disse ela, soando sincera. — Hã, Carl. Ele está te chamando. Normalmente, eu diria a ele que você já saiu para trabalhar, mas ele consegue ouvir as vozes e está ficando agitado.

— Já vou, Lynette — disse Carl duramente. Lynette voltou para a escada enquanto Carl permanecia imóvel, a cabeça baixa e o cabelo nos olhos. — Meu pai. Ele não está bem. Então tenho que me preocupar com os cuidados dele, a casa, todas as nossas contas. Sinto muito — disse ele, enfim me encarando, como se ter um pai doente justificasse o que fez conosco. — Sério, sinto muito. Mas as pessoas estão fascinadas com ele. O que mais eu poderia fazer?

— Você pode ir para o inferno — disse Tina, implacável.

Ela pegou minha mão e me tirou dali.

No carro, Tina observou enquanto eu tentava enfiar a chave na ignição. Um dos golpes enfim deu certo, e quase arranquei a caixa de correio de Carl quando acelerei de ré.

— Vá se foder! — gritei para a marcha.

— Saia daí — disse Tina. — Você não devia dirigir agora.

Soltei meu cinto de segurança, e nos cruzamos diante do carro. Tina deu partida, colocou o carro de novo de ré e jogou a caixa de correio de Carl no chão antes de dirigir tranquilamente como se fosse domingo.

Um dia, em breve, Carl conseguiria a entrevista exclusiva que ele tanto procurava unilateralmente com o Réu e, em poucos anos, publicaria um romance de *true crime*, que seria best-seller por um curto período, e seria adaptado para um filme decente para passar na televisão e um muito ruim que sairia apenas em fita. Havia outros livros melhores transformados em filmes, com atores melhores. Vez ou outra ao longo dos anos, eu via Carl em algum programa em uma hora obscura, anunciando um relançamento de seu livro que supostamente continha algum novo material escandaloso. Carl sempre parecia o cara que fora entrevistado porque eles não conseguiam marcar com o cara que escrevera o livro de sucesso. Mesmo assim, Tina e eu líamos e assistíamos a tudo o que Carl fazia, esperando algum tipo de atualização sobre os desaparecimentos no lago Sammamish. Mas Carl não podia responder. Ninguém podia. Por fim, suas esperanças frustradas vezes demais, Tina convocou uma moratória sobre todas as coisas de Carl e do lago Sammamish. Ela não teria como saber, e precisava encontrar uma maneira de aceitar isso para que pudesse sofrer e construir para si algo que parecesse uma vida.

Então, quando a carta chegou no meu correio — *Pode ser que você não se lembre de mim, mas eu nunca me esqueci de você* —, eu a guardei para Tina. O conteúdo estava embargado até que eu pudesse dizer a ela que era hora de ter esperança novamente.

12 de fevereiro de 2021
Querida Pamela,

Pode ser que você não se lembre de mim, mas eu nunca me esqueci de você, nem da noite, há quarenta e três anos, em que te chamei n'A Casa para oferecer a pouca assistência que eu podia. Eu não ficaria surpresa se seu cérebro tiver apagado minha memória, pois é isso o que cérebros saudáveis fazem em situações traumáticas e estressantes. Sei disso porque trabalho na ciência dos problemas de memória.

Estou escrevendo com o que pode ser informação importante ou o que pode ser os enganos de um homem sofrendo de morte neurodegenerativa.

Em 2017, o jornalista Carl Wallace veio até mim nos primeiros estágios da demência. A doença progrediu consideravelmente desde então e, como talvez você saiba, uma resposta comum ao comprometimento da memória é a paranoia. Carl começou a me acusar, de maneira cada vez mais agressiva, de ser você. Ele acredita que você está fingindo ser a médica dele, em um plano para roubar a pesquisa dele. Ele alterna entre ameaçar me matar e episódios de terror, certo de que sou eu quem planeja matá-lo. No começo do tratamento, compartilhei com ele que fui ex-aluna da casa de irmandade sobre a qual ele escreveu em seu livro. Acredito que seja por isso que ele passou a me confundir com você.

Quando um paciente está confuso, é melhor não corrigi-lo, pois pode apenas aumentar sua desorientação. Conforme a desilusão de Carl se manifestou nesses últimos poucos meses, mais da história veio à tona. Quanto dela tem raízes na realidade não sei dizer com certeza, mas caso signifique algo para você, aí vai:

Nos anos oitenta, quando Carl estava nos estágios finais da edição de seu livro, o governo o forçou a entregar algumas das gravações que ele fez com o Réu na Penitenciária Estadual da Flórida, supostamente contendo a confissão do lago Sammamish. Os oficiais ainda esperavam indiciar o Réu e não queriam que essa informação viesse a público, pois poderia atrapalhar a investigação. Obviamente, isso nunca aconteceu. Não consegui conferir todos os detalhes do que supostamente está nessas fitas. Não sei quais perguntas fazer, mas você pode saber.

Sinto, como você sente, que as famílias das outras vítimas devem saber o que aconteceu com seus entes queridos, e sei que você ainda está em contato com algumas delas. Eu peço que você venha até aqui rapidamente e converse com Carl antes que a memória dele piore irreversivelmente. Estou escrevendo esta carta porque não quero um registro eletrônico disto — não estou tecnicamente violando a Lei de Portabilidade e Responsabilidade de Seguro Saúde aqui, mas estou em uma área cinza da ética.

Eu diria que espero que você esteja bem, mas sei que está porque você se sai muito bem enviando as atualizações da sua divisão para a revista da comunidade todos os anos. Você me inspira.

Sua irmã em propósito,
Dra. Linda Donnelly, classe de 1967

RUTH

Issaquah
Verão de 1974

Na noite anterior à cerimônia de nomeação do jardim de meu pai, minha mãe me ligou.

— Rebecca disse que se divertiu na sua festa. Foi atencioso da sua parte convidá-la, Ruth, e sei que seu irmão também gostou. Faz um tempo que ela tem estado bastante solitária — prosseguiu minha mãe, me esculpindo com a lâmina habilidosa de um açougueiro. Ela sabia como a palavra *solitária* penetrava meu coração, me fazendo pensar em meu pai e em como ele deve ter se sentido antes de morrer.

Quando meu pai estava na faculdade, ele trabalhou alguns turnos da semana como bartender na Georgian Room do Olympic Hotel. Uma noite, perto da hora de fechar, um cliente entrou e se sentou no bar vazio. Meu pai estava exausto — trabalhar à noite sendo estudante em tempo integral cobrava seu preço. Ele serviu ao cliente uma dose de uísque de centeio e esperou que ele bebesse rápido, mas o cara queria conversar, sobre as cervejas e depois sobre os uísques na prateleira. Ele queria saber para qual time meu pai estava torcendo no Campeonato Mundial — os Cardinals ou os Browns, e se meu pai achava que era uma loucura os dois serem de St. Louis. Meu pai pensou que estivesse escondendo bem o cansaço, o desinteresse, mas, depois de alguns minutos de pouca conversa, o cliente ficou em silêncio e focou em terminar sua dose. Ele deixou algumas notas no bar, e, enquanto se levantava para partir, disse que viajava muito a trabalho, que fazia um tempo que não ficava em casa e só queria alguns minutos de conversa amigável.

Eu devia ter mais ou menos a idade de Allen quando meu pai me contou essa história, o que significa que faz quase duas décadas que penso sobre aquele homem e suas mágoas. O olhar assombrado de meu pai enquanto ele recontava aquela noite me ensinou uma lição formativa. A dor de outra pessoa importava mais que meu próprio desconforto.

— Odeio ouvir isso — falei.

Da mesa da cozinha, onde eu estivera tentando entender o que faltava no meu *bouillabaisse*, Tina disse baixinho, *Ouvir o quê?* Dei as costas a ela. Não era justo, mas eu a culpei pelo arrependimento na voz da minha mãe naquele momento.

— Sei que você tem estado com raiva de mim — disse minha mãe, humildemente —, e com certeza você me deu certo tempo para pensar. — Sua risada sombria libertou alguma coisa em mim.

— Mãe — grunhi.

— Não, escute, Ruth. Não quero que você fique chateada. É bom você ter se mudado. Que você não esteja presa a CJ como a pobre Martha estará pelo resto da vida. Estou feliz… — Parecia que a ligação havia ficado muda, mas eu sabia que ela estava dando o seu melhor. Supostamente, há uma resposta biológica universal que as mães de primeira viagem têm com seus bebês chorosos, algo que ativa as áreas primitivas do cérebro de proteção. Foi Rebecca quem provavelmente me contou isso. Eu tinha certeza de que algo similar acontecia comigo quando eu ouvia meus pais chorarem. — Ficarei muito magoada se você não estiver lá amanhã — concluiu minha mãe em uma voz derrotada.

— E quanto a CJ? — Eu não conseguiria aguentar fingir que ainda estávamos casados, não agora. Não depois de Tina.

— Martha proibiu.

Pesei minhas opções agora que essa condição fora tirada da balança. Tina e eu havíamos falado sobre ir, sobre não ir e sobre ir, todas as noites na semana anterior. Tina disse que ao não ir eu estaria recusando participar do encobrimento da minha família dos meus supostos crimes. Eu dei um importante primeiro passo, não que eu tivesse ideia de para onde estava indo a seguir.

— Desculpe, mãe — falei. — Não acho que vai funcionar para mim.

— Você não acha que vai funcionar para você — repetiu minha mãe, sem emoção. — Bom — disse ela com o que imaginei ser um sorriso letal. — Adeus, Ruth.

— Tchau — falei, embora ela já tivesse desligado na minha cara.

Virei-me e encontrei Tina mexendo os restos frios do caldo *bouillabaisse* com a colher, sorrindo para si mesma com as sobrancelhas erguidas, como se esperasse um agradecimento meu.

— Essa deve ter sido uma ótima sensação, hein? — Ela riu de uma maneira que presumia a resposta e começou a limpar nossos pratos, cantarolando a nova canção do Fleetwood Mac e balançando os quadris.

Dei a ela um sorriso rendido e me juntei a ela, embora uma consciência perturbadora estivesse crescendo em mim. Se aquilo era como ótimo deveria parecer, eu estava condenada.

PAMELA

Tallahassee, 1979
Dia 467

Na manhã do depoimento, eu acordei agitada e chorosa, me arrependendo de tudo o que havia feito de errado na vida. Deve ser como as pessoas se sentem quando vão fazer uma cirurgia arriscada. *Isso vai me matar ou me salvar, e não pode me matar, porque não sei se fui uma pessoa boa o suficiente para ir para o céu.* Fiquei lá deitada encarando teto, paralisada por cada possibilidade violenta e degradante que o dia tinha, até que Tina disse que ia para o quarto dela tomar banho e recomendou que eu fizesse o mesmo. Sentei-me, e fiquei imóvel por um longo tempo. Por fim, reuni forças para arrastar o telefone até o colo.

— Você é o tipo de testemunha que mantém um advogado de defesa acordado à noite — disse meu pai de seu escritório na Park Avenue, onde, em seu primeiro dia, eles deram a ele a escolha da vista: o East River ou o Hudson. — Vamos dar uma olhada nas informações, está bem?

Lambi as lágrimas nos meus lábios.

— Está bem.

— Sua história permaneceu consistente, independentemente do ambiente.

Agarrei o telefone com mais força, assentindo para mim mesma. Isso era verdade.

— Seu caráter é incontestável, o que significa que seu depoimento será visto como incontestável também.

— Como você sabe?

Houve uma risada surpresa e orgulhosa de pai. Meu pai fora quem me ensinara que a resposta mais efetiva a qualquer argumento é a pergunta *Como você sabe?* Mude a responsabilidade da prova para o seu oponente e o force a sair de sua posição com montanhas de evidências.

— Está bem — cedeu ele. — Você é uma estudante de direito da Ivy League que se graduou com a maior das honras. No seu último ano, você liderou a divisão da sua irmandade a completar mais horas de serviço do que qualquer outra organização pan-helênica no Sul. E me lembre da média cumulativa d'A Casa novamente?

— Alta o suficiente para levar o conselho opositor a matar — respondi com ácido nas veias.

— Mmmm — disse meu pai de uma forma incriminadora e provocadora. — E, mesmo assim, como você sabe?

Bufei.

— Que ele é um idiota ou que é um assassino?

— As duas coisas.

— O promotor revelou as transcrições acadêmicas dele. Suas notas estavam no quinto percentil inferior em Tacoma Narrows, e ele só entrou na Universidade de Utah porque sua inscrição foi alterada para parecer mais atraente e falsificada.

— E? — disse meu pai por cima do estalo de sua cadeira de escritório. Eu o imaginei se alongando e olhando o Hudson pela janela. Não menos marrom que o East River, mas, se você olhasse para o norte, as cerejeiras no Central Park informavam que era primavera. — Como é que você sabe que foi ele quem matou Robbie e Denise?

— Sei porque eu o vi com meus próprios olhos.

Henry Pearl me encontrou no estacionamento da penitenciária do condado de Leon. Ele era mais jovem do que eu o imaginara pelo telefone, com um bigode loiro e uma complexão suave que estava manchada pela umidade da Flórida. Ele me agradeceu em voz alta por ter sido pontual, quase como se quisesse que outra pessoa ouvisse. Uma breve observação dos arredores revelou uma jovem fumando na calçada, usando óculos de casco de tartaruga pesados que deixariam marcas arroxeadas dos dois lados do nariz dela nas próximas horas. Ela tinha um cabelo preto alisado e uma silhueta pequena em forma de ampulheta abotoada confortavelmente em um terno xadrez. Aquela era Veronica Ramira, trinta e dois anos, a única mulher estratégica na equipe de defesa do Réu. Eu a desprezei e quis que ela gostasse de mim imediatamente.

— Olá, Henry — disse ela, pronunciando o nome dele como *Enri*.

Mais tarde, nas considerações finais, Veronica diria aos doze jurados que ela chegara em Miami com parte da primeira onda de cubanos depois da revolução, uma garota de doze anos que mal falava inglês, com pais que não tinham mais um centavo no bolso. Quando ela falou da dor de ser perseguida por algo que não era sua responsabilidade, a mão apoiada levemente no ombro do Réu, a voz dela tinha um peso considerável.

Passamos por ela para entrar na penitenciária e acabamos tendo que esperar quase uma hora para sermos chamados de volta à sala de interrogatório. O Réu não gostava que lhe dissessem o que fazer, e quando fazer, e uma vez encheu a fechadura de sua cela com papel higiênico para que os guardas não pudessem entrar para escoltá-lo à sua acusação. Por isso, ele era chamado de astuto e esperto, embora eu tenha tido um cachorro que também rasgava papel higiênico quando não recebia atenção suficiente.

O Réu entrou na lúgubre sala de interrogatório com paredes de cimento mexendo em papéis, suspirando e se desculpando, como se tivesse tido que correr do outro lado da cidade, saído de outra reunião importante, para chegar nessa. Uma performance e tanto para um homem que havia tomado banho supervisionado naquela manhã.

Ele se sentou e evitou contato visual até que o guarda retirou as algemas de seus pulsos. Só então ele me lançou um sorriso empático e travesso, um sorriso que dizia que nenhum de nós pertencia àquele lugar, e aquilo não era apenas um atraso monumental para nós dois? Dois excelentes cidadãos com boa aparência e passados respeitáveis. Então ele estava conversando com Veronica Ramira, murmurando e indicando uma passagem sublinhada em um de seus documentos.

— Lembro — disse ela para ele. Houve cumprimentos dos dois lados da mesa que foram agradáveis demais para o meu gosto. O oficial de justiça trouxe a Bíblia, e o repórter da corte jurou a certificação dos procedimentos.

— Você compreende o que estamos fazendo hoje? — perguntou o Réu devagar, *cavalheirescamente*, como se estivesse feliz em soletrar as coisas para a vagabunda sentada diante dele. Ele estava vestindo o terno cor de aveia da minha premonição, e fui tomada por uma poderosa sensação de segurança. Eu já havia previsto tudo.

— Estive em alguns depoimentos em uma das minhas aulas na Columbia — respondi, erguendo o queixo.

O rosto do Réu se abriu aterrorizantemente com rugas de sorriso.

— Então você sabe que é melhor responder com um simples sim ou não.

— Na Columbia, eles ensinam a emoldurar as respostas em termos favoráveis. — Dei de ombros, tranquila. Devia ser uma coisa da Ivy League. — Mas, sim, compreendo a natureza dos procedimentos de hoje.

— Obrigado — disse ele. Distraidamente, ele enrolou as anotações em formato de tubo e, enquanto falava, o apertou com mãos pequenas, o olhar pairando na minha garganta. — Por favor, me diga seu endereço.

Sua excitação, pelo fato de o poder do Estado ter lhe dado autoridade para me pedir isso, foi imperdível — ele se acomodou na cadeira, esfregou os lábios com saliva.

— Amsterdam Avenue, número mil cento e vinte e quatro. Cidade de Nova York, Nova York.

— Qual é a sua ocupação?

— Estudante na Faculdade de Direito da Columbia.

— Mas você está apenas no primeiro ano, certo? — o Réu foi rápido em esclarecer. Veronica Ramira rabiscou algo, protegeu-o com a mão e empurrou-o para seu cliente. Eu sabia o que ela havia escrito sem precisar ler. *Nome*. O Réu estava tão ansioso para saber onde eu morava, para minimizar minhas qualificações, que se esqueceu de perguntar meu nome, que é como aprendemos a iniciar um processo em qualquer faculdade de direito que se preze.

— Sou estudante do primeiro ano da Faculdade de Direito da Columbia — falei.

Columbia, Columbia, Columbia. Me pergunte de novo sobre a minha ocupação, seu perdedor. Eu só conseguia agredi-lo com isso; esse era o *meu* porrete de carvalho.

— Por favor, diga seu nome para o registro.

— Pamela Schumacher.

— Está bem — disse o Réu, desenrolando os papéis que estavam no lugar do meu pescoço de vadia elitista. — Farei algumas perguntas gerais sobre a linha do tempo daquela manhã. Depois de ver o intruso na porta da frente, o que você fez?

Aquele era o ponto óbvio para começar.

— Subi para falar com Denise Andora. — Me preparei para a pergunta seguinte, *por que ela, de todas as pessoas?* O que me forçaria a reconhecer minha lógica inicial e confusa. Que era Roger que eu vira saindo depois de Denise o contrabandear lá para cima.

— Você encontrou outra pessoa antes de chegar no quarto dela?

— Ah, hã — gaguejei. Íamos mesmo deixar de lado a parte mais fraca do meu depoimento. — Sim. Encontrei.

— Quem era?

— Jill Hoffman.

— E o que Jill Hoffman estava fazendo?

— Saindo de seu quarto e indo para o banheiro.

— Ela estava de costas para você ou indo na sua direção?

— Ela estava de costas para mim — respondi, mais confusa que nunca. O que *isso* importava?

— Você a chamou?

— Sim.

— E o que aconteceu?

— Ela se virou e eu vi que havia algum sangue em seu rosto e mãos.

— Algum sangue?

Olhei para o sr. Pearl, chocada.

— Por favor, explique a pergunta para a minha cliente — instruiu o sr. Pearl.

— No seu depoimento para a polícia — o Réu mexeu em suas anotações como se fosse um baralho —, você descreveu como "mais sangue do que já vi na vida". — Mas a página na mão dele estava de ponta-cabeça. Internamente, me encolhi. O animal de celeiro sentado perto demais de mim havia memorizado essa parte.

— Para alguém como eu — respondi, moralisticamente —, que passa a maior parte do tempo na biblioteca, sim, decerto era mais sangue do que eu já vira na vida.

— Por favor, responda à pergunta.

Despreocupadamente:

— Houve uma pergunta?

— Era muito sangue ou pouco sangue?

— Era muito.

Houve um franzir nos lábios dele, como um beijo no ar. Naquele momento, eu entendi. Isto era tudo o que ele queria: reviver a cena. Não havia um alçapão sob meus pés, pelo menos nenhum cuja corda o Réu tivesse. Ele havia me invocado ali para arrancar as partes mais violentas da minha memória. Eu não conseguia acreditar que alguém o chamasse de inteligente, ou sequer o levasse a sério. O ato dele era tão transparente, sua personalidade tão fundamentalmente vazia, que deveria ter sido uma afronta à corte, um lugar tão venerado e inviolável para mim.

— O que você fez depois que viu que Jill estava coberta de sangue? — ele continuou, sem objeção. Não havia nenhuma a fazer. Isso era tudo legal. Inacreditavelmente legal.

— Percorri o corredor para acordar as outras garotas.

— E então foi para o quarto de Denise Andora?

O nome dela, na boca dele, soava totalmente errado. Denise Patrick Andora era uma denominação que merecia uma inflexão reverente. Salvador Dalí enviou à mãe dela um cartão de condolências depois que ela morreu. *Quando você queimar,* desejei que minhas feições agradáveis expressassem, *sua mãe terá que sofrer no exílio social.*

— Sim — falei. — Fui ver como *Denise Andora* estava. Eu a amava. Muita gente a amava. — Em casos de pena de morte, cópias das transcrições do tribunal deviam ser guardadas para sempre, e eu queria um registro permanente dessa verdade magnânima, para Denise. — Eu fiquei preocupada porque ela não estava no corredor com as outras garotas.

— Pode descrever o estado físico dela quando a encontrou? — Houve um movimento rápido de sua língua de lagarto, acariciando os lábios finos.

— Os olhos dela estavam fechados, e achei que ela estivesse dormindo.

— Percebeu algo fora de lugar no quarto dela?

— A janela estava fechada, e ela estava coberta. Denise costumava sentir muito calor, então isso era incomum para ela.

— Mais alguma coisa?

— Não me lembro da pergunta — falei, teimosamente.

— Segundo seu depoimento à polícia — o Réu estalou os lábios lascivamente —, "O bocal do frasco de spray de cabelo estava coberto de sangue, uma espécie de gosma e cabelo marrom-escuro." Você se lembra de ter dito isso ao detetive Pickell?

Fechei meus joelhos, minha pélvis queimando com dores empáticas.

— Lembro.

— Pode descrever o frasco de spray de cabelo?

— O que ele quer dizer? — perguntei para Veronica Ramira, sussurrando um pouco. Pude ver em seu rosto que a havia chocado, mas estava percebendo que a única vez em que o Réu não me assustou foi quando eu estava na mesma sala que ele. Quando pude confirmar a localização exata de seu paradeiro com meus próprios olhos, e havia guardas armados que colocariam uma bala em seu cérebro mediano se ele respirasse mal. Se eu quisesse fazê-lo se sentir como uma escória na sola do meu sapato, esta seria minha única chance.

— Qual é o seu entendimento agora do motivo do bico do spray de cabelo Clairol estar coberto por elementos? — o Réu se apressou a responder antes que Veronica Ramira pudesse se envolver.

Mordi minha língua quando Veronica se inclinou para o cliente, a cabeça inclinada para cobrir o rosto dele, e suspirou algo. Por um momento, pensei que ela estivesse se retirando como conselheira, tendo se lembrado de que era mulher.

— Peço desculpas — disse ela para mim. — Preciso ir ao banheiro.

Fizemos uma pausa e, quando voltamos para a sala de concreto, Veronica Ramira tomou conta da entrevista e destruiu meu depoimento incontestável em breves dez minutos.

— Voltando para a conversa que você teve com Bernadette Daly nas primeiras horas da manhã do dia 15 de janeiro — começou ela —, você se lembra de dizer a ela que pensou ser Roger Yul na porta da frente?

— Eu disse que essa foi minha reação inicial quando vi a pessoa, porque Roger sempre estava por ali, e porque os dois são de baixa estatura. — Eu gostei de sugerir na cara do Réu que ele é um homem pequeno.

— E Roger Yul era o namorado firme de Denise?

— Ele era. Mas não nessa época. Eles tinham terminado antes das férias.

— Mais alguém na irmandade namorou com ele?

O pânico despertou com o rosnado de um cão de guarda. Veronica Ramira, ao contrário do Réu, na verdade era formada em direito e fora aprovada no exame da ordem. Ela não estava ali para emoções baratas; estava ali para ganhar o caso.

— Sim. Bernadette Daly.

— Por quanto tempo eles namoraram?

— Acredito que eles só saíram uma vez.

— E o que fizeram, dessa vez que saíram?

O suor se acumulava na linha do meu sutiã, mas mantive o rosto calmo.

— Ela disse que eles foram ao cinema.

— E depois do cinema, no carro dele? — Veronica pôs uma leve ênfase em *carro*. Ela sabia. — Bernadette te disse que algo aconteceu no *carro* de Roger?

Minha cabeça rugia com o sangue. Carl e Tina eram as únicas duas pessoas na Terra que sabiam o que Roger fez com Bernadette. E, se Carl estava tentando ganhar a afeição do Réu, não seria esse o exato tipo de informação que ele ofereceria ao Réu, como prova de que havia outra pessoa capaz de atacar A Casa?

— Pedindo segredo — falei, irritada —, sim.

— Estamos além de nos preocupar com os laços de irmandade na casa de irmandade — disse Veronica nesse tom enervante de *lamento ter que informar*, como se eu fosse o motivo de estarmos ali, falando de todas as nossas questões pessoais. — O que Bernadette disse que aconteceu com Roger?

Supus que não tivesse o direito de ficar furiosa com Carl por ter vazado isso para a defesa. Era como deixar o lixo de fora e culpar os guaxinins por terem mexido nele. Carl Wallace estava apenas fazendo o que todos os membros da imprensa com cara de roedor faziam naquela época.

— Ela disse que Roger empurrou a cabeça dela para seu colo.

— Para fazer sexo oral, não é?

Meu pescoço corou violentamente.

— Sim.

— Bernadette disse como se sentiu com isso?

Era como estar amarrada a um veículo em alta velocidade, com minhas mãos amarradas ao volante e um tijolo no acelerador. Eu conseguia ver o ponto de impacto se aproximando, mas mesmo assim não conseguia virar nem desacelerar. O impacto seria inevitável e mortal.

— Ela disse que estava com medo e não queria — respondi, impotente.

— Do que ela tinha medo?

— Ela não conseguia respirar. Ficou com medo de que Roger a matasse acidentalmente.

— Você também teve uma experiência assustadora com Roger em janeiro de 1978, aproximadamente uma semana depois que Robbie e Denise foram assassinadas?

— Sim.

— O que aconteceu lá?

— Ele se sentou no banco do motorista em um carro no qual eu estava no banco do passageiro e saiu dirigindo sem meu consentimento.

— E por isso você prestou queixa contra ele, não foi?

— Sim.

— Queixa por sequestro. Pelo qual ele foi condenado no outono passado, certo?

— Certo.

— Você teve a opção de não prestar queixa, mas prestou. Por quê?

A resposta era a base da árvore, vindo até mim a cem quilômetros por hora.

— Porque eu pensei que ele fosse perigoso, e precisava estar preso.

— Não tenho mais perguntas.

Veronica Ramira se virou para o Réu, que em poucos meses seria descrito pelo *New York Times* como um "homem de aparência incrível, com cabelos castanho-claros e olhos azuis, um tanto ao estilo de Kennedy". Isso foi logo após o *Miami Herald* perguntar: *Seria o estudante quieto e brilhante um assassino em série?* Embora qualquer lampejo de brilho naquela sala sombria emanasse diretamente de Veronica Ramira, ninguém queria se lembrar dessa forma.

— Não tenho mais perguntas — concluiu o Réu com um sorriso de parasita, parecendo tremendamente satisfeito por fazer porra nenhuma além de se aliar a uma mulher que era boa em seu trabalho.

PAMELA

Tallahassee, 2021
Dia 15.826

Eileen uma vez me disse que a sensação era como a de ter um dente arrancado. Pressão onde deveria haver dor, a adrenalina era a novocaína natural do corpo. Essa é a zona perigosa da qual poucos retornam, os médicos contaram para ela mais tarde. A dor é a forma do seu corpo dizer que algo está errado e você ainda tem tempo de fazer algo a respeito. Mas pressão. Isso é cuidado paliativo.

Desperto com força sobrenatural, agarrando cegamente até sentir pele sendo arranhada e arrancada sob minhas unhas curtas. A pressão se abre como uma cortina de espetáculo, revelando dor. Abro meus olhos com a profunda gratidão que segue um pesadelo hiper-realista. Se sinto dor, ainda tenho chance.

A sala faz completo sentido a princípio, e em seguida sentido nenhum. Me lembro da enfermaria na antiga escola da minha filha. O pequeno leito encostado na parede, os sucos de maçã ao lado das pilhas de gaze limpa, o armário com o pote de vidro contendo um monte de pirulitos em uma variedade de cores primárias. É um lugar para administrar cuidados médicos, mas não do tipo que salva vidas.

Ouço uma inspiração sibilante entre os dentes, e vejo uma mulher de setenta e poucos anos com cascatas de ondas prateadas passando tufos de algodão umedecidos sobre o que parecem arranhões de gato em seus braços.

— Oi — diz a mulher, ainda cuidando de seus ferimentos.

— Eu... — *Sinto muito*, estou prestes a dizer, mas algo quente como um ferro aquecido me atinge. Passo a língua pelo meu lábio inferior e sinto as ondas indicadoras dos pontos.

— Posso usar mangas — diz a mulher, presumindo que eu fosse me desculpar. Ela sorri rapidamente para mim e toca o próprio lábio, indicando. — São só dois pontos. Consegui fazer aqui. Mas quero que você vá ao Tallahassee Memorial para um exame mais detalhado.

— Ele veio para cima de mim — digo devagar. Sem me lembrar tanto do rosto de Carl, e sim do contorno de sua figura no chapéu de safari cáqui enquanto ele vinha na minha direção, a forma ridícula como o chapéu ficou na cabeça dele mesmo quando caímos de joelhos na grama. Coloco as mãos em cada lado das coxas e me sento com um gemido dolorido. Meu pescoço está sensível e tenso. Ele estava com as mãos em volta da minha garganta, mas me lembro de pensar que ainda conseguia respirar, que leva vários minutos para matar alguém por estrangulamento e que a ajuda chegaria em breve, por isso não havia necessidade de entrar em pânico. Eu estava calma quando desmaiei por falta de oxigênio.

— Não houve incontinência fecal, o que significa que os ferimentos provavelmente são superficiais.

Ergo as sobrancelhas.

— Também gosto de dar as boas notícias no final.

A dra. Linda Donnelly ri disso com sinceridade. Nunca nos encontramos pessoalmente, mas tem que ser ela. Ela tem a idade certa e está usando uma pulseira de ouro no braço cortado que mostra uma coruja com olhos de rubi, o mais ostentado dos símbolos da nossa irmandade.

— Preciso ir ao hospital? — pergunto.

— Eu me sentiria bem melhor se você fosse.

— Você me permitirá falar com ele de novo amanhã se eu for? — Em algum lugar na sala, um celular começa a vibrar.

— Você deve entender o quanto isso foi difícil para mim — diz a dra. Donnelly enquanto vai até a porta da enfermaria, onde minha bolsa está pendurada em um gancho. — Escrever para você. Eu podia ter sido acusada de quebrar meu juramento. E com razão. — A dra. Donnelly me entrega o celular convulsivo. — Você colocou seu marido como contato de emergência, mas a assistente dele não conseguiu contatá-lo, então ela me deu o número de sua filha.

Eu me apresso em apertar o botão verde com o dedão.

— Oi, querida — digo de maneira calma.

— Mãe? Você está bem? Você está na *Flórida?* — Allison soa magoada por não saber disso, e meu peito incha com um pouco de calidez e muita culpa. Conto muitas coisas para minha filha, o efeito bumerangue de ter uma mãe que me excluiu. Mas sei que cometi muitos erros. Eu criei uma pessoa preocupada e, embora tenha muito remorso por isso, também tenho compaixão por minha própria mãe de uma forma que não tinha antes de me tornar uma, então há uma estranha justiça, um equilíbrio empático da balança que se manifesta de outras maneiras e é bom para o mundo em geral. Ou pelo menos é o que digo a mim mesma.

— Foi de última hora — digo a ela.

— Aconteceu alguma coisa? — pergunta Allison em uma voz preocupada. Ela está com o celular apoiado no ombro e posso ouvir o barulho de seu teclado. Allison projeta adereços gráficos para cinema e televisão, muitas vezes fazendo objetos à mão para produções, de modo que sejam corretos para o período em que a história se passa. Ela é fascinada por peças de época, não gosta de trabalhar em nada contemporâneo, e às vezes me sinto mal com isso também, principalmente quando ela se refere a si mesma como uma alma velha. As velhas almas são apenas pessoas que tiveram que se defender sozinhas antes do tempo. Passei a maior parte da minha vida furiosa com os policiais do Colorado que, se tivessem apenas feito o seu trabalho, poderiam ter evitado a última onda de assassinatos do Réu. Mas quem sou eu para apontar o dedo quando também tenho um trabalho a fazer?

— Está tudo bem — garanto a ela. — Tem uma pessoa aqui que pode saber algo sobre o que aconteceu com Ruth. Vim falar com ela.

A digitação para de repente. Sem fôlego, Allison diz:

— Sério?

— Por favor, não fale nada para a Tina — digo. — Eu não quero que ela tenha esperanças se acabar sendo um alarme falso.

Quando Allison estava no fundamental, ela costumava passar os verões com a madrinha em Vashon Island; Tina também estava de férias. Desde 2000, a classe de Tina na Universidade de Washington é famosa por ficar sem vagas nos primeiros minutos da matrícula. O nome soa como o título de um livro de autoajuda, o que é mesmo, e ao qual Tina sempre aborda no primeiro dia de "Encontrando Possibilidade no Luto Impossível", no palco com painéis de madeira do Kane Hall. *Vocês podem revirar os olhos*, ela vem dizendo a um mar de estudantes universitários curiosos desde 2000, quando o novo reitor da universidade a convidou para criar o currículo. *Eu sei que eu revirei quando meu editor sugeriu o título pela primeira vez.*

Os alunos são atraídos para o curso por causa do relato do tempo dela caçando o assassino em série de sua cidade natal, no campus onde ele próprio se matriculou por um breve período como estudante de psicologia, mas muitos vêm até ela no último dia do semestre, pedindo, com vozes tensas e tímidas, se não houver problema, por um abraço.

Ao longo dos anos, Tina trabalhou com a sua mentora, Frances, para adaptar o conceito de luto complexo à sua iteração atual — o luto impossível aplica-se a casos em que o mecanismo de processamento do luto foi obstruído, como um entupimento num ralo. Familiares de pessoas que estavam nas torres gêmeas no dia da queda e que nunca receberam restos mortais para enterrar. Mulheres que foram agredidas por um colega de escola, um namorado, um amigo, a quem quase todos dizem que o que vivenciaram não se qualifica como agressão. O luto impossível é o luto que não adere a um contrato social de justiça ou a rituais humanos que existem desde o início dos tempos. Uma morte sem corpo, uma violação por parte de alguém que não é visto como o transgressor. Uma mulher cujo relacionamento não era reconhecido como legítimo no momento em que perdeu o companheiro. Tina ensina as pessoas a capturar a obstrução para que a dor possa passar livremente pelos canais apropriados. É algo que corre para sempre em suas veias, mas é melhor isso do que um coágulo com risco de vida.

— Faz quase cinquenta anos que Tina quer isso — diz Allison imediatamente.

Estou olhando para a dra. Donnelly quando digo:

— Não quero que você fique com esperanças também. Mas estou me esforçando para investigar isso.

Desligo, e a dra. Donnelly pega seu guarda-chuva. Lá fora, ainda está ensolarado, mas as nuvens escuras estão se reunindo. Ela me oferece o braço, e eu me levanto com a ajuda dela.

— Se o hospital te liberar — diz ela enquanto vamos com cuidado para o estacionamento —, tentaremos de novo amanhã. Eu odiaria que isso fosse em vão. Foi necessário muito de mim para quebrar as regras. Tenho certeza de que você compreende.

Eu compreendo. Mais do que qualquer pessoa. Eu lhe agradeço muito enquanto entramos no carro para ir ao mesmo hospital onde Denise foi declarada legalmente morta, algo que, quase meio século depois, ainda não pode ser dito de Ruth.

RUTH

Issaquah
Verão de 1974

Não dava para girar o sintonizador da estação de rádio sem ouvir sobre a onda de calor que devia detonar Seattle no domingo, 14 de julho. Tina e eu estávamos planejando passar o dia no lago Sammamish a semana toda, e não éramos as únicas. Tivemos que ir a três lojas de ferramentas para encontrar uma que ainda tivesse coolers. O verão é a época do ano mais bonita em Seattle, mas as temperaturas tendem a ficar na média. Dias de praia genuínos eram raros, e um que caísse no fim de semana era ainda mais raro. Acordamos cedo e comecei a preparar o almoço enquanto Tina enchia o carro com cadeiras de jardim, toalhas e protetor solar.

Tina me encontrou no closet, usando seu biquíni preto e encarando o vestido azul pristino que eu podia imaginá-la usando em um almoço em um lugar onde serviam água gelada em taças de vinho. As palmas das mãos dela estavam cheias de protetor solar branco.

— A tampa caiu. Quer um pouco?

Balancei a cabeça.

— Tem certeza? Você é tão pálida. — Ela riu.

Pensei em mentir para ela, dizer que não estava me sentindo bem, para ela ir em frente e aproveitar o dia sem mim. E então escapulir. Mas só a palavra. *Escapulir*. Eu não poderia fazer isso com Tina.

— Eu acho que quero ir para a cerimônia do meu pai.

Tina me olhou, sobressaltada.

— Não, Ruth. Conversamos sobre isso. Sei que é difícil, mas será um grande passo para trás se você for e participar desse fingimento agora que você sabe que é um fingimento.

Dei de ombros com um ombro só.

— É o aniversário de um ano da morte dele. Eu devia estar com a minha família.

— Não precisamos ir à praia. — A voz de Tina se tornou suave. — Podemos ir ao túmulo dele agora, se você preferir. Só nós duas.

Olhei para o carpete verde do closet, do mesmo tom intenso que uma quadra de tênis, e rebati.

— Você não ouviu minha mãe no telefone ontem. Ela sabe que está errada. Ela só quer que fiquemos juntas hoje.

Tina deu um passo à frente e entrou no meu campo de visão.

— Isso se trata de estar com ela ou de mostrar às pessoas que você está com ela?

— Se eu for sincera — respondi —, provavelmente um pouquinho das duas coisas.

— Mas você não está sendo sincera — reclamou Tina. — Porque, caso se tratasse apenas de estarem juntas, ela não esperaria que você aparecesse hoje e escondesse quem realmente é! Do mesmo jeito que seu pai escondeu quem ele realmente era! Esse é o jeito covarde!

A essa altura, Tina sabia a história sobre como meu pai morrera.

Meus olhos piscaram com a palavra *covarde*.

— Vá se foder.

Tina assentiu como se eu tivesse acertado a resposta de uma pergunta não feita.

— Que bom. Você está com raiva. Você deve ficar com raiva, mas não de mim. Você pode ficar com raiva do seu pai e ainda amá-lo. Diabos, você pode ficar com raiva da sua mãe e ainda amá-la. Mas é deles que você deve ter raiva. — As mãos de Tina voavam enquanto ela falava, e tirei o vestido azul-marinho do cabide, dobrando-o contra meu corpo de forma protetora, sem querer vê-lo respingado de protetor solar.

— Está bem — falei, minha voz desagradável. — Nunca mais falarei com a minha família, se é isso que você quer.

— Isso *não* é o que eu quero, Ruth. Quero que você tenha um relacionamento com eles nos seus próprios termos. Um que não seja bom só para eles, mas para você também.

Fiquei boquiaberta.

— Você acha que o que temos é bom para mim agora? — Comecei a desabotoar as costas do vestido. — Toda a minha família está se preparando para participar de uma celebração no aniversário de um ano da morte do meu pai, e eu sou a única que não vai. Minha mãe está decepcionada.

— Ela é adulta, e vai ficar bem! — Tina exclamou enquanto eu colocava o vestido. Ela abaixou a voz, mudando de tática. — Escute, Ruth. Isso não é fácil. Passei por isso com meus pais e…

— E vocês nunca se falam! — Ri, maldosa. — Você não tem família. Eu não quero isso. Não quero ser como você.

Tina ergueu as mãos quando passei rápido por ela, com cuidado, para não sujar o vestido com o protetor solar. Não falei mais nada a ela depois disso, mas, na entrada da garagem, ouvi enquanto ela me dizia que entendia por que eu tinha que fazer isso, e ela sabia que tudo ficaria mais fácil com o tempo — que tudo isso só levava tempo —, que ela me amava e que, se eu mudasse de ideia, saberia onde encontrá-la. Ela sentou-se ao volante de seu Cadillac de senhora rica e eu passei a perna por cima do assento da minha bicicleta velha e enferrujada. No final da entrada, ela virou à esquerda, em direção à água, e eu virei à direita.

PAMELA

Miami, 1979
Dia 540

O julgamento começou na segunda-feira, 9 de julho de 1979, um dia quente em Miami. A caminhada do hotel para o tribunal de terracota manchada pela chuva só levou cinco minutos, mas foi suficiente para que Tina e eu chegássemos com manchas iguais de suor na parte baixa das costas. Na Met Square, com seu chão de tijolos, a selva da imprensa e espectadores nos desacelerou, todos passando no ritmo de um melaço pela única porta de entrada. O Réu continuaria atacando a "imprensa sanguinária e virulenta" que agrediu sua mãe naquela mesma escada, massacrando tanto a palavra *virulenta* que o relator do tribunal a registrou como *variante*. Mas talvez tenha sido o único ponto em que concordamos. Eles não poderiam ter oferecido a alguns de nós uma porta lateral?

Com paciência, avancei pela multidão, tentando não rasgar as sacolas que eu carregava em cada mão, doces, frutas e iogurte em uma, garrafa térmica de café na outra. Eu estava essencialmente escondida em plena vista com as outras jovens que tinham partido o cabelo no meio e vestido a melhor roupa de domingo naquela manhã. Não havia como distinguir quem de nós estava lá para paquerar o Kennedy dos Assassinos e quem estava lá para testemunhar contra o alcoólatra comedor de meleca que tinha passado a usar heroína na prisão.

— Isso é um estudo de caso esperando para ser escrito — disse Tina, olhando para uma garota que não devia ter mais que dezesseis anos, pulando nas pontas dos pés como um coelhinho e esticando o pescoço como se estivesse em um show dos Beatles, esperando para ver Paul.

— Se elas soubessem o que sabemos — falei.

— Elas sabem — disse Tina sombriamente.

Continua a ser a teoria profissional de Tina que a maioria, se não todas as jovens que povoavam o tribunal de cem lugares de Miami, dando risadinhas toda vez que viam o homem que descreveram aos repórteres como "fascinante", "impressionante" e "possuindo um tipo raro de magnetismo", havia sofrido alguma forma de abuso sexual no passado. As vítimas são sempre atraídas por homens que as lembram dos seus agressores. Não que a mídia tenha se dado ao trabalho de explorar o fenômeno das groupies no tribunal, além de perguntar a algumas adolescentes que mascavam chiclete se elas estavam lá porque achavam que o Réu era bonito.

O desgastado saguão de mármore estava obscenamente frio, o som de saltos altos ecoando. No final do dia, meu suor congelava e se transformava em uma película quebradiça que eu poderia raspar com a unha. Eu ainda não havia conhecido a única professora da faculdade de direito que me ensinaria a usar camadas quentes, mesmo no alto do verão, porque o termostato dos prédios governamentais e de escritórios está ajustado para acomodar homens em ternos de lã, homens com taxas metabólicas mais altas durante todo o ano. *Você não consegue se concentrar quando está com frio*, ela não me contaria por mais oito meses. Então passei o dia todo soprando nas mãos e temendo que os jurados pudessem confundir meu desconforto com o nervosismo de alguém que estava mentindo.

— Pamela! — Era Bernadette, acenando. — Aqui!

Ela estava parada na metade da escadaria central.

Tina e eu nos olhamos como namorados se despedindo na plataforma durante a guerra.

— Vou até lá encontrar um assento — disse ela com a resolução de um fim de filme.

Não ousei dizer nada. Senti que a voz que sairia de mim — infantil e perdida — me arruinaria. Só encarei o tecido do meu vestido azul que eu havia passado e engomado na noite anterior, e de novo pela manhã, e assenti com meus lábios franzidos.

— É normal estar nervosa — disse Tina. — Não significa que não fará um bom trabalho.

Mas era mais que nervosismo. Era um sentimento fatalista em relação ao mundo em que tentamos abrir caminho. Uma vez, um médico me disse que há um certo número de coisas catastroficamente ruins que, estatisticamente falando, devem acontecer todos os anos a um certo número de pessoas — doenças raras, acidentes bizarros e, sim, ataques de assassinos em série. Pequenos grãos de tragédia levados pelo vento. Eu poderia aceitar a ideia de que uma dessas correntes atingiu meu canto do mundo. Mas um encontro com o improvável Réu ampliou algo em meu terreno cotidiano que estava se mostrando mais difícil de aceitar. Que caras como Roger não chegaram às nossas vidas na curva de algum vento desfavorável. Eles já estavam enraizados e onipresentes.

Certas noites, eu me deito na cama sem sono e completamente apática, percebendo que o Réu poderia ter ido a qualquer canto do país, feito isso a qualquer outro grupo de mulheres, e a defesa poderia provavelmente erguer dúvida considerável ao apontar para o Roger que já residia entre elas. Rogers estavam por toda parte, bodes expiatórios, sem dúvida razoável, esperando nos bastidores por um caso como esse. Não havia sequer um fio de evidência forense ligando o Réu à cena n'A Casa. Este era um caso de pena capital, e a vida de um homem — a vida de um homem de aparência normal e aparentemente normal — estava em jogo.

— Você já fez a parte difícil — disse Tina, se referindo ao depoimento pré-julgamento, no qual a equipe do Réu atacara, me chamando de "uma testemunha bem-intencionada, mas pouco confiável". Eu havia fingido não perceber a forma como a postura do sr. Pearl tremeu de alívio quando o juiz Lambert decidiu que eu podia testemunhar para o júri. Sem meu relato de testemunha ocular, tudo o que tínhamos era uma pseudociência conhecida como análise de mordidas. Robbie tinha sido mordida no seio esquerdo e nas nádegas, e um odontologista foi preparado para testemunhar que apenas cinco conjuntos de dentes no mundo inteiro poderiam ter feito aquelas marcas, dos quais o do Réu era um. A defesa chamaria de chute, e estaria certa. Tão certa que, nos anos seguintes, muitos estados baniram a análise de mordidas dos julgamentos criminais.

Bernadette chamou meu nome novamente e eu me apressei para encontrá-la na escada, sacolas balançando e farfalhando na lateral das minhas coxas. Lá de cima eu podia ver tudo e todos abaixo de nós, inclusive Carl, dividindo um banco com alguns colegas, crachás de imprensa pendurados no pescoço. Eles estavam bebendo em copos Dixie e zombando uns dos outros enquanto esperavam o saguão esvaziar antes de ocuparem seus lugares na seção isolada da imprensa. Carl esteve no tribunal todos os dias para o pré-

-julgamento, e estaria lá todos os dias do julgamento de seis semanas que teria levado cinco se não fosse pelos acessos de raiva e pelos óculos do Réu. Eu estava apertando minha mandíbula de um jeito que fazia meu pescoço ficar cheio de veias, vendo Carl brincando como se estivesse matando o tempo antes de sua banda favorita subir ao palco.

— Agora — disse Bernadette, observando a cena aos nossos pés. — Onde você acha que ficaremos?

Olhei para o banco para ver que, embora os colegas de Carl ainda estivessem ali, ele havia desaparecido. Ele tinha me visto, eu sabia.

Bernadette chamou um policial, que nos levou até outro policial, que nos levou ao gabinete de um juiz cuja secretária encontrou o oficial de justiça, que nos mostrou a sala das testemunhas no segundo andar. Eileen já estava lá, junto com outra jovem com cabelo loiro-avermelhado preso longe do rosto por uma bandana cor de pêssego, o aparelho auditivo em seu ouvido esquerdo estrategicamente exposto para os jurados. Era Sally Donoghue, a estudante do último ano da UEF que estava dormindo em seu apartamento fora do campus na Dunwoody Street quando o Réu rastejou pela janela da cozinha e deu seis golpes em sua cabeça antes que os vizinhos viessem em seu socorro. Naquela manhã, ela ainda andava com uma bengala.

— Eu trouxe lanche — falei. — Sally, posso fazer um prato para você? Temos frutas, bolinhos, iogurte.

— Ah, Deus te abençoe — disse Eileen. Ela estava ajudando a esvaziar a sacola e encontrara o que realmente havia de bom. — O café aqui é pútrido.

O julgamento revelou coisas que eu sabia e coisas que eu não sabia. Eileen perdera dentes, eu sabia, mas descobri que foram aproximadamente nove. Eu sabia que o maxilar dela fora preso com ferros, mas não sabia por quanto tempo (sete semanas, depois mais seis, quando os médicos descobriram que não estava curando corretamente e tiveram que quebrá-lo outra vez). Eu sabia que Jill não se lembrava do ataque, mas eu não sabia que sua primeira memória acontecera nos fundos da ambulância, quando os socorristas estavam tentando cortar o pijama dela e ela implorou que não cortassem. Eu não fazia ideia de que o dedo dela havia sido quase cortado no meio, e que, por conta disso, ela havia perdido o anel de opala dado a ela pela avó. Até hoje, o anel nunca foi recuperado.

Essas não eram coisas sobre as quais as garotas teriam falado, a menos que fossem obrigadas sob juramento. Elas não gostariam que as pessoas tivessem pena delas ou pensassem que estavam reclamando. Ninguém gostava de reclamar e queríamos muito que as pessoas pensassem bem de nós.

Um dia terrível de depoimentos chorosos, a história de Carl seria lida na manhã seguinte, *mas ainda nenhuma palavra da única testemunha ocular do Estado.*

Esperei o dia inteiro enquanto as testemunhas eram levadas para o tribunal pelo oficial de justiça, uma a uma, até que apenas eu restei, de boca ácida por tomar demais do café pútrido de lá.

— Não quer se sentar, Pamela? — implorou Eileen depois de quatro horas. — Está me deixando nervosa.

Mas eu não conseguia arriscar amassar meu vestido. O juiz estava permitindo câmeras no tribunal, e parecia uma questão de vida ou morte que ninguém capturasse a testemunha principal com um fio de cabelo fora de lugar.

No fim das contas, não importou, porque o tribunal foi encerrado e o oficial de justiça me disse que era hora de ir para casa, me lembrando de não ler os jornais nem ver as notícias antes de testemunhar. Tina coletava todas as manchetes daquela semana e as guardava para eu ler, algo que eu só faria bem depois do fim do julgamento, por algum bizarro senso de superstição.

Andei pelo saguão nas pontas dos pés, semicerrando os olhos para localizar o sr. Pearl. Por que eu não havia sido chamada para o assento? Eu tinha que voar de volta para Nova York na manhã seguinte. Eu precisava mudar meu voo? Eu era estagiária em uma firma em Midtown naquele verão, e usei todas as minhas ausências justificadas a fim de viajar para o julgamento.

— Pamela! — O sr. Pearl me encontrou primeiro. Me virei para vê-lo vindo rápido na minha direção, inclinado à frente, como se subisse uma colina, a maleta fechada, mas cantos de papel saindo das frestas. Foquei aqueles pedaços de papel, nervosa. Ele a havia fechado às pressas. — Você precisa voltar para o seu hotel — disse ele assim que se aproximou — e não assista às notícias nem leia nada, só espere pela minha ligação. Pode fazer isso? — Ele pôs a mão no meu ombro em um gesto consolador.

— Sim, mas...

— Preciso ir até a sala do juiz Lambert. Agora. Mas preciso que você faça isso por mim. Está bem?

Eu assenti. *Está bem.*

— Mas meu voo é amanhã e...

— Não mude por enquanto.

O pânico apertava meus pulmões. *Não mude?*

— Mas, se eu não mudar meu voo, não conseguirei depor.

O sr. Pearl apertou meu ombro com mais força, não de maneira confortadora, mas por frustração.

— Por favor, só... explicarei assim que puder.

Eu o observei partir, meu ombro latejando.

Fiz a caminhada de cinco minutos de volta ao meu hotel em três minutos e meio. Eu ficava imaginando o telefone do meu quarto tocando antes que eu conseguisse chegar até lá assumindo sérios riscos — correndo pela rua apesar da mão erguida do guarda de trânsito.

— Cuidado, senhora! — gritou ele acima da percussão furiosa que eu deixara ao passar.

O único momento em que o saguão do hotel ficava silencioso era no final da tarde, após o encerramento do tribunal. Os curiosos eram em sua maioria moradores locais e membros da imprensa despachados ao nono andar, o local improvisado de seu centro de mídia sinuoso, para editar sua cobertura a tempo do noticiário noturno. Então notei a mulher imediatamente. Ela era rechonchuda, com um corte de cabelo prático e fácil, sentada em um dos sofás do saguão com as mãos cruzadas no colo, torcendo os polegares, conseguindo parecer impaciente e nervosa ao mesmo tempo. Quando passei voando pelas portas, ela se levantou e interceptou meu caminho.

— *Com* licença — disse ela como se tivesse direito, como se eu tivesse pisado no pé dela e precisasse me desculpar agora. Eu ignorara os sinais de mão do agente de trânsito, serpenteando entre veículos em movimento em uma rua agitada, mas ali enfim havia um obstáculo para me deter. Era a presença confusa e potente de Shirley Wachowsky. Mãe de Ruth.

RUTH

Issaquah
14 de julho de 1974

Eram quinze quilômetros de fogo entre a casa de Tina em Clyde Hill e a Issaquah Catholic, as coníferas invernais imóveis no calor, cansadas demais para balançar. Quando cheguei, eu tinha anéis úmidos sob meus braços, um tom mais escuro que o vestido azul-escuro de Tina. Rebecca me deu um abraço largo, deixando bastante espaço para o Espírito Santo entre nossas pelves, e me informou que eu estava pegajosa. Meu irmão conseguiu me dar um abraço ainda mais distante de um braço só, amassando minha sobrinha entre nós. Ela agarrou meu dedo em sua mãozinha pegajosa e a examinou com olhos redondos, impressionada com o que encontrara. Allen encarou minha pele limpa e minhas sandálias de couro italiano com desconfiança antes de ir brincar com alguns primos no padrão circular de grama, cortado para nós logo cedinho, anunciou minha mãe com arrogância. As hortênsias roxas do jardim de meu pai haviam florido em um tom feminino de rosa; essa parecia ser a maneira dele de frustrar o esquema de cores dela lá de cima. Ela havia se vestido como uma uva gigante, na esperança de combinar com ele, mas agora parecia apenas uma uva gigante.

— Tomei a liberdade de copiar algumas linhas das Escrituras que podem ser boas de você dizer — disse minha mãe, pressionando uma folha amassada na minha mão. Ela geralmente não falava assim, *Escrituras*, mas a irmã Dennis e o padre Evans estavam bem ali, parecendo sentir coceira em seus hábitos de lã e colarinhos duros. O que eles diriam se eu contasse que nem tínhamos uma Bíblia em casa? Que minha mãe deve ter ido à biblioteca ou pedido ao vizinho um exemplar emprestado? Que, como última medida, ela teria ido à igreja?

— Ruth — disse uma voz familiar. Eu me virei e vi meu ex-marido, que não deveria estar ali, a barriga dele rejeitando os botões de um terno ruim.

— Uau. Parece que você saiu de uma revista de moda — disse ele.

Com um alívio sincero, dei um abraço apertado em CJ. Embora fosse o paquerador menos furtivo do mundo, ele sempre me fez sentir menos sozinha na presença da minha família. Mais do que isso, ele era a personificação do que Tina estava tentando enfiar na minha cabeça: que hoje não se tratava de estarmos juntos como uma família, mas de minha mãe representar a união para os outros e talvez até para si mesma. Imaginei que minha presença ali permitia que ela mantivesse sob controle aquela vozinha, aquela que falava com ela na solidão da noite, torturando-a com a verdade. Nossa família estava irrevogavelmente quebrada.

— Pensei que Martha tinha te proibido de vir — falei para CJ, e fiquei impressionada por conseguir soar tão doce e complacente quando, dentro da minha cabeça, uma rebelião de uma mulher só se formava.

— Você quer dizer Martha Denson? — perguntou o padre Evans. Martha também frequentara a Issaquah Catholic. A primeira esposa do meu ex-marido estava no último ano quando eu era caloura, e a terceira esposa do meu ex-marido era caloura quando eu estava no último ano. CJ poderia escrever uma música country de sucesso.

— A gente devia se sentar enquanto ainda tem sombra — sugeriu minha mãe antes que o padre Evans pudesse fazer perguntas mais perfeitamente razoáveis e inconvenientes. Todos começaram a se dispersar. Minha mãe levou um momento para perceber que eu estava voltando por onde viera.

— Ruth! — chamou ela, rindo um pouco, como se eu tivesse me virado acidentalmente.

Parei, embora reconhecesse que era apenas uma cortesia. Não haveria como me convencer a ficar. Algo etéreo e sereno desceu sobre mim, e não parecia tão decidido, mas definido por Deus: *hora de ir, Ruth.*

— Eu só vim porque achei que CJ não viria — falei sem raiva nem culpa. Minha mãe havia mentido para me fazer vir. Ela era assim e provavelmente sempre seria. Era minha responsabilidade aceitar isso. Em um vislumbre atordoante, vi Tina na cozinha de Frances quando nos conhecemos, suas unhas no pelo preto de Nixon. *Você acha que vai vir até aqui e receber conselhos, e então seguir esses conselhos e melhorar. Em vez disso, você aprende como assumir a respon-*

sabilidade. Foi um momento sensacional de lucidez, um que implorava para ser compartilhado com a pessoa que o profetizara.

— Eu não achei que ele fosse vir! — Minha mãe estava agitada, desesperada para recuperar seu controle de mim. — Acho que ele enfim a contrariou. — Ela sorriu e revirou os olhos, *aquela Martha encrenqueira*. Mas essa história havia, enfim, me cansado, e minha expressão era tediosa e desinteressada. Devia ser aterrorizante para a minha mãe perceber que havia me perdido completamente, e por isso eu tive compaixão. — Por favor, não faça um escândalo, Ruth — acrescentou ela, a voz quase em pânico. — Você está aqui. E parece... — Ela gesticulou na minha direção, sem palavras. Não porque eu estava linda além de qualquer descrição, mas porque minha mãe nunca me elogiava, e deve ter sido como procurar um cobertor em uma gaveta cheia de facas afiadas. A mente dela não era onde você procurava por algo suave e quente. — Tão arrumada — terminou dizendo. — Seria uma pena desperdiçar.

Mas não seria desperdiçado — Tina me veria. Tina, que não tinha problemas em me dizer que eu era linda, cuja mente não era afiada, mas curvada como lentes de contato, focando a luz e mostrando as coisas com clareza.

— Desculpe, mãe — falei, dando um passinho para longe dela —, mas não seria bom para mim.

Minha mãe parecia genuinamente perplexa.

— Bom para você? Não é para ser bom para você. Seu pai morreu.

— Não estou falando disso. Estou falando de *fingir* que ainda sou casada. Que somos uma grande e feliz família quando não somos.

Minha mãe usou sua careta confortável de vítima, tão desgastada quanto um par favorito de jeans. Sempre me assustava que ela pudesse encontrar algo divertido em sua decepção. Como se ela tivesse passado os dias esperando que a vida a decepcionasse como ela previa que faria, então compartilhou uma risada sombria consigo. Ela fora esperta por se preparar para o pior.

Era a mesma careta que eu vira na manhã que meu pai morreu em um acidente de carro a caminho do mesmo lugar onde estávamos agora, depois de sofrer um ataque cardíaco brando resultante de uma discussão que nós três tivemos na mesa do café da manhã. Eu ficara com eles na noite depois que CJ e eu tivemos nossa última e explosiva briga sobre um grampo de cabelo que ele nem percebeu que estava preso em seu colarinho quando chegou em casa tarde outra vez, e de manhã eu informei a eles que CJ e eu não íamos mais resolver as coisas, que eu pediria o divórcio porque era homossexual, e que os dois sabiam que eu era porque meu pai era também.

— Eu sabia que você ia fazer isso — declarou minha mãe com um tipo doentio de triunfo. O rosto dela estava avermelhado, pontilhado de suor. — Eu pensei: talvez seja melhor Ruth não vir. Porque eu sabia que você faria tudo ser sobre você. Mas estendi a bandeira branca, e agora aqui estou, fazendo exatamente o que eu sabia que passaria o dia fazendo. Te confortando, quando sou eu que preciso de conforto.

Fiquei grata a ela por me dar uma demonstração tão exagerada de sua crueldade, que até então ela havia distribuído com discernimento, em porções moderadas com a intenção me fazer voltar para mais. Ela tornou tão fácil — não apenas fácil, mas *prazeroso* — me afastar dela. Subi na bicicleta e fui em direção à água, onde havia brisa, e Tina também.

PAMELA

Miami, 1979
Dia 540

No quarto do hotel, o telefone tocou ao mesmo tempo em que a porta se abriu.

— Preciso atender — me vi dizendo, impossivelmente, para a mãe de Ruth e para Tina. Nenhuma olhou para mim. Elas se encaravam como rivais de longa data no ringue.

— Pamela? — chamou o sr. Pearl. — Acha que consegue adiar seu voo?

Senti que podia respirar outra vez. Eu ainda ia depor.

— Claro — falei através do meu longo suspiro. — Para quando devo adiar?

Houve uma pausa desconfortável.

— Boa pergunta — disse o sr. Pearl com uma risada que me deixou desconfortável. Era a risada de alguém que havia batalhado contra uma criança irracional o dia todo e havia perdido a vontade de viver. — O juiz Lambert quer que você o encontre em seu escritório amanhã de manhã. E então ele decidirá se você pode ou não permanecer na lista de testemunhas.

Eu queria me sentar, meus pés estavam cheios de bolhas e doendo porque eu ficara de pé o dia todo, mas eu também não queria ter que passar meu vestido de novo. Eu não estava assimilando que isso não deveria importar. Porque talvez eu não testemunhasse.

— E *então* ele vai decidir? O que está acontecendo, Henry? — Acho que eu nunca antes havia chamado o sr. Pearl de Henry.

— A defesa preencheu outra ação para derrubar seu depoimento de hoje. Baseada na evidência de que foi influenciado por seu relacionamento com Martina Cannon. O promotor forneceu um depoimento juramentado da mãe de uma das garotas desaparecidas do lago Sammamish.

Encarei a autora do depoimento, bem ali no meu quarto de hotel, de costas contra a parede como se Tina a tivesse ameaçado fisicamente, embora Tina estivesse apenas à porta com os braços cruzados e batendo o pé no chão, impaciente. Falei calmamente através da minha histeria crescente.

— O que diz o depoimento?

— A mãe acredita que a filha fugiu devido aos seus problemas psiquiátricos. Aparentemente, ela foi internada por um tempo, e houve uma conversa sobre mandá-la de volta para a clínica. Ela acredita que Martina Cannon manipulou e abusou da filha dela, e a insistência da srta. Cannon de que Ruth foi assassinada naquele dia é apenas uma recusa de aceitar que Ruth percebeu que o que elas faziam era errado e fugiu.

— E, mesmo assim — falei em uma voz afiada —, não vejo o que isso tem a ver comigo.

— Não tem. Não deveria ter. O juiz precisa falar com você e garantir que você está bem mentalmente e não foi manipulada por Martina. Você não foi, foi?

— Não! — exclamei.

— Foi o que pensei, mas precisava perguntar.

— O que acontece se ele decidir que fui? Influenciada, isto é. — Olhei para Tina, cujo pé ficou parado sobre o carpete com aquela palavra. *Influenciada.*

— Olha — disse o sr. Pearl seriamente, mas não continuou por um tempo. *Olha para onde? O quê?* Quase gritei. — Em casos assim... — Ele deixou as palavras morrerem, menos certo. Meu coração parou de bater. Ele ia reproduzir alguma versão do que meu pai estivera me dizendo havia meses. Eu conseguia sentir. — Em que há assassinatos em série... — Meus joelhos cederam e, antes que eu me desse conta, estava sentada na beirada da cama. Foda-se. Eu passaria o vestido de novo. Ou talvez nem precisasse. Levei a mão à boca, nivelada pelo pensamento de que algum detalhe técnico me impediria de contar a verdade a todos, a ganhar isso por Denise. — Raramente há condenação por todas as vítimas — disse o sr. Pearl em uma confusão triste de justificativas. — Mas, como há tantas delas, o lado positivo é que, em alguns casos, pelo menos há fortes evidências forenses, e é assim que você pega esses caras.

— Como vocês pegaram o Al Capone nas acusações de evasão fiscal — falei fracamente.

O sr. Pearl grunhiu.

— Estou fazendo tudo o que posso para ganhar esse caso para Denise, Robbie e todas vocês. Mas, se o juiz Lambert decidir embargar seu depoimento, há fortes evidências forenses no caso de Kimberly Leach. Ele não sairá vivo da Flórida, eu te prometo.

Fechei os olhos. Eu queria que ele dissesse isso. Mas, agora que havia dito, desejei que retrocedesse, para manter sequer um fio frágil de esperança. Sem o meu depoimento, o Réu ia vencer. Eu não sabia se *eu* sairia viva da Flórida se não pudesse depor.

— Às oito e quarenta e cinco em ponto amanhã. Está bem?

Eu estaria lá às oito e meia.

A mãe de Ruth falou antes que eu pudesse pôr o fone no gancho.

— Esta jovem merece a verdade — disse ela para Tina, na tentativa mais escancarada de magnanimidade que eu já havia visto. — Você pode não conseguir aceitar. Mas isso não te dá o direito de sair por aí enfiando suas desilusões em pessoas em situações vulneráveis.

— Você sabe a definição psiquiátrica de desilusão, Shirley? — Tina ergueu suas sobrancelhas escuras com expectativa e esperou para ver se Shirley tinha sentido como uma facada. — Não? Bem — Tina se recostou contra a porta e disse através de um bocejo feito para irritar —, é uma crença falsa sustentada, apesar de evidências incontestáveis em contrário. — Ela deu tapinhas na boca. — Desculpe. Seu livro é muito chato.

Shirley arfou.

— Você é uma pessoa má. — Comigo, ela implorou e apontou. — Esta aqui é uma pessoa má.

Tina nem pestanejou.

— Há testemunhas oculares que viram Ruth no lago Sammamish naquele dia, falando com um homem que bate com a descrição do Réu. E pior ainda... — Tina jogou as mãos para cima, como se Shirley não fosse acreditar nisso, e Shirley virou a bochecha para a parede como se Tina a tivesse atingido, embora estivessem tão distantes quanto a metragem do quarto de hotel permitia. — Ruth estava feliz, e ninguém foge de uma vida que o faz feliz.

Shirley tirou o rosto da parede.

— Então, como é que o corpo dela nunca foi encontrado? — Ela entrelaçou os dedos para implorar e os balançou para mim. *Por favor, pense nisso.* — Faz cinco anos. Eles encontraram o corpo da outra garota que desapareceu naquele dia. Mas não o de Ruth. Isso não é estranho para você?

Shirley me lançou um olhar desaprovador — *tenha juízo*, parecia dizer.

— Porque ninguém está procurando por ela! — exclamou Tina. — A mãe daquela outra garota estava em todos os meios de comunicação que a aceitavam. Ela apareceu na delegacia todos os dias durante três meses. Ela era a porra de um cachorro atrás de um osso! — Tina bateu com o punho na parede e gritou de frustração. — Mas você. A única coisa em que você tem sido incansável é garantir que ninguém procure por ela! Se a mãe de uma garota desaparecida está contando ao detetive encarregado do desaparecimento de sua filha que, na verdade, nada de suspeito está acontecendo aqui, eles acreditam *nela*.

— Eles acreditam — disse Shirley, e fez esse pequeno movimento doentio, satisfeita consigo mesma —, porque eu sou a mãe. E o que você é? Você não tem nada.

Com isso, Tina cambaleou, ferida, *diminuída*. Senti um fogo protetor incendiar dentro de mim, como se Tina não fosse apenas minha irmã, mas minha irmã mais nova. No luto, o mundo me tratara como se eu fosse mais velha de qualquer maneira, porque não havia nada em mim que os outros achassem desconfortável.

— Não acho que você está delirando — falei para Shirley. — Acho que você prefere que todos acreditem que sua filha fugiu. Porque, se o nome dela estiver conectado a tudo *isto*, as pessoas podem começar a pesquisar. E podem descobrir que ela estava vivendo a vida de uma maneira que você acha vergonhosa. Então você prefere nunca saber o que aconteceu com ela, ou saber onde sua *própria filha* está enterrada, a ter de arriscar que as pessoas descubram que ela não era "perfeita". Que tipo de mãe é você?

Shirley piscou para mim, sem palavras, e começou a chorar. Ou pelo menos fingiu, levando a mão ao rosto e fazendo os barulhos requeridos. Ela fez isso por tempo suficiente para perceber que eu não ia retirar o que dissera, confortá-la e dizer que eu não falava sério, que ela era mãe e, portanto, sacrossanta. Quando não fiz nada além de deixá-la chorar, ela abaixou as mãos e focou seus olhos secos e impiedosos em mim.

— Eu gostaria de ir embora agora — disse ela com um tremor corajoso na voz, como se estivéssemos mantendo-a ali contra sua vontade quando foi ela quem me procurou.

Tina abriu a porta para ela, gesticulando exageradamente. *Pode ir.*

— Bem! — Shirley fez *tsc*. Ela endireitou a blusa e me olhou de uma forma que me informou que estava profundamente decepcionada comigo. — Ao menos uma vez, um repórter estava dizendo a verdade. Você está completamente enfeitiçada. Boa sorte, mocinha.

Ela saiu porta afora, o rosto de um tom lívido de roxo.

Tina e eu nos entreolhamos por um longo tempo depois que Shirley saiu, incrédulas, mas também não. Deveria haver uma palavra para isso. Para quão pouco as pessoas podem nos surpreender. Suponho que a palavra seja *desgastada*, mas não é isso que eu sou. Porque do outro lado está alguém como Tina, que me ensinou a não me surpreender com o fato de as pessoas serem tão boas que você perderá uma semana de trabalho, dirigirá durante a noite e se colocará em perigo por elas. Algumas pessoas são o seu evento cisne negro.

PAMELA

Tallahassee, 2021
Dia 15.826

Carl estava usando uma camiseta que dizia *Torne Orwell Ficção Outra Vez*, e, apesar de tudo o que ele fez com a gente, fiquei terrivelmente triste, imaginando-o projetando o item no Redbubble em um dos computadores comunitários na sala de internet da casa de repouso onde ele agora reside.

— Quando cheguei em Seattle — disse Carl, se referindo ao dia em que nos separamos em Aspen —, falei com o máximo de pessoas que queriam falar comigo sobre o caso. E ouvi um boato. — Ele ergueu um único dedo, como Holmes. — Na verdade, era mais uma teoria.

É uma da tarde de quinta-feira, e Carl é persuasivo. A melhor hora dele é logo depois do almoço. O pôr do sol está chegando cada vez mais cedo e Carl está demorando mais para se livrar da neblina matinal, como evidenciado por nosso primeiro encontro durante a hora anteriormente segura de onze horas da manhã. Fui liberada do Tallahassee Memorial sem nenhum sinal de concussão ou hemorragia interna, e os pontos no meu lábio desaparecerão em duas semanas. Meu ferimento não é nada comparado ao sangramento cerebral que um dos ajudantes sofreu recentemente depois que Carl lhe jogou uma cadeira na cabeça. Foi quando a dra. Donnelly começou a exigir que os visitantes de Carl assinassem um termo de responsabilidade.

— Qual era a teoria? — perguntei inocentemente, interessada, mas não desesperada. Os momentos em que Carl está lúcido são infrequentes, e podem se transformar em um problema, como vi em primeira mão. Se Carl detectar qualquer coisa ameaçadora ou impaciente no meu tom, o Carl que detém a informação que escondeu de nós por quatro décadas partirá, e talvez eu jamais o veja outra vez.

— A teoria — Carl projeta em uma estranha voz de narrador, como se não estivesse falando comigo, mas sim dando uma palestra, o que fez várias vezes nas décadas depois que seu livro foi publicado — tinha a ver com as fitas de interrogatório que Seattle gravou quando foi a Utah interrogá-lo depois que ele fugiu pela primeira vez.

Carl quer dizer Colorado, não Utah, mas a dra. Donnelly me aconselhou a não corrigi-lo. Assinto, incentivando que prossiga.

— Me lembro de ver as fitas do interrogatório na lista de itens que você me mostrou. — *No dia que te beijei*, não completo, mas não consigo deixar de me lembrar, com uma nova onda de vergonha.

Carl estala os dedos e aponta para mim. *Exatamente*. Ele toma o café que o funcionário fez para ele. Gelado, para que ninguém tenha queimaduras de terceiro grau.

— Havia uma teoria — prossegue ele — de que ele confessou naquelas fitas.

— Por que ele confessaria? — pergunto indiferentemente, embora meu coração esteja prestes a sair do peito.

— Ah — diz Carl, como se pudesse haver vários motivos. Ele está construindo a antecipação, aproveitando minha atenção. Estou agoniada. Finalmente: — Utah e Colorado tinham a pena de morte, mas Washington não. E você sabe. Depois da primeira fuga, ele estava numa situação ruim. Tivera que passar uma semana tentando sobreviver nas montanhas, sem abrigo, comida ou sono. A estratégia dele era atrair os detetives de Seattle, dar a eles algo que os faria querer extraditá-lo. Salvá-lo do julgamento de Caryn Campbell, que ele quase certamente perderia depois da tentativa de fuga. Pessoas inocentes não tentam escapar. Ele sabia que a promotoria usaria isso contra ele se o caso de Caryn Campbell fosse julgado, e terminaria com o pescoço dele na corda.

Ergo minhas sobrancelhas. Murmuro:

— Faz muito sentido.

E faz. Carl fica calado por um momento, e vejo que ele está encarando com raiva a porta para a sala dos visitantes. Não há ninguém lá. Somos só nós na sala pintada de cáqui com poltronas listradas de vermelho e sofá bege com almofadas listradas vermelhas combinando. Isso é o que chamam de vida luxuosa para idosos, embora a instalação pareça um hotel quatro estrelas construído no início dos anos 2000 e deixado intocado desde então. Mas aí...

— A polícia de Seattle não gostou disso — disse Carl, e a memória atrelada a essa afirmação resgata seu humor. Ele volta a focar em mim, sorrindo enquanto se lembra de seus dias de jornalista. — A pressão do público para mandá-lo de volta para a Flórida já era muito intensa. Seattle estava apenas tentando manter as coisas cobertas por tempo suficiente para entregar suas próprias acusações, e tudo isso leva tempo, se quisessem fazer da forma certa, isto é. Não apressar as coisas só para dizer que fizeram algo, como as outras jurisdições fizeram. Mas não deixei para lá, e eles perceberam que precisavam me dar algo. — As pupilas de Carl dilataram; suas bochechas parecem com as minhas depois de um exercício matinal, coradas pela conquista. — Um dos detetives sugere que eu saia e fale com a mãe de uma das vítimas. Aquela mãe... — Carl assovia de olhos arregalados. *Que mulher difícil.* — Ela me diz que nem acha que a filha foi vítima. — Ele faz uma expressão de descrença. Está compartilhando tudo isso comigo no tempo presente, como se estivesse agora na porta de Shirley. — É óbvio que ela está encobrindo algo. Mas então... — Carl se interrompe de repente, como se alguém o tivesse puxado da tomada.

Não consigo me conter.

— Então o *quê?*

Carl leva os punhos até as orelhas, como se não suportasse o julgamento na minha voz.

— Capturam ele. E todos querem falar com ele, ouvir a história dele. — Ele pisca para mim, infantilmente, cheio de arrependimento. Ele quase não tem sobrancelhas mais, mas seus olhos ainda têm aquele tom mineral de verde.

— Como você o fez confessar? — incentivo gentilmente.

Carl põe as mãos ao redor da boca e confessa em um sussurro:

— Escrevi para ele. Falei — ele observa a passagem vazia outra vez — que eu tinha evidências que apoiavam a inocência dele em um dos crimes dos quais ele era réu, e ele me pôs imediatamente na lista de visitas. E daí, desenvolvemos um tipo de amizade, e... — Carl volta a falar no passado, como se precisasse se distanciar da pessoa que fez isso. Seu olhar vai até a porta e volta para mim, para a porta e para mim. — *Por favor* — implora ele, e se encolhe em puro terror.

Inclino meus ombros para o lado e um pouco longe dele, em uma postura amistosa, como a dra. Donnelly aconselhou, caso eu o estivesse sentindo partir.

— Se eu te contar onde encontrar — diz Carl em um sussurro assustado —, você pode fazer ela me deixar em paz?

Com *ela*, suponho que ele esteja falando de mim.

Em um mundo ideal, Carl permaneceria um homem intacto, capaz de resistir a um castigo violento de minha parte, algo que eu costumava sonhar em dar a ele quando era mais jovem e paralisada pela minha própria inexperiência. Mas esse é um desejo que, com o tempo, diminuiu para mim conforme os anos reordenaram os degraus da minha escala de prioridades. A punição de Carl foi diminuindo cada vez mais até ser sucedida por algo mais sofisticado do que a vingança.

— Ela não vai mais te incomodar — prometo a ele, sem sequer precisar fingir bondade. Tina disse a ele para ir para o inferno e, todos esses anos depois, é exatamente onde ele está.

PAMELA

Miami, 1979
Dia 541

O juiz Lambert estava copiando algo do arquivo do caso quando a secretária dele me levou ao seu escritório, cinco minutos depois da nossa reunião marcada.

— Bom dia, Excelência — falei abaixando a cabeça e ficando a uma distância respeitosa da sua mesa ampla, da forma que faço agora quando alguém coloca a senha no caixa eletrônico. O sr. Pearl me avisou de que eu não deveria me sentar até ser convidada a sentar, e eu disparei, *sei disso*. Embora eu não soubesse, não de verdade. Aquele não era o protocolo padrão do tribunal, era apenas com o juiz Lambert.

Ele não olhou para mim. Sua secretária me deu um sorriso maternal, como se para infundir calor humano no recinto, antes de fechar a porta com cuidado atrás de si, se encolhendo um pouquinho ao gritinho emitido pelos pinos das dobradiças. Era a expressão que eu faria um dia enquanto tentava sair do quarto da minha filha sem fazer barulho depois de horas tentando fazê-la dormir.

Fiquei ali por um bom minuto, observando o juiz Lambert anotar frases-chave da moção de última hora do dia anterior. Eu esperava que o escritório dele parecesse um tipo de taverna inglesa antiga — teto baixo e paredes de nogueira avermelhadas, móveis de couro desgastados, bebida marrom em uma bandeja de latão —, mas na sala havia uma sensação maternal, os móveis estofados em brocado metálico, conjuntos amarelados de plantas francesas emolduradas nas paredes. O juiz Lambert fechou o arquivo do caso e olhou para mim, exibindo uma surpresa extravagante.

— Você é tão silenciosa que eu nem sabia que estava aí — disse ele com uma risada vibracional. — Por favor, sente-se. Está me deixando nervoso. — Era a segunda vez em vinte e quatro horas que me pediam isso.

— Obrigada, Vossa Excelência — falei. E enquanto me afundava na almofada rígida da cadeira com padrão rosa, pensei naquela peça pendurada na parede do quarto de Denise em Jacksonville. A mesma que Carl admirava no dia em que o conheci. Era um pedaço de um cobertor Navajo, e dava para perceber que a mulher que o teceu o fez sob coação, Denise uma vez me explicou. *Vê o padrão de rádio das linhas?* Ela os apontou, subindo e descendo com força e horizontalmente, criando uma série caótica de diamantes. As formas só começaram a aparecer em meados do século XIX, quando famílias hispânicas no Sudoeste capturaram e escravizaram mulheres e crianças navajos. Os têxteis eram valiosos e as mulheres foram forçadas a produzi-los para o lucro da família cativa. Numa demonstração de desafio, inventaram uma nova sequência de teares destinada a comunicar que essas tecelagens não eram feitas por escolha própria.

Eu mostraria respeito ao juiz Lambert em seu escritório não porque o respeitava, mas porque não tinha escolha.

— Parece — disse ele em um castigo jocoso — que você tem estado em companhia duvidosa. — Ele balançou o dedo para mim, fazendo *tsc tsc*. Que diversão ele estava tendo enquanto eu me sentava ali, me agarrando às extremidades da minha sanidade que se esfacelava. — Enchendo sua cabeça com todo o tipo de ideias, se eu acreditar na declaração.

Eu o encarei com olhos inocentes.

— Senhorita Schumacher — disse ele, de repente impaciente. — Devo acreditar?

— De jeito algum, Vossa Excelência.

— De jeito algum? — As sobrancelhas dele se ergueram. — Nada na vida é absoluto assim, srta. Schumacher.

— Não, Vossa Excelência — concordei rapidamente.

Ele se reclinou, as mãos macias e amplas espalhadas pela barriga dura de homem velho, a bandeira da Flórida em um lado de suas costeletas prateadas, a bandeira americana do outro, parecendo tanto um sapo humano que eu meio que esperei que ele coaxasse.

— Me diga como você conheceu Martina Cannon.

— Eu a conheci no hospital, Vossa Excelência. Tallahassee Memorial. Na segunda-feira seguinte ao ataque.

— E como foi esse encontro?

— Como assim, Vossa Excelência?

Ele passou a mão pela barriga, irritado.

— Do que falaram? Quando você soube que ela era de Seattle e tinha conexão com uma suposta garota desaparecida de lá.

— Naquele dia. — Percebi que minha resposta curta poderia ser lida como defensiva. — Ela me deu uma carona para casa e me disse quem era e que acreditava que a pessoa responsável pelo que acontecera na minha irmandade fosse a mesma pessoa responsável pelo desaparecimento da amiga dela.

— Foi a primeira vez que você ouviu o nome do réu?

Tristemente, admiti:

— Sim, Vossa Excelência.

— É mesmo? — murmurou ele para si, como se estivesse surpreso por haver algo mesmo naquele depoimento. Ele se sentou em silêncio contemplativo por alguns momentos enquanto eu sentia que estava sendo queimada viva.

— Se eu puder dizer uma última coisa, Vossa Excelência — falei, e me encolhi um pouco, certa de que seria repreendida por falar de novo sem permissão. Para a minha surpresa, o juiz Lambert apenas me observou com uma expressão aberta e curiosa. — Acho, se Vossa Excelência tiver a chance de revisar meu depoimento inicial à polícia, que verá que fui insistente no fato de que o homem que vi na porta da frente era um estranho. Sei que eu disse a princípio que era Roger, mas eu também disse que foi um pensamento passageiro. E que imediatamente recobrei minha consciência e percebi que era uma pessoa que eu nunca tinha visto. E fui consistente com esse depoimento com todos com quem falei nas mais ou menos trinta horas seguintes, bem antes de conhecer Martina Cannon. Minhas irmãs, meu namorado, até a ex-aluna que nos recebeu na casa dela naquela noite. E então, mesmo que o xerife Cruso estivesse concentrado em Roger naquelas primeiras semanas, eu mantive minha posição. Insisti que não vira Roger, embora pudesse ter feito minha vida bem mais fácil se eu tivesse cedido à pressão. E acho que o que estou tentando dizer — falei, corando um pouco porque os olhos do juiz Lambert já estavam vidrados, *os juízes apreciam a brevidade nos depoimentos*, advertira recentemente um professor da faculdade de direito — é que não sou alguém facilmente influenciada.

Deliberando, o juiz Lambert umedeceu o lábio.

— Precisarei de uma chance para revisar essas declarações. Falar com essas pessoas cara a cara. Você dará os nomes dessas testemunhas corroborantes ao sr. Pearl então.

Aquela mão de novo, agora chacoalhando os dedos. *Tchauzinho*, ele poderia ter dito.

— Obrigada, Vossa Excelência — falei daquele jeito patético e rastejante que ainda me assombra.

PAMELA

Miami, 1979
Dia 542

No meu quarto de hotel, fiquei emotiva, olhando pela janela. Havia um outdoor de *Geração inquieta*, com Dennis Quaid bloqueando a vista para o oceano, e nos primeiros dois dias considerei isso um bom presságio. Mas, no terceiro dia, percebi que membros da defesa também estavam hospedados no hotel, e quem poderia dizer que não era um bom presságio *para eles*? Comecei a fechar as cortinas então.

Não que eu não tivesse permissão para sair. Eu poderia ir aonde eu quisesse, desde que não me importasse de perder a ligação do sr. Pearl com uma atualização. Uma vez, tentei sair para uma caminhada, mais ou menos na hora em que a sessão do julgamento começava, pensando que fosse improvável que o telefone tocasse enquanto isso. Porém, a mais ou menos meio quarteirão de distância, lembrei que o método preferido do Réu de demonstrar ódio era com um atraso crônico, e dei meia-volta correndo. Fiquei tão paranoica de fazer algo que pudesse manchar minha credibilidade aos olhos do juiz Lambert que nem sequer deixava Tina me levar café de manhã antes de sair para o tribunal. *Nem se eu deixar do lado de fora da porta?*, ela me perguntou pela porta fechada. *Por favor, só vai embora!*, sibilei, preocupada que alguém da imprensa pudesse ouvir essa conversa e escrever que a testemunha ocular cujo depoimento pode ter sido influenciado estava conversando com a mulher que supostamente a influenciou.

Ficar emotiva é diferente de enlouquecer. Nos sete dias que passei naquele hotel em Miami esperando pela decisão do juiz Lambert, não perdi meu senso de realidade, mas certas convicções começaram a apodrecer como um molar careado. Foi com a mesma dor fraca de um dente infeccionado que comecei a questionar coisas antes consideradas inquestionáveis.

Naquele verão, eu era estagiária de uma grande firma no departamento de fusões e aquisições, incapaz de admitir para mim mesma que não é que eu odiasse meu supervisor de cara feia, que tinha prazer de lembrar a todos os estagiários que não estávamos sendo pagos por sermos brilhantes, mas por nossa disponibilidade, que esse era o tipo de trabalho que não apenas afetaria sua vida pessoal; *seria* sua vida pessoal. O que eu odiava, o que me deixava me sentindo vazia e quase niilista, era a ideia de uma carreira passada representando empresas e não seres humanos. A maioria das pessoas que entravam na lei corporativa, como meu pai, era atraída pela impessoalidade do assunto. A última coisa que eles queriam era lidar com um cliente em crise, alguém passando por um divórcio, uma batalha de custódia, uma falência. Na minha infância, meu pai sempre ria de como isso soava terrível, e eu sempre concordei veementemente porque precisava disso, essa única coisa que tínhamos em comum. Mas sentada naquele quarto escuro de hotel, forçada a pensar em como me sentiria quando o telefone tocasse com as notícias de que o juiz Lambert embargara meu depoimento, garantindo que o júri absolvesse o Réu, também fui forçada a considerar como seria para a sra. Andora, para os pais de Robbie, para Jill, Eileen e Sally, ver o rosto convencido dele no jornal, o punho erguido em triunfo. Como eu viveria comigo mesma, se isso acontecesse? E eu sabia que a resposta não era garantir que as grandes empresas ricas continuassem a cumprir a lei, para que pudessem continuar a ser grandes e ricas.

No quarto dia, quando liguei para aquele supervisor com voz catarrenta para dizer que eu ainda não havia voltado para Miami, que ainda estava esperando para saber quando testemunharia, ele me informou um pouco ansiosamente demais que eu havia me aventurado no território das ausências indesculpáveis. No dia da orientação, fomos avisados que poderíamos ser demitidos por faltar mais de três dias de trabalho.

— Não há nada que eu possa fazer — falei para o supervisor, cujo nome não me lembro mais, mas de cujo rosto constipado e carrancudo ainda me lembro.

— Na vida real — ele estava dizendo, hilariamente, como se soubesse mais sobre as inconveniências da vida real que eu —, nosso cliente não liga para as suas circunstâncias, por mais incríveis que possam ser. Na vida real, você acabou de perder seu cliente.

O pensamento foi tão claro que eu pensei que alguém o havia dito no meu ouvido: *Não estou nem aí pra essa porra.*

— É possível que possa levar um tempo — falei sem emoção. Tinha sido exaustivo tentar manter essa imagem de que eu me importava, com todo o resto acontecendo. Minha energia estava em frangalhos. — Não quero decepcionar a firma mais do que já decepcionei. Escreverei hoje minha carta de demissão.

O supervisor gaguejou.

— Não sejamos tão precipitados.

— Agradeço muito pela paciência — falei graciosamente. — Peço desculpas por qualquer inconveniente que causei. Cuide-se.

Desliguei rapidamente, caso o sr. Pearl estivesse tentando me ligar.

PAMELA

Miami, 1979
Dia 548

No assento, quando o sr. Pearl perguntou se o homem que eu vira na porta da frente estava no tribunal, eu respondi:
— Sim. Ele está.

Então, enquanto erguia meu braço direito para identificá-lo para os jurados, me vi me levantando, a compulsão por me levantar tão instintiva quanto na noite n'A Casa quando corri em direção a ele em vez de para longe dele. Estávamos quase a mesma distância um do outro como estávamos naquela época. Quarenta centímetros. Só que desta vez ele olhou para mim, legitimamente entediado, com um cotovelo apoiado na mesa do advogado e o rosto apoiado na mão aberta. Eu estava há uma hora em meu depoimento e ainda tinha outro para fazer, e ele não seria o único a me questionar. A maneira como sua equipe teve que controlá-lo, chamando testemunhas inconsequentes para depor só para que ele tivesse alguém para interrogar sem atrapalhar sua defesa, mais tarde me lembraria de uma criança que ganhou um daqueles celulares de brinquedo porque é isso que todos os adultos têm e ele *não* é um bebê.

— Relaxe. — A ordem veio do banco mais proeminente. Embora ele houvesse permitido meu depoimento, eu odiava o juiz Lambert com cada fibra do meu ser, a forma como ele me chamava de *senhora* e chamava o Réu de *jovem*, e mais tarde de *caubói, compadre, parceiro*. Eu tinha vinte e três anos e o Réu vinte e dois. Eu havia conseguido as maiores notas no meu primeiro ano de direito. *Eu* era a jovem, a compadre, mais perto de estar em pé de igualdade com o juiz do que o Réu, mas não dava para saber pela forma como o juiz falava com ele.

Me sentei de volta no meu próprio ritmo, alisando meu vestido.

— O que você estava fazendo — prosseguiu o Sr. Pearl — pouco antes de descer e ver o Réu?

— Eu estava dormindo.

— Como você havia passado a noite anteriormente?

— Eu estava trabalhando no calendário de voluntariado de alguns de nossos eventos de caridade da primavera. Depois disso, terminei uma leitura para a aula de economia.

— Noite cheia. E você viu Denise?

— Sim. Ela passou no meu quarto porque queria pegar um dos meus casacos emprestado, e ver se eu queria ir à festa com ela.

— E o que você disse para ela?

— Falei que não podia porque tinha muito a fazer.

— Como ela reagiu?

— Ela ficou decepcionada, e tentou me fazer mudar de ideia.

— O que ela disse?

— Ela me disse que era nossa primavera como veteranas e que eu merecia me divertir um pouco. — Me virei para falar diretamente com os jurados. O sr. Pearl havia me dito para tentar buscar a jurada que usava óculos gatinho e uma cruz de prata no pescoço. Ela era enfermeira e mãe solo, uma mulher que provavelmente simpatizaria com o relato de outra mulher ocupada, cheia de prazos e responsabilidades. — Ela me disse que era só uma festa, e que eu tinha minha vida toda para ser a Pam Perfeita.

— Era assim que ela te chamava, Pam Perfeita?

— Sim. Era um apelido que ela tinha para mim. Saído de um comercial de spray culinário. Sabe aquele que promete te ajudar a guardar dinheiro, calorias e tempo? — As mulheres sorriam entre si, assentindo. — No fim, eles sempre mostram o prato e parece delicioso, aí eles dizem que ficou PAM perfeito.

— E por que ela te chamava de Pam Perfeita?

Veronica Ramira objetou a isso. Isso exigia especulação.

— O que você achava do apelido de Denise para você?

— Eu ria dele com ela, mas secretamente ficava um pouco envergonhada — falei. — Perfeito não é algo que todos querem ser.

— Não é? — perguntou o sr. Pearl, de sobrancelha franzida.

— Não pelos padrões dos universitários. Essa é a parte da sua vida em que você deve se divertir. E eu não estava fazendo nada disso. Eu colocava muita pressão em mim mesma para fazer tudo direito. Ainda coloco.

A mãe solo me observava atentamente.

— É justo dizer que você sentia que o apelido lhe cabia?

— Sim. É por isso que no fundo me envergonhava. Eu não conseguia me defender quando Denise me chamava de Pam Perfeita, porque eu sabia que era verdade.

Quando chegou a hora do interrogatório pela defesa, Veronica Ramira revisou suas anotações por um momento antes de se levantar. Ela tinha o cabelo preso para trás com uma presilha de cada lado, dando um efeito juvenil. Eu sabia que isso era intencional, uma ilusão de ótica para o júri — tão facilmente como uma jovem poderia acusar o seu cliente de um ato horrível, outra poderia acreditar na sua inocência. Foi um toque inteligente da parte dela. Não que ela tenha recebido algum crédito por isso.

— Boa tarde, srta. Schumacher — disse ela agradavelmente.

— Olá — respondi. Sorrimos odiosamente uma para a outra.

— Quero começar naquela noite de sábado, 14 de janeiro — disse Veronica, saltitando pela mesa do júri com as mãos juntas confortavelmente na altura do umbigo. — Na noite anterior ao ataque. Quando você adormeceu?

— Não sei exatamente, mas algumas das garotas vieram ao meu quarto e disseram que iam comprar bolo quente do Jerry's, que fecha à meia-noite. Lembro que elas disseram que iam chegar bem na hora de fechar. O Jerry's ficava a uma caminhada de dez minutos d'A Casa, então estimei que era mais ou menos onze e quarenta ou onze e quarenta e cinco. Mas, quando elas chegaram em casa, eu estava dormindo.

— E como é que você sabe disso?

— Sei porque mais tarde uma das minhas irmãs subiu para me dizer que o bolo estava lá, mas me encontrou dormindo e decidiu não me incomodar.

— Então, no mais tardar, você adormeceu à meia-noite e quinze.

— Sim. — Assenti. — Parece certo.

— E você disse que acordou alguns minutos antes das três da manhã, correto?

— Está correto.

— Duas horas e quarenta e cinco minutos é um tempo significativo de sono, não concorda?

— Praticamente uma noite inteira para mim — falei, e algumas das juradas riram.

Veronica Ramira não se abalou. Preocupante, francamente. Ela tinha algo na manga; devia ter.

— Não sei quanto a você, mas fico bem grogue quando acordo de um sono profundo.

Não falei nada. Não havia pergunta.

— Você se sentiu grogue?

— Um pouco, a princípio. Mas, quando saí no corredor e vi que o lustre ainda estava aceso, despertei de vez. Sou maníaca por organização, e quando as coisas estão fora de lugar fico muito focada em corrigi-las. Eu estava determinada a descobrir por que o timer não estava funcionando. Isso me despertou.

— Isso é parte de ser Pam Perfeita?

Quando um dos jurados homem riu, quatro juradas balançaram a cabeça, cercando-o com expressões severas e de repreensão. Seu sorriso ficou frouxo e apologético.

— Se Denise estivesse aqui — respondi —, e eu queria muito que ela pudesse estar — minha voz ficou embargada enquanto eu pensava o quanto Denise também ia querer —, ela diria que sim.

Sequei as lágrimas e olhei de relance para o sr. Pearl. *Um pouco de emoção pode*, ele me disse, *mas o juiz Lambert não tem paciência para histeria*. O sr. Pearl inclinou o queixo para mim apenas um pouquinho. *Só um pouco.*

— E o que aconteceu?

Revisei pela última vez. A reprise de *I Love Lucy*. Os pratos sujos na sala de recreação. A brisa entrando pela porta dos fundos. A batida. O impulso reptiliano de derrubá-lo.

— E você acreditou que era Roger Yul na porta da frente, não é?

— Apenas por meio segundo, e então olhei de novo e percebi que era um estranho.

— Mas o lustre estava aceso. — Veronica Ramira ergueu o rosto para a luz forte do teto da sala do tribunal, deixando as cavidades dos olhos roxas. — Você diria que estava tão iluminado na entrada quanto está aqui?

— Quase isso — falei.

— Mesmo assim — disse Veronica, sem piscar —, você achou que era Roger.

— Só por um instante — repeti com certa medida de alívio, pensando que a estratégia dela enfim se revelara. Se era só isso o que ela tinha, eu daria conta. — Então me recuperei e percebi que não reconhecia a pessoa.

Veronica Ramira continuou rapidamente:

— Qual era o seu relacionamento com Roger Yul?

O frio leve na minha barriga intensificou, mas respondi rapidamente também, pois não queria ser vista paralisada.

— Ele era um amigo. Ele era membro da mesma fraternidade que meu namorado, e ele e Denise namoraram de forma inconstante por anos.

— Então você passava muito tempo com ele?

— Roger estava no grupo. A gente se via no mesmo lugar, com as mesmas pessoas, com frequência.

— Mas nunca sozinhos?

Foi aí que hesitei.

— N-não. Claro que não. Não passávamos tempo sozinhos.

Veronica Ramira disse, duvidosa:

— Você nunca ficou sozinha com Roger antes?

— Tenho certeza que houve momentos… ao longo dos anos. Quando alguém ia usar o banheiro, talvez, e sim, ficávamos sozinhos por alguns minutos.

— Durante um desses momentos, você e Roger se beijaram?

O banco das testemunhas foi concebido precisamente para ser o segundo maior destaque na sala do tribunal, inferior ao juiz, mas superior ao júri, com o objetivo de transmitir a importância da pessoa que presta o depoimento. Uma consequência não intencional deste layout é que ele fornece linhas de visão claras para a testemunha — você pode ver todos os espectadores na sala. Naquele momento, meus olhos caíram sobre a sra. Andora, que parecia ter acabado de ter uma revelação religiosa. Eu sabia o que ela estava pensando — foi por isso que o último rompimento foi tão ruim quanto foi. Foi por isso que Denise acabou no hospital por desidratação.

A voz de Veronica Ramira cortou como uma faca.

— Perguntei se você e Roger se beijaram, srta. Schumacher.

Eu precisava ver quão ruim isso era, então estava olhando para o sr. Pearl quando respondi:

— Ele tentou uma vez.

Ah, era ruim.

— Vocês se beijaram?

— *Ele me* beijou. E eu o empurrei imediatamente. Ele estava muito bêbado, e nem acho que ele se lembrava do que fez no dia seguinte.

Veronica Ramira sorriu como se esse fosse exatamente o tipo de descarga de culpa que ela esperava de uma garota que beijou o namorado de sua melhor amiga.

— E foi depois disso que Denise e ele terminaram, no dezembro antes do ataque, correto?

— Correto. Porque contei para ela o que ele fez. E ela ficou mortificada e me fez prometer que não contaria a ninguém.

Eu não havia contado, nem para os detetives e nem para o sr. Pearl, pensando que não importava, porque só havia duas pessoas no mundo que sabiam do beijo, e uma de nós estava morta. Eu presumira que Roger estivera bêbado demais para se lembrar, não apenas porque veio até mim com a coordenação motora de um zumbi, mas porque, quando Denise terminou com ele em dezembro, ela perguntou a ele se ele sabia por que ela estava terminando tudo de vez agora. Ele implorara a ela para explicar, e Denise se recusara, pensando que seria uma punição mais séria deixar a imaginação dele trabalhar. Eu jamais descobriria como isso chegou ao Réu e sua equipe, mas em algum momento Roger deve ter contado. Contou a alguém que se fez de bobo com Denise quando, na verdade, se lembrava de tudo.

— Tenho certeza de que ela ficou mortificada — concordou Veronica. — A melhor amiga dela e o namorado. Deve ter magoado muito.

Fiquei furiosa com a sugestão de que alguém além do cliente de Veronica Ramira havia machucado Denise.

— Eu jamais magoaria Denise. Eu a amava.

— Mas Denise estava chateada com você.

— Denise estava chateada. Mas não comigo.

— Pensei que você tivesse dito… — Veronica Ramira me deu as costas por um momento para folhear suas anotações com a mesa do júri. O Réu empurrou algumas páginas à frente, e eu soube pela forma como seus olhos se voltaram para cima e pelo sorriso que apareceu em seu rosto que Veronica Ramira sorrira para ele primeiro. — Obrigada, conselheiro — disse ela para ele antes de voltar com a memória refrescada e sem as luvas. — Antes, você alegou para o xerife Cruso que havia certa rusga entre você e Denise na época em que ela morreu.

Uma gota de suor doentio escapou da barra do meu sutiã, rolando com a pontaria de um jogador de boliche pela estrada nodosa da minha coluna. Não devia fazer mais que dezoito graus artificiais na sala do tribunal, e eu estava congelando.

— Eu disse isso — admiti. — Mas tinha a ver com a minha presidência. Às vezes, ela me achava mandona.

— Tenho certeza de que beijar o namorado dela não ajudou.

— Ela não pensava assim, porque não foi como aconteceu.

Um dos jurados estava sorrindo daquele jeito pequeno e nauseante. Duas mulheres brigando. Foi assim que ele ouviu. Eu queria um banho. Eu queria sair dali e levar meu vestido frio e suado direto para a lavanderia.

— E, algumas semanas depois, você pensou ver o namorado dela, que você beijou, na porta da frente, e então mudou sua história para protegê-lo. Foi isso o que aconteceu?

Antes que eu pudesse lhe dizer que ela havia inserido sua própria interpretação na questão, o sr. Pearl objetou exatamente por esses motivos.

— Protesto, Vossa Excelência.

— Concedido — disse o Juiz Lambert.

Veronica Ramira deu de ombros como se estivesse preparada para o golpe.

— Obrigada, Pamela. Não tenho mais perguntas.

— Adiado até uma da tarde para o almoço — disse o juiz Lambert, e bateu no bloco com o martelo.

Houve aquele levante congregacional semelhante ao de uma igreja, o balançar das pernas das calças, o estalar dos ossos sedentários, enquanto o juiz Lambert reunia a bainha de seu manto e descia do banco pelas costas com os joelhos rígidos, desaparecendo em seu corredor privado e seguro. As salas de tribunal são sempre concebidas de forma que o juiz não atravesse as áreas públicas para aceder ao tribunal, mas raramente com essa consideração em mente para as testemunhas. Isso significava que o zumbido semelhante ao de inseto das câmeras capturou o momento inoportuno em que quase cruzei com o Réu enquanto ele aguardava a hora do almoço. A imprensa derramou tanta tinta sobre seu brilhantismo tático que eu também estava beirando a doutrinação, e cerrei os molares posteriores na expectativa de que ele sorrisse para mim daquele jeito cortês dele, curvando-se para abrir o portão da divisória com a reverência.

— Você primeiro, senhora.

Belo advogado demonstra cavalheirismo pela estudante feia que o acusou de assassinato, Carl poderia ter legendado a imagem.

Em vez disso, o Réu, percebendo que estávamos em rota de colisão, fez algo que eu já tinha visto meninos fazerem mil vezes antes. Digo *meninos*, não homens, porque foi com a estranheza desajeitada de um adolescente cheio de espinhas que de repente ele não sabia o que fazer com as mãos, para onde olhar com seus olhinhos de porco. Este era o homem caracterizado pela imprensa como um Casanova mortal, como as mulheres nunca tinham encontrado antes, e ficava perturbado com a mera presença de alguém do sexo oposto. Ele virou as costas para mim e colocou as mãos em cima da divisória de madeira que separava o advogado do público, dizendo algo para sua mãe, que tinha um cabelo curto e grisalho e muitas vezes se vestia como uma dona de casa dos anos 1950, com uma saia longa e um cardigã curto. Ela estava olhando diretamente para mim e, embora seu filho tivesse mostrado sua mão um tanto mundana, o rosto dela era o rosto que eu continuaria a ver muito depois do fim do julgamento, aquele que atrapalharia minha vida, brevemente, e então me colocaria no caminho certo.

PAMELA

Issaquah, 2021
Dia 15.858

Em 1996, quando a Lei de Liberdade de Informação foi revisada para incluir arquivos de áudio e vídeo como documentos que o público podia acessar, pedi a gravação da suposta confissão do lago Sammamish do Réu, aquela que Carl mencionou no carpete da irmandade. Levou meses para eu saber que o pedido não poderia ser atendido porque tal arquivo não existia. Como prova, ou talvez um prêmio de consolação, os oficiais do governo enviaram cópias das conversas tortuosas do Réu com os detetives de Seattle que foram a Aspen questioná-lo nos dias após sua fuga.

Ouvi até a fita acabar, só para ter certeza. De fato, não havia confissão, mas havia outra admissão que seria útil para mim, envolvendo a identidade do pai do Réu.

Era sabido que a mãe do Réu engravidara aos dezesseis anos, consequência de um caso de amor de curta duração com o herdeiro de uma loja de departamentos na Filadélfia, que morreu num acidente de carro. Sem marido em cena, a mãe dele foi forçada a permanecer sob o teto dos pais. Durante os primeiros anos de sua vida, o Réu teve uma educação bucólica na casa de seus avós na Filadélfia, antes de se mudar para o outro lado do país para morar com parentes em Seattle.

Mas uma história mais sombria emergiu da fita que ouvi em 1996. Uma na qual o Réu falava mal de sua mãe, a mulher fraca que falhara em protegê-lo de espancamentos brutais sob o cinto de seu avô, que nem sequer se dava ao trabalho de trancar a porta do quarto à noite, que era quando ele forçava depravação na filha adolescente. Quando pressionado a dizer mais, o Réu se recusou.

Há pouco que se possa fazer para apoiar o rumor de que o Réu era fruto de incesto, mas há conexões suficientes na cadeia lógica para que eu acredite até os ossos. Em 1996, esse foi o empurrão que precisei para deixar a firma de direito de família na qual eu trabalhara por uma década e meia para começar a minha empresa, dedicada exclusivamente à mediação. A mediação pode ser uma opção quase omnipresente atualmente, mas nos anos 1980 e no início dos anos 1990 era uma alternativa experimental aos litígios de divórcio que os especialistas em bem-estar infantil esperavam que não só aumentasse a satisfação em torno da resolução de litígios, mas também reduzisse a carga de trabalho do sistema judicial. Columbia, minha alma mater, ofereceu um programa de treinamento experimental no qual me inscrevi por curiosidade, mas acabei adotando com fervor religioso. Foi a primeira vez que ouvi alguém propor uma abordagem à lei que centrasse o bem-estar das mulheres e das crianças. A mediação teve como objetivo manter as famílias fora dos tribunais, preservar a civilidade e promover a sua capacidade de trabalharem juntas no futuro, famílias com mulheres que exibiam a mesma expressão inquietante que a mãe do Réu no dia em que testemunhei no tribunal. Percebo até ecos de minha vida passada como presidente da divisão mais ao sul da minha irmandade no que faço, os desafios e recompensas de presidir trinta e oito mulheres brilhantes e teimosas que deveriam apoiar umas às outras como família. Mas, principalmente, continuo a ser atraída pela mediação porque sei melhor do que ninguém que os Assassinos Sexuais Americanos não nascem, que vêm de lares desfeitos e maltratados, de sistemas humanos que os fazem falhar muito antes de chegarem aos sistemas penais, e depois eles saem para um mundo que lhes diz que as mulheres merecem receber sua impotência e sua raiva.

Crianças criadas em ambientes hostis têm sete vezes mais chances de se tornarem agressores violentos quando adultas, e eu recebi a oportunidade única de atrapalhar esse padrão. Da pequena curva da estrada onde estou, segurando minha placa que indica um caminho melhor, não tenho escolha a não ser sentir uma gratidão beligerante.

Me lembro disso, todos esses anos depois, quando a resposta de uma antiga amiga da escola no Departamento de Justiça que rastreou meu pedido da Lei de Liberdade da Informação chega como um soco. O motivo original pelo qual o pedido não pôde ser atendido em 1996 não foi porque o arquivo não existia; e sim porque o arquivo não existia onde eu pedi que olhassem —

nos registros feitos pelos detetives de Seattle que visitaram o Réu na cela em Aspen depois da primeira fuga. Eu não fazia ideia na época sobre a segunda confissão que Carl obteve, que no meio dos anos 1990 a gravação ainda era parte de uma investigação ativa no caso do lago Sammamish e não era elegível para o conhecimento público. Nem sabia que, quando eles fecharam o caso e o arquivo devia ter se tornado disponível, alguém pôs as mãos nele e pediu que todas as cópias fossem destruídas — uma mulher de nome Rebecca Wachowsky, de Issaquah, Washington.

Rebecca ainda é casada com o irmão de Ruth. Os dois filhos deles são adultos agora — os filhos de Allen estudam na Universidade de Washington, Rebecca me conta quando me encontra fazendo o tour cronológico da vida deles como mostrado nas fotos acima da lareira. Pequenos jogos de liga e recitais de dança, vestidos de baile e formatura, casamentos e bebês para os dois.

— A minha faz trinta anos mês que vem — digo a Rebecca, aceitando o copo de água com limão que ela me oferece. O líquido ácido queima minha garganta por conta de uma casca que ela deixou por tempo demais. Eu disse a ela que sou uma advogada representando um membro da família de uma das vítimas antigas do Réu, trabalhando em uma lista de itens de evidência que o Estado não conseguiu localizar. Havia uma declaração judicial na minha bolsa para o caso de ela não me convidar para entrar, mas ela o fez, calorosamente, dizendo que, quando a mãe de Ruth morreu em 2001, ela descobriu um aviso do Departamento Federal de Prisões em uma pilha de correspondência antiga, alertando-a para a liberação dos pertences da filha dela das evidências e dando instruções de como pedir os itens. Rebecca continuou a limpar o resto da casa, presumindo que encontraria uma caixa com as coisas de Ruth em algum lugar, mas foi só depois que todas as prateleiras de todos os armários estavam reduzidas a pó que ela percebeu que sua sogra provavelmente nunca tinha feito nada além de ler o aviso e ignorá-lo.

— Shirley tinha dificuldade em reconhecer coisas que eram... desagradáveis — diz Rebecca enquanto me conduz pela escada acarpetada do porão. — Depois que a Ruth morreu, mal falamos o nome dela. Era tão triste, como se ela nunca tivesse existido. Eu não conseguia aguentar a ideia das coisas dela em um depósito em algum lugar, então fiz o pedido.

Ela acende a luz, revelando um porão que é metade sala de TV e metade depósito de caixas decorativas de armazenamento da Bed Bath & Beyond.

— Eu soube logo de cara que as coisas de alguma pobre garota se misturaram com as de Ruth — disse Rebecca. — Eu sempre me perguntei a quem pertenciam.

Rebecca se senta no carpete cinza e remove a tampa de uma lata de lixo de couro sintético com desenho hexagonal. Acho que tenho uma igual.

Ela começa a separar os itens que não reconhece como sendo de Ruth daqueles que ela reconhece: um top com flores amarelas, uma fivela de plástico branca, um livro de bolso com a capa arrancada. A primeira linha diz: *Por baixo da aba de camurça de seu chapéu de caubói, seu olhar era de um azul penetrante.* Ela inclina a cabeça sobre a caixa, os olhos indo de um lado a outro, e começa a fechá-la.

Dou um passo à frente, com o braço estendido como se dissesse: *Pare aí mesmo.*

— Você se importa se eu mesma olhar? Caso você tenha se confundido com algo.

O sorriso de Rebecca é protetor e vagamente ameaçador.

— É isso. Isso é tudo o que não era de Ruth. Pode ficar. Com sorte, a família reconhecerá. Quem são eles, se você não se importa que eu pergunte?

Há um momento em que me pergunto se deveria me esforçar mais para vasculhar a caixa antes de confessar tudo. Mas ela perguntou diretamente, e eu teria dificuldade em reconquistar sua confiança se ela olhasse para trás e percebesse que não respondi honestamente quando me deu a chance.

— Martina Cannon — respondo.

O rosto cautelosamente amigável de Rebecca entra em pânico. Ela enrola todos os membros ao redor da caixa, ancorando-a a si com o toque de um lutador.

— Saia da minha casa antes que eu chame a polícia.

Ela tenta ser ameaçadora, mas não consegue. Ela tem medo demais de perder Ruth.

Pego minha bolsa e tiro a pasta contendo a declaração judicial.

— Se você chamar, eles apenas serão obrigados a cumprir isto. — Rebecca se recusa a soltar a caixa por tempo suficiente para pegar a declaração, então explico. — É um documento juramentado da srta. Cannon, listando os itens que ela tem direito a receber como a parceira registrada de Ruth Wachowsky.

Com isso, Rebecca arranca o documento das minhas mãos, me cortando com o papel. Sibilo baixinho enquanto os olhos dela percorrem os itens listados. Ela bufa rudemente.

— Bem, não estou com o que ela quer.

— Se você continuar lendo — digo —, vai descobrir que não adianta mentir.

Rebecca examina o conteúdo freneticamente. Sei o momento em que ela o localiza — prova inegável de que os bens em questão foram liberados para ela —, porque todo o seu corpo fica frouxo. É a resposta da minha antiga amiga da faculdade de direito confirmando a identidade da pessoa que solicitou a gravação de Carl após o encerramento do caso do lago Sammamish, bem como uma cópia do formulário de liberação, negando o acesso público ao arquivo, como era o direito da família em um caso no qual não houve condenação. A fita de confissão é distintamente humana, hereditariamente única. Não há cópias feitas, não há mais chances depois disso.

— Queremos ficar com a gravação apenas por tempo suficiente para que uma cópia seja feita para a minha cliente — digo a ela. — Ela está disposta a devolver a original a você.

Rebecca deixa as páginas da declaração flutuarem para o chão. Ela dobra o corpo sobre a caixa, apoiando a bochecha em seus ângulos duros como se fosse um travesseiro. Ela está respirando profunda e ruidosamente como se fizesse ioga, choramingando um pouco ao expirar.

— Você tem nossa palavra de que devolveremos a original — garanti.

— Bem, eu não *quero*. — Rebecca chora, petulante. — Não depois que ela também tiver. — Ela me olha, de nariz escorrendo e furiosa. — Eu conhecia Ruth desde que tínhamos três anos. *Eu* a conhecia.

— Nosso objetivo é ficar longe dos tribunais com isso — digo com o tom cuidadoso que uso em mediações altamente emocionais vários dias por semanas —, mas a única forma de fazer isso, e para garantir que seu marido não descubra o seu relacionamento com a irmã dele, é se você estiver disposta a cooperar.

— Vou te dar — rosna Rebecca. — Tá? É só que... — Ela segura a caixa como se fosse uma jangada no meio do Atlântico. — É como se nunca tivesse havido espaço para como *eu* me sinto. A única hora em que não tenho que esconder o quanto sinto a falta dela é quando estou aqui embaixo.

Ela gesticula. *Aqui*, naquele porão onde o antigo Atari de Allen ainda está no armário com os cantos lascados, todos os resquícios da vida que ela realmente nunca quis, embalados e guardados, não despertando mais alegria, se é que alguma vez despertaram. Estou ardendo de desprezo por Rebecca. *Acho que você teve a chance*, penso, *de abrir espaço para si mesma, mas foi covarde demais.*

E pode ser que eu tivesse sido também, não fosse por Tina. Não há dúvida na minha mente de que eu teria me tornado advogada mesmo se o Réu não tivesse invadido a casa naquela noite, mas teria sido uma prática sem paixão, algo que eu faria para tentar me conectar com o meu pai porque não tinha conexão real comigo mesma. Em vez disso, vivi os últimos quarenta e três anos com propósito, não sem odiar o que aconteceu nas primeiras horas do dia 15 de janeiro de 1978, mas por causa disso.

É justo que eu tire de Rebeca o que pertence por direito à pessoa que me ajudou a conviver tão bem com minha dor.

Rebecca mora em um desses bairros com uma comunidade ativa, pessoas que compram cachorros só para ter uma desculpa para patrulhar o bairro algumas vezes por dia e postar sobre isso online. *Meu Deus, pareço paranoica*, disse Tina com uma risada forçada e nervosa. Antes de me deixar na calçada de Rebecca, ela apontou para a loja de conveniência próxima, onde esperaria por mim. Ela estava preocupada com a possibilidade de Rebecca vê-la e fazer algo maluco, como destruir a fita com os dentes.

Quando me aproximo do estacionamento do QuikTrip, Tina está sentada no banco do motorista com as mãos juntas no colo e os olhos fechados. Por um momento, tenho certeza de que está morta, de que a preocupação sobre o que aconteceria desencadeou um ataque do coração. Bato na janela levemente, sem querer lhe dar um susto caso ela esteja apenas meditando.

Os ombros de Tina se erguem ao expirar, então sei que está viva, embora esteja com muito medo de abrir os olhos. Começo a balançar a cabeça, então *sim* é a primeira coisa que ela vê. *Sim*, consegui. *Sim*, acabou.

Ela, enfim, olha para mim pela janela do motorista e assente estoicamente. É quando dou a volta na traseira do carro que ela faz o barulho. É algo que sai de seus dois dentes da frente, cruel e contundente, um som que está preso dentro dela desde o governo Carter, mais antigo que o Tamagotchi e o chá gelado da Snapple. Me sento ao lado dela, chorando porque um dos meus maiores medos na vida era que ela nunca se livrasse disso, e agora ela está livre e, do meu jeito, eu também.

RUTH

Issaquah
14 de julho de 1974

Os âncoras do noticiário noturno de Seattle haviam feito uma aposta ao vivo sobre o tamanho da multidão esperada no lago Sammamish no domingo. A mulher de cabelo tingido de ruivo disse que de jeito nenhum chegaria a trinta mil e, enquanto eu passava pela placa de madeira pintada do parque, pensei em como ela teria que pagar na segunda-feira.

Os carros estavam estacionados tão próximos que famílias inteiras tinham que sair deles pelo porta-malas. Havia um banner dando boas-vindas ao Departamento de Polícia de Seattle ao seu anual piquenique de verão, outro anunciando canecas de vinte e cinco centavos de uma cervejaria local, música ao vivo, sorvete grátis. Cães perseguiam frisbees voadores; ao longe, veleiros perfuravam preguiçosamente o horizonte. Tina poderia estar em qualquer lugar, mas decidi começar pela Tibbetts Beach, perto do campo de softball. Lá costumava ser mais silencioso, atraindo grupos de alunos esgotados do ensino médio e, por consequência, menos crianças, mas naquele dia não havia lógica na multidão. Os esgotados passavam baseados ao lado de crianças brincando com seus baldes e pás. Ninguém reclamava e ninguém ameaçava chamar a polícia; todos estavam felizes por terem encontrado um lugar.

Em Sunset Beach, eu estava com tanto calor e desconfortável que não aguentei mais. Larguei minha bicicleta e tirei o vestido azul-escuro. Por baixo, eu usava o biquíni preto de Tina. Um grupo de adolescentes concordou em tomar conta das minhas coisas enquanto eu mergulhava.

O lago estava quente e oleoso de loção bronzeadora, mas fui cada vez mais fundo, até que a água verde-musgo deixou meus próprios membros embaçados para mim, e então tapei o nariz e mergulhei a cabeça. Debaixo d'água, eu ri, maravilhada. Não há nada no mundo como saber que você fez exatamente a coisa certa. Eu iria reencenar tudo para Tina quando a encontrasse. Como, enfim, enfrentei minha mãe e, ao fazer isso, honrei a memória de meu pai mais do que jamais poderia ter feito se tivesse ficado sentada em silêncio e suando em seu jardim memorial enquanto as pessoas se levantavam e mentiam sobre quem ele era. Tina se apegaria a cada palavra e poderia até me implorar para contar-lhe tudo novamente.

Voltei para a costa, torcendo meu longo cabelo, e as garotas da escola me ofereceram uma toalha quando me viram me secando com o vestido de Tina. Eu as vi encararem meu corpo da forma como eu costumava encarar mulheres bonitas quando era pequena, me perguntando se eu cresceria e seria assim.

Eu lhes agradeci e espalhei a toalha na grama, deitando de costas, deixando, ao menos uma vez, o sol decidir o que fazer comigo. Eu tinha vinte e cinco anos e raramente passava tempo de biquíni. Biquínis eram para piscinas e praias, e piscinas e praias eram para mulheres que não precisavam de maquiagem. E, de alguma forma, eu era uma dessas mulheres agora! Passei os dedos na grama, imaginando como Tina olharia para minhas coxas bronzeadas mais tarde.

Uma sombra fria me tampou.

— Com a sua licença, moça?

Abri os olhos, esperando ver alguém bem mais velho. Ninguém da minha idade dizia *com a sua licença* sem revirar os olhos. Mas o cara parecia ter a minha idade, usando um uniforme de tenista todo branco que realçava seu belo bronzeado. Seu cabelo estava perfeitamente penteado para o lado, e seu braço esquerdo estava embalado perto do corpo em uma tipoia. Ele não era nem um pouco feio.

— Posso te pedir ajuda com uma coisa? — Ele sorriu, meio inocente.

Eu me sentei.

— Eu tinha que encontrar alguns amigos aqui para me ajudar a descarregar meu barco no carro, mas não consigo encontrá-los. — O homem semicerrou os olhos para o mar de pessoas, uma última tentativa de vê-los. — Eu faria sozinho, mas... — Ele sorriu para o braço ruim.

Ao meu lado, a conversa havia cessado. Eu podia sentir as meninas do ensino médio se aproximando, ouvindo para se divertirem, mas também curiosas sobre como homens e mulheres se conheciam no mundo real. Algo semelhante a uma solidariedade divertida emanava de uma dona de casa à minha direita, nós duas com idade suficiente para reconhecer a cantada pelo que era.

Dei um tapinha na minha toalha.

— Por que você não se senta aqui e conversamos um pouco? Cadê o barco?

O homem se agachou com cuidado, se encolhendo enquanto apoiava o braço ferido no joelho.

— Fica aqui na casa dos meus pais em Issaquah. Bem pertinho.

— Eu sei. Eu cresci em Issaquah.

— Onde?

— Perto da floresta. Mas estou mais perto da universidade agora.

— Você está perto de um dos meus bares favoritos.

— Dante's — dissemos ao mesmo tempo.

— Meus amigos acabaram de se apresentar lá — disse ele. — No último sábado. The Lily Pads?

Dei de ombros. Nunca tinha ouvido falar.

— Eles tocam muito bem. Meio folk, mas ainda dá para dançar. Você devia ir vê-los quando estiverem na cidade. Poderíamos ir juntos.

Olhei para a dona de casa. Ela sorriu com conhecimento de causa enquanto passava protetor solar no rosto de um de seus filhos, que se contorcia. Ela usava um maiô modesto que começava na clavícula e terminava alguns centímetros acima dos joelhos. Eu podia imaginar que ela estivesse pensando que tinha a minha idade não muito tempo atrás.

— Talvez — falei, sem querer magoar os sentimentos dele, mas também não dar esperanças.

— Eu poderia te deixar em casa depois que levarmos esta coisa para o porta-malas — ofereceu ele. — Ou você é bem-vinda para navegar comigo e meus amigos quando eu os encontrar.

— Por que seus pais não podem te ajudar?

— Meu pai acabou de operar as costas. Minha mãe — ele levou um dedo aos lábios e abaixou a voz, como se fosse dizer algo que não era legal — não é uma mulher muito forte.

— Entendo — falei em um tom cortado. — Então você buscou a mulher que parecia mais forte na praia.

— Suponho que eu busquei a mais esperta — respondeu ele suavemente. Havia algo aristocrático na forma como ele falava, em seu corpo um pouco forte e seus shorts brancos engomados. Eu queria dizer para as meninas que os homens não costumam ser educados assim quando te perturbam, que na verdade esse me pareceu tão estranho que eu não conseguia imaginá-lo com uma namorada, ou sequer com o grupo de amigos que devia encontrá-lo ali. Me senti mal por ele de repente. Me perguntei se os amigos tinham dado um bolo nele. Ele parecia ser aquele cara no grupo, o que aparece sem ser convidado.

— Qual é o seu nome? — perguntei.

Os olhos dele ficaram enrugados quando ele olhou para mim.

— Qual é o seu?

— Ruth.

— Ruth. — O homem estendeu o braço bom. Ele deu um puxão firme na minha mão, mantendo o contato visual.

Eu apontei.

— Como isso aconteceu com o seu braço?

— Raquetebol.

Ri dele. Não consegui evitar. Eu não conhecia ninguém que usasse shorts assim, que jogasse tênis, tá, mas *raquetebol?* Por um momento, me perguntei se era mentira. Esse era o tipo de fingimento que existia apenas na Costa Oeste.

Ele abaixou a cabeça, apropriadamente encolhido.

— Aprendi para jogar com o meu chefe. Acho que eu não sou tão bom.

— O que você faz?

— Sou advogado. Bem, estou estudando para ser. Faltam dois anos. Sou estagiário em uma firma no centro agora.

— Qual firma?

— Baskins-Cole?

— Ah sim. Acho que já vi um anúncio deles no jornal.

— Fazemos principalmente direito coorporativo. — Ele deu de ombros como se isso explicasse, caso eu não tivesse ouvido falar deles.

Passei minha mão de um lado a outro na grama, olhando para o sol formando dobras na superfície do lago. A dona de casa agora moderava uma discussão entre dois de seus filhos sobre quem ficaria com o último palito de picolé.

— Eu devia encontrar meus amigos bem aqui — disse o homem, um tanto triste —, nas mesas de piquenique na Sunset Beach. — Ele olhou ao redor mais uma vez, caso eles aparecessem enquanto falava. — Provavelmente me deram um bolo.

Ele riu, mas não parecia estar brincando. Me senti mal por ele. Era o tipo efeminado, que provavelmente tinha dificuldade em fazer amizade com homens. Meu irmão teria tornado o ensino médio horrível para ele. CJ também. Pensei no empresário que foi ao bar do meu pai todos aqueles anos antes, longe de casa e em busca de alguns minutos de conversa.

— É melhor você me apresentar aos seus pais — falei, me levantando e colocando o vestido azul-escuro por cima do meu biquíni molhado. Ainda havia algo nele que me incomodava, e eu não queria ser gentil demais, para não dar a ideia errada. Eu queria que ele entendesse que eu estava indo porque ele precisava da minha ajuda e parecia um pouco triste, porque naquele domingo houve uma explosão galáctica de luz solar e liberdade, porque a vida tem um jeito de cambalear seus marcos, e eu tinha certeza de que tinha um longo caminho a percorrer até chegar ao próximo.

Eu admiti para mim mesma que algo estava errado com ele no carro, mas, em uma interação letal entre a negação e o decoro, mantive a conversa em uma cadência reluzente.

Falei sobre a escola de culinária e como ajudei minha amiga Tina a passar no exame de jurisprudência. Eu vi uma pontinha de algo frio nele quando mencionei o exame — ressentimento, embora não pudesse ser verdade. Ele era estagiário na Baskins-Cole, e isso parecia uma impossibilidade hierárquica.

Saímos da I-90 e paramos no sinal, subindo para as montanhas. Não conseguimos fechar o porta-malas com minha bicicleta dentro, mas ele prometeu dirigir devagar. Quando ele disse que seus pais moravam em Issaquah, imaginei uma rua como a minha. As casas por cima uma das outras e crianças brincando no quintal, pais cortando a grama em seus mocassins de final de semana. Não que aquilo não fosse Issaquah, é só que muitas das casas ali em cima eram segundas casas para famílias ricas de Utah.

— Vocês moram aqui o ano inteiro? — perguntei.

— Eles moram agora — disse ele, me dando um sorriso como se dissesse que era uma ótima pergunta. — Eles venderam a casa no Leste quando meu pai se aposentou.

Ele era da Costa Leste. Eu sabia.

— Onde na Costa Leste?

— Filadélfia — disse ele, virando na entrada da garagem de uma espaçosa casa estilo alpina com telhado e persianas verdes, quase escondida entre as árvores. Era silenciosa e isolada, mas havia um Chevy preto brilhante estacionado, recém-lavado, e as luzes estavam acesas lá dentro. — Carro do meu pai. — Indicou ele com o queixo. — Isso ablaca as preocupações?

O sorriso dele era autodepreciativo.

Pisquei para ele, sem saber se devia corrigi-lo ou não.

— *Aplaca* — falei.

Ele parou o carro e olhou para mim com incômodo genuíno.

— O que eu disse?

— Você disse *ablaca*, mas tenho certeza de que é *aplaca*.

Ele tentou rir, mas eu vi que estava envergonhado.

— Estou a vida inteira dizendo errado. Que ótimo. — Ele abriu a porta. — O barco fica na garagem.

Hesitei.

— Você disse que ia me apresentar para os seus pais.

Ele olhou para a casa, se equilibrando em seus calcanhares. Havia luz lá em cima e uma nos fundos da casa, que dava para o lago.

— Parece que meu pai enfim se levantou. Ele está dormindo até tarde por conta do remédio para dormir. Deve ser minha mãe na cozinha com certeza. — Ele balançou as sobrancelhas, travesso. — Ela está fazendo um assado para o jantar. Eu devia dizer a ela para comer mais peixe, mas você é bem-vinda para ficar se estiver com fome.

Abri a porta e saí na entrada de pedrinhas.

— Não quero incomodar — falei, embora em certo nível eu entendesse que estava participando de uma performance feita para me deixar calma e cooperativa. Eu sabia que havia um motivo sombrio por trás do convite para jantar; mas ainda esperava entrar na casa e encontrar a mãe dele dourando cebolas e cenouras no fogão.

A casa era linda e de bom gosto; eu podia ver como uma pessoa como ele viera de um lugar assim, e isso me deixou relaxada também, conseguir entendê-lo, pois achei seus maneirismos antigos estranhos, quase como se ele fosse de outra década, ou estivesse atuando em um filme sobre pessoas de outra década. Ele nascera rico, percebi, indo para os fundos da casa. Nem Tina nascera rica. Fazia sentindo que uma pessoa assim pudesse agir de forma um pouco estranha. Não é como se houvesse muitas delas no mundo.

A casa estava decorada como se fosse de férias ou um resort de inverno de luxo. Chifres de animais de vários tamanhos estavam pendurados acima da velha lareira de tijolos. Os móveis eram de couro marrom-escuro, com travesseiros e cobertores de flanela espalhados. Era tudo muito macio, muito acolhedor, mas, por mais que me enojasse admitir, os cômodos passavam uma sensação de abandono. Em qualquer outro dia sombrio, eu poderia não ter percebido, mas aquela luz de domingo lançava uma trilha de poeira pela sala de estar. Olhei as fotos dos pais dele na mesinha lateral coberta com um centro de mesa e comecei a tremer. Eles tinham aparência normal e estavam cobertos por uma fina camada de sujeira.

Eu podia ouvi-lo na cozinha conversando com a mãe sobre mim.

— Não consegui encontrar os caras em lugar nenhum, mas encontrei alguém gentil o suficiente para me ajudar com o barco. Caramba, está uma confusão por lá.

Segui a voz dele para dentro da cozinha, arrumando meu cabelo para a mãe dele, puxando a bainha do vestido azul-marinho de Tina.

— Aqui está ela — disse ele enquanto eu entrava na cozinha. Havia um sorriso em sua voz, mas não em seu rosto. Seu braço estava inclinado em um ângulo de noventa graus, a tipoia contra a caixa torácica, a arma em sua mão na altura do quadril e meio que inclinada para o lado, de modo que eu estava meio esperando que ele dissesse: *Ei! Olha o que encontrei aqui!* em seu estranho dialeto britânico. Ele mirava e a mostrava para mim na mesma medida.

Devo ter parecido muito estúpida, olhando ao redor da cozinha em busca de sua mãe. Esquerda, depois direita, como se eu estivesse me preparando para atravessar a rua. Ele estava conversando com ela. Talvez ela estivesse na despensa pegando a farinha? A carne assada pedia um *roux*. Em breve eu estaria falando palavras assim com pessoas como eu, pessoas que não olhariam para mim como se eu tivesse duas cabeças. *Roux. Au poivre.*

— Tire a roupa — disse ele.

Eu já tinha ouvido pessoas descreverem estupradores e assassinos antes. Como seus olhos ficavam sombrios e elas viam o mal puro. Mas o homem que vi diante de mim era o mesmo que vi no lago, no carro. Eu tinha visto esse homem o tempo todo. Eu o vi e fui com ele mesmo assim, porque ele pediu minha ajuda e eu já havia negado isso a minha mãe naquele dia. Eu teria sido uma verdadeira vadia se dissesse não a alguém pela segunda vez em vinte e quatro horas.

— Você não vai usar isso — falei para ele, uma coisa especialmente insana de se dizer, e foi exatamente por isso que disse. Pensei que podia fazê-lo compreender o vão entre o que ele estava fazendo e quem ele era, porque era um mergulho insano, um nado de morte. Ele era um estudante de direito em uniforme de tênis e havia quebrado o braço jogando raquetebal com seu...

Eu não havia notado a princípio, mas, quando notei, o terror gelado se acumulou no meu peito. A tipoia estava pendurada em seu pescoço, enrugada de suor e repugnante como uma camisinha usada. O que quer que estivesse quebrado nesse homem, não era um osso do braço.

Houve vezes, com CJ, que eu também tive nojo, em que eu não queria que nossas peles se tocassem, em que eu tive que ranger os dentes e torcer para que ele acabasse. Pelo menos eu não precisava fingir gostar agora, pensei. Pelo menos.

Depois, ele me amordaçou com um pano de prato mofado e me amarrou a uma cadeira entre as janelas da frente, usando a mesma corda escura torcida que teríamos usado para amarrar o porta-malas do carro dele depois que carregássemos o barco. O pano podre bloqueou a risada na minha garganta. *Ah, Ruth,* falei gentilmente para mim mesma, *não tem barco.*

Eu estava virada para o lago cujo cheiro ainda podia sentir no meu cabelo, a milhares de metros abaixo. Era como se ele quisesse que eu apreciasse a vista. A porta se fechou atrás dele e o motor do carro pegou; o som do cascalho cedendo sob a borracha. Ele estava indo embora. Chorei porque tinha acabado e não tinha sido tão ruim assim, certo?

Torci os pulsos nas cordas, a princípio em silêncio. O grito que se acumulou em mim teve alcance; eu tinha que garantir que ele estivesse longe antes de usá-lo. Tentei girar, balançar, serrar, balançar no assento da cadeira, mas as cordas estavam tão apertadas que não consegui nem formar bolhas na pele. Gritei e gritei até que meu queixo ficou babado de saliva e minha visão manchada, com buracos negros queimando nas bordas.

Cheguei a outra onda de alívio, o tipo que deve vir depois de uma cirurgia muito temida. *Acabou. Ficou para trás. Posso seguir com a vida agora.* O horizonte do lago cortou o sol ao meio como uma mulher na caixa de um mágico, deixando-o laranja. A cozinha estava escura e o ar úmido. Olhei para baixo e vi arrepios em meus joelhos bronzeados. Já fazia muito tempo que eu não me bronzeava.

Pensei de novo que o que acontecera não fora tão ruim, no grande esquema das coisas. Esse tipo de coisa acontecia com as mulheres o tempo todo, e elas ainda se apaixonavam, tinham carreiras, bebês se quisessem. Eu não tinha sido desfigurada nem perdido alguma habilidade importante, como meu olfato ou paladar. Eu não havia perdido a pessoa que eu amava. Pensei em Tina, e o alívio se transformou em uma gratidão tão pura e intensa que me perguntei se eu tinha sido drogada ou algo assim.

Foi então que ouvi a voz da mulher. A doçura nela me elevou ainda mais. *É bem melhor do que você disse!* Mesmo depois de processar as palavras dela, mesmo depois de ouvir a resposta dele, com aquele afeto peculiar e maligno, uma espécie de euforia permaneceu comigo até o fim.

Minhas costas estavam contra a parede, a garagem atrás de mim, a porta da frente à minha direita. Eu não tinha como vê-los pela janela. Pensei em Tina, na forma como ela se sentava na bancada da cozinha balançando os pés e mordiscando queijo enquanto eu cozinhava, de forma que eu sempre tinha que ralar mais, e pensando sobre a escola de culinária onde eu aprenderia a picar adequadamente ervas folhosas, e fiquei maravilhada com a inutilidade de tudo isso, com o momento, que parecia específico à sua maneira. Por que não um ano antes, quando não havia nada para tirar de mim? Era como se ele tivesse vasculhado a praia em busca da mulher mais feliz.

A garota do lado de fora disse: "Ei!" daquele jeito engraçado e indignado, e então os dois entraram espremendo-se pela porta à minha direita, como uma espécie de dupla de comédia em preto e branco da qual meu pai costumava rir na TV. Ela era alguns anos mais jovem do que eu, jovem o suficiente para parecer invencível, incomodada e destemida, mesmo com o cano de uma arma marcando sua bochecha. Eu queria me abrigar em sua arrogância adolescente enquanto pudesse, mas esta foi destruída no momento em que ela viu a dor mutilada em meu rosto.

———

— Digamos apenas que foi um caos. — O Réu riu. — Com nós três lá. Caos total.

O rosto de Tina é terreno na luz de Seattle. Estamos sentadas em cadeiras de teca no pátio de pedra de sua casa na ilha Vashon, com lã da Patagônia fechada sob nossos queixos. As montanhas Cascade estão refletidas no espelho do som, e estamos com um pé nos dois mundos. Aquele em que temos que imaginar como terminou para Ruth e aquele em que não o fazemos.

———

As pessoas morrem por vários motivos. Câncer, acidente de carro, velhice. Essa garota, cujo nome jamais saberei, para cujos pais eu jamais poderia contar — ela morreu de luta. *Eu vi* acontecer. Ela estava socando a cabeça dele, o pescoço, o punho esquerdo e depois o direito. O golpe final pareceu se conectar a alguma tomada invisível. Houve uma explosão brilhante; uma interrupção que parecia a própria eletricidade. A interrupção nos campos magnéticos fez tremer a casa e o fez voar para longe dela. Ele caiu amontoado, uma pilha de seus próprios membros, e cochilou por um momento. Eu esperava por uma concussão, por um sangramento cerebral, pela morte dele e, embora não tenha conseguido isso, suponho que consegui a segunda melhor coisa.

Eu vi nele inteiro enquanto ele se colocava de pé com dificuldade, beijando seus nós dos dedos queimados, enquanto se aproximava de mim com o cuspe dela brilhando em seu rosto. Ela o assustou pra caralho. Ele era tão mortal quanto eu, diminuído por tudo o que havia lá fora, o que quer que tivesse dado a ela uma luz incandescente no final.

Eu não tinha muito tempo, mas tive tempo suficiente para voltar à cozinha com Tina, sentindo o cheiro de manjericão e manteiga queimada. Nunca se deve dar as costas à manteiga que você está tentando derreter, mas eu tinha que ralar mais queijo — Tina e seus dedos pegajosos — e não tinha reparado na espuma enegrecida até ser tarde demais para salvá-la. Eu estava lavando a panela, xingando Tina e rindo quando aconteceu. *Olha só o que você me fez fazer!*

— Eu sinto muito — diz Tina, pressionando o nariz às costas das mãos enquanto as lágrimas caem e caem. — Meu Deus, eu sinto muito, Ruth.

A Corte: Há algo que você queira declarar para a Corte?

O Réu: Com certeza tem. Vocês acharam que poderiam escapar sem que eu dissesse algo?

A Corte: Ah, não. Se eu pensasse que sim, não teria perguntado.

O Réu: Eu gostaria de falar da escolha do júri, mas apenas brevemente. Lembro que, quando mencionei a questão mais ou menos há uma semana sobre me representar, a Corte disse: "Bem, se você fosse neurocirurgião, não se operaria."

E comecei a pensar nessa analogia em sua perspectiva real e falei: "Bem, pense na educação que um neurocirurgião tem. Há alguns neurocirurgiões que eu preferiria ter me representando em um julgamento criminal do que alguns advogados."

Porque, vamos analisar a profissão médica. Quatro anos de medicina, mais seis, sete, oito anos de residência antes que possam caminhar sozinhos. Pense nisso.

Temos advogados fazendo cirurgias de cérebro depois de três anos. Meio que no sentido simbólico. Não há nada que impeça um recém-graduado de direito de representar uma pessoa em um julgamento. E acho que esse é o atalho da profissão legal.

É como uma incrível tragédia grega. Deve ter sido escrita em algum momento. Deve haver uma daquelas peças gregas antigas que retrata as três faces do homem. E não sei como a corte pode conciliar esses três papéis, porque penso que são mutuamente inclusivos. E penso que a corte, apesar da sua experiência e sabedoria, é apenas um homem.

E direi à corte que realmente não posso aceitar o veredito porque, embora o veredito tenha concluído, em parte, que esses crimes foram cometidos, eles erraram ao descobrir quem os cometeu. E, como consequência, não posso aceitar a sentença, mesmo que ela seja imposta... É a sentença de outra pessoa que não está aqui hoje.

— *Comentários finais do Réu, 1979*

PAMELA

Nova Jersey, 2019
Dia 14.997

Não faz muito tempo, eu estava na fila do Summit Starbucks quando ouvi a risada distinta do juiz Lambert atrás de mim. Passei minha língua pelos dentes, usei a mão para consertar os pelinhos despenteados das minhas sobrancelhas arqueadas, mas antes de perceber que não importava se eu estava usando batom quando não devia porque o homem que merecia meu sorriso mais desagradável estava morto havia uma década.

— Acho que é mais perto do final — disse uma voz de garota, e havia os sinais ásperos e reveladores de um vídeo, parando e começando, trechos de piadas que o juiz Lambert conseguiu incorporar em seus comentários finais, mesmo quando condenou um homem à morte na cadeira elétrica.

— Deste tribunal para contar duas das acusações…

— Você avançou demais.

— Não avancei, não. É depois da sentença.

— É aos quarenta e sete minutos — disse uma terceira voz. — Sou totalmente esquisito por saber disso, mas estou muito envolvido.

— Cara, quem não tá? — disse a garota usando o moletom azul-escuro da Drew University. A essa altura, eu já havia fingido olhar para a fila do banheiro, localizada atrás deles. Tinha sido lançado um novo documentário, de alto custo, e tantas pessoas o assistiram, inclusive eu, que fiquei preocupada que o banner com o rosto do Réu nunca desaparecesse da página inicial na tela da minha televisão.

— Aí! — gritou a interlocutora, bem quando cheguei no caixa.

Absurdamente, pedi um Venti Chai Latte enquanto o juiz Lambert dizia ao Réu que algum dia, em breve, uma corrente de eletricidade passaria por seu corpo até que ele fosse declarado morto pelo guarda, e que ele deveria, ainda mais absurdamente, se cuidar.

— Obrigado, Vossa Excelência — respondeu o Réu, um tom distorcido na voz, como acontece quando você grava um vídeo novo de um vídeo velho e o coloca no YouTube. Coloquei meu cartão de crédito na maquininha, uma tecnologia que, assim como a empatia do juiz Lambert por mim e minhas irmãs mortas, não existia em julho de 1979.

— Digo isso a você com sinceridade — o juiz Lambert reiterou em um tom parental. — Cuide-se. É uma tragédia para este tribunal ver o total desperdício de humanidade que vi nesta corte.

Inseri a gorjeta customizada. Um dólar, toda vez, porque vinte por cento do meu pedido é oitenta e um centavos e isso é pior do que gorjeta nenhuma.

— Você é um jovem brilhante — continuou o juiz Lambert solenemente. Uma das garotas murmurou "puxa-saco" e a amiga fez *shhh* pra ela alto. — Você se saiu um bom advogado, e teria adorado ver você praticar diante de mim. Mas você foi para o outro lado, parceiro. Cuide-se. Não tenho nenhuma animosidade, e quero que entenda isso.

— Que nojo. "*Parceiro*"?

— Legal da parte dele dizer que não tem animosidade. E as famílias de todas as garotas que ele matou? Sequer sabemos os nomes delas? Ou algo sobre elas?

— Claro que não. Enquanto isso, quantos outros filmes já temos sobre ele? E desta vez ele é interpretado pelo *Zac Efron*?

— Ele nem era gostoso assim. Esses olhinhos.

Houve uma vibração de lábios, e eu sabia que a garota atrás de mim estremeceu do jeito que acontece quando algo ou alguém lhe dá calafrios.

Eu queria me virar e dizer às garotas para assistir ao que acontecera antes do tenro discurso de despedida do juiz Lambert. Eu queria dizer a elas como o Réu pedira e recebera permissão para falar com a corte, e como ele havia protestado histericamente em favor de sua inocência por trinta e quatro minutos (marquei o tempo). Se você o tivesse colocado em trapos sujos em uma esquina, as pessoas passariam correndo com a cabeça baixa, evitando o contato visual com o louco e, ainda assim, a *esse* desempenho burro o juiz respondeu com o coração mole, nomeando o Réu como algum tipo de sábio. Eu queria dizer a essas garotas que elas ainda estavam sendo manipuladas, porque o documentarista omitiu o jargão do Réu do episódio, ou talvez ele simplesmente não tenha cavado fundo o suficiente para encontrá-lo, ou pior, não entendeu por que seu discurso velado a idiotice importava para a história. O que valia a ira delas não era um velho em um videoclipe antigo lamentando o futuro arruinado de um protegido em potencial, é que nunca houve nada para lamentar. O Réu exibia sua verdadeira natureza com demonstrações audaciosas de inépcia repetidas vezes, e eu queria dizer a essas garotas, queria dizer a todos naquele Starbucks, que elas deveriam ficar com raiva porque o esforço e o dinheiro foram gastos para tirar o pó da história e contar isso outra vez para uma nova geração, apenas para o cineasta usar nos olhos as mesmas vendas que os homens que escreveram as manchetes quarenta anos antes.

— Qual o nome? — o barista me perguntou, o canetão preto a um centímetro do copo de papel.

— Pamela — respondi, e dei um passo para o lado.

As garotas pediram um monte de coisas geladas com espuma extra, embora fosse fevereiro e mal fizesse quatro graus lá fora. Elas não poderiam ser mais velhas que Denise, para sempre com vinte e um anos. Minha filha costumava implorar para que eu a levasse até aquela loja no shopping, mas eu nunca consegui entrar por causa do nome.

Foi minha filha quem me mostrou que, embora tenha havido documentários antes, o que há de diferente na última adição ao cânone não é sua estética tênue de arte — é a mídia social de tudo, as mulheres no Twitter e no Instagram que são tão unidas por causa dessa merda que algemaram o produtor de cinema vencedor do Oscar e um senador ganancioso fora do Congresso no meio de seu mandato. É um clima que também atribui mais valor ao meu lado da história. Não que eu tenha respondido a algum dos pedidos de entrevista, nem mesmo aos de boas pessoas nos bons lugares. O risco ainda era muito grande de que a mídia pudesse comprar e vender a minha história em partes, tratando-a como uma peça de roupa a ser adaptada às medidas específicas do Réu.

Mas enquanto ouvia aquelas garotas destacarem o chauvinismo educado naquele trechinho, me perguntei se talvez fosse hora de pescar meu nome nas notas de rodapé; descosturar a mentira dele.

PAMELA

Issaquah, 2021
Dia 16.145

Tina estaciona ao lado da estrada, ao lado de uma encosta comum de Issaquah.

Seguimos pela antiga trilha de terra batida, com pacotes de variedades de samambaias amarrados ao nosso peito. No alto, os galhos estão salpicados de botões em forma de lágrima, sinais da primavera depois de um inverno cinzento e chuvoso na área de Seattle. As condições criaram o ambiente de solo ideal para as plantas prosperarem, de acordo com o gerente do viveiro da Lowe's.

No primeiro mirante pergunto se podemos parar e respirar. Tina mudou ao longo dos anos, e não da maneira óbvia que a maioria de nós muda: cabelos brancos em lugares estranhos, ceticismo em relação ao barulho atual no rádio. Ela se tornou uma ciclista de montanha radical, seu corpo musculoso e bronzeado modelado na lycra do seu traje. Ela é uma daquelas pessoas que percorre a ciclovia avançada ao amanhecer e relaxa ao anoitecer com um cigarro e dois dedos de bourbon.

— Bem? — pergunta Tina.

— Claro — arfo, me perguntando que diabos minhas aulas de spinning estão fazendo por mim.

Nos aproximamos de uma dúzia de flores, rosadas demais para serem de Tina, murchando mais ou menos no lugar onde Ruth foi deixada em julho de 1974. Tina e eu não falamos dela, mas devo presumir que Rebecca esteve aqui.

Largo minha mochila e abro o zíper. Dentro, duas pás dobráveis, estimulante de raiz, tesouras de jardim, uma lata de amêndoas defumadas Blue Diamond, e água que não é suficiente.

— Vou começar aqui — digo, indicando um dos vários marcadores de cobre plantados de maneira que parece aleatória na clareira.

Tina coloca a mão em uma luva de lona masculina e se posiciona em outro marcador nesse modelo aleatório, mas preciso.

———————

Quando as notícias dos desaparecimentos do lago Sammamish chegaram aos jornais em 1974, Tina recebeu uma ligação de uma mulher chamada Gail Strafford, que na época era líder do Departamento de Antropologia Forense na Universidade do Tennessee. Ela conhecera Ruth na conferência médica em Aspen e contou para Tina a conversa que tiveram fora do quarto dela de hotel — sobre o trabalho de campo de Gail, que estava sendo usado para precisar a linha do tempo da morte de Caryn Campbell. Gail ficou chocada em saber que Ruth havia desaparecido menos de cinco meses depois, seu desaparecimento também suspeito de um crime horrível. Se houvesse algo que ela pudesse fazer para ajudar, Tina não deveria hesitar em entrar em contato.

Gail Strafford está aposentada agora, mas enviou uma equipe aqui, a esta encosta em Issaquah, e, durante as últimas semanas, eles conduziram testes extensivos na área onde o Réu confessou ter enterrado os restos mortais de Ruth. Eles conseguiram definir um raio de tamanho médio onde o solo apresentava mudanças dinâmicas no perfil nutricional do ecossistema local. Eles marcaram locais e nos disseram para plantar qualquer tipo de samambaia resistente e que adorasse sombra. Em seis meses, eles voltarão e avaliarão a refletância da folhagem da planta, que assume uma tonalidade avermelhada devido ao solo contendo restos humanos, mesmo em locais onde um corpo se decompôs há décadas.

———————

Pelas próximas horas, nós duas fazemos buracos rasos, soltamos as raízes de meia dúzia de samambaias, as envolvemos com solo nativo, salpicamos estimulante de raiz, fracionamos nossa água engarrafada e recomeçamos.

Colocamos a última planta na direção do sol poente, e Tina se apoia com força na pá e fecha os olhos. Seus lábios se movem silenciosamente em torno de palavras que reconheço. *Eu carrego você como minha máquina do tempo pessoal, enquanto coloco meu batom, sorrio e saio para a festa.*

É um verso de uma de suas poetisas favoritas, uma mulher chamada Donna Carnes, cujo marido saiu para velejar na baía de San Francisco e não foi visto desde então. Eu também adoro. A quantas festas eu fui ao longo dos anos, ri e me diverti, enquanto ainda conseguia manter Denise por perto?

Algo mudou em mim quando recebemos o veredito de culpado. Foi um pouco como ir a um quiroprata por conta de um mal jeito nas costas e recuperar todo o movimento. Muito antes que minha mãe me contasse dos quatro dias em que fiquei desaparecida nos pântanos da Flórida, eu sentia que uma parte de mim estava deslocada. Eu fiz uma peregrinação ao estado da Flórida para encontrá-la, sem entender por que precisava estar lá, apenas que precisava. Eu havia limpado, arrumado e organizado na tentativa de trazer ordem ao meu redor porque por dentro eu estava em crise. Eu ficava em casa nas noites em que deveria ter saído, porque dançar e tomar algumas cervejas em uma festa não era divertido para mim como era para outras pessoas da minha idade. Aquela era a fonte da vergonha — a sensação de que eu era diferente, de que de alguma forma estava errada. Nos dias e semanas após o término do julgamento, essa convicção suavizou-se e depois foi abandonada em fases, conforme a vida me revelava que eu tinha estado exatamente onde precisava estar e tinha sido exatamente quem precisava ser — a única pessoa na face da terra que poderia ter mandado o assassino de Denise para a cadeira elétrica.

A vida curta de Denise tivera significado. Ela ajudou a fundir as partes de mim com bordas irregulares, peças que ergonomicamente não deveriam se encaixar, mas de alguma forma se encaixam. Foi um alinhamento, um alívio para uma dor que teria sido crônica, e foi o presente duradouro de Denise para mim.

O céu está pintado de rosa e lavanda quando juntamos nossas coisas, esticamos nossos pescoços duros e descemos a encosta, as calças arruinadas nos joelhos.

A esperança é de que, quando voltarmos no outono, uma das samambaias indicará o local de descanso final de Ruth. Mas posso fazer algo melhor que esperar. Tenho fé, porque a natureza é o melhor exemplo de integração. As coisas crescem de maneira diferente quando são danificadas, nos mostrando como ocupar a nova terra para florirmos vermelhos em vez de verdes. Podemos ser encontrados, mais brilhantes que antes.

AGRADECIMENTOS

Primeiramente, minha profunda gratidão a Kathy Kleiner por responder meu e-mail em 2019 e compartilhar sua história generosamente. Estou impressionada por seu espírito indomável, coragem e, acima de tudo, capacidade de alegria. De uma sobrevivente para a outra, eu te vejo, você me inspira.

Obrigada, Pauline Boss, uma pioneira que nunca conheci, mas cujo livro *The Myth of Closure* serviu como inspiração para o trabalho de Tina com o "luto complicado". Para qualquer pessoa que esteja passando por momentos difíceis ou lutando contra traumas passados ou geracionais, recomendo fortemente essa leitura curta, mas poderosa, que me ajudou a encontrar significado em algo que há muito considerava sem sentido e renovou minha capacidade de me posicionar na vida.

Obrigada, Marysue Rucci, minha incomparável editora, que me pressionou até (quase!) o ponto de ruptura. Este livro precisava, e eu também. Tudo o que eu escrever a partir de agora será melhor por causa do padrão que você me fez manter para este.

Alyssa Reuben — amiga, confidente e extraordinária agente literária —, eu não teria esta vida sem você. Obrigada pelos empurrões, os gentis e os não tão gentis, e por sempre ser sincera, para que, quando você me diga que algo é bom, eu sabia que posso acreditar em você.

A toda a equipe da Marysue Rucci Books: Jessica Preeg, Richard Rhorer, Andy Jiaming Tang — obrigada pela amizade e pelo apoio. Elizabeth Breeden, obrigada por ser você. Eu seguiria você até o fogo.

Bruna Papandrea, Erik Feig, Jeanne Snow, Casey Haver, Julia Hammer, Samie Kim Falvey — obrigada por reunir a banda novamente neste. Vamos fazer algo incrível.

Muito obrigado a Alice Gammill, minha assistente meio Pamela Schumacher, que pontilha cada i e cruza cada t, adora meu grande e gordo buldogue como uma segunda mãe e que obteve centenas de páginas de transcrições e arquivos de casos dos Arquivos da Flórida no auge da pandemia — uma tarefa árdua e quase impossível da qual você nunca desistiu. Eu não poderia ter contado essa história sem você.

Michelle Weiner, Joe Mann, Cait Hoyt e Olivia Blaustein, obrigada pelos conselhos sábios, pela negociação ágil e por continuarem a realizar todos os meus sonhos de Hollywood.

Christine Cuddy, você assegura que todas as nossas informações estejam sempre garantidas. Com você tenho segurança para ser criativa — obrigada.

À equipe da Sunshine Sachs: Kimberly Christman, Keleigh Thomas Morgan e Hannah Edelman. Vocês três valem cada centavo. Grata pelo que vocês veem em mim.

Briana Dunning é a cabeleireira mais talentosa de Los Angeles e tenho que agradecê-la não apenas por um corte incrível, mas por toda a sua sabedoria nativa da Flórida. Foi ela quem me ensinou o ditado de que, na Flórida, quanto mais ao norte você vai, mais ao sul fica, o que ajudou a orientar minha compreensão de Panhandle. E à minha pastora de Seattle, Bethany Heitman, obrigada por me dissipar a ideia de que Seattle é a cidade mais chuvosa do país pouco antes de as páginas serem impressas.

Obrigada a Tori Telfer, cujo poderoso perfil de Kathy Kleiner em 2019 na Rolling Stone fez algumas coisas girarem em minha cabeça, e que não hesitou em compartilhar recursos quando enviei um e-mail para ela. Você me lembra de como tenho sorte de fazer parte desta comunidade de escritores.

Falando em sorte, tenho que agradecer a você, o leitor. Obrigada por comprar na pré-venda, comprar e reservar na sua biblioteca local, e por suas mensagens e marcações no Instagram. Sem você, isto não existe. Espero que o número três tenha valido a espera.

Impressão e Acabamento:
GRÁFICA SANTA MARTA